우리 옆에 왔던 부처

이 청 지음

우리 옆에 왔던 부처

이 청 지음

도·서·출·판 **문화문고**

〈머리말〉

스님의 영웅적인 구도행각이 다시 그립다

　지금도 그렇지만 그 무렵(이 소설을 처음 쓰던 무렵)에는 우리 사회가 격심한 지도력의 갈증을 느끼고 있던 때였다. 우리는 믿고 따를만한 스승을 갈구했으나 그럴만한 인물이 보이지 않았다. 한국 불교를 대표하는 종단의 종정스님인 성철스님이 가야산 깊숙한 암자에 버티고 있었으나 일부에서는 수행자의 치열한 구도의 싸움을 외면하고 '현실도피'로 보았다. 말하자면 "속세 민중의 삶은 고달픈데 스님은 산에 앉아 헛소리만 일삼느냐?"는 어리광이었다. 이 소설은 산중 납자(衲子)의 구도행각이 길거리에서 최루탄 연기 마시며 시위하는 이상의 치열한 현실참여라는 것을 보여주고자 했다. 스님이 우리 옆을 떠나자 그 엄청난 공백이 그 사실을 입증해 주었다.
　세상이 많이 변했다. 일제의 거친 채찍 아래서도 한국 불교의 전통적인 법맥을 지키다가 해방 후 선종(禪宗)의 기풍을 불러일으킨 영웅들이 그 변화의 주역들이었다. 성철스님은 늘 선두에 서 있었다. 그 소식을 전하고 싶어 나는 소설이라는 형식을 빌었다. 우리는 실체를 알 수 없는 '한강의 기적'에 스스로 가위 눌리고 몇몇 경제적 성취를 이룬 사람들을 존경하면서 특권을 부여해 왔지만 성철스님처럼 정신사적(精神史的)인 중흥을 앞에서 이끈 분들에 대해서는 제대로 알지 못하여 그분들을 한없이 외롭게 하고 있다. 이 소설을 쓴 두 번째 까닭이었다.
　하지만 성철스님이 생전에 수행자의 길에서 벌여온 싸움은 정작 이제부터다. 그는 우리나라 사람들이 종교의 다양성이라는 이름 아래 남방불교(소승불교)에 심취하여 간화선(看話禪)을 내버리고 위빠사나의 명상법에 기울어지는 경향을 미리 내다보고 지나치다고 할 정도로 많은 경고를 해 왔음을 알아야 한다. 『선문정로(禪門正路)』를 비롯한 수많은 저서와 법문을 통하여 그는 선(禪)의 가치와 흐름을 짚어주었다. 이제 와서 스님이 한 세기를 앞서 우리가 빠져 허우적거릴 함정을 예고하고 제대로 걸어갈 길을 가르쳐 주었음을 깨닫는다. 이 책을 다시 간행하는데 선뜻 동의한 까닭이다.

우리는 여전히 스승이 없어 허허로운 세상에 살고 있으나 성철스님과 함께 걷는다면 그 허허로움은 많이 줄어들 것이다.

2012년(성철스님 탄신 100주년) 봄, 지리산 자락에서 李淸

차 례

왜 죽는가 _ 9

이덕명(李德明) _ 29

대원사(大源寺) _ 47

강(江)물은 바다로 흐르고 _ 79

어머니 강상봉(姜相鳳) _ 107

도반(道伴) _ 129

간월도(看月島)에는 달이 없다 _ 163

장좌불와(長坐不臥) _ 187

봉암사(鳳巖寺)로 가는 길 _ 213

결사(結社) _ 227

중도(中道) _ 253

남해(南海)의 천제굴 _ 277

역사(歷史)와 초인(超人) _ 303

회향(回向) _ 345

성철스님 연보 _ 360

| 왜 죽는가 |

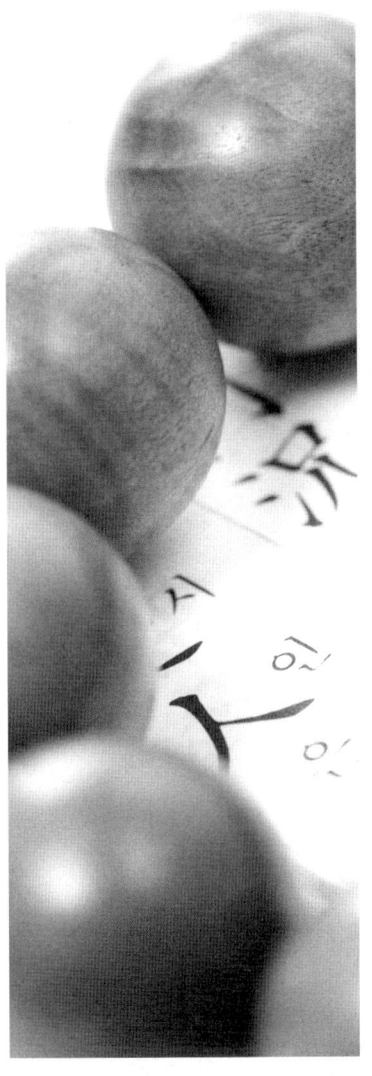

왜 죽는가

"영주야, 천렵 가자."

긴 여름날의 오후였다. 마을아이들 넷이 밤나무숲으로 들어오고 있었다. 큰 밤나무 아래 평상을 펴 놓고 누워 책을 보고 있던 영주(英柱, 성철 스님의 속명)는 비스듬히 일어나 앉았다.

"무신 책이고."

아이들 중에서 나이가 너댓 살이나 많아 대장인 듯 보이는 준상이 책을 빼앗아 들여다보았다.

"일마는 쪼맨한 기 머 이리 어려분 책이나 보고 자빠졌노. 천렵 안 갈 끼가?"

영주는 벌떡 일어나 아이들을 따라 나섰다. 마을 어귀의 밤나무숲을 지나면 무성한 대밭이 길 양쪽으로 짙푸른 그늘을 만들며 펼쳐져 있었다. 대밭을 지나면 경호강(鏡湖江)의 하얀 백사장이 나타났다. 나룻배는 저쪽 물가에 코를 박은 채 졸고 있었고 사공은 보이지 않았다. 아이들은 백사장을 따라 왕비소 쪽으로 올라갔다. 강물이 크게 굽이치면서 소용돌이를 일으키는 바람에 바닥이 깎여 깊이를 알 수 없는 소를 형성하고 있는 곳이었다. 전설에 의하면 여기서 예쁜 여자가 나와 왕비가 되었다고 한다.

아이들은 발가벗고 물에 뛰어들었다. 그러나 왕비소 근처에는 가지 않고 얕은 물에서 천렵을 시작했다. 도구라고 해봤자 대나무 작대기에 헌 가마니를 꿰어 만든 것 하나뿐이었다.

"영주하고 상길이가 작대기를 잡아라."

큰 아이의 지시에 따라 영주는 대나무 작대기 한쪽을 잡고 가마니 뜰채를 물 속에 처박아 넣었다. 나머지 세 아이가 물이 흘러오는 방향에서 요란하게 물장구를 치며 고기를 몰아 왔다.

"빨리 감아 쥐고 올려라."

영주는 얼른 가마니 뜰채를 들어올렸다. 모두들 가마니 속을 들여다 보았다. 물이 빠지고 난 가마니에는 한 줌의 모래와 하얀 돌멩이 두 개가 들어 있었다.

"이상타. 모래무지하고 피리하고 얼추 팔뚝만한 기 와글와글 들어갔는데."

그건 거짓말이었다. 그러나 배가 하얗고 등이 갈색을 띠는 작은 고기들이 반짝거리며 쫓겨 와 스쳐 갔던 것은 사실이었다.

"영주 일마는 안 되겠다. 니가 잡아라."

대장은 작대기 잡는 일을 다른 아이에게 시켰다. 대장 준상이는 나이는 많지만 초등학교 사 학년으로 동급생이다. 고기 잡는 일이나 농사일은 잘하는데 공부는 지지리도 못해서 학교에 가면 영주가 시키는 대로 하는 충복이다. 게다가 준상의 아버지가 영주 아버지 이상언(李尙彦)의 소작인이어서 어린아이들끼리라도 어려워하는 처지였다. 다만 천렵할 때만은 예외였다.

이번에는 몰이꾼이 됐다. 영주는 오른쪽을 맡았다.

"뛰어라, 뛰어. 야, 영주 니쪽으로 고기 터져 나간다. 더 요란시럽게 더 빨리 몬하겠나."

영주는 힘껏 뛰었다. 가마니를 들어 올려 보니 새끼손가락만한 피라미 두 마리가 파닥거리고 있었다.

"영주 일마 때문 아이가."

준상은 면박을 주었으나 더 이상의 심한 욕은 하지 않았다. 그럴 처지가 아니었기 때문이었다.

"미안타."

영주는 백사장으로 나와 앉았다. 천렵이 재미있기는 했지만 제대로 고기를 잡아 본 적이 단 한 번도 없었다. 자신이 끼어들기만 하면 어떻게 된 셈인지 다른 때는 잘 잡던 아이들도 갑자기 바보가 된 것처럼 고기를 잡아 내지 못하였다. 아이들은 내색을 하지 않았지만 영주는 자신이 재수가 없는 사람이기 때문이 아닐까 속으로 그런 생각을 하고 있었다.

영주가 빠져나갔거나 말거나 아이들은 천렵을 계속하였다. 그러나 소득은 없었다. 강바닥을 아무리 긁어 대도 고기들이 바보가 아닌 이상 엉성한 가마니 그물을 향하여 뛰어들어 줄 리가 없었다. 준상이도 지쳤는지 가마니 뜰채를 모래 위에 던져 버렸다.

"먹이나 감자. 내 말이다. 왕비소에 들어가 볼끼다."

"머하러?"

한 아이가 물었다.

"심심해서. 어른들은 괜시럽게 이까짓 물웅디 갖고 겁을 내더라. 내 들어가서 왕비님 모시고 나와 장가 들끼다. 히힛."

아이들도 장가라는 말이 우스워 따라 웃었다. 그렇지 않아도 준상이는 장가 갈 나이가 되어 있었다. 코밑과 턱에도 그랬고 옷을 벗으면 배꼽 밑도 거뭇하였다.

준상이는 왕비소로 헤엄쳐 들어갔다. 이윽고 시퍼런 소의 한 가운데로 가더니 물가에 앉아 있는 아이들을 향하여 손을 흔들어 보였다. 그리고는 물속에서 누가 부르기라도 한 것처럼 자맥질을 하였다. 아이들은 준상이가 왕비를 데리고 나와 장가를 가겠다고 했던 말이 우스워 정말 누군가를 데리고 나올지도 모른다는 기대를 품고 기다렸다. 그러나 준상이는 나오지 않았다.

시간이 좀 지났으므로 물 밑으로 들어갔다가 엉뚱한 곳에서 머리를 내민 게 아닌가 하여 사방을 둘러보았다. 물뿐이었다. 깊이를 알 수 없는 시퍼런 물 위로 한낮의 게으른 햇살이 녹아 들어가고 있었다. 모두들 왕비소 가까이 다가가서 아무것도 보이지 않는 시퍼런 물을 들여다보았다. 갑자기 물속에서 움직이는 것이 있었다. 거품 몇 방울. 그것뿐 다시는 아무것도 움직이지 않았다.

"준상이가 죽었다."

아이들은 일제히 마을을 향하여 뛰었다. 마치 이 소식을 어른들에게 누가 먼저 알리나 경쟁이라도 하려는 듯이. 그러나 영주는 꼼짝 않고 서서 물을 들여다보고 있었다. 무섭다는 생각은 들지 않았다. 이해할 수 없는 생각이 이 어린아이의 마음을 몹시 괴롭혔다. 분명히 무슨 변화가 일어났는데 그 변화가 어떤 것인지 알 수 없다는 게 괴롭기도 하고 두렵기도 하였다. 조금 전에 "왕비님 모시고 나와 장가 들끼다" 했던 준상이는 어디로 간 것일까?

마을에서 어른들이 달려왔다. 이상언이 멍하게 서 있는 아들을 발견하고 어깨를 감싸 안았다.

"가라. 니는 집으로 가라."

다른 아이들도 그 자리에서 쫓겨났다. 아이들이 보아서는 안 되는 일이라는 듯이 그 다음 일은 어른들의 차지가 되었다. 아이들은 왕비소 쪽을 돌아보면서 마을로 돌아왔다. 아무도 입을 여는 아이들은 없었다.

그날 밤 왕비소 쪽에서는 밤새도록 불빛이 훤하였다. 어른들은 시체가 떠오르도록 횃불을 밝히고 기다렸다. 시체는 잠시 떠올랐다가 도로 가라앉아 버리기 때문에 지키고 있지 않으면 안 되었다. 영주는 밤새 잠을 이루지 못하고 대문 밖으로 나가 멀리 강쪽을 바라보았다.

'사람이 죽으면 혼백은 어디로 가는 것일까? 준상이는 지금 아주 없어진 것일까, 아니면 모습을 달리하여 어딘가에 살고 있는 것일까.'

새벽녘에 잠이 들었다가 깬 영주는 어젯밤 일이 몹시 궁금했다. 머슴인 바우에게 물어보니 새벽녘에 준상의 시체가 떠올라 건져 냈다고 했다. 바우는 시체 건져 올리는 일을 도맡아 했는지 몹시 피곤한 표정이었다.

"준상이는 지금 어딨노?"

영주가 물었다.

"준상이라캤나? 어제 죽은 아가 어딨기는 어딨겠노."

"건져 냈다카면서."

"그거는 시체지 준상이는 아인기라. 물에 퉁퉁 불어 갖고 눈알이 튀어나올라카고 니 한 번 가서 볼래?"

"이놈, 그 입 닥치지 몬하겠나."

이상언이 노려보니 바우는 비실거리며 행랑채로 사라졌다.

"강가에 가지 마라."

이렇게 하여 아이들은 죽음로부터 격리되었다. 그러나 죽음에 대한 상념으로부터 해방된 것은 아니었다. 영주는 밤나무 밑에 누워 줄곧 죽음에 대한 상념으로 시달리고 있었다. 자신이 무덤 속에 있는 광경을 떠올렸다. 흙이 되어 부스러지고 물이 되어 흩어지는 모습을 그려 보았다. 그것은 살아 있는 이 세상과의 완전한 단절이었고 견디기 어려운 암흑이었다.

이영주라는 아이 하나가 태어난 것은 1912년(壬子年)의 일이었다. 경상남도 산청군 단성면 묵곡리(墨谷里)에서 일어난 일이다.

묵곡리, 또는 묵시리라고 부르는 이 마을은 밥주발을 엎어 놓은 듯 붕긋하게 솟아난 이름 없는 작은 봉우리를 뒤로 하고 그 발치에 빙 둘러 집들이 들어앉아 있었다. 앞으로는 남강의 지류인 경호강이 흐르면서 만들어 놓은 넓은 들녘이 있어 짙푸른 대나무밭이 사시사철 우거져 있었고 마을 가까이로는 뽕나무밭과 밤나무숲이 자리를 잡고 있는 데다 그 사이로 논밭이 펼쳐져 한 뼘의 땅도 허술하게 놀리지 않는 동네였다. 그래 옛날부터 마을사람들은 스스로 일컫기를 '밤 천 냥, 누에 천 냥, 대나무 천 냥'이라 하여 소득 높은 것을 자랑하였다. 밤이나, 누에, 대나무 모두 값비싼 산물이어서 마을은 보통 농촌과는 달리 부촌이었다.

일백 호 남짓한 마을사람들 대부분은 합천 이씨였다. 종가의 어른인 이상언은 종가답게 대나무밭의 절반 이상, 그리고 밤나무숲의 대부분에다 많은 논을 소유하고 있는 부자였다. 그는 한학에 밝은 데다 신식 문물에도 이해가 높아 사랑에는 늘 한학자와 개화된 인물들이 섞여 부단하게 드나들었다. 이상언은 스스로 밤나무숲을 지니고 있는 인연을 중히 여겨 호를 율은(栗隱)이라 하였다.

이상언의 부인 강상봉(姜相鳳)은 덕이 높은 여인이었다. 그녀는 한학은 배우지 못하였으나 언문에는 밝아 『삼국지』, 『사씨남정기』와 같은 언문소설들을 읽고 이것을 고스란히 머릿속에 담았다가 아이들에게 이야기로 전하였다. 내 집 마당에 들어선 나그네는 어떤 일이 있어도 빈손으로 보내지 않았고, 남을 비웃거나 의심하는 일은 하지 않았다. 이 세상에 목숨을 타고난 사람은 모두가 다같이 소중한 삶을 살아가고 있고, 그 삶은 존중되어야 한다는 것이 이 여인의 타고난 듯한 신념이었다.

이들 부부는 슬하에 일곱 남매를 낳았다. 첫째가 영주(英柱), 둘째가 경주(炅柱), 셋째가 은주(殷柱), 넷째가 근주(謹柱) 모두 사내들이었다. 이렇게 사내 넷을 낳은 후에 딸 셋을 낳았으니 도점(道点), 도필(道弼), 옥선(玉仙)이 그들이다.

첫아들 영주는 첫아이였기 때문인지는 몰라도 몸이 허약한 편이었다. 성격이 대를 쪼개는 듯 칼날을 세운 듯 불같아서 구김살이나 어물쩍 지나가는 일이라고는 없었다. 의심나는 일이 있으면 귀찮게 물었고 어른들이 모든 것을 대답할 수도 없고 모든 것을 알고 있지도 않다는 사실을 알고부터는 혼자만의 생각 속으로 깊이 빠져들게 되었다.

아이는 똑똑했다. 초등학교 들어가기 전에 이런 일이 있었다.

조선총독부는 담배와 술을 전매사업으로 정하여 사가에서 불법으로 담배를 경작하거나 술을 빚지 못하도록 엄중하게 단속하였다. 만약에 담배를 공출에 응하지 않고 자가소비를 위해 숨겨 두었다가 들키는 날에는 심한 세금을 얻어맞았고 심한 경우에는 죄인으로 취급당하는 수도 있었다. 그래도 농가의 대부분은 농주를 빚어 마셨고 담배를 몰래 숨겨 두었다가 잎담배를 말아 피웠다.

이상언의 집에서도 담배를 경작하여 몰래 숨겨 두고 있었는데 잎담배를 말리는 동안에 관리들이 뒤지러 나오면 재수 없게 걸리는 수가 있어 늘 경계를 하고 있었다.

그날 하필이면 어른들이 모두 나가고 어린 영주만이 집에 있는데 관리들이 집안에 들어섰다. 사랑채 방에 담배가 쌓여 있었기 때문에 방문만 열어 보면 일이 벌어지게 되어 있었다.

"어이 꼬마야, 느그 집에 담배 있제?"

"예."

어린아이는 순수히 대답하였다.

"옳지 착하다. 어디 있노?"

"여기요."

아이는 담뱃잎 부수러기 두어 줌을 됫박에 담아 놓은 것을 가지고 나왔다. 이런 정도는 어느 집에나 있는 것이어서 단속의 대상이 아니었다.

"알았다. 빌어묵을."

관리들은 물러갔다. 이상언이 돌아와 이 사실을 알고는 아이의 머리를 쓰다듬으며 깊은 생각에 잠겼다.

"지혜롭다. 크게 될 놈이다. 다만 몸이 약한 것이 흠이구나."

이상언은 첫아이를 낳기 전에 꾸었던 태몽을 생각했다. 일곱색깔이

영롱한 무지개가 자신의 배꼽에 걸쳐져 있었다. 한쪽 끝을 배꼽에 걸친 무지개는 다른 한쪽 끝을 아득한 하늘 저쪽에 걸쳐 놓고 있었다. 배꼽에서 하늘까지 다리를 놓듯 걸쳐진 무지개가 너무나 선명하고 아름다워 꿈을 깬 이후에도 그 잔영은 오랫동안 남아 있었다. 그 꿈을 꾼 다음날 영주가 세상에 태어났다.

아이가 자라면서 너무 영리하고 대범한 짓을 할 때마다 이상언은 꿈속의 무지개를 떠올렸다. 그러나 한편으로 불길한 생각이 들지 않는 것도 아니었다. 재주가 좋으면 명이 짧다는 속설이 늘 마음속에 짙은 그림자를 드리우고 있었다. 아이가 튼튼하지 못하고 병약한 것도 그러한 근심을 돋구어 주었다. 뚜렷하게 나쁜 곳은 없었으나 소화기능이 좋지 않았고 그러다 보니 전체적으로 허약한 체질이었다.

어머니 강상봉은 체질이 허약한 첫아이를 업고 다니면서 옛날이야기를 들려주었다. 그러면 등에 업힌 아이는 그 이야기를 대부분 기억하여 줄줄 외우는 것이었다.

일곱 살이면 취학 연령이 된다. 이상언은 사랑에 드나들던 교육자 한 사람과 상의 끝에 여덟 살에 학교에 넣기로 하였다. 체질이 허약한 것이 그 첫째 이유였고 머리 좋은 아이를 너무 일찍 학교에 넣어 놓으면 공부에 싫증을 내기 쉽다는 것이 두 번째 이유였다.

그리하여 여덟 살이 되던 해에 영주는 단성초등학교에 입학하였다. 단성초등학교는 남강 지류인 경호강(鏡湖江) 건너편의 성내리에 있었다. 묵곡리에서 성내리로 가자면 나룻배로 강을 건너야 했고 강을 건넌 후에도 한참을 걸어야만 학교에 닿을 수 있었다. 허약한 체질의 영주에게는 이렇게 학교에 다니는 일이 신체상으로는 고역이었다. 한 해를 늦추어 여덟 살에 입학을 했는데도 학급에서 가장 어린 나이여서 덩치가 큰 아이들 속에서 부대끼느라 애를 먹어야 했다. 그러나 공부만은 학교 전체에서 따를 아이가 없을 만치 특출한 존재였다.

감수성이 예민하고 생각이 깊었던 이 아이에게 초등학교 육 년의 세월은 앞으로 긴 생애를 통하여 무엇을 할 것인가를 결정지어 주는 중요한 시기였다. 묵곡리에서 마을 앞쪽으로 바라보면 경호강이 흐르고 강 너머로 배양리와 성내리를 애워싸듯 안태봉이 솟아 있다. 그리고 안태봉 너머로는 지리산의 강상봉인 천왕봉이 우뚝 솟아 무슨 비밀을 간직한 듯이 신비스러운 모습으로 구름을 두르고 서 있었다. 지리산의 봉우리들이 둘러싸고 있는 가운데서 생명을 받고 태어나 지리산에서 발원한 맑은 물에 발을 적시며 자라난 아이는 자연의 위용과 신비로운 기운 속에서 생명의 근원에 대한 질문을 숙제처럼 안고 자랄 수밖에 없었다.

'삶을 받고 태어난 것은 다 죽는다. 도대체 왜 죽는가.'

'살아 있는 것은 다 변한다. 변하지 않을 수는 없는가.'

죽지도 않고 변하지도 않으며, 생명을 가진 채로 영원한 것에 대한 동경은 어린아이 적부터 영주가 가슴과 머릿속에 품어 온 필생의 화두가 되었다. 이 같은 의문은 왕비소에서 조금 전까지 함께 천렵을 하던 동무가 갑자기 깜깜한 단절의 세계로 사라져버리는 것을 본 이후로는 죽은 후의 사람은 어디로 가는가 하는 의문으로 확대되어 가슴속에 자리를 잡았다.

이상언의 본래 집은 작은 산자락 밑의 양지바른 곳에 있었다. 그러나 그 집이 협소했기 때문에 이상언은 마을 앞 밤나무숲 속에다 이층으로 된 별장을 지어 주로 그쪽에서 기거하며 찾아오는 손님들을 맞았다. 시골에 서양풍의 이층집이 서 있는 광경은 좀처럼 보기 힘들던 시절이었으므로 이 별장은 사방에 이름이 알려진 명소였다. 이 집의 장남 영주는 주로 이 별장 앞의 큰 밤나무 밑에 평상을 펴 놓고 그 위에 누워 공부를 하거나 사색을 하며 밤을 지키기도 했던 것인데 이 자리가 바로 그의 작은 우주였다.

아이의 독서량은 대단했다. 집에는 한문서적들과 함께 일본에서 출간된 문학, 철학서적들도 있었는데 이 세상의 돌아가는 이치가 모두 궁금했던 아이는 눈에 띄는 대로 책이라는 책은 모두 읽었다. 더러는 그가 도저히 이해할 수 없는 책들도 있었으나 그래도 아이는 그 어려운 문자와 문장의 의미를 체득하려고 혼자 안간힘을 다하였다.

그런 맏아들을 보면서 이상언은 감을 잡기가 어려웠다. 장차 무엇이 될 그릇인가? 학자가 되려나, 교육자가 되려나, 이상언으로서는 그 이상 다른 미래를 상상해 볼 수가 없었다.

단성보통학교 제 8회 졸업생으로 졸업하던 그 해에 영주는 진주중학교 입학시험을 치렀다. 단성면은 산청군에 속하기는 하였으나 진주에 가까워 진주 쪽의 생활권역에 속해 있었다. 당연히 진학은 진주중학교를 택하게 되었다. 이 학교는 서부 경남의 최고 명문이었으나 초등학교의 선생들이나 아버지 이상언은 무난하게 합격할 것으로 믿었다.

아직 지리산 자락을 훑어 내려오는 바람 속에 얼음이 박혀있는 이월 중순 영주는 아버지 이상언에 이끌려 진주로 나갔다. 하루 전에 진주로 와서 아저씨뻘이 되는 친척집에서 묵은 다음 시험을 치기 위해 진주중학교로 갔다.

첫 시간 시험과목은 국어(일본어)였다. 영주는 완벽하게 답안지를 작성하였다. 스스로 생각하기에도 틀리게 쓴 답은 하나도 없었다. 이 정도면 중학교 시험이라는 것도 별것이 아니구나 하는 생각이 들었다. 둘째 시간은 산수였다. 시험지를 받아 이름을 쓰고 문제를 훑어보는데 이상한 현상이 일어났다. 갑자기 눈앞이 새까매졌다가 하얗게 변하는 것이었다. 영주는 책상 앞에 머리를 박고 의식을 잃어버렸다.

눈을 뜨니 병원에 누워 있었고 머리맡에는 하얀 가운을 입은 의사선생과 간호원 그리고 근심으로 얼굴이 사색이 되어 버린 아버지 이상언이 내려다보고 있었다.

"기분이 어떠냐?"

의사가 물었다. 바보 같은 소리를 하는구나, 하고 아이는 생각했다. 이런 기분을 뭐라고 말해야 한다는 말인가. 영주는 아득히 먼 어디를 갔다가 돌아온 것처럼 그저 피곤할 뿐이었다. 갔다가 오기는 했는데 그곳이 어딘지 알 수는 없었다. 그건 시간의 단절이었다. 준상이가 한 번 왕비소에서 자맥질을 한 후에 까맣게 소식을 모르듯이 살아 있는 사람들에게도 그런 단절이 있다는 것을 그는 생각하고 있었다. 그 단절이 ―사람들은 그것을 죽음이라고 부르는데― 아주 먼 어디에 있는 것이 아니라 바로 옆에, 아니 삶의 한가운데 있으면서 살아가는 시간만큼 같이 자라고 있다는 것을 아이는 어렴풋하게 느끼고 있었다.

"무슨 방법이 없겠습니까."

이상언이 의사에게 묻고 있었다.

"뚜렷한 병이 있어서 그런 것이 아니니 처방도 이렇다 할 것이 없습니다. 그게 체력을 보강시키고 마음을 넉넉하게 먹도록 수양을 시키는 도리밖에는요."

"체력이 약하다는 것은 알겠는데 마음을 넉넉하게 먹도록 하라니 이리 어린것이 마음을 졸갑게 먹을 이유가 어디 있겠습니까."

"그것도 체력이 허하면 나타나는 현상입니다."

"아이가 일어났으니 데리고 가도 되겠습니까?"

"그럼요. 그러나 잘 요양을 시켜야겠습니다."

중학교 진학의 길은 이렇게 하여 좌절되었다. 그와 함께 자신의 생명 한가운데서 숨쉬고 있는 검은 그림자의 실체를 알아야겠다는 아이의 집념의 세월이 시작된다.

머리가 좋으면서도 중학교 시험에 떨어져 버린 영주는 우선 그 원인을 생각해 보고 현실적인 대응을 하기로 한다. 자신의 신체에 알 수 없는 병이 있다는 것, 그것은 양의건 한의건 의사들로서는 찾아내기 힘든 그 무엇이라는 것, 결국 그것은 스스로 고쳐야 할 자신의 짐이라는 데까지 생각이 미쳤다. 그러니 어떻게 해야 하는가, 인간의 육체라는 것은 정신과 불가분의 것이기 때문에 정신의 연마와 단련을 통하여 육체의 질곡을 깨뜨릴 수도 있다는 데에는 생각이 미치지 못하였다. 그가 자라온 유교적 정신풍토 속에서는 그런 종교적 사색의 자양분이 부족했던 탓이었다.

그 대신 아이는 자신의 신체 속에 병이 있는 것이 사실이고 의사들이 이를 고칠 수 없다면 자신이 의사가 될 수 밖에 없다는 결론에 이르게 되었다. 의사가 되겠다고 결심을 했을 때 영주의 머릿속에는 한의는 애당초 생각 밖이었다. 양의의 의술이 그래도 인간의 생명에 대한 합리적인 해석을 기초로 하여 과학적인 방법으로 치료하는 것으로 생각되었기 때문이었다. 이는 초등학교 육 년 동안의 배움에서 얻어진 자연스러운 결과였다.

　의사가 되려면 공부를 해야 한다. 공부를 하기 위해서는 학교를 가야 한다. 그러나 학교로 가는 길은 어처구니없게도 스스로의 육체가 미묘한 거부반응을 일으키는 바람에 일단 물거품이 되고 말았다. 그렇지 않아도 학교라는 배움의 틀에 대해 썩 내키지 않는 느낌을 지니고 있었던 아이는 다시는 학교에 가기 위해 시험을 치는 따위의 일은 하지 않기로 결심을 굳히고 말았다.

　그렇다면 이제 남은 길은 독학으로 의사가 되는 길밖에 없었다. 이때 아이의 머릿속에 있었던 의사라는 것은 의사가 되는 국가시험을 거쳐 면허증을 딴 개업의 아니었다. 질병에 대한 모든 것을 알고 그것을 치료할 방법을 알고 있는 사람, 그것이 아이가 생각하는 의사였다. 의사공부가 어렵다는 것쯤은 알고 있었으나 혼자서 공부하여 최고의 높은 경지에 이르지 못할 그 어떤 영역이 있다는 생각은 하지 못하였다. 선생에게 배워서 다다를 수 있는 길이라면 혼자서도 이르지 못할 이유가 없었기 때문이었다. 적어도 이 아이에게 있어서는 무엇이건 혼자서 궁리하여 마침내 의문을 털어 내고 깊이 숨겨진 도리를 캐내는 일이 아주 자연스럽게 여겨졌다.

　아버지 이상언으로서는 아이의 꿈이 아무래도 엉뚱하게 생각되었다. 그러나 아이의 허약한 체질을 고쳐 보려고 한의에게도 보이고 양의에게도 데리고 가 봤으나 뚜렷한 병명조차 잡아내지 못하여 안타깝던 차에 아이가 스스로 나서 의사가 되겠다고 하니 안쓰러운 마음으로 그저 지켜볼 수밖에 없는 노릇이었다. 그리하여 반신반의하면서도 아이가 필요로 하는 책의 구입을 위하여 모든 지원을 아끼지 않았다.

이리하여 초등학교를 졸업하고 중학교 진학은 좌절되었음에도 불구하고 영주의 평생을 통한 혼자만의 공부는 오히려 출발의 닻을 올리게 된다.

이 아이가 평생을 통하여 남에게 뭔가를 배울 수 있었던 기회는 초등학교 육 년의 교육으로 끝난 것은 아니었다. 체력이 허약하여 진주중학교 입학시험을 망쳐 버리고 돌아온 이후 몇 달 동안 한약을 달여 먹으며 몸을 추스르고 난 다음 영주는 경호강 건너 배양리에 있는 배산서당에 나가 한문공부를 하였다. 천자문은 이미 초등학교 시절에 아버지의 가르침으로 떼었으나 한문에 대한 제대로 된 지식이 없어 가지고는 어떤 공부도 더 이상 할 수 없다는 사실을 아이 스스로 잘 알았기 때문에 자청하여 서당에 나갔다. 그러나 서당에 오래 다니지 않았다. 『소학』과 『동몽선습』을 금방 떼어 버리고 『자치통감』을 달달 외워 버리고 나니 문리가 터져 어떤 한문책도 혼자 궁리로 헤쳐 나갈 수 있으리라는 자신이 섰다. 이런 자신이 서자 서당에 더 다닐 필요가 없었으므로 영주는 서당 다니는 일을 그만두었다. 여기까지가 선생이라는 사람들로부터 그가 배운 것의 전부였다.

그 다음부터 그는 혼자서 지식의 바다로 헤엄쳐 나가기 시작했다. 우선 모든 학문, 그중에서도 특히 의학을 하기 위해서는 외국어의 습득이 기본적인 소양이라는 사실을 알고 나서 그는 외국어에 매달렸다. 일본어는 어떤 책이건 다 읽을 수 있을 정도여서 외국어라는 장벽이 없었다. 여기에 풍부한 양의 한자 습득이 일본서책의 이해와 정복을 한층 손쉽게 해주었다.

초등학교를 졸업한 이후 이 년 가까이 되자 한문으로 된 고전들도 웬

만한 것은 혼자 읽어 그 뜻을 알 수 있을 정도가 됐다. 한문으로 시를 짓고 문장을 만들 수도 있게 됐다. 사랑에서 손님들과 함께 영주의 시문을 시험해 본 이상언은 "이백은 몰라도 두보 정도는 되겠다"며 무릎을 치고 흡족해 하였다.

서당에 다니는 것과 때를 같이하여 영주는 영어와 독일어 공부에 들어갔다. 교과서는 고등중학교에서 사용하는 교과서와 일본에서 간행된 참고서, 사전 등이었다. 다른 것은 몰라도 어학은 혼자 정복하기가 어려운 영역으로 알려져 있다. 그러나 선천적으로 언어에 대한 뛰어난 재능을 타고났던 영주는 공부를 시작한지 서너 해 후에는 학교에서 가르치는 정도의 영어, 독일어의 수준은 극복하였고, 새로운 지평을 향하여 나아가고 있었다. 그의 목적은 영어, 독일어로 된 책을 읽는 것이지 영국 사람, 독일사람들과 말을 하는 데 있지는 않았다. 따라서 회화는 되지 않았으나 책을 읽고 사전을 찾아 가며 문장을 이해하는 수준에 오르는 것은 어려운 일이 아니었다. 이렇게 하여 초등학교 졸업 후 오륙 년 동안, 진주중학교에 입학을 했더라면 고등중학교를 졸업하는 데 소요되었을 그 시간을 통하여 영주는 다른 아이들이 고등학교를 다녀 얻어 낸 지식의 양보다 훨씬 많은 지식을 자신의 것으로 소화시켜 놓고 있었다.

그러나 외국의 의학서적을 정복하기 위한 무기로 단련했던 외국어는 엉뚱한 곳에 사용되었다. 의학서적이라는 것은 구하기도 어려웠지만 애당초 공부의 뜻이 의사가 되겠다는 현실적 목표와는 거리가 있었기 때문에 체계적으로 의학공부를 하지는 않았다. 의학공부를 독학으로 어떻게 해야 할 것인지 방법도 알지 못하였다. 그 대신 문학과 철학에 관한 책들은 구하기가 쉬웠다. 의학을 하고 싶다는 마음은 변함이 없었으나 관심은 철학과 문학 쪽에 더 기울어져 있었고 자신도 모르게 서양철학의 깊은 바다 속에 침잠해 있었다.

서양의학을 깊이 공부해 보지는 않았으나 인간의 육체와 정신을 따로 분리하여 다루는 기본적인 자세가 차츰 마음에 들지 않게 되었다. 육체와 정신을 별개의 것으로 보지 않고 하나로 파악하는 동양철학의 오랜 전통이 영주의 정신세계를 자연스럽게 지배하고 있었다. 서양철학의 바다 속으로 저어 가면서 길목마다 제기되는 수많은 의문들에 대해 노장(老莊)과 공맹(孔孟), 그리고 불가의 가르침 속에서 눈이 번쩍 뜨이는 해답을 찾았을 때 그는 말할 수 없는 희열을 느꼈다.

그러나 그 어떤 책을 통해서도 해답을 발견할 수 없는 문제들이 있었다. 그것은 결국 동서양 고금을 막론하고 인류가 하나같이 해답을 얻으려고 집요하게 추적해 오고 있는 문제의 핵심이기도 하였다. 칸트 같은 사람이 그토록 방대한 구조의 학문을 통하여 그토록 복잡한 사고를 거쳐 입증하려 했던 문제의 핵심도 결국은 그것이었다. 그것은 한 마디로 '영원한 것은 있는가 없는가'하는 한 마디로 압축되는 문제였다. 사람의 육체는 조만간 소멸된다. 그것으로 끝인가. 그렇다면 생명이란 무엇인가. 또 죽음이란 무엇이며 인간은 왜 죽는가. 이런 의문들이 모두 영원한 존재의 유무에 그 해답이 마련되어 있었다.

이 하나의 의문이 영주의 인생을 볼모로 잡아 버렸다. 모든 책들이, 모든 선현들의 고뇌가 때로는 변죽을 올리며 겉을 돌기도 하고 때로는 핵심을 붙들고 땀 흘리며 그 수수께끼를 풀기 위해 사력을 다하고 있었다. 그러나 대개의 평범한 사람들은 자신이 구하는 것이 무엇인지조차 모르고 일생을 마치는 수가 많은 것처럼 철학자라는 사람들조차도 지엽

말단을 붙들고 헤매다가 그쳐 버리는 수가 대부분이었다.

　나는 이것을 놓치지 않으리라. 이미 청년이 된 영주는 생각하였다. 그는 어떤 스님으로부터 설법을 들은 일도 없었고 화두를 받은 적도 없었으나 스스로 화두를 찾아내어 그 엄청난 의문을 타파하기 위한 길고도 험한 장정에 오르고 있었다. 영주, 성철이라는 이 인물에게 있어 가장 큰 스승은 어렸을 때나 어른이 되어서나 한결같이 그 자신이었다.

이덕명(李德明)

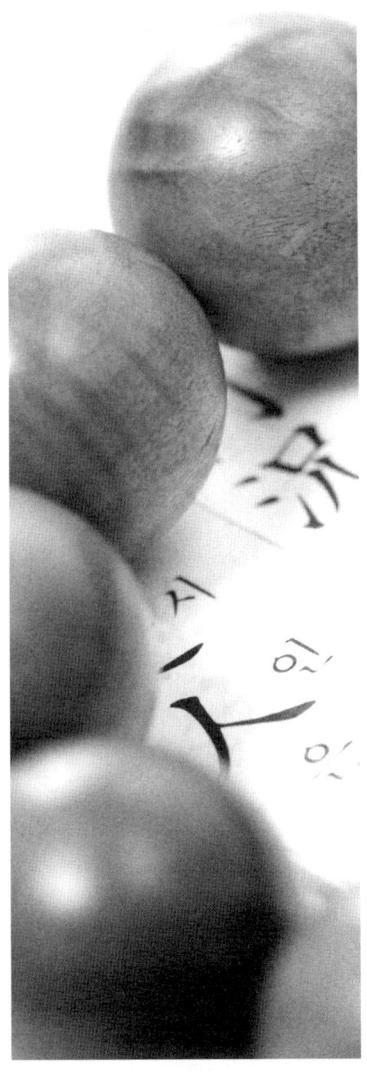

이덕명(李德明)

영주가 열아홉이 되던 해에 부친 이상언은 집안의 장손에게 배필을 정해 주기로 작정했다.

영주의 결혼은 이미 한참이나 늦어 있었다. 이상언의 슬하에는 영주 밑으로 경주(炅柱), 은주(殷柱), 근주(謹柱) 형제와 도점(道点), 도필(道弼), 옥선(玉仙) 등 세 여식을 합하여 모두 일곱 형제자매를 두고 있었으므로 맏이를 출가시켜 종가의 뿌리를 튼튼하게 하는 일이 아주 시급하였다.

이상언은 영주가 초등학교를 졸업하고 중학교 진학을 포기하였을 때부터 곧장 장가를 보내려는 욕심을 부려 보았다. 그러나 아이가 기는 허약한데 신경은 무척 날카로워서 먼저 몸부터 추스른 다음에 장가를 들이는 것이 순서라고 생각하게 되었다.

그러나 나이 열아홉이 되자 더 기다릴 수가 없게 되었다. 영주의 신체에 뚜렷한 병이 있는 것도 아닌 데다 머릿속의 생각이 넘치고 흘러 이를 신체가 온전히 주워담지 못하여 생긴 허약증세에 지나지 않았으므로 장가를 보내면 오히려 나아질 수도 있지 않겠는가 하는 막연한 기대도 있었다.

비록 신식 교육기관인 중학교 진학을 포기하여 더 높은 학문 연마의 계단을 밟지는 않았으나 영주의 독서량과 지식의 섭렵은 그 깊이를 가늠하기 어려웠다. 게다가 그 지식이라는 것이 체계화되지 못하고 길잡이도 없는데다가 동서양의 것이 두루 혼합된 것이어서 스스로 혼란스러운 생각의 무게를 감당하기 어려웠다. 바로 이것이 장남 영주의 건강을 헤쳐 온 원인이었는지도 모를 일이다. 아니, 필시 그럴 것이라고 이상언은 단정하였다.

실용주의적이며 현실주의적인 유학의 사고에 젖어 있던 이상언에게 있어 긴 인생살이의 문턱을 겨우 넘어선 청년기에 삶에 대한 근원의 문제를 붙들고 고뇌에 빠지는 것은 좋은 현상이 아니라고 생각하였다. 무슨 생각이든 정도껏 해야 하며 치우치거나 넘치지 않아야만 건강한 해답이 나오고 살아가는 일도 균형을 잡을 수가 있다. 치우치거나 넘치는 생각은 건강을 잃게 하는 병균과 같다고 생각했다.

그런 나락으로부터 삶을 건져 올려 싱싱한 생활인으로 돌아오게 하기 위해서는 무엇보다도 땅 위에 뿌리를 내리게 하여야한다. 대체 인간의 뿌리란 무엇인가. 때가 되면 짝을 맞이하여 자식 낳아 기르는 신성한 역할이 아니던가. 생각이 여기에 미친 이상언은 혼사를 서둘렀다.

"영주, 영주 어딨느냐."

댓돌 위로 내려서자 중머슴 장손이가 외양간에서 거름을 퍼내다가 달려나왔다.

"별장 앞에 있는 밤나무 그늘 밑에서 책을 읽고 있을낍니다."

"조금 전에 내가 별장을 둘러보았는데 무신 소리고."

"그라모 대밭에 가 있을끼라예."

"대밭에는 와?"

"대밭 속에 들어가모 을매나 시원한데요. 거기서 서방님이 망상하는 자리가 있는기라예."

"망상? 망상이 머꼬?"

"그걸 지가 우찌 알겠십니꺼. 우쨌든간에 무신 생각을 하는지 하루 종일 생각을 하는 그기 망상 아인교."

"이놈아 그건 망상이 아이라 명상이다. 허, 축축한 대밭에서 명상을 한다? 대체 뭐가 될라고 저라노? 장손아."

"야."

"퍼뜩 뛰어가서 서방님 데불고 오너라."

장손이는 걸음을 떼지 않고 밍기적거렸다.

"똥 싼 놈메쿠로 와 그라고 서 있노?"

"서방님이 망상이라카는 것을 할 때는 누가 가서 지분거리모 벼락같이 성을 내는기라요. 경주 서방님, 은주 서방님도 얼찐거리다가 혼구녕이 났십니다."

"그렇나? 어디 내가 가마."

그러나 이상언이 직접 나서서 대나무밭을 뒤지고 다닐 필요는 없었다. 영주가 마침 대문 안으로 들어서고 있었다. 축축한 대나무밭 속에서 명상을 하고 있는 현장을 목격했더라면 한바탕 꾸중을 하리라고 마음먹었던 이상언은 대문으로 들어서는 영주의 얼굴을 보는 순간 방금 전의

이덕명 | **33**

생각은 구름처럼 흩어지고 말았다.

　아깝다. 이상언은 속으로 탄식했다. 머리는 하늘이 내려 준 그릇이라 할 만치 뛰어나고 성격은 대쪽 같고 칼 같다. 한 세상 전에 태어났더라면 훌륭한 선비로서 나라의 큰 재목이 되었을 것이다. 그러나 지금은 쪽발이 왜놈들이 서푼짜리 신식 학문으로 세상을 지배하여 막돼먹은 난장판으로 만들어 버렸다. 영주처럼 저런 머리와 성격을 타고난 사람이 설 자리가 없고 붙을 언덕이 없다. 그렇다고 농사꾼으로 만들기에는 너무 아까웠다.

　"마침 너를 찾고 있었다. 이리 들어오너라."

　사랑채에서 부자는 마주 앉았다.

　"니도 인자 내일 모레면 이십 줄에 들어선다. 벌써 늦었다만는 혼사를 서둘러야겠다. 니는 어떻게 생각하노?"

　영주의 불거진 광대뼈가 가늘게 떨렸다.

　"결혼을 하지 않으면 안 되겠습니까, 아버님."

　"안 된다. 니 생각으로는 결혼하고 싶지가 않다는 말이가?"

　"예."

　"그 이유는?"

　"아직 혼자 몸 하나도 살아갈 길을 알지 못하고 있습니다. 항차 남의 식구를 맞아들여 두 사람이 되면 세상 사는 일이 어려워지고 혼돈 속으로 빠질 것입니다. 그 길을 발견하기까지는 혼자서 걸었으면 합니다."

　"그 생각도 일리가 있구마는. 그러나 그것은 하나만 알고 둘은 모르는 소린 기라. 니가 나이 벌써 스물을 앞두고 생각이 어두운 하늘을 헤매면서 길을 찾지 못하고 있는 것은 반쪼가리 인생이기 때문인기라. 생각해 봐라. 인간이나 금수나 세상만물이 음양으로 이루어진 데에는 그 둘을 합하여 완전히 된다는 사실을 이르는 것이니 거꾸로 홀로 있어서는 완전한 삶이 되지 못한다는 뜻이 아니겠나. 그런즉 장가 들어 한 가정을 이루고 완전한 인간이 되고 나면 니 허약한 몸도 강건해지고 머릿속에 가득 담긴 오만 가지 생각들도 비로소 갈피를 잡을 것이다. 애비 생각에 그럴 뿐만 아니라 옛 성인들의 말씀이나 살아온 내력이 또한 그러하지 않나 말이다. 내 인자 혼사를 서둘러야겠다. 니는 순종하거라."

이상언의 밀어붙이는 힘은 완강하였다. 당장 그날로부터 부인 강씨에게 혼사 준비를 서두르도록 당부하고 자신은 직접 며느릿감 고르는 일에 들어갔다. 새삼스럽게 며느릿감을 고르기 위해 통문을 놓고 수소문할 필요는 없었다. 영주의 나이 열여섯이 되고부터 사방에서 혼담이 들어왔고, 그렇게 쌓인 혼처가 열 손가락으로 꼽을 정도는 되었다. 그중에서도 이상언이 내심 챙겨 둔 자리가 하나 있었다. 묵곡에서 멀지 않은 덕산의 전주 이씨 문중의 규수였다.

집안사람을 보내어 알아본 결과 규수의 인물됨이나 품행이 종가의 맏며느리로 손색이 없을 듯하였다. 이름은 이덕명(李德明)이라 하였는데 그 이름만큼이나 크고 밝고 넉넉한 품성을 갖춘 처녀라 하였다. 나이는 꽉 찬 스물로 신랑에 비하여 한 살이 위였다. 이 또한 날카롭고 급한 성질의 영주를 큰 자락으로 감싸 안기에는 나무랄 데 없이 훌륭한 조건이었다. 무엇보다도 덕산 전주 이씨의 집안이 중농에서 조금 윗길의 살림에다 큰 벼슬은 없었으나 대대로 선비를 배출해 온 집안이어서 가풍이 이쪽과 아주 비슷한 것이 마음에 들었다.

"천생배필이다."

이상언은 무릎을 쳤다.

"괜찮겠는교?"

강씨 부인이 남편에게 걱정을 보였다.

"무신 소리요?"

"장가 들모 저 아이 마음에도 병이 낫겠는교?"그렇잖으모 새 식구 데꼬와서 고생만 시키는 거 아이겠는교?

"걱정 놓으라카이. 마, 사내는 장가들모 제 식구 그늘 맹글어 줄라고 자연히 어른이 되는 기라."

"영주는 다르지 않는교."

"글세, 그라이 더욱 인간을 맨들어야 한다니까. 그러자모 장가부터 들여야 하고."

강씨는 입을 다물었다. 남편의 말에도 일리는 있었다. 그러나 딱 꼬집어 말할 수는 없지만 그 무슨 불안의 그림자가 짐승처럼 몰래 들어와 방 구석에 웅크리고 있는 듯한 찜찜한 기분을 떨쳐버리기가 어려웠다.

당사자인 영주는 장가 들 생각이 눈꼽만치도 없었다. 그러나 아버지의 성격으로 봐서 일단 결정이 되면 그것으로 끝이었다. 따라서 덕산의 이덕명 규수는 조만간 자신의 배필이 될 것이다. 이게 대체 무슨 일인가. 어떻게 해서 이렇게 살아야 하고 저렇게 살면 안되는가. 사는 게 무엇인지 모르고 어디로 가는지도 모르면서 어찌 또 다른 인생과 짝을 이루어 함께 갈 수 있겠는가. 사람들은 왜 그런 중요한 문제를 해결하기는 커녕 도망치고 피하여 그저 정해진 대로 흐름에 몸을 맡겨 버리려 하는 것일까. 이처럼 투명하지 못한 것, 안개처럼 흐리멍텅한 것, 문제나 장애를 앞에 놓고 피하여 돌아가고 흐르는 물에 몸을 맡겨 버리는 것을 영주는 싫었다.

혼인날짜가 잡히자 영주는 여러 가지 생각을 해보았다. 결혼을 하면 지금까지 안개 속을 헤매면서 찾으려 애쓰던 삶의 근본문제를 아무것도 해결하지 못하고, 손에 잡은 것 하나 없이 흐르는 물에 몸을 맡겨 버리게 된다. 이때부터는 세월이 그를 실어다가 조만간 어느 언덕 위에다 팽개쳐 버릴 때까지 그냥 떠내려가기만 할 것이다. 그것은 견딜 수 없는 일이었다. 일단 이 결혼이라는 질곡으로부터 벗어날 필요가 있었다.

방법은 집을 나가는 수밖에 없었다. 나가면 어디로 갈 것인가. 서울이나 일본으로 건너가서 공부를 계속하는 길이 아슴프레 보였다. 그러나 이 길은 굳이 집을 뛰쳐나가야만 갈 수 있는 금단의 길은 아니었다.

중학교 시험을 포기한 뒤에도 부친 이상언은 몇 번이나 영주의 진학을 심각하게 생각해 본 일이 있었다. 일본으로 유학을 보내는 일도 염두에 두었다. 그러나 당사자인 영주 스스로가 중학 진학에 큰 매력을 지니고 있지 않았다. 학교에서 배운다는 교과서를 비롯하여 여러 가지 책들을 스스로 섭렵하면서 이런 것들을 굳이 학교라는 부자연스러운 울타리 속에서 새삼스럽게 배워야 할 이유를 알지 못했기 때문이다.

그런데 지금 와서 공부를 하기 위해, 학교에 들어가기 위해 서울이나 일본으로 떠난다는 것은 스스로 납득이 되지 않는 헛소리였다. 스스로 납득이 되지 않는 이유로 어떻게 남을 이해시킬 것인가. 그건 불가능한 일이었다. 적어도 영주의 행동양식에는 그런 일이 있을 수가 없었다.

아무런 결정도 하지 못한 사이에 날이 가고 마침내 결혼식 날이 다가왔다. 부딪쳐 보자, 그는 생각했다. 결혼을 한다고 해서 내가 나 아닌 무엇으로 변할 수는 없을 것이다. 다음 일은 그 다음에 생각하기로 하

자. 그리고 어쩌면 결혼이라는 전혀 생소한 일 속에서도 지금까지 알 수 없었던 삶의 새로운 모습을 발견하게 될지도 모르는 일이고 나라는 인간의 숨겨진 본래의 모습이 문득 불거져 나올지도 알 수 없는 일 아니겠는가.

아침 일찍 신랑 영주는 사모관대를 두르고 당나귀 잔등에 올라 아침 일찍 출발하였다. 상객으로 앞서 걷고 있는 이상언은 몹시 기분이 좋은지 걸음이 날듯이 가벼워 보였다. 그러나 신랑의 기분은 안개가 자욱하게 낀 논 길을 비치럭거리며 걷고 있는 것처럼 앞길이 그저 흐릿할 뿐이었다.

강을 건너 지리산 자락을 굽어 돌며 덕산으로 가는 길은 붉은 단풍이 수를 놓은 듯 아름다웠다. 가을걷이를 끝낸 논벌에는 볏가리가 드문드문 남아 있었고, 더러 타작을 끝낸 볏짚 속에서 작은 이삭 하나라도 찾아내려는 듯 아낙네들이 쭈그리고 앉아 있다가 잠시 일손을 멈추고 새신랑 일행을 향하여 손을 흔들었다.

가까운 산자락은 비단옷을 입은 것처럼 울긋불긋하였으나 멀리 하늘을 이고 서 있는 천왕봉은 거무레하게 그늘 속에 잠겨있었다. 얼마나 많은 세상사를 보았을까 천왕봉은, 하고 당나귀 잔등 위에서 흔들리는 신랑은 생각하였다. 장가 가고 아이 낳고 늙고 병이 들어 저승길로 가는 인간들의 일을 묵묵히 버티고 선 저 산봉우리는 얼마나 신물이 나도록 보면서 웃음을 삼켜 왔을까. 그리고 지금 장가들기 위해 또 하나의 인간이 당나귀 잔등에 올라 흔들리면서 가고 있는 모습을 저 산은 어떤 눈짓으로 훔쳐보고 있는 것일까. 새신랑은 장가가는 것이 부끄러워 얼굴을 들지 못하겠다는 듯이 고개를 푹 숙이고 있었다.

신부집 마당에 차려진 초례청에서도 천왕봉의 웃는 듯 마는 듯한 얼굴은 기왓골 너머로 검푸르게 모습을 드러내고 있었다. 초례를 올리는 동안 영주는 신부의 얼굴을 훔쳐보려고 하였으나 잘되지 않았다. 자신이 쓰고 있는 터무니없이 크고 모양새도 우스운 남바위도 그렇지만 신부의 한삼 족두리도 그에 못지않게 거창하여 사람의 형용이 아니었다.

첫날밤, 그는 가물거리는 촛불 아래서 비로소 자신의 운명 속에 끌려들어와 섞이려고 하는 또 다른 운명의 모습을 보았다. 족두리의 비녀를 빼고 턱없이 긴 웃저고리를 벗겨 내리면서 그는 신부의 얼굴을 유심히 바라보았다. 신부 이덕명도 잠시 고개를 들어 영주의 눈길을 받아 마주 보다가 곧 거두었다.

어디서 많이 본 듯한 얼굴이었다. 자신과 무척 닮은 듯한 느낌이었다. 오늘 처음 만난다는 느낌은 전혀 없었다. 그 얼굴을 보고 있자니 지금까지 불안하고 뒤숭숭했던 생각들이 자취를 감추고 마음이 편안해지는 것이었다. 어렸을 때 어머니나 할머니에게서 느꼈던 그런 편안함과는 성질이 다른 평화가 거기에 있었다.

"우리 어디서 보았는교?"

신랑이 물었다. 색시는 얼굴을 들어 신랑을 보았으나 다시 고개를 숙였다. 무슨 말인지 알 수가 없었기 때문에 대답할 수가 없었다.

"우리 분명히 어디서 만났는데 그게 어딘지 모르겠는기라. 생각이 나지 않는교?"

색시는 여전히 가만히 있었다.

"이상타. 어디서 분명히 본 얼굴인데, 전생이라카는 것이 있는갑다."

밖에서는 문구멍 뚫는 소리, 서로 들여다보려고 밀치락거리는 이낙들의 숨죽인 웃음소리가 들렸다.

"피곤하지요? 오래 같이 걸어야 할 것이니 이제 그만 잡시다."

신랑은 촛불을 불어 끄고 누웠다. 한참 후에 신부도 그 옆에 누웠다. 밖에서는 여전히 웃음소리, 한숨소리가 들렸으나 곧 잠잠해졌다. 영주는 신부의 가느다란 숨결을 심장 가까이 느끼면서 생각했다. 결혼은 남자와 여자가 하나 되는 일은 아니다. 가까운 거리에서 나란히 가는 길일 뿐이다.

새색시 이덕명은 이상한 여인이었다. 그녀는 시집에 오자마자 놀랍게도 빨리 시집의 일부처럼 동화되어 버렸다. 예의범절, 행동거지가 시집의 묵은 가풍에서 한 치도 어긋나지 않아 도무지 남의 식구가 들어왔다는 느낌을 주지 않았다. 영주는 자신의 한 부분이 집안에 들어오면서 진짜 자신은 밖으로 밀려난 듯한 묘한 기분이 들었다.

시할아버지로부터 시부모에 이르는 집안의 어른들과 여섯 명이나 되는 시동생, 시누이들, 그리고 머슴들에 이르기까지 새 며느리의 크고 따뜻한 마음자락 속에 부드럽게 녹아들었다.

"새애기, 대단한 사람이다."

이상언이 더 참지 못하고 며느리 칭찬을 하였다.

"희한하제, 낯선 식구가 들어온기 아니라 우리 식구가 잠시 출타했다가 돌아온 거 같제."

시어머니 강상봉도 입을 다물지 못하고 기뻐하였다.

"집안의 복이다."

이상언이 아들에게 당부하였다.

"니도 인자 허황한 생각일랑 치았뿌고 한 가정의 가장으로 처신을 잘 해야 한다."

이상언은 어른이 된 영주에게 진짜 어른이 해야 할 일거리를 만들어 주기 위해 세심한 배려를 하였다.

묵곡리는 지리산 깊은 골에서 흘러내려온 경호강이 남강과 합류하기 위해 진주로, 흘러들기 직전에 여기저기 만들어 놓은 작은 들판들 중의 하나였다. 마을의 뒤를 받치고 있는 작은 봉우리들과 앞으로 휘감아 도는 경호강 사이에 펼쳐진 그 들판은 거의 대부분이 이상언의 소유였다. 진주나 산청에서 신작로를 따라 오다가 경호강 나루를 건너기만 하면 이상언은 남의 땅 밟지 않고 살아갈 수 있을 만큼의 부자였다.

그러나 묵곡리의 벌판이라는 것이 워낙 지리산 자락을 비집고 경호강이 수십만 년 흐르면서 간신히 빚어 놓은 좁은 들이었기 때문에 수천 석, 수만 석 거두는 대지주는 되지 못하였다. 그 대신 벼농사 수백 석에 밤과 대나무 소출을 합하여 현금을 많이 만들 수 있었으므로 살림은 벼농사에만 의존하는 다른 지역의 대지주들에 비하여 오히려 넉넉한 편이었다.

가을에 밤 소출만 하더라도 수십 가마니는 되었다. 이상언은 이 밤을 진주에 있는 과일 수집상인 요시다 상회에 넘겨 주고 있었는데 영주가 결혼한 직후부터 그 거래를 영주에게 일임하였다. 결혼으로 사내의 육신을 묶고 일감으로 정신을 붙들어 매려는 배려에서였다. 갑자기 일을 맡기면서도 미리 주의를 준다거나 요령을 가르쳐 준다거나 하지는 않고 무조건 일을 통째로 던져 주고는 모른 체하였다.

그 해 밤농사는 풍작이었다. 원래 과일나무는 해걸이를 하여 한 해 생산이 좋으면 다음 한 해에는 몸살을 앓아 소출이 처지는 법인데 어찌 된 셈인지 지난해에 이어 올해도 풍작이 계속되었다. 알도 굵고 벌레도 먹지 않았다. 밤의 무게를 이기지 못하여 찢어지는 가지도 있었다.

밤털이는 영주가 장가들기 전에 이미 끝나 있었다. 말린 밤을 창고에 쌓아 두고 내다 팔지 않았던 것은 그 일을 새로 어른이 된 아들에게 맡기려는 이상언의 꿍꿍이 때문이었다.

영주가 그 일을 맡자마자 기다리고 있었다는 듯이 요시다 상회의 조선인 서기인 하영후라는 사람이 묵곡리로 찾아왔다. 하영후는 상대가 신출내기에다 백면서생이나 다름이 없는 이 집의 장남으로 바뀐 것이 내심 몹시 반가웠으나 내색은 하지 않았다.

"어르신네, 건강이 나쁘다고 들었는데 지금은 좀 어떠십니까?"

나이 마흔이 훨씬 넘은 하영후는 자식 연배인 영주에게 굽실거리면서 눈치를 살폈다. 영주는 말없이 사내를 바라보았다.

"아시겠지요마는 우리 상회는 과일뿐만이 아니고 별의별 것들을 다 취급하고 있십니다. 조선 땅에서 나는 것만도 아니고 내지나 만주, 지나의 물산이나 화태, 안남 것들도 구하자면 얼마든지 구합니다. 특히 화태의 녹용은 알아 주는 영약입니다. 만주에서 나는 웅담은 진품 중에 진품이고요. 허나 산삼만은 조선 땅에서 나는 것을 덮을 만한 것이 없십니다. 그렇지 않아도 지가 우리 젊은 어르신네 몸이 편치 않으시다는 말을 듣고 인편에 부탁을 해놨십니다. 녹용도 나름이고 산삼도 산삼나름이거든요."

"……"

"아, 그럼 우리 거래부터 해치웁시다. 그런 다음에 우리 어르신네 건강 얘기 좀 차근하게 해봅시다. 보시다시피 올해는 밤농사가 대풍입니다. 내지에서도 대풍이라고 합니다. 추석도 지나 대목을 넘겼기 때문에 값이 자꾸 떨어지고 있십니다. 가만히 가지고 있으면 한 달 안에 반값이 되고 말 겁니다."

"……"

"어르신네."

영주는 말없이 돌아서서 대나무숲을 향하여 걸어갔다. 하영후는 뒤를 따랐다. 영주는 돌아보지도 않고 대나무숲 속으로 깊이 들어가 버렸다. 하영후는 대나무숲 언저리에서 빙빙 돌며 기다렸다. 그러나 젊은 어르신네는 나오지 않았다. 하영후는 욕을 시부렁거리면서 두 시간을 기다렸다. 그래도 젊은 어르신네는 소식이 없었다. 이상언의 집으로 가서 물어 보니 이상언은 자신은 모르는 일이라는 대답이었다.

하영후는 다시 대나무숲 언저리로 돌아가 두 시간을 더 기다렸다. 그래도 개미 새끼 하나 나오지 않았다. 어느 사이에 해가 지려 하고 있었다. 하영후는 뱀에게 물린 짐승처럼 얼굴이 울그락불그락하여 진주로 돌아갔다.

저녁에 돌아온 아들에게 이상언이 물었다.

"어딜 갔다 왔느냐?"

"대나무밭에서 생각을 했습니다."

"요시다 상회의 사람과는 어떻게 하기로 하였느냐?"

"그 사람하고는 할 말이 없습니다. 혀를 놀리고는 있으나 사람의 마음이 아닙니다."

"장사꾼이란 원래 그런 것 아이가. 너는 누구에게 저 많은 밤을 팔려고 하노?"

"사람에게 팔 겁니다. 어쨌든 그 자에게는 팔지 않겠습니다."

"허. 요시다 상회가 진주에서 제일 큰 상회인데?"

"팔 곳이 없으면 근동 사람들한테 헐값으로 팔든가 거저 나눠주지요. 아버님께서는 밤을 저에게 주셨으니 구경만 하십시오."

"하모, 그라지."

과연 다음날부터 영주는 밤을 헐값으로 팔기 시작하였다. 주로 닷새장을 돌아다니며 제수용 과일을 파는 쫄때기 상인들이 그 대상이었다. 밤을 시세의 반값으로 판다는 소문이 돌자 쫄때기 상인들은 물론이고 근동의 농가에서도 제수용을 미리 사두려는 사람들이 줄을 이었고 열흘이 못 가서 창고에 쌓였던 밤은 모두 나가 버렸다.

일 년 밤농사를 그렇게 처분하는 것을 지켜보기만 하던 이상언은 착잡하였다. 그냥 집에 눌러 앉아 대를 이어 줄 평범한 인간은 아무래도 아니었다. 그래서 불안했다. 이상언은 며느리를 불러 당부하였다.

"니 바깥주인이 아무래도 발을 땅에 붙이고 살 것 같지가 않다. 아가, 니가 저 사람을 단단히 붙들어 매어야겠다."

"……"

며느리는 버선코만 내려다보고 있었다.

"무신 방법이 없겠느냐?"

"벌써 떠난 사람입니다, 아버님."

"떠나? 그기 무신 소리가? 어디로 떠났다고 그 말이고?"

"그냥, 그렇게 생각이 돼서…… 생각이 너무 깊어서, 붙들어 맬 말목이 없습니다."

이상언은 말을 잃고 며느리를 바라보았다. 혼사를 이룬 지 겨우 반년이 지났을 뿐인데도 며느리는 지아비의 모든 것을, 어쩌면 아비가 보지 못하는 먼 앞날까지도 이미 꿰뚫어 내다보고 있는 것인지도 모른다. 며느리의 총명에 새삼 감탄하면서, 그 총명이 오히려 서글퍼져서 이상언은 고개를 돌려 버렸다.

대원사(大源寺)

대원사(大源寺)

 영주의 나이 스물두 살에 병이 도졌다. 소화가 되지 않아 늘 신트림이 목구멍으로 올라왔고 뱃속이 송곳으로 쑤시는 듯 격렬한 통증이 간헐적으로 찾아왔다. 한창 나이의 젊은 신체가 시들시들 마르면서 광대뼈가 무섭게 불거지고 둥근 얼굴에 커다란 두 개의 눈만 육신 가진 인간의 고통의 진원이 무엇인지 찾고야 말겠다는 듯이 두리번거리고 있었다.
 영주의 병이 깊어지자 부친 이상언은 백방으로 용하다는 의원을 찾아 아들을 데리고 다녔다. 그러나 지나 놓고 보면 늘 그랬듯이 비슷한 길을 밟아 비슷한 의원들에게 진찰을 받고 비슷한 진단과 처방을 들었을 뿐으로 열대여섯 살 때나 지금이나 변한 것은 아무것도 없었다.
 진주로 나가 양의에게 보이면 아무런 질병도 나타나지 않으므로 신경쇠약일 가능성이 많다는 것이 정해 놓은 대답이었다. 한의사들은 기가 허하다는 사람도 있고 기가 오히려 넘쳐서 그렇다는 사람도 있어 헷갈이는 바람에 더욱 갈피를 잡을 수가 없었다. 결국은 막연하게 기를 돕고

(혹은 잠재우고) 신체를 보하면서 수양을 하는 수밖에 없다. 이런 식의 어정쩡한 원상태로 돌아올 수밖에 없었다. 병이 있으되 스스로 고치는 수밖에 없는 그런 병이라는 얘기였다.

그럴수록 영주의 삶과 죽음에 대한 사색 또한 깊어졌다. 원래 이 사색 때문에 병이 생겼는지 병이 생겼기 때문에 생각이 일어났는지는 알 수 없으나, 지금은 그 두 가지를 동시에 일어나 실체와 그림자처럼 함께 가고 있었는데 어느 것이 실체이고 어느 것이 그림자인지도 알 수가 없었다.

"무당을 불러 푸닥거리를 해보소."

강 건너 마을의 권장업 영감이 일부러 찾아와서 이상언에게 권하였다.

"허황한 짓인 줄은 알지만 나도 벌써 그 생각을 안해 본 것은 아닙니다."

"그러면?"

"문제는 당사자에게 있십니다. 영주 저 사람을 영감님도 잘 아실겝니다마는 귀신 같은 허접쓰레기가 붙을 자리가 없을 만큼 정신을 마당 쓸듯이 깨끗하게 해놓고 있는기라요. 지 에미도 하 답답하여 무당은 젖혀 놓고라도 점쟁이에게 좀 물어 보기나 하자고 은근히 말했다가 혼구녕이 안 났십니까."

"쯧."

권장업 영감은 혀를 찼다.

"사람이 정신이든 육신이든 너무 맑게 하면 못쓰는긴데, 그저 이것저것 두루 포용하고 감싸 안으면서 원만하게 살아가야제. 누구는 귀신이 꼭 있다케서 푸닥거리를 하나. 그런 걸 하다 보면 마음이 편해지기도 하이까네, 알면서도 속고 모르면서도 속는 긴데…… 그기 바로 인생 아이든가."

권영감이 가고 난 후 이상언은 아들을 불렀다.

"니는 동서양 책을 무수히 많이 보았으니 잘 알겠제. 대체로 귀신이라카는 것이 있는기가, 없는기가?"

영주는 아버지의 얼굴을 말없이 바라보았다. 잘 아는 얘기를 새삼스럽게 꺼내는 이유가 무엇이냐고 그 커다란 눈동자는 묻고 있었다.

"나도 지금까지는 귀신이 있다는 걸 인정하지 않았다. 우리집에 조상제사 지내는 것말고 잡귀신 불러들인 일 한 번도 없었니라. 그러나 요즈막에 와서 내 나이가 들어 공연시레 겁이 많아져서 그런지는 몰라도 정말 귀신이 없을까 하는 의심이 자꾸 드니 별일이다. 니가 많이 읽고 생각 또한 깊으니 애비에게 이 문제를 가르쳐 보그라."

"아버님께서 알고 계시는 그대로입니다."

이상언의 말이 끝나기도 전에 영주가 대답하였다.

"무신 소리고."

"귀신이 있다는 뜻입니다. 귀신 들린 사람들을 보시지 않았습니까. 그것이 귀신이 있다는 증거입니다."

"그러나 귀신을 본 일은 없다."

"귀신을 볼 필요는 없습니다. 귀신 들린 사람들이 곧 귀신이기 때문이니까요."

"애비에게 말을 어렵게 하지 말고 쉽고 간단하게 해보아라."

"귀신이 사람들의 마음속에 있다는 뜻입니다. 그러나 사람의 마음이 곧 귀신이 아니겠는교."

"아니다. 사람의 마음은 귀신이 드나드는 집이나 쉼터가 아니겠느냐. 그러니까 귀신이 들기도 하고 나가기도 하는 것 아니겠느냐."

"귀신이 만일 스스로 있다면 왜 남의 육신을 빌려 나타나겠습니까? 육신을 빌리지 않고는 나타날 수 없는 것이라면 그것은 있는 것이 아닙니다. 그러니 결국 귀신은 사람의 마음의 작용일뿐입니다."

"니를 보고 귀신에게 씌워서 건강치 못하다고 말하는 사람들이 있다. 그렇지 않고서야 뚜렷한 병도 없이 무신 까닭으로 젊은 놈이 비실거린다는 말이가. 설명을 할 수가 없는 일 아이가."

영주는 아버지의 얼굴을 가만히 보면서 입가에 엷은 웃음을 물었다.

"아버님 말씀이 옳습니다."

"뭐라?"

이상언은 물고 있던 담뱃대를 땅바닥에 팽개치고 아들의 퀭한 두 눈을 들여다보았다.

"지도 잘 모르겠습니다. 지 마음속에서 온갖 잡귀신들이 들끓고 있는 것은 분명한 일입니다. 이것들을 어떻게 물리칠 수 있을지 갈피를 못 찾고 있는 것도 사실이고요."

이상언은 다시 담뱃대를 물면서 한숨을 쉬었다.

"그렇다면 다행이다. 푸닥거리를 해서 쫓아 버리면 일은 간단하게 끝나는 거 아이가."

"지 마음이 귀신인데 무당이 어떻게 잡아내고 쫓아내겠습니까."

이상언은 다시 상을 찌푸렸다.

"그러면?"

"지가 잡아 내겠습니다."

"니가 쫓을 수 있는 귀신이면 왜 여직까지 쫓지 못하였느냐."

"마음을 둘러싸고 있는 구름 같고 안개 같은 이 껍데기를 찢어 버리지 못해서 청명한 하늘을 볼 수가 없는 것입니다. 수양이 모자라서요."

"수양을 더 이상 얼마나 더 한다는 말이가. 오히려 니한테는 그놈의 수양이라카는 것이 귀신을 부르는 우환이 아니었나 싶다마는."

"집을 잠시 떠나겠습니다."

"뭐시라?"

"잠시 세상을 떠나 절에 가서 살면서 이 마음의 껍질을 벗겨 보려고 합니다. 아버님께서 허락만 해주신다면요."

"니 인자 보니 석씨 문중의 도리에 마음이 가는구나?"

"그렇지 않습니다. 석씨가 하는 말에도 들을 만한 구절이 없는 것은 아니지만 그들이 하는 짓은 인간의 도리를 저버리는 일이니 올바른 방법이 아닙니다. 방법이 옳지 않다면 근본 생각 또한 옳지 못할 것입니다."

"맞는 말이다. 그럼 절에는 왜 가려고 하느냐."

"고요한 자연 속에서 건강을 돌보는 일은 옛부터 제일로 치는 방법이었습니다."

이상언은 깊이 생각에 잠겼다. 한참 후에 그는 결단을 내렸다.

"좋다. 절에 가거라. 푸닥거리보다는 역시 내 마음에도 그쪽이 낫겠다 싶구마는. 그 대신 절에 가서도 약을 잘 묵어야 하고 절대로 석씨지도(釋氏之道)에 빠져서는 안 되니라."

말은 그렇게 하고 있었으나 이상언이 석씨지도를 경멸하고 있는 것은 아니었다. 그의 사랑채에는 가끔 스님들이 드나들었고, 그럴 때마다 그는 스님들과 밤을 새워 법담을 나누면서 때로는 함께 고기와 술을 마시는 파격을 즐기기도 하였다. 부인 강씨 역시 초파일에는 가까운 절에 가서 연등을 달아 놓고 올 정도로는 부처님의 세계와 인연을 맺어 두고 있었다. 그러나 이상언에게 있어 그러한 파격은 하나의 풍류와 같은 것일 뿐이어서 자신의 가족 중 누구가 불도에 깊이 빠져 정상적인 삶의 길을 팽개치는 꼴을 본다는 것과는 가당치도 않은 별개의 문제였다.

이상언은 결단이 빠르고 행동이 빠른 사람이었다. 그는 직접 나서서 십 리 떨어진 유천암의 주지 석운스님을 찾아가 상의를 하였다. 석운은 깊이 생각해 본 후에 말하였다.

"지리산 대원사에 가 보신 적이 있습니까?"

"이름은 들었지만 가 본 일은 없니더."

"산이 깊고 계곡은 맑아서 가히 심신을 닦을 만합니다. 주지 해월스님도 도량이 깊은 분이시고 마침 저와 마음이나마 늘 교통이 이루어지고 있는 분입니다. 제가 곧 행자를 놓아 허락을 얻어 놓을 터이니 수일 내로 자제분을 보내도록 하시지요."

"고맙십니다. 그런데…… 혹시."

"무슨 걱정이 있습니까?"

"아니올시다. 뭐랄까, 예감이 이상시러바서…… 내 자식 영주를 아시지요. 혹 출가할 상은 아니었습니까?"

석운은 희미하게 웃고 하늘의 구름을 바라보았다.

"저는 상을 볼 줄 모릅니다. 그러나 부처님께서 일체중생 실유불성이라 하였으니 자제분께서 눈이 밝은 사람이라면 필시 제 본성 속에 있는 부처를 발견하게 되겠지요."

 이상언은 속으로 이 중놈이 날더러 눈이 어두운 사람이라고 욕을 하는 것인가, 하고 분기가 솟았으나 눌러 참고 유천암을 물러나왔다.

 며칠 후 영주는 지리산 대원사를 향하여 길을 떠났다. 중머슴 장손이가 짐을 지고 따랐다. 약탕관을 비롯하여 달여 먹을 약이 한 보따리에다 옷가지며 이불이며 책까지 합하여 제법 큰 짐이었다. 젊은 새댁 이덕명은 어른들 뒤에 묻혀 서서 대문 밖에도 나오지 못하고 남편을 배웅하였다. 무심코 돌아본 영주의 눈에 뭔가 간절히 할 말을 품은 듯한 새댁의 눈이 잠시 들어왔으나 그뿐이었다.

 아침 먹고 일찌감치 출발하였으나 덕산에 닿으니 참때가 기울었고 산청으로 가는 길과 대원사로 가는 길에 갈라지는 죽전마을 앞에 닿았을 때는 점심 때가 훨씬 지나 있었다. 그들은 개울가에 앉아 초배기에 담아지고 온 점심밥을 먹었다.

"이상하다."

 흐르는 물로 목을 축이면서 영주가 혼잣말을 하였다.

"뭐가예? 뭐가 이상한교, 되련님."

 장손이가 보채듯이 물었다. 영주는 입을 다물었다. 이놈에게 말한다고 알아들을 리가 없다고 생각했기 때문이었다. 사람이 이십여 년을 살던 집과 혈육을 떠나면 필시 마음이 서글퍼지고 뒤가 돌아보이는 법이다.

 그런데 지금 비록 약탕관을 둘러메고 잠시 심신을 다스리기 위하여 가는 길이기는 하지만 가슴 속에 청량한 해방감이 감도는 것은 이게 어찌 된 까닭일까. 막연한 느낌이기는 하지만 영주는 지금 자신이 집과 혈육이라는 그 작은 테두리로부터 떠나 허공에 떠도는 한 줌 바람이 된 듯한 기분이 들고 있었다.

죽전에서부터는 산자락 속으로 파묻혀 들어갔다. 중간에 평촌이라는 초가집 몇 채의 작은 산중마을이 있었으나 왼쪽으로 계곡을 끼고 산비탈을 깎아 만든 작은 오솔길이 구불구불 끝도 없이 이어지는가 했더니 문득 퇴락한 단청이 그림처럼 솟아났다. 대원사였다. 대원사도 여느 사찰들처럼 앞으로는 다리를 길게 뻗으면 물에 닿을 듯 가까운 거리에 계곡을 끼고 뒤로는 아득한 준봉을 베개삼아 그 산자락을 깔고 앉아 있었다.

높이 쌓은 계단이 끝나는 곳에 누대를 만들고, 그 누대 아래로 출입문이 나 있었다. 문을 들어서니 넓은 뜨락 저편 가운데에 대웅전이 버티고 섰고 왼쪽으로 칠성각이 나란히 붙어선 단순한 배치였다. 칠성각에서 왼편으로 각을 이루며 납작하게 엎드린 건물이 요사채였다. 다시 눈을 들어 보니 대웅전 추녀에 가려 잘 보이지는 않으나 오른쪽 뒤편으로도 언덕 위에 두어 채의 지붕이 보였다. 아마도 주지스님의 가족들이 사는 살림집일 것이었다.

영주와 장손이 누대를 거쳐 뜨락으로 들어서자 어디서 보고 있었던 것처럼 아직 소년티를 벗지 못한 행자가 주르르 마중을 나왔고, 법당에서도 방금 저녁예불을 마친 듯한 젊은 스님 한 사람이 신발을 꿰어 신고 댓돌로 내려서는 참이었다.

"혹시 묵골에서 오시는 처사님 아닙니꺼?"

행자가 알은 체를 하는데 어느새 젊은 스님이 계단을 내려와 행자를 밀어내고 대신 인사를 하였다.

"먼 길 오시느라 고생이 많으셨습니다. 소승은 무명이라 하고 여기이 행자 놈은 이 절의 이름과 같은 대원이라고 부릅니다. 주지스님은 지금 좌선 중이시니 나중에 만나 뵙도록 하고 우선 짐을 내려놓으시지요."

영주는 역겨웠다. 스님들의 사람 응대하는 모습이 영락없이 음식점의 종업원들이 손님 맞는 태도와 비슷하지 않은가. 아버지 이상언이 시주를 과다하게 해둔 탓일까, 그렇다 하더라도 참고 보아 주기 어려운 광경이었다.

무명스님과 행자 대원의 안내로 그가 머물게 될 방을 안내 받았다. 칠성각 왼편에 기역자로 길게 지어 놓은 요사채의 맨 끝쪽 방이었다. 안쪽 벽에 두 개의 나무를 가로질러 만들어 놓은 시렁 외에는 아무런 장식도 가구도 없는, 그야말로 절간 방이었다. 그러나 장판은 깨끗한 편이었다. 한쪽 벽의 나무못에 잿빛의 승복 바지와 누더기 윗도리 한 벌이 걸려 있었다.

"처사님께서 계실 방입니다. 우선은 짐만 내려놓으시고 저쪽 방으로 가셔서 공양부터 드십시다. 마침 저녁공양 시간이라 모두 거기 계십니다."

모두라니 누구를 말하는 것일까, 그러나 그 의문은 금방 풀렸다. 긴 요사채의 오른쪽 끝방은 다른 방과는 달리 스무 명은 너근히 끼여 잘 수 있을 만큼 넓은 대중 방이었다. 방 한가운데 길다란 밥상이 놓여 있고 마침 속인 두 사람이 저녁공양을 들고 있는 중이었다. 방 한쪽 벽에 작은 바라지문이 있어 채공간과 통하게 되어 있었다. 바라지문을 통해 고개를 빼죽이 내밀고 보던 중늙은이 보살이 벼락같이 두 사람의 밥상을 차려 내왔다.

먼저 와서 공양을 들고 있던 두 속인 중 한 사람은 마흔이 훨씬 넘어 보이는 어른이었고 나머지 한 사람은 영주보다 조금 어린, 이제 갓 스물이 될까 말까 한 청년이었다. 풍기는 냄새가 학생인 것처럼 보였다.

"밥상머리라서 좀 뭣하기는 하지만 같이 공양을 들자면 아무래도 통성명을 해야 덜 불편할 것 같군요. 이분은 진주 근처 묵실이라는 데서 오신 이영주 처사님이십니다. 몸이 허하셔서 당분간 여기서 수양을 하실 요량으로 오셨는데 맨 끝 쪽의 비어 있는 방에서 거하시게 됩니다. 이분은 김병용 처사님이십니다. 학자이시고 사업가이시고 또 구도자이시고……"

"그만 하소. 무명스님."

김병용이 손을 저어 말렸다. 무명스님은 학생 같아 보이는 청년을 턱으로 가리켰다.

"서경문 처사님입니다. 부산 사람이지요. 일본에서 공부를 하시다가 나라 없는 설움에 홧병이 치밀어서 지리산 서늘한 나무 그늘에서 홧병을 삭이고 있는 중입니다."

수인사를 나눈 후에 공양을 들었다. 장손이는 아까부터 밥을 퍼 넣기 시작하여 벌써 한 그릇을 비우고 새로 한 그릇을 받아 놓고 있었다. 영주도 워낙 시장했던 터라 시꺼먼 산나물 무침에 껄끄러운 보리밥이었으나 금방 비우고 수저를 놓았다. 하루 종일 걸어온 탓이겠지만 이 정도로 밥맛이 좋다면 소화불량 따위의 고질병은 하루아침에 날려 버릴 것 같은 가벼운 기분이 들었다.

집을 떠나 절에 오자마자 소화불량이 가시고 있다. 무슨 일이거나 생각의 끝까지 더듬어 가는 그 버릇에 따라 그는 생각하였다. 이것은 사람의 생각과 물질로 이루어진 육신이 별개의 것이 아니라는 증거가 아닐 수 없다.

'나는 지금까지 읽었던 서양철학의 많은 저자들이 편의상 구분해 놓은 육체와 영혼의 이분법적인 사고에 아무 비판도 없이 끌려 다니느라고 나는 구름 잡는 헛걸음만 하고 다녔던 것은 아니었을까.'

이 문제를 좀더 생각해 볼 것이다.

"두 젊은 처사님들을 제 방으로 모셔서 차를 한 잔 대접하고 싶습니다만."

김병용은 대중방의 바로 옆방에 묵고 있었다. 그 방에 들어가자 촛대 옆에 낡아 빠진 책더미가 눈을 끌었다. 누런 밀초에 불을 붙이고 나더니 김병용은 두 젊은 사람을 건너다보았다.

"두 분의 상이 모두 범상치가 않습니다. 나로 말하자면 아까 무명스님이 소개한 그대로 이것도 저것도 아니고 그냥 떠돌아다니는 구름 같은 인간입니다. 마음속에 굉장한 갈증을 가지고 사바세계에 나왔으면서도 목을 축이기 위하여 스스로 샘을 파지는 않고 누군가 파 놓은 우물 곁을 기웃거리고 다니는 그런 한심한 인생이올시다. 처음에는 위대한 스님들이 깨달은 것을 훔치려고 도둑 같은 심보로 헤매 다녔지요. 그러나 조선 땅에는 이미 위대한 스님도 위대한 불법도 자취를 감추어 가고 있어요. 그래서 엉뚱하게도 이런 생각을 했습니다. 이러다가는 불법마저도 완전히 사라져서 장차 나라를 되찾을 때는 —나라는 반드시 되찾습니다. 왜놈의 운세는 사쿠라꽃처럼 봄날의 한나절도 견디지 못하는 운세이니까요— 이 나라에 불법의 씨앗은커녕 그 흔적마저 사라져 버릴지도 모릅니다. 나처럼 구경꾼으로 태어난 인간이 그나마 공덕을 쌓을 수 있는 길이 있다면 지금이라도 조금 남아 있는 불법의 흔적이라도 긁어서 소중히 모아 두었다가 장차 이 말법의 시대가 가고 옛 성인들의 말

쓺과 행적이 진실로 그리워질 때, 근거라도 주기 위하여 우리의 불전, 행장을 주워 모으러 다니는 중입니다. 운수가 좋아 눈이 푸른 납자를 만나 사자후를 들으면 기록을 해두기도 하고…… 젊은 분들 보시기에 참 우스운 일이지요?"

웃을 일이 아니었다. 영주는 김병용이라는 사람의 얼굴을 찬찬히 바라보았다. 이마에 주금이 깊어 웃으니까 얼굴 전체가 주름으로 덮이는데 그 주름 속에 감추어진 것이 슬픔인지 외로움인지 분간하기 어려웠다.

"대원사에는 어떻게 오셨습니까?"

서경문이 물었다.

"고승대덕도 없고 대처승의 살림집 같은 이 절에 무슨 볼일이 있었느냐, 이 말씀이신가 본데, 여기 온 목적은 좀 달라요. 지금은 대처승의 살림집으로 되어 버렸지만 지금부터 육십여 년 전 이 퇴락한 절간은 아주 중요한 역사의 현장이었습니다. 이필제라는 사람 이름 아시는가 모르겠네. 민초들을 끌어 모아 후천개벽의 반란을 일으키고 새로운 세상을 만든다는 거창한 계획으로 모반을 꾸민 거점이 바로 이곳이었습니다. 홍경래의 난이 평정된 지 스무 해쯤 뒤의 일이었지요. 서북 지방에서 일어난 민란이 성공을 거두지 못하자 이번에는 삼남지방에서 그 난을 이어 받으려 했던 것이지요. 이필제는 이 대원사에 진을 치고 덕산장터를 패거리의 통문장소로 하여 무기를 모으고 장정을 훈련시키는가 하면, 전라·충청까지 격문을 보내어 호응을 얻은 후에 일거에 서울로 짓쳐들어간다는 작전계획을 치밀하게 수립해 두고 또 실천에 옮기고 있었지요. 이 대원사는 말하자면 최고 사령부였으므로 삼도의 반란군 수령들만 수시로 운집하여 계획을 세우고 지령을 하달받던 중요한 거점이었습니다.

물론 이필제의 그 거창한 계획은 끝내 수포로 돌아가고 나라는 미구에 바다 건너 온 도적놈들의 차지가 되고 말았습니다만. 이번에 내가 여기 온 것은 왜 하필이면 이필제가 대원사를 거점으로 삼았느냐 하는 의문을 해결하기 위한 것과, 또 혹시 그들 혁명을 꿈꾸던 자들의 흔적이라도 남아 있지 않을까 해서 와 본 것이지요."

"뭘 찾으셨습니까?"

서경문이 물었다.

"찾았지요. 이 절의 스님 혜광이 ―속명은 정만병이었습니다만― 바로 이필제의 참모습이자 이념적인 지도자였다는 걸 여기 와서야 알게 되었습니다. 그는 근본이 나무꾼 출신이었으나 절에 와서 배우고 스스로 생각하는 바가 깊은 데다 의협심이 강하여 염불이나 하고 앉아 있지를 못하는 성미였던 모양이지요. 하긴 지금도 그렇지만 조선 말기의 중신세라는 것은 종놈의 신세보다 더 못하게시리 천대를 받았으니 머릿속에 생각이라는 것이 있는 인간이라면 반란이라도 일으켜야 한 목숨 타고난 값을 했던 것이지요. 바로 그 혜광스님이 남겨놓은 귀중한 글들이 여기 있습니다."

김병용은 촛대 밑에 쌓아 둔 전적들 중에서 한지에 필사한 책 두 권을 꺼내 두 젊은 사람들 앞에 펼쳐 보였다.

"생각이 있으시면 읽어들 보시구려. 한 스님이 이 세상의 권력이 무상하며 무상한 권력에는 원래 주인이 없다는 생각에 이르고 급기야는 민초가 그 권력의 주인이 되어야 한다는 제법 그럴듯한 결론에 이르기까지 생각의 흐름이 아주 잘 기록되어 있습니다. 자신의 생각을 부처님의 가르침에서 근거를 만들려고 무지하게 애를 쓴 흔적도 보이구요."

"이 책을 어디에 쓸 작정이십니까?"

영주가 처음으로 입을 열어 물었다. 김병용이 영주의 얼굴을 물끄러미 바라보았다.

"아까 말씀을 드렸지요. 나는 남이 파 놓은 우물이나 기웃거리며 목을 축이러 다니는 걸인이자 도둑이라고요. 도둑질한 물건이나마 모아 두었다가 후일 주인의 자손들이 장성하여 길을 물을 때 내놓으려고 하는 것뿐입니다. 이 땅의 정신은 공자의 가르침 따위에 있는 것이 아니고 불도에 있다는 것은 명백한 사실입니다. 그게 말살되고 있으니 모든 자취를 모아 두었다가 후세에 전하려는 것뿐이지요."

"불법이 그렇게 소중하고 이 땅 백성들의 정신의 기둥이라면, 그리고 그것이 그렇게 사라지려고 한다면 선생님께서 스스로 그것을 일으켜 세워야지, 이런 행적이나 주워 모아서야 대체 어느 세월에 무슨 도움이 되겠다는 것인지 분간이 서지 않습니다."

"그게 바로 역사라는 학문입니다."

서경문이 가로채었다. 그 말 속에는 역사의 중요성을 모르는 촌뜨기에게 뭔가 가르치려는 어감이 묻어 있었다.

"역사가 중요하다는 것을 모르지는 않습니다. 그러나 제 생각으로는 선생님 자신의 역사는 누가 만드느냐 하는 겁니다. 남이 파 놓은 우물이나 기웃거린다고 말씀을 하셨습니다마는 그래가지고야 임시방편으로 갈증을 적실지는 모르지만 지나간 역사에 단 한 줄의 기록도 더 보탤 것은 없지 않겠습니까. 그 얘기입니다."

"바로 찌르셨습니다."

김병용은 영주의 얼굴을 뚫어지게 바라보았다. 두려움이 담긴 눈빛이었다.

"그것이 내 결점입니다. 그리고 내 눈이 잘못되지 않았다면 젊은 처사님, 당신은 필시 당신 자신의 인생의 주인이 될 것이고, 역사를 되씹으며 남의 우물을 기웃거리는 나그네가 될 것이 아니라 우물을 스스로 파서 많은 중생들의 갈증을 씻어 줄 그런 인물이 될 것입니다."

"틀렸습니다."

영주는 고개를 저었다.

"저는 불도에는 관심이 없습니다."

"아닙니다."

김병용도 지지 않았다.

"관심이 없었던 것이 아니고 일부러 피해 왔을 뿐입니다. 그러나 인연은 어떻게 할 수가 없어 이제 처사님은 싫든 좋든 부처님의 가르침이 배어 있는 법당을 지척에 두고 살게 되었습니다."

문밖에 기침소리가 두어 번 나더니 주지인 혜월스님이 들어왔다. 나이가 마흔이 조금 넘어 보였다. 영주는 엉거주춤 일어나 인사를 하였다. 아직 절집에서 하는 합장인사에는 길이 들지 않았던 터라 스님에게 어떻게 인사를 해야 할지 알 수가 없었다.

해월은 깊이 머리를 숙여 합장을 하였으나 상좌인 무명처럼 가볍거나 천박한 느낌은 들지 않았다. 처 자식을 데리고 사는 왜색의 대처승이라는 선입견만 없었더라면 덕 높은 고승이라 하여도 좋을 만한 품격을 향내처럼 발산하고 있는 그런 스님이었다.

"석운으로부터 전갈을 받고 기다렸습니다. 젊은 처사님이 비록 몸이 허하다고는 하나 큰 의문을 품고 그것을 풀지 못하여 덩달아 몸이 쇠한 것 같다는 소식도 들었습니다. 소승은 불행히도 덕이 없으나 부처님은 어디에도 계시는 분이니 모쪼록 지리산의 정기를 흠뻑 빨아들여 한 소식 크게 하시기를 바랍니다."

이 곳에서 만난 모든 사람들, 김병용이나 서경문과 같은 속인을 위시하여 무명, 혜월의 스님에 이르기까지 영주의 육체적인 병이 무엇인지 묻거나 관심을 보인 사람은 아무도 없었다. 절집에서는 육체적인 병이나 마음의 병이 동일하다는 것을 의심할 여지없는 생각의 기본으로 삼고 있는 것 같았다. 영주는 이것이 서운하기도 하고 한편으로 경이롭기도 하였다.

영주는 그날 밤 잠을 이루지 못하였다. 내일 아침 일찍 길을 떠나기로 돼 있는 장손이는 무명과 행자스님 틈에 끼여 대중방에서 일찍 잠이 들었고 영주는 자신의 작은 요사채에서 홑이불을 차고 뒤척이며 생각에 빠져 있었다. 산에서는 소쩍새와 산비둘기가 경쟁이라도 하듯 목청을 긁어 밤새도록 울어 댔다. 컹컹거리는 여우의 울음소리도 이 골짜기에서 저 골짜기로 여운을 끌며 이어졌다.

이 사람들은 길을 잘못 들어 있다. 영주는 그 생각을 되씹고 있었다. 김병용이라는 사람이나 무명이나 혜월이나 모두 길을 잘못 들고 있다. 불법이 무엇인지 모르지만 그들은 그 불법의 한가운데 들어가지 않고 변죽을 울리면서 그야말로 사자가 먹다 남은 찌꺼기를 주워먹듯 그 찌꺼기나 주워먹으면서 그럭저럭 한평생을 살고 있다. 헛되고도 헛된 짓이 아닐 수 없었다. 죽었으면 죽었지 어찌 그런 식으로 살 수밖에 없단 말인가.

다음날 아침 일찍 공양을 마치자마자 장손이는 길을 떠났다.

"지가 한 달에 한 번은 올 깁니더. 다음 올 때 무엇이 젤로 요긴한지 미리 말씀해 주이소, 되련님."

"없다. 모든 것이 풍족한 것 같다. 가서 그렇게 말씀 드려라."

"괜찮겠는교?"

"뭣이?"

"적적해서 우예 살겠는교."

"여기도 사람 많다. 니놈은 죽을 때 적적해서 혼자 우째 죽을라노."

"그거는 죽을 때 이바구고, 산 사람은 부대끼멘시로 살아야 맛 아인교."

"어서 가거라."

"약 잘 잡수셔야 합니다. 행자놈에게 백 번쯤 타일러 놓았으니 달이기는 잘 달일껍니다마는, 되련님께서 전자메쿠로 잘 잡숫지 않으모 소용이 없는기라요."

"알았다. 잘 묵을 끼다."

그러나 장손이가 떠나자 영주는 행자에게 일러 약을 달이지 말도록 했다. 마음과 몸이 둘이 아니고 하나라면 마음에서 생긴 병도 육신을 단련하여 고칠 수 있을 것이고 육신에서 생긴 병도 마음을 단련하여 고칠 수 있을 것이다. 병이 든 사람이 절간을 찾는 것은 이 마음을 다스리기 위함일 터인데 한갓 풀잎이나 나무뿌리를 달인 약에다 의존할 것인가, 그런 생각을 지난밤에 굳혔던 것이었다.

아침나절에는 김병용도 떠났다. 해인사로 간다고 했다. 해인사에는 최범술이라는 박식한 스님이 있는데, 비록 대처승이기는 하지만 그래도 기상이 탈속의 경지에 이르러 있는 데다 이 사람이 또 온갖 불전을 두루 수집하여 소장하고 있는 서적이 나라 안에서 최고라는 소문이 나 있다는 것이었다.

"여기서 수양을 하는 것도 좋지만 배울 것이 없으니 차라리 해인사로 가서 지내는 것이 어떻겠습니까? 내가 가는 길에 최범술 스님이나 그곳 선방에 계시는 효봉스님에게 말씀을 드려 보겠습니다."

김병용은 어제 처음 만났을 때부터 영주가 구도의 길에 들어 선 것으로 상정해 놓고 말을 하고 있었다. 영주는 고개를 저었다.

"불도에 관심이 없으십니까?"

"관심이 생기고 있습니다. 그러나 중이 되지는 않을 것입니다. 자신을 속이고 신도를 속이며 구도에 철저하지 못하니 그저 농부가 농사를 지어 먹고 살듯이 중질을 하여 먹고 사는데 그친다면 무슨 덕이 있겠습니까."

"옳은 말이오. 그러나 그것은 당신이 스님다운 스님을 만나지 못한 관계로 선입견을 가지고 하는 말일 뿐입니다. 해인사로 한 번 가 보세요."

김병용은 진심으로 권하고 있었다.

"기회가 닿으면 한 번 가 보겠습니다."

"부디 그렇게 하십시오. 당신이 크게 한소식을 하거든 나이만 먹고 아무것도 속에 든 것이 없는 나 같은 인간을 부디 잊지 말고 불러 극락의 참빛을 보여 주시기 바랍니다."

"제발…… 그럼 안녕히 가십시오."

김병용을 산문 밖에서 바래다주고 돌아오다가 서경문이 문득 걸음을 멈추고 영주의 팔을 잡았다.

"형님."

청년의 얼굴은 비밀을 들킨 것처럼 붉게 상기되어 있었다.

"형님이라고 부르겠습니다. 처음 뵈었을 때부터 사람을 위압하는 기품이 있어 숨이 탁 막혔는데 김병용 거사께서 형님에게 하는 말을 들어보니 더욱 큰 그릇이라는 생각이 들었습니다."

"나는 집에 동생이 많네. 게다가 자네는 일본에서 대학을 다니다가 온 사람이고 나는 겨우 초등학교를 나왔을 뿐인데 대체 무엇을 배우겠다는 말인가. 말도 안되는 소리 집어치우세."

그러나 서경문은 집요했다. 틈만 나면 영주의 방으로 찾아 왔고, 산이나 계곡으로 산책을 나갈 때는 어디서 기다리고 있었던 듯 언제나 따라붙었다.

"자네는 왜 학교를 때려치우고 이곳에 와 있나?"

"공부는 해서 뭐합니까? 공부를 할수록 일본놈들의 종이 될 뿐이고 배울수록 서양놈들의 덜된 학문과 종교에 물이 들뿐입니다."

서경문의 대답은 두부모를 자르듯이 반듯했다.

"자네는 사람의 영혼과 육체를 어떻게 생각하나?"

학교에서 조금 더 배운 사람들은 대체 어떻게 생각하고 있는 것일까. 이것은 오랫동안 품어 오던 궁금증이었다. 초등학교밖에 나오지 못한 그의 마음속 깊은 곳에 자리 잡고 있던 열등감과 엉겨서 이 문제는 늘 생각의 언저리에 떠돌면서 그를 괴롭히고 있었다.

"그건 물질입니다. 그리고 물질의 작용입니다."

이번에도 명쾌했다.

"영혼이 물질의 작용이다, 이 말인가?"

"그렇습니다. 형님께서 공산주의에 대해서 들어 보신 적이 있습니까?"

"들어 보았지만 허황한 얘기 아닌가."

"절대로 허황한 얘기가 아닙니다. 인류를 구원할 수 있는 마지막 이념입니다. 특히 나라를 뺏긴 우리 조선 사람에게는 이것 말고 달리 희망을 찾을 수가 없습니다."

"그럼 자네는 여기서 왕년의 이필제가 적당을 꾸몄듯이 공산주의 운동을 하려고 산속에 웅크리고 있는 건가? 그리고 지금 날더러 자네의 그 종교에 귀의하라는 뜻으로 하는 말인가?"

서경문은 이 말에는 대답을 하지 않고 말머리를 돌렸다.

"지리산은 참으로 깊고 넉넉한 산입니다. 조선 땅에 이런 산이 있다는 것은 큰 복입니다. 사람들이 이 산곡으로 모여들고 있습니다."

"사람들?"

"그렇습니다. 사람들이지요. 버러지처럼 일본놈들 밑에서 사느니 죽는 것이 낫다고 생각하는 조선 사람들 말입니다. 모두 지리산으로 모여들고 있어요. 스님들도 속으로 생각이 있는 분들은 여기서 멀지 않은 해인사에 모여들고 있고요."

영주도 독립운동을 하는 사람들의 얘기는 수없이 들어 왔다. 그리고 예로부터 지리산이 그런 사람들의 피신장소가 되거나 이필제와 같은 모반 작당의 거점이 되어 왔다는 것도 들어서 알고 있었다. 그러나 그것이 공산주의라는 이념과는 무슨 상관이라는 것인가. 영주의 속마음을 읽고 있었던 것처럼 서경문이 입을 열었다.

"저는 처음에는 불교에 미쳐 있었습니다. 불교는 인간을 모든 속박으로부터 해방시킨 자유의 종교입니다. 윤회전생의 고리로부터 해방시켰고 온갖 더러운 신들로부터 해방시켰습니다. 인간이야말로 이 우주, 생명의 주인이라는 것을 가르쳐 준 최초의 인물이 석가모니 부처님입니다. 그러나 그것을 깨닫는 것만으로는 이 세상이 정토로 되지는 않습니다. 공산주의는 불교가 해방시켜 놓은 인간들이 스스로의 정토를 만들어 나가는 깃발이자 이정표입니다. 보십시오. 멀지 않아 조선은 일본놈들의 사슬에서 풀려날 것이고 그 사슬을 깨뜨리는 힘은 공산주의의 깃발에서 나올 것입니다."

"아니야."

영주는 크고 맑은 눈으로 서경문을 바라보았다.

"자네의 공산주의라는 것에 대해서도 약간 읽어 본 것이 있어. 그 이념에 따라 지상에 정토가 구현되려면 모든 사람들이 먼저 보살도를 이루어야 할 것이네. 세상을 변화시키고 변화된 세상을 지배하려면 모름지기 그 공산주의자라는 사람들이 부처님이나 공자 같은 성현들이 되어야 할 거라는 말이야. 인간의 품성을 그대로 두고는 자네가 말하는 지상의 천국은 절대로 도래할 수가 없어."

"인간에게는 이성이 있고 우리는 이성에 따라 행동할 것입니다. 그리고 공산주의 세계의 도래는 역사의 법칙이지 단순한 소망이 아닙니다."

"그게 역사의 법칙이라면 자네가 굳이 나서서 애쓸 필요가 뭐 있겠나. 가만 기다리면 될 것을."

"형님은 스스로 교육을 받지 않았다고 하시면서 굉장히 깊은 생각을 가지고 계시고 또 많은 서적을 읽으신 것이 분명합니다. 그러나 지금 억지를 부리는 것인지 아니면 정말 몰라서 그러는 것인지 답답하게 말하고 계십니다. 대체 형님이 궁금하게 생각하는 것은 무엇입니까?"

영주는 대답하지 않았다. 그러나 서경문이 대답을 재촉하며 언제까지 바라보고 있었기 때문에 하는 수 없이 입을 열었다.

"내 관심은 사람이 왜 죽는가, 영원히 살 수는 없는가, 죽으면 어디로 가는가 하는 것들이었어. 그 의문에 대답을 구하려고 생각도 해보고 책도 보았으나 시원한 대답을 주는 책은 하나도 없었어. 그러다가 문득 어느 날 『채근담』을 읽다가 이런 구절과 마주치게 되었어. '나에게 한 권의 책이 있으니 종이와 먹으로 된 것이 아니다. 펼쳐 여니 한 자 한 글자도 없으나 항상 큰 광명을 비춘다'는 구절이었어. 문자 없는 책, 그러면서도 대광명을 비추는 책이란 결국 스스로 만든 책이라는 얘기지. 나는 그것을 찾아 헤매고 있었어. 지금도 마찬가지야."

"형님은 스님이 되실 겁니다."

서경문이 단언하였다.

"분명히 큰스님이 되실 것입니다. 비록 그렇게 되더라도 조국 잃은 백성의 슬픔이나 가난한 사람의 구제가 불도의 근본임을 잊어버리지는 마십시오."

어제 김병문 처사에 이어 두 번째로 듣는 소리였다. 스스로는 중이 되고 싶은 마음이 없는데 남들은 이미 중이 되어 크게 깨칠 것을 기정사실처럼 전제로 하고 이야기를 하고 있었다. 희한한 일이었다.

서경문이라는 청년은 와세다 대학 2학년을 다니다가 학교를 때려치우고 돌아왔다는 얘기 외에는 자신의 신변 얘기를 하는 법이 없었다. 도대체 이 젊은 친구는 무엇 때문에 산속에 들어와 있는 것일까. 자신처럼 몸이 허약하여 약탕관을 끼고 들어온 것도 아니고 그렇다고 중이 되려고 온 친구는 더구나 아니었다. 아마 이 친구도 어떻게 살아야 할지 방향을 잡지 못하여 머물고 있는 것이리라, 영주는 그렇게 생각하였다.

　더욱 이해하기 어려운 것은 서경문이 아침저녁의 예불에 참예하는 것은 물론이고 하루 중 대부분의 시간을 참선으로 보낼 정도로 중 비슷한 생활을 하고 있다는 사실이었다. 그 모습은 한쪽 발은 세속에 그냥 디딘 채로 한 쪽 발은 출세간의 불간에 걸치고 있는 것처럼 부자연스럽게 보였고 억지처럼 보였다. 하긴 주지인 해월스님 자체의 삶이 바로 두 다리를 각각 강의 이쪽과 저쪽에 동시에 걸쳐 두고 사는 형용이었고 따지고 보면 조선 땅 불교의 전반적인 모습 또한 그러하였다. 이처럼 철저하지 못하고 편의주의적이며 어정쩡한 짓거리들은 영주의 성미에 맞지 않았다.

　이렇듯 일그러진 조선의 불교의 환멸을 느끼면서도 어쩔 수 없이 절집이 온 이상 영주 또한 불법이 자신의 삶의 가운데로 비집고 들어오는 듯하였고 자신이 불법의 바다로 조금씩 다다가고 있는 듯한 느낌은 뿌리치지 못하였다. 지금까지 자신이 생각해 왔던 것, 누구에게 배운 바 없이 혼자서 걸어오고 마침내 벽에 가로막혀 더 이상 한 발자국도 나아갈 수 없는 그 답답한 경지가 바로 불교의 커다란 발심의 입구라는 것을 알면서 그는 갈등을 겪고 있었다.

　서경문에게 얘기했듯이 '문자 없는 책'이야말로 부처와 보살과 조사들이 스스로 만들어 낸 바로 그 마음의 책들이 아니던가. 진작 약탕관을 들고 절집으로 가겠다고 작정을 했을 때부터 이미 스스로의 마음속에 바로 이 비밀을 절에서 찾을 수 있을지도 모른다는 은근한 기대가 있었던 것이 아니던가.

그러나 그는 중들이 살아가는 방식에는 쉽게 동화되지 않았다. 자칭 공산주의자이자 민족해방과 지상천국을 동시에 꿈꾸는 서경문이 조석 예불도 잘하고 무엇을 참구하는지는 모르지만 어쨌든 참선하는 모습은 그래서 더욱 경이로웠던 것이었다.

그는 혼자서 산길을 걸었다. 그리고 계곡의 바위 위에 앉아 하루 종일 식음을 전폐하고 생각에 잠기는 때가 많았다. 늦가을 햇살이 계곡의 짙은 나무그늘에 가리어 세상과 절연된 이 심산유곡에는 신자들도 많이 찾아오지는 않았다. 그러나 어떻게 소문이 났는지 가끔 멀리 부산이나 진주, 창원, 그리고 대구에서까지 제법 기름기 흐르는 사람들이 사십구재나 천도재를 드리러 찾아오곤 하였는데 이들이 떨어뜨리고 가는 시주로 인하여 절집살림은 윤택해 보였다.

이렇게 재가 있는 날이면 영주는 아예 아침 일찍부터 절을 떠나 계곡 상류로 올라갔다. 절에 온 바로 다음날부터 그가 홀로 앉아 생각에 잠겨온 넓적한 바위가 있었다. 여기서 그는 물소리를 들으며 하루를 보냈다. 물은 바위 사이의 후미진 곳으로 모여 곧장 폭포를 이루며 아래쪽으로 떨어지고 있었다.

그 소리는 어제와 같았고 흐르는 모양새도 어제의 물과 다름이 없었다. 그러나 작은 폭포를 이루고 있는 물방울들은 어제의 그 물이 아니었다. 아니, 눈 깜짝할 사이에 새로운 물이 끊임없이 이어지고 또 흘러간다. 그것을 두고 사람들은 그냥 그 물이 어제도 오늘도 흐르고 내일도 흘러갈 것이라고 생각한다. 사람의 생명의 본질도 이 같은 것이 아닐까.

그러나 마음, 도대체 이 마음이라는 것은 무엇인가. 물은 그냥 흐르지만 인간은 스스로가 흐르고 언젠가는 꺼지는 존재라는 것을 알고 있다.

그것이 마음이다. 대체 마음은 무엇인가. 이런 생각에 젖어 그는 하루 종일 물을 보며 그 소리에 귀를 적시고 있었다. 개체와 전체가 어우러졌다가는 다시 분리되는 그 불가시의한 가닥들을 들여다보고 있었다.

저녁 무렵 절로 돌아오다가 그는 절 입구의 후미진 바위 뒤에서 걸음을 멈추었다. 주지 해월스님과 그의 마누라 김석분이 다투는 소리가 들렸기 때문이었다. 그는 앞으로 나아가지도 뒤로 물러나지도 못하고 엉거주춤 서서 그들의 다투는 소리를 듣고 말았다.

"시님, 솔직하게 말해 보소. 오늘 지 에미 영가 모시고 와서 천도재 드리고 간 그 계집이 진주 산다는 그년 맞지예? 인자 아주 에미 영가 모셔 놓고 뒷간에 쥐새끼 드나드는 거메쿠로 수시로 드나들면시로 운우의 정을 나누겠다. 이런 심사들인교?"

"오늘 그 여자는 아니오. 오해하지 말아요."

"아따 마, 누구 보는 사람도 없는데 괜시럽게 목에 힘을 주고 점잔 빼는 소리 해쌌네. 치았뿌고 솔직하게 말하소. 그렇잖으모 내 아이들 보기 민망한 것도 다 접었뿌고 요사채에 와 있는 젊은 사람들 눈치고치 볼 것도 없이 왕창 깼뿌고 말기라. 내 성질 시님 몰라서 이라는교."

여인의 목소리가 조금씩 높아지더니 끝에 가서는 고함에 가까울 정도로 거세졌다.

"그래 맞소. 그 여자야. 그러나 내가 부른 바도 없거니와 항차 신도가 육친의 영가를 모시고 와서 천도를 부탁하는데 불제자로 이를 거절할 방도가 없는 것 아니오."

"불제자 좋아하시네."

여인은 코웃음을 쳤다.

"그년이 육보시를 하겠다고 까고 누우면 시님은 올라타고 불제자의 도리를 다하겠다 이 말 아인교. 당신네들 오늘 하루 종일 한 사람은 염불하고 한 사람은 절하면서 마음으로 무슨 짓들을 했는지 어디 말해 보소. 부처님이 어딨는교. 시님 말하지 않았는교. 부처가 따로 있는 기 아이고 내가 곧 부처라고. 그라모 저놈의 영가는 왜 모시고 대체 누구한테 빌어 어디로 가라고 부탁한다 이 말인교. 더루분 중질 치았뿌고 가서 농사나 짓고 사는거가 행여 지옥이 있다모 그나마 쪼매 덜 무서분 지옥으로 가는 길일끼라."

"더러운 입 함부로 놀리지 말아요."

"머라고? 내 입이 더러바? 시님 사타구니는 그래 을매나 깨끗한데 내 입이 뭐 더럽다고?"

붙들고 늘어지는 소리, 철썩 어딘가 생살에 손바닥이 부딪치는 소리, 숨을 죽이면서도 악을 쓰는 소리가 요란하였다. 영주는 더 이상 듣고 있을 수가 없어 바위 뒤에서 나와 절을 향해 걸었다. 그가 지나가는 것을 보자 해월 부부는 뒤엉긴 싸움을 풀고 그를 멍하니 바라보고 있었다.

그 날 밤 해월이 영주의 방으로 찾아왔다. 손에는 떡과 과일 몇 개가 담긴 작은 광주리가 들려 있었다.

"출출하지요? 낮에 재를 드리고 남은 것이 있어 좀 가지고 왔습니다. 그리고 이건 양초인데 내지에서 만든 거라 질이 아주 좋습니다. 그을음이 적어서 코가 매캐해지는 일도 없어요."

낮에 재를 드리러 왔던 여인이 특별히 일본에서 만든 양초를 시주한 모양이었다. 그것이 어떤 사연으로 요사채에까지 분배되는지 알 수 없는 일이지만 어쨌든 반가운 일이었다.

"고맙습니다."

누런 밀초에서 하얀 양초로 불을 옮겨 붙이니 방안이 갑자기 밝아졌다. 해월의 왼쪽 귀밑에 두 줄로 난 손톱자국도 선명하게 보였다. 깊은 산속의 스님에게도 산다는 것은 여전히 우습고도 괴로운 일이라는 걸 그 상처는 말해 주고 있었다.

"이 처사께서 우리 절에 오신 지 벌써 너댓 달이 됐지요."

"하는 일 없이 빈둥거리면서 신세만 지고 있습니다."

"그렇지가 않습니다. 저쪽 방의 서경문 학생은 무슨 공부를 한다고 하지만 자신이 갈 길을 스스로 확연히 알지 못하고 있습니다. 그러나 이 처사께서는 나아가고자 하는 방향이 분명하게 보입니다."

"아닙니다. 나는 아직 그것을 모릅니다."

"모른다는 것은 그다지 중요하지 않습니다. 처사께서는 그 어떤 스님보다도 커다란 의문을 가지고 있으면서 홀로 그 의문을 풀기 위해 정진을 하고 계십니다. 일단 의문을 품으면 절대로 놓지 않는 근기를 가지고 계시고 그 어떤 헛된 미망과 방편도 뿌리치는 용맹을 지녔습니다. 그런 사람이 갈 길은 한 가지밖에 없습니다. 본인이 어떤 생각을 하든, 부모가 무엇을 바라든 상관이 없습니다."

늘 들어오던 말이었다. 하필이면 귀밑에 손톱자국이 패인 얼굴을 하고 이런 진지한 얘기를 하자고 덤비는 것이 조금 뜻밖이었다.

"그런 분이 이 작은 절에서 더 배우고 볼 것이 없습니다. 혹시나 여기서 근기도 약하고 인연도 없는 중생들이 벌이는 고해의 연극들을 보고 불도 전체에 대한 환멸이 깊어질까 두려운 마음이 적지 않습니다."

영주는 이 스님이 지금 낮에 들켜 버린 한바탕 삶의 뒤풀이에 대한 변명을 하기 위해 찾아온 것이 아니라는 사실을 느꼈다. 해월의 말속에는 자기 연민의 고뇌와 상대를 걱정하는 진심이 담겨 있었다.

"그래서 얘기인데 이건 이 처사에게 물어 보지도 않고 혼자 한 짓이라 먼저 용서를 빌겠소마는, 며칠 전에 내가 해인사로 편지를 띄워 놨습니다. 나로서는 이 처사와 같은 그릇을 상대하고 끌어가기가 불가능한 사람이므로 본사에 응원을 요청한 것이지요."

"그게 무슨 말씀이신지?"

"우리 교구본사인 해인사에는 마침 불교에 새 바람을 일으키려는 최범술 스님과 대선사인 효봉스님, 동산스님이 계십니다. 최범술 스님은 나처럼 대처승이기는 하지만 불법에 관한 해박한 지식은 어느 누구도 추종키 어려운 큰 그릇입니다. 그분에게 이 처사를 한 번 만나러 오시라고 초청을 해놨습니다."

"뭐 그럴 것까지."

영주는 놀랐다. 해인사의 소식은 그도 듣고 있었다. 전에 김병용 거사도 무슨 예언처럼 해인사로 가 보라고 말한 적이 있었다. 불법의 본산일 뿐만 아니라 전국 각지에서 뜻을 품은 여러 종류의 사람들이 승복 속에 그 뜻을 숨기고 운집하는 곳이라는 것도 알고 있었다. 그러나 석가와 여러 조사스님들의 가르침을 통하여 자신이 품어 온 의문은 해결하는 것과 스스로 중이 되는 것과는 하늘과 땅의 차이가 있었다. 가뜩이나 불교는 조선조 이래 석씨지도라 하여 천대를 받아 왔고, 마침내는 승려가 천민과 마찬가지로 행세하는 사람들과 나란히 서지도 못할 정도로 참혹한 지경에 빠져 버려, 누구도 자식 가진 자라면 그 자식이 중 되는 것을 크게 창피하게 여겨 입에 올리지도 못할 지경에 이르러 있었다. 거기다가

한 술 더 떠서 일본 사람들이 나라를 강점하면서 저들 섬나라의 비틀어진 절집 풍속을 그대로 이 땅에 가지고 와 이식하고, 배알 없는 이 땅의 스님들이 또한 왜색 불교의 행태에 물이 들어 대처하는 습속이 일반화되자 민중들은 불교나 스님을 보기를 아예 쓰레기 보듯 할 정도였다.

다만 이런 중에서도 이 땅 사람들의 부처님 가르침에 대한 근본적인 귀의심은 신기하게도 변하지 않고 있어서 그들 스스로 천시하는 바로 그 스님과 부처님께 빌고 간구하는 행렬은 끊이지 않으니 신기한 일이었다.

이런 형편이었으므로 영주 또한 단 한 번도 중이 되어 불도에 온몸과 평생을 던져 넣겠다는 생각은 꿈에도 가져 본 적이 없었다. 그런데 이상하게도 그 불도가 자신에게 다가오고 있다는 느낌, 그리고 자신이 그쪽으로 다가가고 있다는 운명적인 느낌을 털어 버리기 어려웠고 지금도 그런 권유를 받고 있는 중이었다.

"걱정하지 말아요. 중이 되라는 것은 아닙니다. 해인사에 가보면 알겠지만 거기에는 중이 아닌 재가 처사들 중에서도 스님들과 똑같이 참선하고 교학을 배우면서 정진하는 사람들이 많습니다. 불도를 배우는 데 굳이 승속을 가릴 필요가 없다는 것입니다. 많이 현대화되었지요. 다만 이 처사의 생각과 행위로 미루어 보아 불도를 옆에서 구경만 하지 말고 정식으로 대들어 붙들고 씨름하면 반드시 무언가 소식을 얻을 인물이라는 생각에서 천거를 한 것입니다. 이 처사 같은 인물은 절대로 인생에 있어 구경꾼일 수 없는, 주인의 근기를 타고났으니까요."

이것도 김병용 거사와 같은 소리였다. 두 사람의 생각이 같았다. 그들 모두가 자기 인생의 구경꾼이라는 깊은 자조와 열등감을 지니고 있다는 것, 그리고 용기 있는 사람을 만나면 진심으로 부러워하고 존경할 정도로 심성이 휜 사람들이라는 것도 비슷하였다.

"중이 되지 않아도 좋다면 해인사로 가 보지요."

해월은 합장하면서 고래를 숙였다.

"알다시피 나는 땡초요."

눈을 벽에 걸린 밀짚모자에 주면서 지나가는 말처럼 내뱉었다.

영주는 자기 모멸감에 젖어 있으면서도 그 속에서 빠져나올 길을 찾지는 않고 있는 이 스님에게 해줄 말이 없었다.

"인생은 한 번뿐인데 업장에 묻혀 그냥 스쳐 갈 것 같습니다."

혼자말로 중얼거리더니 그는 어둠 속으로 사라졌다. 처와 자식들이 기다리는 그의 울타리를 향하여.

강(江)물은 바다로 흐르고

강(江)물은 바다로 흐르고

열하루가 지난 뒤에 해인사에서 최범술이 대원사로 찾아왔다. 최범술은 머리를 짧게 깎기는 하였으나 중의 머리는 아니었고 검은 두루마기에 가죽구두 차림의 요령부득한 모습을 하고 있었다. 겉모습이야 어찌 되었든 그는 매우 활발한 사람이었다.

그는 채공간 옆에 붙은 큰 대중방에서 청년 영주와 마주 앉았다. 그윽이 바라보다가 먼저 최범술이 입을 열었다.

"젊은 사람이 약탕관이나 짊어지고 절간에 와서 무엇을 하고 있는가?"

"약탕관을 가지고 오기는 하였으나 한 번도 약을 달이지는 않았습니다. 스님께서 병이 있으시다면 가져 가서 사용하십시오."

"왜 약탕관을 깨버리지 않았나?"

"깨거나 그냥 두거나 마찬가지 아닙니까. 누군가 쓰게 될지도 모르는데 왜 깹니까."

"약도 먹지 않고 무엇으로 병을 고치는가?"

"병이 들어오는 구멍이 따로 있는데 나무 썩은 물로 그 구멍을 막을 수야 없지요."

"병이 들어오는 구멍이 어디 있는가?"

"그걸 알았으면 세상사람 병을 고쳐 주러 나서야지 산 속에 앉아 청승을 떨겠습니까."

최범술은 아까보다 더 깊은 눈으로 청년을 바라보았다. 크고 맑고 뜨거운 눈이었다. 최범술은 이런 눈을 가진 사람을 본 기억이 없었다.

"어떤가. 밖에는 달이 밝던데 우리 산으로 좀 걷지 않겠는가."

두 사람은 밖으로 나가 계곡을 따라 걸었다. 음력 구월의 보름달이 허공에 떠 있었다. 대원사로부터 지리산으로 오르는 길은 따로 없었다. 계곡 옆으로 작은 오솔길이 있기는 했으나 바위와 잡목이 가로막아 끊어지기 일쑤였고, 계곡을 건너갔다 건너왔다 하면서 지형이 생긴대로 이어졌다 끊어졌다 할 뿐이었다. 그런 길을 최범술이 활개걸음으로 앞장을 서고 영주가 뒤를 따라 걸었다. 산짐승들의 소리가 몹시 시끄러웠다. 어떤 짐승들은 그들의 바로 옆에서 후다닥 튀어 달아나기도 하였다. 최범술의 발걸음은 그렇거나 말거나 아랑곳없이 한결같았다.

"한 달 후면 결제가 시작되네. 시방에서 운수납자들이 모여 자신의 마음속에서 부처님의 자성을 찾는 긴 여행이 시작되지. 어떤가, 자네도 한 번 참여해 보지 않으려나?"

영주는 대답을 하지 않았다.

"지금 대답을 하지 않아도 좋아. 나중에 생각이 있거든 언제든지 해인사로 오게. 아마도 자네는 혼자서 산중턱까지는 올라왔을 것이네. 그러나 여기서부터는 길이 없어 어디로 가야 하는지 알 수가 없고, 자칫 이 어둠 속에서 발을 잘못 디뎠다가는 길을 잃고 헤매거나 짐승의 밥이 되기가 십상일 거야. 먼저 이 어두운 길을 걸어가 본 사람이 있네. 석가모니 부처님이지. 그 분이 어떤 방법으로 그 무명을 헤치고 대광명을 찾았는지 알고 싶지 않은가."

"그러나……"

"머리를 깎지 않아도 좋아. 일본불교가 들어온 이후 승속의 구분이 애매해졌어. 이건 슬픈 일이기도 하지만 좋은 점도 없지는 않아. 절에 와서 안거를 해보고 정말 배울 것이 없으면 그때 당장 떠나면 될 것 아닌가. 해월스님이 왜 자네를 천거하는 간절한 편지를 보냈는지 자네를 처음 본 순간에 알아차렸어. 그릇의 크기가 얼마나 되는지는 가늠하기 어렵지만 근기는 확실히 상근기야. 대체 무슨 책을 보았나?"

"처음에는 병을 고치는 의사가 되려고 했습니다. 몸의 질병이 살아가는 길목을 막는 가장 큰 장애였으니 그걸 뛰어넘으려고 스스로 의사가 되려 했던 것이지요. 의사 되는 책을 보려고 영어니 독일어니 서양말 공부도 했습니다. 그러나 몸의 질병이 단순한 육신의 질병이 아니라는 것을 알게 되면서 마음은 어떻게 생겼고 어떻게 생멸하며 무슨 작용을 하는지 이것저것 닥치는 대로 책을 읽었습니다."

"그래서?"

"마음은 한갓 말일 뿐이지 실체가 없다는 것을 알고 절망에 빠졌습니다."

"그래서 절에 왔나?"

"왜 절에 왔는지 저도 모르겠습니다."

앞서 가던 최범술이 갑자기 걸음을 멈추었다. 그리고는 말없이 서 있었다. 영주는 최범술의 앞에 있는 어두운 숲에서 뭔가 파란 불빛이 흐르는 것을 보았다. 그가 앞으로 나서려고 하자 최범술이 가만히 손으로 제지하였다. 두 사람은 나란히 서서 어둠 속에서 이쪽을 보고 있는 한 쌍의 파란 불빛을 바라보았다. 등줄기로 써늘한 바람이 지나갔으나 마음은 오히려 평온하였다.

이쪽 두 사람의 네 개의 눈과 저쪽 어둠 속의 한 쌍의 파란 눈은 미동도 하지 않고 그렇게 바라보고만 있었다. 시간이 멈춰 있었다. 어둠 속에 웅크리고 있는 놈과 이쪽이 마치 하나의 존재로 녹아 붙어 버린 것처럼 그 사이에 아무런 간격이 없었다. 멈추었던 시간이 비로소 흐르기 시작하였다. 파란 불빛이 슬그머니 움직였다. 어둠 속에 돌아서는 그 뒷모습이 송아지만 하였다.

"여기서부터는 저 중생의 도량인 모양일세. 일주문이 없어 우리가 알아차리지 못하고 실례를 했던 모양이야."

두 사람은 산길을 되돌아 내려왔다.

다음날 최범술이 해인사로 떠났다. 그리고 그 다음날에는 영주가 대원사를 떠났다.

"형님, 해인사로 가실 겁니까?"

"아니야. 집으로 가는 길이야."

"집으로 가셨다가 해인사로 가실 것 아닙니까?"

"자네는 공산주의 할 것이 아니라 점쟁이가 되는 게 좋겠네."

"점쟁이보다 어울리는 직업이 따로 있습니다. 평론가가 되려고 합니다."

"무엇을 평하려고 그러나?"

"아무거나 다 도마 위에 올리지요. 세상에서 제일 한심한 놈들입니다. 스스로 만드는 것은 아무것도 없고 남이 만들어 놓은 것 가지고 헐고 뜯는 기생충 같은 것들이지요. 형님이 도를 이루었으면 그 도의 크기와 깊이가 몇 자나 되느냐 이것을 재는 것도 평론가의 할 일이지요. 제가 누구 평을 한 번 해볼까요. 최범술, 그 사람은 땡춥니다. 일본놈들이 만들어 놓은 얼치기 사쿠라꽃 같은 정치승려입니다. 그런 사람들이 절간을 점령하고 있어서 청정비구들은 발붙일 데가 없어졌어요. 그러나 해인사에 가면 분명히 누군가 한 사람쯤은 만나게 되실 겁니다."

"최범술이라는 사람에 대해서는 자네 인물평이 맞는지도 모르겠어. 그보다 자네는 도대체 왜 그렇게 자학이 심하나. 아니면 세상을 다 엎을 듯이 공격적이고."

"맞습니다. 형님도 동경 가서 두어 해 얼쩡거려 보면 저같이 될 겁니다. 장차 형님이 어디에 계시든지 찾아가겠습니다. 안녕히 가십시오."
해월은 말없이 질문 앞 계단 밑에 서서 영주의 뒷모습을 바래고 있었다.

다섯 달 만에 집에 돌아온 영주를 보고 부친 이상언은 입이 찢어질 만치 기뻐하였다. 영주의 몸이 봄에 떠날 때에 비하여 몰라보게 강해졌기 때문이었다. 살은 찌지 않았으나 나무꾼처럼 강단이 있었고 커다란 눈에는 생기가 가득하였다.

"약이 좋았던 모양이데이. 아, 물론 그 대원사 물하고 바람이 좋았던 탓일 터이고."

"다시 떠날까 합니다. 절에 좀더 있어야겠습니다."

이상언은 얼굴을 찡그렸다.

"그러고 싶다면 그래라. 대원사 솔바람이 니한테 효험이 있는 바에야 말릴 수는 없는 노릇 아이가."

"대원사가 아니고 이번에는 해인사로 가 볼까 합니다."

"합천 해인사 말이제? 그건 대찰이라 대원사메쿠로 한갓지게 수양할 분위기가 아일 낀데. 거기는 또 알 만한 중도 없는 터고."

"해인사의 주지나 다름 없는 인물을 만났습니다. 대원사는 해인사의 말사이니 아무래도 큰 물에 큰 고기가 모여드는 이치로 큰 절에 가서 뭘 좀 배워 볼까 합니다."

"가만, 가만있그라, 시방 니가 절에 가서 뭘 배운다 캤나?"

"중이 되겠다는 것은 아닙니다. 그러나 제 건강이 좋아진 것은 약 때문만도 아니고 지리산의 솔바람 대문만도 아니었습니다. 불도에서 마음자리를 찾는 법을 배웠기 때문이었습니다. 그러니 기왕에 배우기 시작한 것을 제대로 알고 돌아왔으면 합니다."

"니 마음속에 이미 결정을 했으면 그렇게 하는 거지. 그러나 이것만은 명심하거라. 오늘의 불도라는 것은 불도도 아니고 천한 것들의 연명책에 지나지 않는다. 항차 불도가 제대로 서 있다 하더라도 인간의 근본을 저버린 수행은 바른 길이 아니다. 공자의 가르침은 이 한마디로 족하니라."

"명심하겠습니다."

"언제 떠날끼고."

"며칠 머물면서 어머님 마음도 위로해 드리고 동생들도 좀 돌본 후에 떠나겠습니다."

"그리하그라, 특히 니 처를 잘 돌보그라. 장손이 애기를 갖지 못하니 집안의 꼴이 우습게 되어 간다."

부친 이상언의 당부 때문만은 아니었다. 영주는 그 어느 때보다 아내 이덕명이 살갑게 여겨졌다. 떨어져 살다가 오랫만에 만난 탓일 것이다. 그는 그렇게 생각했다. 또 떠나면 언제 돌아올지 모른다는 생각이 겨드랑 밑에서 자라고 있었으나 그 생각은 애써 눌러 버렸다.

최범술의 모습을 머리에 떠올렸다. 해월의 고통을 참고 살아가는 이중적인 인격도 그려 보았다. 중이 그런 것이라면 중이 되는 것보다 더 기만적인 행위도 없을 것이라는 생각이 들었다. 특히 최범술은 말을 잘하고 용기 있는 사람이었으나 삶과 죽음의 문제를 물을 만한 스승은 아니었다. 그러니 중이 될 생각은 더욱 멀어졌다. 그냥 가서 보리라. 그들이 대체 무엇을 목표로 어떤 길을 가고 있는가. 구경하리라.

그날 밤 오랜만에 아내를 안은 후에 영주는 이상하게도 채워지지 않는 빈 동냥 그릇을 내려다보고 있는 것처럼 허전한 마음이 되어 뒤척이고 있었다. 아내 이덕명도 잠을 이루지 못하기는 마찬가지였다.

"또 절에 가시는교."

이덕명이 돌아누운 채로 물었다.

"미안타."

지난번 대원사로 떠날 때는 이런 마음이 아니었는데 이번에는 정말 미안하다는 생각이 가슴을 저밀 정도였다.

"미안키는, 부디 건강을 회복하시소."

"나는 병이 없는 사람인 기라."

덕명은 몸을 이쪽으로 돌리고 어둠 속에서 남편의 얼굴을 들여다보았다.

"신체에 병이 있었던 것이 아닌 기라. 다 마음의 병이었다 그 말이제."

이덕명은 대꾸하지 않았다. 두 사람의 숨쉬는 소리만이 고르게 나고 있었다. 한참 후에 이덕명이 다시 돌아누웠다. 그러면서 그녀는 지나가는 말처럼 물었다.

"시님이 될라는교?"

영주는 얼른 대답을 하려고 하였으나 말이 목구멍에 걸려 넘어오지 않았다.

"왠지 그런 생각이 듭니더. 내가 시님하고 사는기 아이가 하고."

"씰데없는 소리."

더 말은 없었다. 그러나 두 사람 다 한숨도 잠을 이루지 못하였다. 영주로서는 설명할 수 없는 마음속의 커다란 허공이 있었다. 그걸 아내에게 내보일 수 없으니 답답하였다. 결국 그 허공은 아내건 부모건 그 누구와도 나누어 가질 수 없는 혼자만의 세계라는 것을 인정하지 않을 수 없었다. 그리고 보면 인연이라는 것이 얼마나 허망한 것인가.

당초에는 집에서 한 열흘쯤 머물기로 하였으나 엿새 만에 그는 해인사로 길을 떠났다. 그날 밤 아내와 누워 바라본 그 시커먼 허공이 짐스러워서 견딜 수가 없었던 탓이었다. 이번에는 장손이에게 약탕관과 이불 보따리를 지워 데리고 떠나지 않았다. 혼자서 빈손으로 멀리 두고 온 내 집을 찾아가듯이 그렇게 홀가분하게 길을 떠났다.

첩첩한 산과 바위를 호령하며

사람의 소리는 지척에서도 분간키 어렵고
시비의 소리 귀에 들릴까 두려워하여
흐르는 물을 시켜 산을 모두 귀먹게 하였구나.
　　　　　- 해인사 앞 옥류동 계곡에 새겨 놓은 최치원의 시

1935년 초겨울, 가야산 해인사.

일천 년 전 고운(孤雲) 최치원(崔致遠)의 귀를 먹게 했던 옥류동의 미친 물소리는 천 년이 지난 지금에도 그냥 미친 채로 아우성을 지르며 굴러 내리고 있었다.

해인사의 이름 해인은 화엄경의 '해인삼매(海人三昧)'에서 따온 것이다. 객관세계의 무상한 변화와 고통이 모두 우리 마음의 어지러움에서 비롯되는 것이므로 청정무구하고 원만무애한 일심법계의 광명을 되찾으면 비로소 삼라만상이 실유불성의 제자리를 찾게 되는 것이니 이것이 바로 석가모니 부처님이 도달했던 대각의 세계이다. 해인사는 이 화엄의 세계, 부처님이 도달했던 대각의 세계에 이르고자 하는 수행승들의 도량이며 그들의 깨달음이 가져 온 빛을 두루 진세의 중생들에게 나누어 비추기 위하여 마련된 법당이다. 천 년의 물소리가 변함이 없듯이 해인삼매의 대발원도 끊어질 까닭이 없다.

그러나 1930년대 중반의 해인사에 모여든 대중들은 캄캄한 어둠 속에서 길을 찾지 못하고 이리저리 더듬고 있는 동굴 속의 박쥐들처럼 참담한 모습이었다. 이 땅에 불법이 들어온 지 일천 육백 년 동안 수많은 폭풍이 휩쓸고 지나갔으나 이 때처럼 발원을 세우고 수행하는 것이 헛되고 헛된 적은 일찍이 없었다. 아래로 흐르던 물이 거꾸로 치솟아 용출

하고 멀쩡한 나무에 뒤틀리고 병든 나무를 접목하여 원래의 나무마저 기괴한 모습으로 일그러져 버렸다. 거꾸로 흐르는 물은 일본문화의 역류를 말함이고 뒤틀리고 병든 나무는 일본의 불교를 말함이다.

원래 불법은 그 나라의 흙냄새를 닮고 그 땅에 사는 인간들의 얼굴을 닮는다. 한국의 불교는 한국인의 얼굴과 같은 모습을 할밖에 없다. 법당에 안치된 부처님의 모습이 나라마다 다 다른 까닭도 거기에 있다. 불법이란 부처님의 입에서 나온 말씀만 불법인 것도 아니며 팔만대장경에 새겨진 문자만이 불법인 것도 아니다. 삼라만상의 그 어느 것도 불법 아닌 것이 없으니 한국인의 불법이 한국인의 얼굴을 갖는 것은 너무나 당연한 이치다.

인간이 땅 위에서 문명생활을 한 지 천 년이나 이천 년이 지난 즈음, 즉 지금으로부터 이천 수백 년 전의 지구상에는 여기저기서 성인들이 태어났다. 이 무렵에는 아직 사람과 귀신들이 직접 대화를 하던 시절이었고, 한 생각 일으키면 곧장 삶과 죽음의 경계를 넘나들었다. 자질구레한 지엽말단보다는 사물의 본질을 캐는 데 익숙하였다. 그리하여 오늘날 사람들의 생각으로는 도저히 미칠 수 없는 우주의 테두리와 삶의 시원을 꿰뚫었다. 석가와 공자와 소크라테스 같은 인물들이 바로 그 사람들이었다. 이들은 귀신이나 절대자의 도움을 받지 않고 인간이 지닌 지혜와 원력으로 진리의 샘에 도달했다는 점에서도 비슷하였다.

이들 중에서 특히 석가는 존재의 양식을 이해하고 살아가는 올바른 도리를 깨닫는 것에 그치지 않고 삶과 죽음이라는 변화의 고통 속에서 영원불변하는 불성을 발견하는 대업을 이룩하였다. 그의 위대한 깨달음과 수행방법, 그리고 가르침은 같은 원력을 지닌 인간들에게 계승, 체계화되었고, 이윽고 중국으로 건너와서는 중국인의 생각과 수행의 열매가 보태져서 중국인의 얼굴을 한 불교로 발전하였다.

천 육백 년 전 이 땅에 중국의 불교가 처음 들어온 이래 한동안 이 땅은 중국불교의 백화점이었다. 5교9산이 난립하여 저마다 한 가닥의 종지를 내세웠으나 그것은 중국불교의 백화점이었다. 오교구산이 난립하여 저마다 한 가닥의 종지를 내세웠으나 그것은 중국불교의 모조품에 지나지 않았다.

그러나 원효 이래 한국불교는 마침내 중국불교의 잡다한 가지들 속에서 버릴 것은 버리고 취할 것은 취하면서 한국인의 얼굴을 한 부처를 만들어 내기 시작하였다. 근본적으로 진리의 길은 하나라는 사고의 원형을 지닌 한국인들은 모든 번잡한 가르침의 언어들과 수행의 방법들을 큰 진리의 우산 밑에 두어야 한다는 생각에서 설익은 대로 그것을 원융불교라 이름하였다. 이후 한국불교의 테두리는 비록 선과 교의 양종으로 분화되기도 하고, 다시 선과 교 속에서도 수십 수백 가지의 곁가지를 양산하였으나 궁극적으로 원융의 창에 꿰어졌다.

한국인들은 또 부처님 가르침의 보고인 불경의 집대성에 어느 누구보다도 뛰어난 집념과 지혜를 보여 주었고 선의 수행에 있어서도 독특한 기풍을 진작하였다. 돈오돈수와 돈오점수의 논쟁을 통하여 깨달음의 본질을 밝히려는 실증적이고 생산적인 태도를 취하였다.

한편 한국을 다리로 하여 불교를 받아들이고 때로는 우회하여 중국과 인도에서 불법을 수입한 일본은 저들 나름대로의 섬나라 불교를 완성하였으니 승려의 결혼을 인정하는 대처의 풍습을 상쇄하기 위하여 이론불교를 극도로 세밀하게 발전시킨 것이 그것이었다.

커다란 깨달음을 향하여 곧바로 나아가며(부처님이 그랬듯이) 그 커다란 깨달음의 실체에 접근하기 위하여 끊임없이 정진해 온 한국불교의 연면한 흐름은 중도에 엄청난 벽을 만나도 결코 중단되거나 왜곡되는 일은 없었다. 조선시대 오백 년 동안 스님들의 도성출입이 금지될 정도로 심한 박해와 업신여김을 받았으나 고승대덕의 준봉들이 솟아나 산맥이 끊어지는 법이 없었다.

그러나 일본의 침략과 함께 이 연면한 흐름에는 역류가 생기고 와류가 일어나면서 천 수백 년의 흐름은 방향을 잃고 흐트러지기 시작한다. 그 출발은 엉뚱하게도 승려의 도성출입 허가라는 미끼였다.

개항으로 서양문물이 흘러 들어오고 일본의 침략야욕이 내연되면서 이 땅에는 일본중들의 내왕이 빈번하였다. 그들은 중의 옷을 걸친 낭인들이거나 총칼의 회오리바람 앞에 늘 묻어다니는 정치승들이었다. 사노(佐野前勵)도 그중의 한 사람이었다.

사노가 서울에 와 보니 전통 깊은 한국의 불교는 억불의 괄시 속에서 짓눌려 빈사상태에 있었고 종승(宗乘)도 종지(宗旨)도 사라진 채 바야흐로 그 등불이 꺼지려 하고 있는 것 같은 형국이었다. 백정과 몸을 파는 여인도 도성을 드나드는데 중들만 도성의 출입을 못하는 기막힌 상황인데도 들고 일어나 꽥 소리 한 마디 하는 승려도 없었다. 사노는 무릎을 쳤다. 한국불교의 구원자로 나서서 정치적인 침략 이전에 이 땅 사람들의 혼백을 뺏아 버릴 수 있는 절호의 기회를 본 것이다.

사노는 갑오경장 이듬해인 1895년 총리대신 김홍집에게 승려의 도성출입 허가를 청원하는 상서를 올렸다. 김홍집은 이것을 고종 임금에게 상주하였다. 임금도 생각해 보니 남의 나라 중들은 버젓이 활갯짓을 하며 성서까지 올리는 판에 제 나라 스님들만 천대, 괄시하는 것이 부당하다는 생각이 들었음인지 이를 윤허하였다.

도성출입 금지의 족쇄를 스스로 풀지 못하고 일본중의 힘을 빌려 풀게 되면서 한국불교의 앞날은 급속하게 일본불교에 종속되는 내리막길을 달리기 시작하였다. 그때까지는 핍박을 받았으나 혼백만은 꺼지지 않고 있었다. 그러나 이 일 이후로 한국불교는 혼백이 뜨고 발걸음이 어지러워졌다.

한일합방과 동시에 실시된 불교통합 정책에 의하여 전국의 사찰은 삽시간에 일본식 대처승의 소굴이 돼 버렸고 수행비구들은 참선할 도량마저 잃고 유랑하게 되었다. 대부분의 사찰들은 일제의 관권을 등에 업은 주지승들의 사유물로 전락하였다. 비단옷을 입고 가죽구두를 신고 머리에 기름을 바르고 사인교를 탄 신식 중들이 거들먹거리며 행보하는 모습에서 생각 있는 불교신도들은 억장이 무너졌다.

그래도 부처님의 가르침대로 정진하려는 수행승들이 아주 끊어진 것은 아니었다. 비록 그 수는 적었으나 이런 뒤틀린 현실 속에서도 대각의 발원을 내고 수행정진하는 운수납자들은 이 땅 불교의 맥을 이어 가기 위하여 불굴의 투쟁의욕을 태우고 있었다. 그러나 당장 그들이 한 끼 공양을 들고 피곤한 육신을 누일 한 간의 요사채와 공안을 잡고 피가 나도록 참구할 손바닥만한 마루방도 없는 것이 문제였다.

그나마 큰 사찰에는 명색이 선방이라는 것이 있어 선승들이 방부(房付)를 넣으면 거절하지 못하고 참선의 자리를 주도록 되어 있었다. 선승들은 마치 거지들처럼 선승들은 절 뒤쪽이나 동떨어진 퇴락한 당우를 빌려 선방으로 삼고 대처승 마누라와 자식들이 먹고 남은 찌꺼기로 연명하여 수행하였다.

그런데 대처승들은 그렇게 하는 것조차 아까워하였으며, 비단옷에 기름진 음식을 먹으면서 피골이 상접한 비구승들을 조석으로 얼굴 마주하기가 죽기보다 싫기도 하여 아예 사찰령을 제정하면서 선원의 수용인원을 제한해 버렸다. 그러니 주지가 말 잘 듣고 불평 없는 선승이나 받아들이고 그렇지 않은 스님들은 발도 붙이지 못하게 제도화하였으니 마침내 사찰 전체가 저들의 안방으로 돼 버렸다.

대부분 이런 형편이었으나 그렇지 않은 사찰들도 있었다. 그래도 머리가 아주 돌아버리지는 않았거나 뜻이 있는 대처승도 없지는 않았으며 더러는 비구승들 스스로가 선원을 지키며 조금도 위축되지 않는 그런 절들도 간혹은 있었다. 대개는 법력이 높은 고승대덕들이 지키고 앉아 있는 선원들이 그랬다. 하동산(河東山) 스님이라는 준봉이 버티고 있던 해인사 선원은 이 땅 선승들이 안거할 장소로 찾아들 수 있는 몇 안 되는 도량이었다.

초겨울의 어느 날, 영주는 해거름에 옥류동의 미친 물소리를 등뒤로 하고 무릉교를 지나 해인사의 경내로 들어섰다. 낯선 느낌이 들지 않는 것이 스스로도 이상하였다.

"틀림없이 올 줄로 알았제."

최범술은 어깨를 펴며 앞장을 섰다. 대원사에서 본 최범술과 해인사에서 본 최범술의 풍기는 냄새는 달랐다. 이 곳에서는 모든 살림이 그의 손으로 주물러지고 있었다. 그러나 그는 새로온 처사를 종무소의 사판승들을 시켜 선원으로 보내지는 않고 스스로 데리고 일주문 밖에 있는 퇴설당까지 안내하였다.

　선승에 대한 대접이 형편없어지다 보니 선승이 되겠다고 나서는 젊은 이가 자연 줄어들었고 그나마 눈에 거적이 붙은 한심한 인간들이 화두가 뭔지도 모르는 채 참선한답시고 괜히 가부좌한 다리에 관절염이나 만들고 있는 것이 이즈음의 사정이었다. 대장경의 간경 작업을 비롯하여 많은 사업을 벌일 예정이던 그로서는 똑똑하면서도 욕심이 없는 젊은 선승들이 필요하였다. 이 청년이 과연 머리를 깎을지 안 깎을지는 모르지만 최범술로서는 오랜만에 만난 큰 그릇이었다. 하물며 그 밤중에 눈에 불을 철철 흘리는 짐승과 맞닥뜨려 피가 거꾸로서는 무서움을 견디며 잡아 놓은 청년이 아니던가.

　"이 사람들과 함께 살아 보게. 대원사에 있어 봐서 중살이가 낯설지는 않겠지."

　출가도 하지 않은 영주의 출가 생활은 이렇게 하여 시작되었다. 대중방에는 전국에서 모여든 스무 명 가량의 선승들이 있었다. 법랍이 수년에서 십 수 년을 넘긴 스님들이었다. 대부분 사찰들의 선원들이 유명무실하였으나 그래도 해인사를 비롯하여 남녘의 통도사, 범어사, 송광사와 같은 대찰의 선원은 그나마 명맥을 보존하고 있었고 금강산의 마하연도 운수납자들의 보금자리가 되고 있었다. 그 중에서도 해인사 선원은 선승들에게 있어서는 한 시절 지낸 것이 큰 영광이 될 정도로 선망의 대상이었다.

　바로 그런 선방에 머리를 기르고 양복을 입은 속인이 찾아들었다. 대중들은 의아해했다. 그러나 일정하게 틀에 박힌 법도라는 것 그 자체를 우습게 여기는 선방의 막힘 없는 가풍 때문에 그 까닭을 물어 시시콜히 따지려는 사람은 없었다. 이름 석 자 외에 특정한 사람의 과거를 묻는 일도 없는 것이 선방의 풍습이다. 물론 높고 낮음도 있을 리가 없다. 그러나 아무리 그렇다하더라도 속(俗)과 비속(非俗)의 구분이 없을 리는 없다. 대중들의 시선이 머리를 기른 영주의 몸 주위에 머무는 것은 당연한 일이었다.

"어디서 중생활을 하시었소?"

"나는 중이 아닙니다."

"그럼 뭐요. 중도 아니고 소도 아닌 당신은 대체 뭐요?"

옆자리에 목침을 베고 누웠던 삼십대 중반의 서울 말씨를 쓰는 스님이 자꾸 물었다. 다른 스님들은 말이 없으나 이쪽에 귀를 기울이고 있었다.

"남아일대사(男兒一大事)가 여기 있다기에 와 봤습니다. 그래 스님께서는 뜨거운 여름이나 추운 겨울에 안거하시기 여러 해였을 터인데 일대사를 이루셨습니까?"

"흐흐흐……."

뱃속 깊은 곳에서 울리는 웃음이었다.

"이 짓도 여러 번 하면 습관이 될 뿐입니다. 세상만사가 다 그렇지요. 처사님은 결혼을 하시었소?"

"예."

"참 세상 좋아졌수다. 대처승도 중이라 우기더니 이제 급기야는 재가 처사들에게 선방을 내주게 생겼으니."

클클클 웃는 소리가 여기저기서 나지막하게 들렸다.

"그럼 불도에 대해서는 무엇을 배우셨소."

"배운 것이 없습니다. 책을 조금 읽고 귀동냥, 눈동냥을 조금 했을 뿐입니다."

한껏 자신을 낮추라, 그리고 겸손하라. 이것은 선방의 묵시적인 규칙이었다.

"말하자면 빈 그릇이구마는. 그릇이 비어 있어야 불법도 담고 한소식도 일구어 낼 수 있는 법인기라. 쓸데없이 불경 몇 구절 외우고 절집 살림살이 몸에 좀 익혔다고 중입네 하는 작자들보다야 훨씬 깨달음이 빠르제."

몇 사람 건너에서 누가 나지막히 중얼거렸다.

"암믄. 기왕 왔으니 열심히 정진해 보소."

또 다른 목소리가 맞장구를 쳤다. 이 사람들에게 참선은 생활이다. 조금 전에 누가 자조하듯 말했던 것처럼 습관인지도 모른다. 영주는 선방에 들어와 하룻밤을 지내기도 전에 여기 모인 사람들에 대한 깊은 연민을 느끼고 있었다. 그러나 이 연민의 대상들은 역시 영주의 선생이었다. 다음날부터 그는 이들 도반들로부터 참선을 하는 자세, 화두를 잡는 법을 배웠다. 딱 부러지게 이건 이렇고 저건 저렇게 하는 거다 하고 배운 것이 아니라 그들의 말하는 것, 행동하는 것을 통하여 간접적으로 배운 것이었다.

그는 누가 가르치거나 화두를 주기 전에 스스로의 화두를 선택하여 참구하기 시작하였다. 그것은 대원사에서 몇 번이나 읽었던 『선가귀감(禪家龜鑑)』에서 놀라운 마음으로 발견했던 조주 종심(趙州從諗)의 '구자무불성(狗子無佛性)'의 화두였다. 흔히 '조주의 무자화두'로 널리 알려진 이 화두는 고래로부터 우리나라 선승들이 가장 즐겨 붙들고 늘어지던 공안이었다. 그런 전통에서 벗어날 수 없었던 것일까, 중이 되기도 전인 처사 영주의 발걸음을 꼼짝없이 옭아맨 것도 바로 조주 영감의 장난 같은 한 마디 무자화두였다.

어떤 학승이 조주스님에게 물었다.

"개에게도 불성이 있습니까?"

조주스님이 말하기를

"없다."

그러자 학승은 또 물었다.

"위로는 부처님으로부터 아래로는 미물에 이르기까지 다 불성이 있는데 어찌하여 개에게는 불성이 없습니까?"

조주스님이 대답하였다.

"업식이 있기 때문이다."

이 문답이 조주 무자화두의 내력이다.

'이 머꼬(이게 뭐냐)?'

대원사에서부터 마음속으로 되뇌이고 있던 이 화두를 해인사에 오자마자 그는 억센 팔로 붙들고 앉았다. 누구에게 체계적으로 화두를 잡는 법을 배운 일이 없는데도 그는 스스로 그 끝없는 의문의 세계로 빠져들어 갔다. 싯다르타가 커다란 의문을 일으킬 때 옆에 있는 스승의 도움을 받아 일으킨 것이 아니었던 것처럼, 그리고 힌두교 수행승들의 수행방법을 버리고 스스로 길을 찾아 묵상에 들어감으로써 전인미답의 개활지를 인류의 앞에 펼쳐 보인 것처럼 영주 그도 커다란 의심을 안고 그것을 혁파하기 위하여 떠나는 길을 다른 사람의 도움 같은 것 없이 혼자 떠난 것이었다.

화두는 질문이다. 그리고 대답이다. 질문도 대답도 스스로가 하는 것이다. 나 자신 속에 원래 불성이 있다는 전제 아래 그것을 파기 위하여 수천 길의 지하를 뚫고 내려가는 모험의 길이다. 그리고 진력이 나는 인내의 길이기도 하다. 불성이 있는 곳으로 가기 위하여 때로는 논리가, 때로는 직관이 사용된다. 그러나 논리와 직관이 모두 끊어진 곳에 이르러서야 비로소 말로 표현할 길이 없고 금강석과 같이 단단하여 영원히 깨어지지도 않는 깨달음의 세계가 열린다. 그 깨달음의 세계로 가는 수레가 참선이며 달리는 수레의 바퀴가 화두이다. 그러므로 화두는 진리 세계의 문을 여는 열쇠이기도 하다.

사람은 누구나 한때 '왜 죽는가' '영원한 것은 없는가' 하는 의문을 품는다. 그러나 그것뿐이다. 그런 의문은 쉽게 대답을 얻을 수 없는 의문이다. 대부분의 사람들은 그런 의문 자체를 일상 속에 묻어버리고 세월이라는 배에 올라 흔들리며 떠내려가다가 사라진다. 또 대개는 그런 의문이 생겼을 때 자신보다 훨씬 이전에 이미 그런 의문을 품어 답을 내놓은 사람들의 가르침에 따라 믿고 순종하는 것으로 마음의 평안과 위안을 얻는다.

그러나 이렇게 하여 얻어진 평안과 위안은 참된 평안과 위안이 되지 못한다. 정말로 불퇴전의 용기가 있는 사람은 옛 선각자가 걸었던 그 길을 자신도 걸어가 그 선각자와 같은 깨달음을 얻고자 한다. 이것이 바로 선승이 가고자 하는 멀고도 어려운 길이다. 그 길을 가기 위한 오솔길이 하나 있으니 그것이 바로 화두의 세계이다.

불교 전래 이래로 한국의 선종이 부처님과 같은 대각에 이르기 위하여 참선을 해온 방법은 예외 없이 화두를 참구하는 간화선(看話禪)이었다. 영주 또한 자연스럽게 간화선의 길로 접어들었으니 이는 일천 육백 년이라는 이 땅 불교의 전통 위에서 그 또한 자유로울 수 없었던 탓이었다.

영주가 해인사의 퇴설당 대중의 무리 속에 파묻힌 지 얼마 안 되어 동안거가 시작되었다. 석 달 동안의 결제 기간이 시작된 것이었다. 결제가 시작되었다. 석 달 동안의 결제기간이 시작된 것이었다. 결제가 시작되던 그날 백련암에 주석하고 있던 동산스님이 내려와 법문을 하였다. 그날 영주는 동산스님이 무슨 말을 하는지는 한 마디도 듣지 않았다. 다만 스님에게서 풍기는 고아한 향취 때문에 거의 정신이 빠질 지경이었다.

지금까지 그가 보아 왔던 스님들과는 전혀 다른 세상에 사는 사람이 거기 있었다. 다른 중들은 머리만 깎고 불경 몇마디를 알고 절간살이의 하찮은 법도나 조금 몸에 익힌 것으로 중이라고 부르는 정도였으나 동산스님은 달랐다. 스님은 알고 있다, 하고 그는 온몸으로 느꼈다. 저 사람은 껍질을 깨고 현상계의 전변하는 세계의 밖에 나가 유유자적하고 있다.

지금까지 영주는 열심히 의문을 품고 온갖 책을 보면서 헤매어 왔으나 딱히 저런 사람이 되리라 하고 작정을 할 만치 위대한 스승을 만난 일은 없었다. 이제 동안거 법문을 하기 위해 주장자를 비껴 들고 앉은 저 인물이야말로 자신이 가고자 했던 그 어느 곳에 먼저 가 있는 사람, 자신이 알고자 했던 그 모든 것을 이미 알고 있는 사람이라는 생각이 들었다.

마침 동산 스님은 조주의 무자화두를 자랑하고 있었다.

"큰 깨침을 얻고자 하는 자들이여, 이것을 똑똑히 보라."

동산스님은 말하였다.

"여기에 길이 있다. 아무도 그 비밀을 말해 주지 않는다. 그대들 스스로 그 문을 열고 들어가기까지는, 그러나 그 길에는 문이 없다. 그리고 마침내 길 자체도 없다."

마음이 닫힌 사람의 귀에는 말장난처럼 들릴 수도 있는 동산스님의 법어는 영주의 마음속에서 생생하게 살아 약동하더니 가슴과 머리를 거쳐 온몸을 가득 채우는 것이었다. 법문이 끝나고 법상에서 내려가면서 동산스님은 머리를 길게 기른 속인을 이윽한 눈으로 바라보았다. 그러나 따로 말은 없었다.

그날부터 영주는 대중들과 함께 정진에 들어갔다. 지금까지 막연하게 의문의 제목으로 삼아 오던 조주의 무자화두는 동산스님의 법문을 통하여 뚜렷한 형체와 함께 생명력을 갖게 되었다. 그는 명상에 잠겼다. 참선이라는 것이 무엇인지 어떻게 하는 것인지 딱 부러지게 아는 바는 없으나 명상은 결코 낯선 것이 아니었다. 생각의 꼬리를 물고 생각을 이어가고 생각의 깊이를 한없이 천착하며 마침내 자신이 생각한다는 그 사실조차 잊을 정도로 생각 속에 빠져 시간이 멈춰 버린듯 그는 가부좌를 틀고 앉아 있었다. 여기저기서 죽비소리가 터졌으나 그것은 마치 음악의 반주처럼 저 멀리서 기분 좋게 울릴 뿐 그는 자신이 참선을 하고 있다는 사실마저 잊어 갔다.

점심 공양을 마치고 나서 잠시 쉬는 동안 대중들은 팔다리를 굽혔다 폈다 가벼운 체조를 하기도 하고 어떤 사람들은 퇴설당을 몇 바퀴씩 돌면서 걷는 연습을 하기도 했다.

"부처님이나 조사님들처럼 상근기가 아닌 사람들에게는 이 짓이 수

월한 일은 아니겠지요?"

머리통이 울퉁불퉁하게 생긴 스님 하나가 다가와 말하였다.

"……"

"처사께서는 아무래도 스님이었던 것 같습니다. 참선하는 모습이 예사롭지가 않던데요."

"……"

"차라리 결혼을 하고 중노릇을 하면 깨우침이 더 빨라지지 않을까, 그런 생각이 들 때도 많아요."

"……"

"이번에 아무 소식을 얻지 못하면 비구라는 이름의 이 남루한 거지옷을 벗어 던질까 합니다."

"……"

영주는 아무 말도 듣지 못하였다. 그는 공양을 들 때도 화두만을 생각하였다. 지금도 마찬가지였다.

참선을 시작한 지 일 주일이 지나자 길을 걷거나 공양을 들거나 보거나 참선 중이거나 누구와 말을 할 때에도 화두는 잠시도 그의 머릿속에서 떠나지 않았다. 그는 전날 말을 걸어 왔던, 그 머리통이 울퉁불퉁한 스님에게 물었다.

"지금 가부좌를 풀고 있는 순간에도 화두가 떠나지 않습니까."

머리통은 머리를 가로 저었다.

"옛 조사님들은 동정일여(動靜一如)는 말할 것도 없고 몽중일여(夢中一如)를 지나 오매일여(悟寐一如)의 경지에 이르러서야 비로소 끝이 보인다 하였으나 아무래도 그것은 그 사람들의 얘기가 아닐까요. 나는 가부좌를 풀고 일단 선방을 벗어나면 화두 같은 것은 머릿속에서 자취를 감춥니다. 그 다음 참선을 시작하면 다시 화두를 불러오지요."

영주는 속으로 생각하였다.

'이 사람들은 지금 헛일을 하고 있었다. 정말 안 된 일이다. 세상에서 생산적인 일도 하지 못하면서 머리 깎고 절밥을 축내고 앉아 화두조차 붙들지 못한다면 그보다 더 헛된 일이 어디 있을 것인가.'

"처사께서는 앉으나 서나 화두가 보입니까?"

영주는 말없이 스님을 바라보았다.

"역시 그랬군요. 내 처음 볼 때부터 보통 근기가 아닌 것 같더라니. 그 무엇 때문에 그러고 있습니까?"

"무슨 말씀을?"

"왜 중이 되지 않고 머리를 그렇게 기르고 있느냐 그 말입니다."

영주는 그냥 웃기만 하였다.

한 달이 지났다. 희미하게 길이 보였다. 어지럽게 흩어져 있던 언어의 세계를 꿰뚫고 지나가는 신작로 같은 길이 보였다. 지금까지 책에서 읽고 얘기를 듣고 또 스스로 천착했던 무수한 생각들이 모두 제자리를 찾아가기 시작하였다. 설명할 수도 없고 앞과 뒤를 분간할 수 없었던 사물의 이치들이 비로소 밝게 눈앞에 드러나기 시작하였다. 만약 그가 지금 입을 연다면 누구도 당해 내지 못할 만큼 막힘 없는 사자후를 토해 낼 수 있을 것이었다.

그러나 그것뿐이었다. 그 모든 것은 생각일 뿐이었다. 생각이 끊어진 곳에서 만나게 된다는 금강반야의 진리의 세계는 아직도 보이지 않았다. 기껏해야 화두를 잡는 법을 알았다는 것뿐이었다. 이게 대체 뭐란 말인가. 나는 지금 백척간두에 올라 있는가, 여기서 한 걸음을 앞으로 내달아야 하는가, 다시 물러서서 장대 밑으로 기어 내려가야 하는가, 아니면 장대를 붙들고 오도 가도 못하고 식은 땀이나 흘리며 세월을 보내야 하는가.

동안거가 지났다. 옥류동의 얼어붙었던 물이 다시 소리내어 흐르는 소리가 아련히 들려왔다. 영주는 백련암의 부름을 받았다. 그렇지 않아도 떠나기 전에 찾아볼 요량이었는데 동산스님이 먼저 짐작하고 불러 올린 것이었다.

큰절을 올리고 무릎 꿇어앉으니 동산스님이 말하였다.

"어디로 가려는가?"

영주는 대답하지 못하였다. 아버지 이상언과 모친의 얼굴 그리고 아내의 얼굴이 잠시 그림처럼 스쳐갔다.

"내친걸음인데 어디로 가려는가. 장부일대사를 도모함이 그렇게 쉬운 줄로 알았는가. 부처님께서도 출가할 때는 부모형제 처자식을 버린 것 같았으나 버린 것이 아니라 그들 모두를 극락으로 안내하였으니 그 얼마 욕심 많은 어른이던가. 그리고 이 땅에 중다운 중의 씨가 마르고 있네. 얼마간 도반들과 살면서 익히 보았을 터. 한생각 일으키지 않았는가."

"이미 결심이 섰습니다."

"허어, 그럼 지금까지 내가 쓸데없이 중언부언한 게로구만. 자알 생각했어. 이 봄에 자네를 얻을 생각으로 백련사의 겨울이 유난히 길었구먼."

동산스님과 속인 영주는 서로의 얼굴을 바라보았다. 동산의 눈에서는 제자를 하나 얻은 동물적인 즐거움이 거침없이 솟아 나왔다. 영주의 커다란 눈에서는 이제야 갈 길을 찾았다는 기쁨과 함께 백척간두에서 한 걸음 뛰어내려 버린 사람의 홀가분한 방심이 흐르고 있었다.

가야산에 봄이 오고 있던 삼월에 영주의 수계 득도식이 있었다. 은사는 동산스님이었다. 득도식의 전계사가 영주의 머리에서 무명의 풀을 밀어내자 그 검은 머리카락은 때아닌 봄바람에 이리저리 흩날렸다. 동산스님은 그에게서 영주라는 속인의 이름을 무명의 풀과 함께 밀어 버리고 성철(性徹)이라는 이름을 왕관처럼 얹어 놓았다.

어머니 강상봉(姜相鳳)

어머니 강상봉(姜相鳳)

1936년, 성철스님이 수계득도하여 세간을 떠난 그 해에 일제는 이 땅의 불교를 보다 조직적으로 통제하고 완전무결하게 일본불교화하기 위하여 총본산(總本山)제도의 실시를 획책하였다.

그 때가지 이 땅 불교는 이름도 변변한 것 없이 그저 '조선불교 선교양종(朝鮮佛敎 禪敎兩宗)'이라는 행정 편의적인 두루뭉실한 이름으로 불리고 있었다. 그리고 불교의 응집력을 없애기 위해 이른바 '분할하여 통치한다'는 제국주의 전술 전략을 이땅 불교에도 그대로 원용하여 31본산(本山)제도(처음에는 30본산이었다가 나중에 33본산으로 확대)를 실시하였다.

전국에 서른한 개의 본산을 지정하고 그 밑에 말사를 두어 통어케 하니 자연 서른한 개 본산주지의 권한이 막강하게 되었다. 그리고 본산주지의 임면권은 불교와 아무 인연도 없는 총독부가 쥐었으니 그보다 더 편리한 통제방법도 없었다.

이 같은 목조르기에서 벗어나고 불교의 힘을 하나로 응집시키기 위하여 중앙 통제기능을 스스로 만들어 내려는 노력이 만해(萬海)를 비롯한 일부 의식이 앞선 스님들에 의하여 기도되어 중앙교무원을 발족시키려는 구체적인 시도까지 이르렀으나 본산주지 임면권이라는 고삐가 총독부에 있는 이상 그 효력은 무위로 돌아가고 말았다.

1936년에 이르자 일제는 31본산제도를 통한 한국불교의 힘빼기와 일본화에 어느 정도 성공을 거둔 것으로 판단하고, 이번에는 거꾸로 강력한 중앙 통제기능을 창출코자 뜻을 낸 것이었다. 즉 지금까지 총독부가 행해 오던 통제기능을 불교자체의 이름으로 밀어붙이기 위한 보다 지능적인 술책이었다.

서울에는 조선병탄의 공로자인 이토 히로부미를 기념하기 위해 설립된 일본 조동종(曹洞宗)의 박문사(博文寺)라는 절이 있었다. 이 절의 주지 부산(夫山)과 총독부 관리들의 생각이 일치하여 한국승려들에게는 일체 비밀에 부친 가운데 '조선불교 총본산 박문사' 설치인가 신청이 총독부에 제출되었다. 총본산을 세워 이 땅 불교 전체를 통제하고 사찰재산을 관리하되 그 기능을 일본 조동종의 박문사가 맡겠다는 음모였다.

이 같은 일본의 음모를 알게 되자 대부분의 본산주지들은 총독부 조치를 '백번 지당하다'고 아첨을 떨고 나섰으나 송만공(宋滿空) 스님이 총독을 '아비지옥에 빠질 죄인'으로 크게 꾸짖으며 반발한 여세를 몰아 이 땅 불교인들 스스로 총본산을 만들려는 노력을 가속화하였다.

우선 수도 서울에 총본산 역할을 할 사찰을 건립하는 일이 시급하였다. 이에 이 땅 스님들은 해가 바뀐 1937년 초부터 총본산 사찰의 건립에 착수하였다. 건물의 재목은 얼마 전에 사교로 몰려 비참한 최후를 맞았던 자칭 차천자(車天子) 차경석(車京錫)의 소굴이던 정읍의 천제각을 매입, 허물어 서울로 운반하고 장소는 당초 승려의 도성출입 허용을 기념하기 위해 세웠던 각황사(覺皇寺) 자리에 건립하였다. 그러나 그 명칭은 이 땅 불교의 중흥조인 태고(太古) 보우(普愚)가 창건했던 삼각산 태고사를 옮기는 것으로 하여 태고사(太古寺)로 불렀다. 그리고 종명도 조선불교 선교양종이라는 이름 없는 이름의 시대를 마감하고 조선불교 조계종(曹溪宗)으로 간판을 달았다.

일제는 이 땅 사람들의 혼을 빼기 위하여 가장 먼저 그리고 가장 철저하게 이 땅 불교의 말살, 불교의 일본화에 광분하였다. 그 결과 이 땅 불교에 그리운 그늘은 짙고도 무거웠다. 그러나 그 어둠 속에서도 자등명(自燈明)의 부처님 가르침을 실천에 옮기기 위하여 스스로 불을 밝히려는 노력은 얼음장 밑에서 흐르는 계곡의 물처럼 시대의 아픔을 녹여 가고 있었다.

김병용은 그 해 가을 일본 동경에 가 있었다. 그는 동경에서 멀지 않은 영각사를 찾아가 그 절의 주지 미우라와 마주 앉았다. 미우라는 사십 대 중반의 사무라이같이 생긴 중이었다.

"얼마 전에 조선을 오가면서 장사를 하는 이 절의 신도 사부오 씨가 조선에서 『나옹어록』 진본을 가지고 와서 이 절에 시주한 일이 있지요?"

"그렇소, 당신은 누구요?"

"저는 서울에서 포목이나 파는 비천한 사람이올시다. 그러나 부처님 광명이 하늘의 달처럼 세상을 두루 비춘다는 이치는 알고 지내는 불제

자올시다. 그 귀중한 책은 식민지에서 헐값으로 빼앗다시피 가져 왔으나 훔친 물건이나 다름없습니다. 저에게 도로 돌려주시지요."

"우리 일본사람들이 조선에서 도둑질이나 하고 있다?"

말투에 칼날이 서고 있었다.

"그렇습니다. 그러나 거저 달라고 하지는 않겠습니다."

미우라는 한참 생각을 하다가 물었다.

"그럼 무엇을 내놓겠다는 거요?"

"제 모든 재산을 내놓겠습니다."

"그대의 재산이 얼마나 되는가."

"아까 말씀드린 대로 서울에 포목점을 하는 가게가 있고 시골에는 일천 석을 거둘 수 있는 농토가 있습니다."

"그걸 다 내놓고 그 하잘것없는 낡은 책 한 권을 가지고 가시겠다?"

"부처님과 조사스님의 말씀과 행장에 하잘것없는 것은 없습니다."

"좋소. 바꿉시다."

"네?"

"당신이 말했잖소. 당신 재산 전부를 이 절에 시주하시오. 그리고 그 쓸모없는 옛 중의 헛소리를 적은 책을 가지고 가시오. 그 책의 사본이 조선에 아주 없는 것도 아닐 터인데 왜 그렇게 집착하는지 알 수가 없구만."

"이렇게 합시다. 내가 증서를 쓸 테니 당신의 친구인 사부오 씨로 하여금 조선에 와서 내 재산을 가져 가도록 하시오."

미우라는 이맛살을 찌푸렸다. 한참 후에 그는 말했다.

"나로 하여금 정말 강도가 되게 만들겠다? 그렇게는 안 되지. 그 하잘것없는 물건 그냥 가져 가시오."

"그럴 수는 없습니다. 나도 빚을 지기는 싫으니까요."

미우라는 다시 생각에 잠기더니 한참 후에 나직하게 내뱉었다.

"조선에서 도둑질하는 내지사람들을 용서하여 주도록 부처님에게 빌어 주시오. 이 정도면 거래가 공평하지 않겠소?"

'하잘것없는 책'을 들고 현해탄을 건너온 김병용은 곧장 해인사에 들렀다. 두 가지 목적이 있었다. 올해부터 해인사에서 팔만대장경의 사간본을 간행할 참이었는데 그 사업을 위해 적지 않은 시주도 해놓은 터였다. 그 사간본을 손에 넣고 싶은 욕망이 첫째였고, 둘째는 대원사에서 만났던 청년의 소식을 알고 싶어서였다.

"출가했습니다. 범어사로 갔는지 통도사로 갔는지 모르겠습니다. 그쪽으로 가서 찾아보세요."

선방에서 전해 주는 소식은 겨우 그 정도였다. 하긴 구름 같은 운수납자의 세계에서 그 이상 자세한 소식은 있을 수가 없는 일이었다.

"인연입니다. 인연이에요."

석운스님은 아까부터 다른 말은 모두 잊어버린 사람처럼 인연입니다만 되풀이하고 있었다. 이상언은 요사채 마루 끝에 엉덩이를 걸치고 앉아 열어젖혀 놓은 법당 문 안으로 누렇게 번쩍거리는 본존불을 노려보고 있었다.

"그 아이가 머리를 깎은 것은 확실하오?"

"해월 스님이 해인사로부터 직접 들은 얘기라니 확실하겠지요."

"그라모, 중이 되모 해인사에 붙어 있을긴가?"

"그건 모르지요. 중에게는 이 세상 절이 모두 내 거처니까."

"흥, 미친 소리."

이상언은 홧김에 욕설을 뱉어 놓고 미안한지 머리를 숙였다. 석운은 용서한다는 뜻으로 합장을 하였다. 이상언은 마당으로 내려서서 오락가락 거닐었다.

"우째한다?"

석운은 이 중생의 고통을 이제 모른 척 오불관언하려는 태도로 아래쪽 계곡 물가의 버들개지에 눈을 주고 있었다. 어느새 버들개지가 어린 토끼의 귀털 같은 털을 세우고 삐주룩이 돋아나고 있었다.

"도대체 중이 된다카는 인간들은 모조리 인연을 이런 식으로 끊는 긴가? 낳아 준 부모에게 일 자 소식도 없이 그래 바람결에 내 자식이 중 됐다카는 귀동냥이나 해야 되는 것이 절집의 풍토요?"

석운스님은 버들개지의 숫자를 헤아리고 있었다. 그러나 대여섯 개에서 눈앞이 아지랑이가 낀 것처럼 아물거려 포기하고 말았다.

"내가 가보는 것이 어떻겠는교?"

"가서 무엇을 하시게요?"

"글쎄. 그기 고민이라. 멱당가지를 하여 끌고 올 수도 없는 노릇이고, 그렇다고 열심히 도를 닦아라, 이래 말할 수도 없는 노릇인기라."

"아드님은 큰 그릇입니다. 해월스님이 혼이 빠졌어요."

"그래서 그 땡초가 해인사에 통기하여 멀쩡한 놈 중으로 만들었구마. 이제 태어날 손자는 그 땡초가 키울긴가?"

"손자요?"

"하믄요. 애비 되는 놈은 자식이 생긴 줄도 모르고 머리를 깎았십니다. 미구에 손자가 태어나믄 그 할미되는 여편네가 며느리 등에 손자 업혀 그 아이 참선한다고 쭈구리고 앉아 있는 선방으로 쳐들어갈끼라."

"그랬군요. 그랬군요."

석운스님도 그제야 미간에 주름을 잡았다. 이상언은 요사채 옆의 양지쪽 빨랫줄에 널려 있는 어린아이의 기저귀를 흘낏 보았다.

"하기사 요새는 스님들도 결혼을 하는 희한한 세상이 되었으니 정 안 되면 지 처자식 데불고 절살림하라면 되겠구마."

"아드님은 그런 중이 되지는 않을 것 같습니다. 기왕 말씀이 나왔으니 말입니다만, 저 같은 땡초생활은 아무리 세상이 이상하게 변했다고는 하지만 보기 좋은 일도 아니고 하물며 권할만한 짓은 아닙니다. 아드님의 생각은 좀더 높은 곳에 있는 것이 분명합니다."

"기막힌 일이로구마. 장차 우찌 하믄 좋을꼬."

그러나 이상언은 자신의 마누라인 강상봉 여인을 과소평가하고 있었다. 그는 마누라가 손자 태어난 후에 며느리를 앞세워 절로 찾아 나설 것이라고 예견하였으나 강상봉 여인은 장남의 출가 소식을 듣자마자 해인사를 향하여 길 떠날 차비를 하였다.

그러나 준비하는 품이 내 이 놈을 당장 끌고 오리라, 이런 서슬과는 달랐다. 강상봉은 진주로 나가 솜을 넣어 누빈 승복 한 벌을 구해 왔다. 그리고 땅콩이니 잣이니 기름진 실과류에다 집안의 창고에서 밤을 퍼 담아 한 보따리 짐을 만들어 장손이에게 지웠다.

"이기 머꼬. 당장 데리러 가는 줄로 알았더니 중질 잘하라고 옷이니 먹을 걸 갖다 주는 기가."

이상언이 곡절을 모르겠다는 듯이 핀잔을 주었다.

"하루를 살아도 중은 중 아인교. 내사 그 아이가 무신 짓을 하든지 추 바서 떨고 배고프지나 않았으모 좋겠심더."
"허어 참, 속내를 모르겠네."
그러나 강상봉 여인 또한 중이 된다는 것, 그리고 중이 된 아들의 마음이 얼마나 독하고 철저한지는 까마득히 모르고 있었다.

해인사로 찾아간 강상봉 여인은 종무소로 안내되었다. 종무소에서 보니 머리를 기르고 양복을 입은 사람도 몇 명이나 있었다. 가장 높은 사람인 듯이 보이는 최범술도 그랬다. 최범술의 행장을 보고 강상봉은 한시름을 놓았다. 해인사도 대처승의 절이구나, 그렇다면…….
수계한 지 얼마 되지 않은 성철스님은 아직도 퇴설당에 머물고 있었다. 다른 운수납자들이 해제와 동시에 뿔뿔이 흩어졌으나 성철은 아예 해인사의 암자에서 계속 정진할 요량으로 산내 암자를 물색하고 있었다. 백련암이나 지족암 둘 중에 한 곳으로 옮기게 될 가능성이 많았다. 이런 때에 어머니 강상봉 여인이 찾아온 것이었다.
강상봉 여인과 그녀를 따라온 머슴 장손이를 종무소에 잠깐 머물게 하고 최범술은 자신이 직접 성철에게 이 소식을 전하러 갔다. 종무소에서 바로 가까운 곳에 있다더니 반시간이나 지난 뒤에야 돌아온 최범술은 몹시 난처한 얼굴로 말하였다.
"원래 갓 출가한 젊은 스님네들에게 가족이 찾아와도 만나지 못하도록 하는 것이 절집의 풍습입니다. 크게 발원하여 떠난 길이 사사로운 속연에 발목이 붙잡혀 흔들리는 수가 있고, 또 모쪼록 이루어 놓은 공부가 수포로 돌아가는 수가 있기 때문입니다. 그러나 성철스님의 경우는 다

룹니다. 저는 보살님을 뵙는 순간 두 분을 만나게 해주어야겠다고 생각을 했습니다. 이유는 잘 아시겠지만 성철스님의 마음 중심이 워낙 굳고 단단하기 때문이지요. 그러나 스님은 지금 보살님과의 해후를 완강하게 거절하고 있습니다. 먼 길을 오셨고 마음의 쓰라림이 크리라는 것을 모르는 바 아닙니다. 그러나 스님 본인이 그렇게 마음을 굳혔으니 우리도 도와드려야 하고 육친 되시는 분들도 도와주셔야 할 것입니다."

최범술의 차근한 설득에 귀를 기울이고 있던 강상봉은 장손이가 가지고 온 보따리를 내밀었다.

"전해드리겠습니다. 이런 인연은 이미 억만 겁 이전에 정해진 인연입니다. 보살님께서도 부디 신심을 내시어서 귀의삼보하시고 마침내 성불하십시오."

강상봉은 한 마디 말도 없이 일주문을 벗어났다. 일주문 앞의 영지(影池) 가에 와서야 비로소 흘러내리는 눈물을 주체하지 못하고 어금니를 깨물고 오열하였다. 그러나 장손이가 옆에 있는 데다 또 해인사의 여러 부처들과 가야산 전체가 자신을 내려다보고 있는 것 같아 그녀는 심한 부끄러움을 느꼈다.

그녀는 재빨리 소매 끝으로 눈물을 훔치고 돌아서서 일주문 너머 멀리 드높은 축대 위에 버티고 선 대적광전(大寂光殿)을 향하여 합장을 하였다. 평생을 통하여 절을 향하여 절을 해본 것은 이번이 처음이었다.

집에 돌아오자마자 강상봉 여인은 지금까지 살아왔던 생활의 습관을 바꾸었다. 먼저 웬만하면 육식을 자제하도록 하였다. 어쩔 수 없이 육식을 하게 되더라도 자신은 육고기나 비린내 나는 것을 일절 대지 않았다. 그리고 가까운 절에 다니기 시작하였다. 불경을 읽고 외워 조금씩 입 속에서 굴리기 시작하였고 부처님의 행적에 대하여 아이들에게 이야기해 주는 즐거움을 보탰다.

그녀는 기억력이 비상하였다. 『춘향전』이나 『심청전』, 『삼국지』, 『유충렬전』, 『옥단춘전』과 같은 옛날 소설들을 줄줄이 외워 아들과 딸들에게 들려주었다. 불경을 외는 속도도 언문소설에 못지 않게 빨랐다.

"허어, 석씨지도에 빠지다니."

이상언은 탄식하였으나 그도 차츰 부처님의 가르침에 귀를 기울이게 되었다. 육식을 끊지는 않았으나 웬만하면 멀리하였고 개고기는 근처에 가지 않았다. 스님들이 탁발을 오면 일부러 안방으로 모셔 놓고 의문이 나는 것을 묻거나 절집의 살아가는 사정을 캐물었다. 그러는 사이에 그는 공자를 비롯하여 어느 누구도 가르쳐 주지 않았던 그래서 짐짓 체념하려고 애쓰며 살았던 등뒤의 절벽 같은 어둠을 응시하는 버릇이 생겼다.

이상언의 집안은 너무나 빨리 변해 갔다. 그러나 맏아들이 육친의 아들로서 돌아올 희망을 아주 버린 것은 아니었다. 영주가 원래 탐구심이 많고 이것저것 책을 보며 섭렵한 것이 많아 잠시 불도에 빠진 것일 뿐 한동안 마음속의 갈증을 풀고 나면 돌아오리라는 기대를 버릴 수는 없었다.

게다가 지금 며느리는 만삭이다. 오는 칠월이면 손자를 보게될 것이다. 영주, 성철이라는 이름의 중도 자식을 갖게 되는 것이다. 불가의 인연이 얼마나 큰 것인지는 모르지만 천륜보다야 질기겠는가. 곧 태어날 아이가 필시 그 아비의 발길을 당겨 속세로 데리고 오리라.

이상언도 강상봉도 동시에 꾸고 있었으나 아무도 입 밖에 내어 말하는 사람은 없었다. 며느리 이덕명도 혼자 가슴을 뜯으며 울지언정 내색을 하지는 않았다. 친정 아버지가 도대체 어찌 하여 이런 일이 일어났는지 알기나 하자고 이마에 주름을 지어 사돈댁에 왔을 때도 만삭의 새댁은 슬픔을 내비치지 않았다.

"절에 가 있으면 병이 낫고 건강하다카이 그보다 좋은 일이 어디 있겠습니까. 사람의 목숨보다 더 중요한 일은 없습니더."

이런 말로 친정아버지의 억장 무너지는 노여움을 달래어 돌려보냈다. 그런 며느리를 보면서 강상봉은 결심하였다. 애만 낳으면 데리고 애비를 찾아가리라. 그러나 그때까지 기다리지 못하고 음력 오월 초순에 강상봉은 다시 해인사를 찾았다. 성철스님은 가야산을 떠나고 없었다.

"수행승은 한 곳에 머물지 않습니다. 그래서 구름이고 물이라 하지 않습니까. 지금 또 여름 결제 기간이니 어느 선원에서 안거 중일 것입니다."

"어느 절로 갔는교?"

"글쎄요."

종무소의 젊은 스님은 반들반들한 머리를 긁적였다. 이날따라 종무소는 텅 비어 있었다. 친절하던 최범술 스님의 모습도 보이지 않았다. 젊은 스님이 강상봉이 들고 있는 보따리를 바라보면서 마침 생각이 났다는 듯이 말하였다.

"범어사로 가 보십시오. 그리로 간다고 들었습니다."

"범어사가 어딨는 절인교?"

"부산 동래에 있습니다. 거기 가서 선방을 찾아보면 스님을 만나실 수 있을 겁니다. 그러나 지금 공부하는 중인데 가시지 않는 것이 좋지 않을까요?"

 강상봉은 묵곡리로 돌아오지 않고 대구를 거쳐 기차를 타고 부산으로 내려갔다. 만 하루가 걸리는 긴 여행 끝에 그녀는 금정산의 범어사에 닿았다. 이제 그녀는 자신의 아들이 드넓은 절의 어느 곳에 가야 쉽게 찾을 수 있는지 알고 있었다.

 중의 옷을 입고 있다고 해서 다 같은 중이 아니며 각각의 소임이 다르고 공부하는 방법도 다 다르다는 사실도 알고 있었다. 그리고 영주가, 아닌 성철스님은 처음부터 오로지 수행 그 자체에만 빠져 있는 진짜 중이라는 사실도 알고 있었다. 이 같은 사실은 강상봉의 마음속에 기쁨과 불안을 동시에 지펴 놓았다.

 강상봉은 곧장 선원을 물어 그쪽으로 찾아갔다. 범어사의 금어선원도 절의 중심인 대웅전에서는 한창 동떨어진 뒤편에 자리잡고 있었다. 절의 다른 당우들이 대부분 일반신도들이나 관광객들에게 개방되어 있는데 반하여 선원은 드높은 담장으로 둘러쳐서 외부와 단절된 절 속의 절이었다. 금어선원도 마찬가지였다. 우선 출입문에 빗장이 질러져 있었고 외부인의 출입을 금한다는 글귀가 붙어 있었다.

 강상봉은 그 문 앞에서 두 시간을 기다렸다. 사시가 지나 공양시간이 되자 죽은 듯이 가라앉아 있던 선원 앞에서도 조용히 사람이 움직이는 기운이 느껴졌다. 조금 기다리니 문이 열리고 나이가 제법 든 스님 한 사람이 나왔다. 스님은 강상봉을 보고 가던 길을 멈추었다. 스님은 합장으로 인사를 하였다. 강상봉도 합장하였다.

 "그냥 구경 오신 보살님은 아닌 것 같고……누굴 찾으러 오셨는지요?"

"예, 아들을 좀 만나 보러 왔심더. 그 아아가 출가한 후로 한 번도 얼굴을 보지 못해 놓으니 과시 중이 됐는지 안 됐는지 알 수가 없어 이리 답답한 일이 어디 있겠는교. 만나서 우리 아아의 모습이나 보고 나모 우리 집안사람들도 인자부터 그 아아로 스님으로 알고 부처님 공양을 할 기라요. 그라이 부동 우리 아아의 얼굴이나 한 번 보고 가도록 해주소."

"어디서 오셨습니까?"

"산청에서 안 왔는교. 해인사에 있다케서 글로 갔더이만 범어사로 갔다케서 또 이리로 안 왔는교."

"해인사에서 오신 스님이라, 혹시 성철스님의 모친이십니까?"

"예."

강상봉은 이제야 영주의 얼굴을 보는구나, 천 근의 짐을 내려놓는 것 같고 가슴이 설렘으로 두근거렸다.

스님은 다시 선원으로 들어갔다. 스님이 문을 열고 닫을 때 문틈으로 언뜻 보니 마당에 스님들이 이리저리 걷고 있는 모습이 보였다. 휴식 시간인 듯 다리를 푸는 모습들이었다. 그 중에서 성철의 모습을 찾으려 하였으나 헛수고였다. 제법 오랜 시간이 흐른 후에야 아까의 그 스님이 돌아왔다.

"보살님, 성철스님은 가족 누구도 만나지 않겠다고 합니다. 아직 때가 되지 않았다고 생각하는 모양입니다. 멀리 찾아오셨기에 웬만하면 만나 보고 가도록 해드리고 싶었습니다만 본인이 아직 때가 아니라고 생각하는 이상 어쩔 도리가 없는 일이지요. 집에 돌아가시거든 부처님께 더 열심히 공양을 드리시고 세상에 공덕을 쌓으십시오. 그러면 조만간 아드님을 만나 볼 수 있을 것입니다."

"얼매나 더 기다려야 만날 수가 있겠는교."

"그건 아무도 모르지요. 그러나 성철스님 본인이나 가족들의 신심이 간절하다면 만날 날이 멀지는 않겠지요."

강상봉은 떼를 쓰지는 않았다. 떼를 써서 될 일도 아니고 그럴 필요도 없다는 것을 그녀는 알고 있었다. 그녀는 가지고 간 승복과 마른 과일을 스님에게 맡기고 금정산을 내려왔다. 신심이 간절하면 만날 날이 멀지 않으리라 했던 스님의 말이 가슴속으로 젖어들었다.

그러나…… 하고 강상봉은 스며드는 불안을 지켜보았다. 영주, 아니 성철은 다른 스님들과 다르다. 그 아이는 뭐든지 제대로 할 사람이다. 어중간하게 중도 소도 아닌 그런 짓을 하러 산으로 올라가 참선을 하고 있을 턱이 없다. 그렇다면, 아마도 성철은 영원히 가족과의 만남을 거부할지도 모르는 일 아닌가.

아니지. 강상봉은 또 한 가닥 희망의 실 끝을 잡아냈다. 부처님도 성도 후에는 제일 먼저 그의 가족들을 교화하시지 않았는가. 그것이 불가의 전통이라면 성철이라고 그 전통을 거역하지는 않으리라. 무슨 일이건 철저한 사람이기는 하지만 그토록 모질지는 않으리라.

그 여름에 며느리가 아이를 낳았다. 계집아이였다. 한편으로 실망하고 한편으로 다행이다 싶은 착잡한 마음으로 강상봉은 손녀를 안았다. 할아버지가 된 이상언이 손녀의 이름을 수경(壽卿)이라 지었다.

강상봉은 수경의 미래를 생각해 보았다. 청춘에 과부가 된 며느리의 창창한 일생도 생각해 보았다. 그걸 생각할 때마다 잠이 오지 않았다. 자신의 피붙이를 버리고, 아니 태어난 사실 그것조차 모르고 혼자만이 성불하겠다고 떠나 버린 아들에 대한 미운 생각이 구름처럼 일었다.

가을 들어 날씨가 선선해지자 강상봉은 며느리 등에 수경이를 업혀 길을 떠났다. 이번에는 그냥 돌아오지 않을 작정이었다.

그러나 금어선원에는 성철스님이 없었다. 선원의 출입문도 열려 있었다. 마당에서 뒷짐을 지고 서 있던 스님 한 사람이 방금 선원으로 들어서는 두 여인네와 등에 업힌 아기를 바라보았다.

"지난여름 여기 있던 스님 좀 만날라고 왔심더."

"그런교. 우짜지에. 시님들 지금 해제 중이라 모두 떠나고 없십니더."

"해제라카모?"

"아, 모르는교? 선방에서 수행하는 선승들은 여름, 겨울 두 번씩 선원에 모여 같이 수행을 하는데 이걸 하안거 또는 동안거라카는기라예. 안거 중일 때를 결제라카고 안거가 끝나모 해제라카는기라예."

"해제 때 스님들은 무얼 하는교?"

"시님마다 다 다르지예. 만행을 하는 분들도 있고 보임공부를 하러 더 깊은 암자로 들어가 계속 참선을 하는 분들도 있고, 더러는 강원에서 교리 공부를 하는 분들도 있고, 뭐 중들의 일이라카는 것은 그야말로 뜬 구름 같아서 종잡을 수가 없지예."

스님은 사람 좋게 지껄이고, 씩 웃었다.

"그런데, 어느 시님을 만나러 왔는교?"

물으면서 스님은 이덕명의 등에 업힌 아기를 바라보았다.

"성철스님이라고, 혹 알겠는교?"

"성철시님이라, 성철…… 눈이 크고 호상(虎相)인 젊은 시님아인교?"

"맞심더, 그 스님 지금 어디 있는교."

"그런데, 보살님들은 그 시님하고 우째 되는교?"

"보면 모르겠는교. 지는 에미고 이 사람은 며느리고, 등에 업힌 아아는 스님의 자식 아이겠는교."

"그렇게 짐작은 했심다. 아까부터 내가 이거 우째야 좋을지 몰라서 궁리를 해봐도 무슨 뾰족한 수가 안 나오는기라요. 안 가르쳐 줄 수도 없고, 가르쳐 줄 수도 없고…… 마, 원효암에 한 번 가 보이소."

스님은 그 말을 던져 놓고 스스로에게 화가 난 얼굴을 하고 활개를 저으며 횡하니 본사 쪽으로 내려가 버렸다.

원효암은 금정산의 중턱에 있었다. 이덕명이 산을 한 번 쳐다보다가 마치 힘이 들어 더는 못 가겠다는 투로 말하였다.

"어무이만 갔다 오시소. 지는 여기서 기다릴랍니더."

"니 마음 안다."

강상봉은 며느리를 재촉하였다.

"다부지게 마음을 묵어야 한데이. 어설프게 하다가는 니 평생을 고치는기라. 이 아아의 평생도 마찬가지다."

원효암은 텅 빈 듯 사람의 그림자도 보이지 않았다. 작은 법당 하나가 산을 등지고 서 있었고 그 앞으로 요사채와 채공간이 붙은 납작한 집 하나가 암자의 전부였다.

요사채 앞에는 검정고무신 몇 켤레가 듬성듬성 놓여 있었다. 마루 끝에 서쪽으로 기우는 햇살이 비스듬하게 내려와 앉아 있었다. 강상봉은 잔기침을 두어 번 하고 방을 향해 목소리를 높였다.

"스님 계시는교?"

기척이 없었다. 한참 뜸을 들인 후에 다시 한 번 불렀다.

"스님 계시는교?"

채공간에 붙은 방의 문이 열리더니 오십이 넘어 보이는 늙은 보살 한 분이 얼굴을 내밀었다.

"주지시님은 지금 안 계십니다."

"주지스님말고."

"주지시님말고는 공부하시는 시님 한 분뿐인기라요. 무신 일인교?"

"그 공부하는 스님 좀 만나러 왔심더."

"성철시님요?"

"그렇심더."

보살은 한숨을 쉬었다. 이덕명의 등에 업힌 수경이를 보는 그녀의 눈에 형언하기 어려운 연민의 정이 스쳐 가고 있었다. 그녀는 뭔가 결심을 한 듯 맨 끝쪽 방의 방문 앞으로 가서 문고리를 두어 번 두드렸다.

"시님, 밖에 손님이 왔심더."

대답이 없었다.

"시님, 만나 보이소. 모친하고 부인하고 시님의 얼라하고 세 사람이 찾아왔심더. 나와서 만나 보이소."

누구도 관계를 말해 주지 않았는데 이 보살은 이미 찾아온 사람들이 누구인지 훤히 알고 있었다.

"전번 여름 결제 때 모친을 그냥 돌려보내지 않았는교. 인자 그만 만나 보이소."

이미 금어선원에서 어머니를 돌려보낸 사건이 산 속에서 회자되고 있는 모양이었다. 강상봉은 말할 수 없는 수치감을 느꼈다. 그녀는 직접 방문 앞으로 다가갔다.

"성철스님, 에미가 왔데이. 니 안 사람하고 니 핏줄도 업고 왔데이. 나와서 한 번만 얼굴이나 보고 가자고 안 왔나. 옛날에 부처님도 지 핏줄을 내치지는 않았다고 들었다. 문 좀 열그라."

역시 대답이 없었다. 강상봉은 문고리를 잡아당겨 보았다. 문은 안으로 잠겨 있었다. 강상봉은 마루에 걸터앉았다. 이덕명은 마당에 선 채 하늘을 이리저리 살피고 있었다. 등에 업은 수경이 칭얼거렸다.

"일로 와서 얼라 젖 멕여라."

이덕명은 아이를 업고 암자 입구의 숲속으로 들어가 버렸다. 거기서 젖을 먹이는지 홀로 질펀하게 우는지 알 수가 없었다. 소쩍새와 산비둘기들이 그악스럽게 울고 있었다.

오랜 시간이 흘렀다.

"무정타."

강상봉이 탄식하였다.

'이 에미는 보지 몬한다케도 자식은 봐야 할 거 아이가. 중도 사람인데 우째 이다지도 심하다는 말이고."

"가입시더."

보살이 강상봉을 일으켰다. 저만치 암자 입구에 오자 보살이 말하였다.

"이 늙은 인간이 큰 잘못을 저질렀는갑심더. 성철시님이 보통시님하고 다르다카는 것을 깜박 잊어묵었구마는. 저 젊은 시님처럼 결제, 해제가 따로 없고 한결같이 공부하는 시님은 처음 본 거라요. 아매도 공부를 다 할 때까정은 육친을 만나지 않을끼구마는."

아까와는 아주 다른 소리였다.

"그 공부가 에미 자슥보담 더 중하다는 말이가?"

"중하다마다요. 도를 깨쳐 중생을 구제하는기 중한 일 아이모 무슨 일이 중하겠는교."

"지 마누라 팔자를 뜯어고쳐 놓고 자슥새끼 앞날을 망쳐 놓고 누구를 구제한다고 헛소리를 해쌌는고."

강상봉은 마음껏 넋두리라도 하고 싶었다. 그러나 보살이 그걸 눈치챘는지 미리 방패막이를 하였다.

"시님도 시님이지만 모친하고 젊은 부인한테 더 놀래겠심더. 패악이라도 지르고 방문을 붙들고 늘어진다모 그기 무신 꼴이겠는교. 두 분이 이리 고요하게 물러가 주시니 시님인들 을매나 고맙겠는교."

성철스님은 면벽하고 앉아 이 모든 얘기들은 모두 듣고 있었다. 처음 어머니의 목소리를 듣자마자 방문을 걸어 버렸다. 그러나 얘기를 듣자니 이번에는 어머니뿐만 아니라 아내까지 데리고 온 모양이어서 가슴이 철렁하였다. 게다가 듣자니 아이까지 낳은 모양이었다. 아들일까, 딸일까, 이름은 뭘까, 잠시 이런 궁금증이 미풍처럼 스쳐갔다. 그러나 미풍이 스쳐간 그 자리를 화두가 메웠다.

사람들은 말한다. 중도 인간이다. 부처님도 제 혈육부터 제도하였다. 원효도 외도를 한 적이 있었다. 그 인간다움이야말로 큰 그릇의 표상이라고들 말한다. 그러나 그건 틀린 소리들이다. 부처님이 제 부인과 자식을 제도한 것은 성불 이후의 일이다. 원효는 한 번의 파계 이후 뼈를 깎고 피를 말리는 참회를 해야만 했다. 그것은 원효 자신을 위해서나 상대의 여인을 위해서나 인간적이라는 이상한 말로 얼버무릴 수 없는 죄악이다. 끊어야 할 것은 끊어야 한다. 더 높은 경지에서 새로운 인연으로 승화될 때까지 인간적이라는 이상한 말로 얼버무리지는 말아야 한다. 수많은 스님들이 바로 이 인간적이라는 말의 돌부리에 넘어져 평생 방황을 멈추지 못하는 것 아닌가. 비록 출가한 이후 짧은 세월이었지만 그는 선방의 도반들을 통하여 제대로 공부도 못하고 속세로 돌아가지도 못하는 실패한 인생의 표본들을 수없이 보아 왔다. 그가 본 도반들의 거의 전부가 그런 인간들이었다. 따라서 그에게는 요지부동의 계율이 있었다.

금어선원에서의 하안거를 마치고 원효암으로 온 것은 그를 가까이 두려는 동산스님의 배려 때문이었다. 동산이라는 거대한 산의 그늘 밑에서 그는 정진을 계속하였다. 앉으나 서나 화두를 놓지 아니하였고 마침내 꿈속에서도 화두를 잃지 않았다. 그의 칼날 같은 정신은 어느 사이에 빙산의 밑뿌리와 같은 무의식의 세계에까지 관통해 있었다.

도반(道伴)

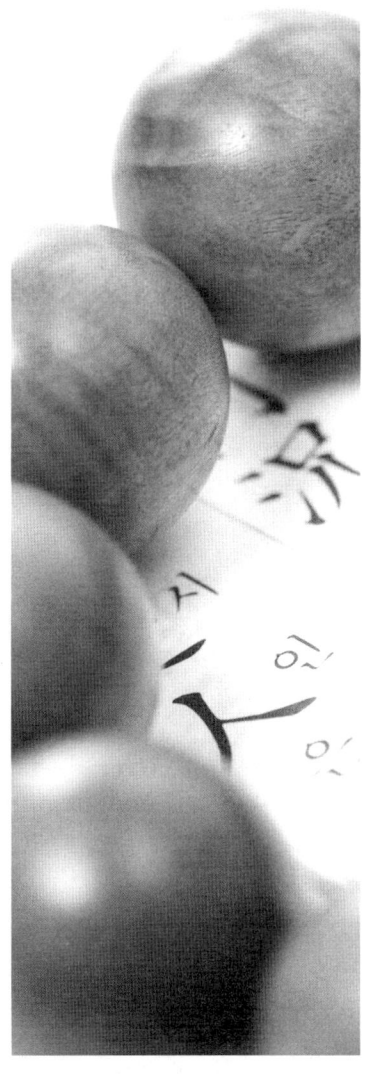

도반(道伴)

모든 것은 마음에 달려 있다(一切唯心造).

해인사 장경각의 팔만대장경에 수록되어 있는 부처님과 조사스님들의 가르침이 그토록 번잡하게 많지만 그 모든 가르침을 한 마디로 꿰뚫는 것이 있다면 그것은 바로 '진리는 마음에 있다'는 것이었다. 성철스님은 스스로 깨달음을 얻어 부처님이 도달했던 구경각(究境覺)에 이르려는 발원을 했을 때부터 이 같은 사실을 명확하게 알고 있었다.

산꼭대기에 오르고자 뜻을 낸 사람은 그 꼭대기가 어디에 있는지 한번 보아 확실한 목표를 정한 후에는 그 곳을 향하여 가는 가장 빠른 길이 어디인지 살펴보아야 하고, 길을 정한 후에는 주저 없이 매진해야만 한다.

견성성불의 길은 산꼭대기에 오르는 것과는 달라서 목표 자체가 사람의 근기에 따라서는 희미하여 종잡을 수 없게 되고 산을 오른다는 걸음이 오히려 헛된 등성이만 헤메다 짧은 일생을 소진하는 경우가 너무나 많다.

성철스님은 대원사의 해월스님에게서 그런 헛된 방황을 보았고, 최범술스님에게서 '입보살'의 허무를 보았다. 그리고 해인선원과 금어선원에서 함께 수행한 도반들에게서도 길을 잘못든 나그네의 피곤한 여행길을 보았다.

그러나 따지고 보면 견성성불의 길은 간단하다. 마음의 눈만 뜨면 일체만법을 다 알 수 있는 것이고, 삼세제불을 다 볼 수 있으며, 일체법을 다 성취할 수 있을 것이다. 마음의 눈을 뜨는 것이 바로 자성을 보는 것이다. 자성은 곧 불성이다. 그러므로 내 마음속의 불성을 보는 것이 수행의 목표이다. 화두는 그 마음의 눈을 뜨기 위한 열쇠와 같다. 그렇다면 그 열쇠를 한시도 놓지 말아야 할 것이다.

참선한다고 가부좌를 틀고 대중방에 앉았을 때만 화두를 쥐고 있다가 일어서면 곧 번뇌망상, 온갖 잡념이 넘쳐흐르는 그런 수행이라면 자성을 바로 보기란 불가능하다. 공부를 하되 철저히 해야 하며 철저히 하되 꿈속에서도 화두를 놓지 말아야 하며, 그 단계를 지나 깊은 잠 속에서도 화두를 놓지 말아야 한다. 그리고 마침내는 자나깨나 앉으나 서나 잠시도 화두를 놓지 않는 경지에 이르러야 비로소 제8아뢰야식의 희미한 그림자도 사라진 다음의 돈오, 구경각에 이르게 될 것이다.

성철스님의 참선은 이처럼 철저하였다. 따라서 그에게는 결제가 따로 없고 해제가 따로 없었다. 밤과 낮이 따로 있을 수가 없었다. 어머니가 세 번이나 찾아오고 드디어 아내였던 여자가 자식을 낳아 찾아온 줄을 알았으나 그는 한사코 화두를 놓지 않았고 정진을 그치지 않았다.

성철스님은 또 계율에 철저하였다. 이는 그가 득도할 때 하동산 스님을 전계사로 삼은 탓도 있었고, 어설프게 옆길을 걷는 것을 용납하지 않는 타고난 성격 때문이기도 하였다.

　동산스님은 일찍이 범어사에서 용성스님을 은사로 득도한 이후 성철스님이 대원사에서 해인사로 가던 그 해에 범어사 조실이 되었다. 범어사 조실이면서 잠시 해인사의 백련암에 머무를 때 그는 성철이라는 큰 그릇을 건져내었고, 성철스님이 득도한 그 해(1936년) 동산스님은 용성스님으로부터 칠불계맥(七佛戒脈)을 전수받았다. 이리하여 그는 쓰러져 가는 한국불교 계율의 기둥이 되었고, 그가 주석한 범어사의 금강계단은 지금까지도 조계종의 단일계단으로서 지계(持戒) 정신의 본산이자 표상이 되고 있다.

　동산스님은 말하였다.

　"공부하는 사람은 계행을 깨끗이 가져야 한다. 더러 보면 계를 우습게 알고 불조의 말씀을 신(信)하지 않는 이가 있다. 부처님이 그렇게 행하지 않은 일이 없고 조사가 또한 그렇게 하지 않은 일이 없다. 해(解)와 행(行)이 분명해야만 한다. 계란 무엇인가. 미에서 잃었던 내 마음을 다시 회복하는 그때가 계이다. 그렇게 알면 곧 정(定)이 있고 정이 있을 때 곧 계가 나는 것이며, 도(道)가 있을 때 계가 함께 나는 것이니 이는 정(定)과 계(戒)와 도(道)가 하나이기 때문이다."

　이것은 간단한 이치다. 즉 계, 정, 혜(慧)는 모두가 하나이지 별개의 것이 아니라는 가르침이다. 그러나 이 평범한 가르침은 한국의 불교가 도저히 따르지 못할 먼 천둥소리가 되어 버린 지 오래였다.

　한편으로는 구한말의 경허선사 이래 계율과 선정보다는 만행, 기행을 일삼는 파계의 선풍이 풍미하면서 너도나도 가짜 경허의 흉내를 내는 이상한 현상이 일어났다. 그리고 다른 한편으로는 일본불교가 침투하면서 아예 세속권력에 의하여 제도적인 파계가 보편적인 현상으로 굳어 버렸다.

이런 토양 속에서 계행을 중시하는 종풍은 참으로 먼 산 너머의 천둥 소리 같은 것이었다. 누구든 존경은 하지만 쉽게 따르지는 않았다. 성철스님이 이 같은 동산스님에게서 배울 수 있었다는 것은 그 자신뿐만 아니라 한국불교를 위해서도 크나큰 다행이었다.

동산스님의 가르침은 여기서 끝나지 않았다. 그의 문하에는 눈 푸른 납자들이 운집하여 장차 그 자신을 비롯하여 불교 정화의 중추적인 역할을 해낼 동량이 이미 성장하고 있었거니와 그 중에서도 특히 성철스님을 사랑하였다.

스님이라고 해서 모든 것을 구족하기는 어렵다. 지계의 의지가 뛰어나면 깨침이 어두울 때가 있고, 깨침은 밝으나 경전과 논리에 어두운 경우가 많았다. 그런데 성철이야말로 이 모든 것을 구족할 수 있는 뛰어난 그릇이다, 은사인 동산은 첫눈에 그렇게 파악한 것이었다.

"부처님을 닮으라. 오직 부처님을 닮으라."

이것이 장차 큰 그릇이 될 것으로 확신한 제자 성철에게 당부하는 은사의 말이었다. 그것보다 더 명확한 가르침이 있을 수 없었다. 그리고 이 가르침은 곧장 성철이라는 사문의 근기에 부합하여 재창조의 활력이 되었다.

부처님은 고행과 명상을 통하여 크나큰 진리를 터득하였다. 그 진리의 요체는 일체중생 실유불성이라는 한 마디였다. 그러나 그것을 가르침에 있어 부처님은 염화의 미소로 거량하기도하고 바다와 같고 대하와 같은 경전의 말씀을 통하여 이해시키기도 하였다. 어떤 스님들처럼 무조건 할이나 봉으로 법을 거량하는 것으로 만족하지는 않았다. 또 부처님의 삶은 계 그 자체였다.

결론은 간단했다. 부처님이 갔던 그대로 철저한 명상을 통하여 큰 깨침에 이를 것이며 말씀을 배우고 참구하여 스스로도 이해하고 중생에게도 전파할 것이며, 그리고 계를 지켜 근본을 세울 것이다. 성철스님은 참선과 교리공부를 동시에 수행하였다. 교리를 공부하는 가운데도 화두는 잠시도 손에서, 머리에서, 가슴에서, 온몸에서 놓지 않았다.

책을 읽고 이해하는 능력은 비상하게 빨랐다. 한문을 읽고 뜻을 알 수 있을 정도의 실력을 갖춘 것이 큰 도움이 되었다. 일본어 지식도 힘이 되었다. 지난날에 읽었던 서양 철학의 잡다한 지식들이 처음에는 불교 경전들의 흐름과 부딪쳤으나 조만간 그것들은 불교라는 대양에 녹아 새로운 모습으로 자리를 잡았다.

그는 빠른 시간 안에 『전등(傳燈)』, 『범망(梵網)』, 『사분율(四分律)』을 습득하고 『선문귀감(禪門龜鑑)』을 극복한 후 사교(四敎)에 접어들었다. 이어 『벽암록(碧巖錄)』, 『무문관(無門關)』, 『신심명(信心銘)』으로 거침없이 나아갔다.

성철스님의 이렇듯 활달무애한 경전 및 선서의 참구는 옆에서 보는 이로 하여금 두서도 없고 너무 빨라 주마간산이 아닌가 하는 우려를 낳기도 하였다. 특히 은사인 동산스님이 그것을 걱정하였으나 한 번 제접하여 그 깊이를 시험해 본 후에는 다시는 성철이 어느 바다에서 노를 젓고 있든지 의심을 하거나 걱정을 하지 않았다. 이 젊은 사문은 필시 자신의 노와 돛대를 가지고 있으니 걱정할 필요가 없다고 단정한 것이었다.

성철스님의 결제도 해제도 없는 원효암 안거는 계속되었다. 이윽고 겨울이 와서 동안거가 시작되었으나 그는 금어선원의 대중방에 들어가지 않고 원효암에서 홀로 안거, 정진을 계속하였다. 동산스님이 그의 공부를 뒤에서 받쳐 주었고, 공양주 보살이 지극한 정성과 외경심으로 젊은 수행승의 뒷바라지를 다하였다.

이듬해 봄, 해제가 되었으나 성철스님의 안거는 끝이 나지 않았다. 또다시 계절이 바뀌어 금어선원의 대중들이 여름 결제에는 들어갈 때 결제도 해제도 없는 원효암의 정진은 그대로 계속되고 있었다.

어느 날 밤, 소쩍새가 피를 토하듯이 울어 댔다. 지금까지는 새나 짐승들의 울음소리가 귀에까지 닿지도 않을 정도로 아련하였으나 이날따라 그 소리들이 너무나 또렷하여 새들이 눈앞에 있는 듯이 가깝게 느껴졌다.

성철스님은 문득 영가 현각(永嘉玄覺) 선사의 『증도가(證道歌)』를 가물거리는 촛불에 비추어 보다가 그 첫머리에 나오는 다음과 같은 구절에서 불에 덴 듯 가슴이 뜨거워졌다.

'그대 보지 못하였는가. 배움이 끊어진 하릴없는 한가한 도인은 망상도 없애지 않고 참됨도 구하지 않는다. 무명실성이 곧 불성이요, 환화공신(幻化空身)이 곧 법신이로다. 법신을 깨달음에 한 물건도 없으니 본원자성이 천진성이로다. 강에 달 비치고 소나무에 바람 부니 긴긴 밤 밝은 하늘 무슨 하릴 있을 건가.'

밖은 어두운 밤이었으나 성철스님의 가슴은 더 이상 어둡지 않았다. 마치 눈부신 태양이 산 위로 뜬 것 같았다.

성철스님의 출가 삼 년째에 접어든 1938년, 일제는 학교에서 조선어를 가르치지 못하게 하여 본격적인 민족말살 정책의 칼을 뽑아 들었다. 사찰에 대해서는 아예 천황의 만수무강과 황실의 번영을 기원하는 불공을 들이도록 강제하였다. 기원의 종목은 황실의 번영과 천황의 만수무강에 그치지 않았다. 일본 군대의 무운장구과 전몰장병의 위령제를 지내야 하는 것도 새로운 의무조항으로 첨가되었다. 대웅전에는 부처님 말씀 대신에 황국신민서사(皇國臣民誓詞)가 나붙었다.

일제의 한국불교 말살이라는 음모의 지속적이고도 간교한 추진에 의하여 33본산(최초 30본산에서 늘어남: 편집자주)의 대부분이 왜색불교로 전락하고 있었으나 영남의 거찰인 해인사, 범어사, 통도사의 3개 본산만은 저들의 수중에 완전히 함락되지 않고 민족불교의 정신을 계승, 발전시키려는 거점이 되었다. 1933년에 결성된 3본산 종무협회가 바로 그 모태였다.

일제의 한국불교 말살정책의 음모가 더욱 기승을 부리는 위기 앞에서 1936년 3본산 종무협회는 만해 한용운스님의 초안으로 다음과 같은 결의문을 내놓았다.

'오직 우리들 조선의 승려는 조선불교의 사회적 가치를 발휘하고자 3본산 종무협회를 조직하였다. 이에 비상시를 당한 우리들은 민심지도의 책임이 중대한지라 금후 일치단결하여 교리선양에 매진하며 위로는 나라와 부모와 스승과 겨레의 은혜에 보답하고 아래로는 생사유전하는 중생을 구제하여 부처님의 크신 은혜에 보답할 것을 선서한다.'

그러나 3본산 종무협회는 일제의 전쟁도발에 이은 전시 체제의 동원령 속에서 힘을 잃고 허물어져 갔다. 3본산 종무협회와 비슷한 시기에 신학문을 배운 젊은 승려들이 결성했던 비밀결사 만당(卍黨)도 같은 시기에 검거, 해체되었다. 백성욱, 김법린 등의 신학문을 배운 젊은 승려들이 1930년대 초에 결성한 만당은 그 선언문에서

"보라. 이천 년 법성이 허물어져 가는 꼴을! 들으라. 이천만 동포가 허덕이는 소리를! 우리는 참을 수 없는 의분으로 감연히 일어섰다. 이 법성을 지키기 위하여! 이 민족을 지키기 위하여!"

하고 결연한 의지를 표명하였다.

그러나 이 비밀결사도 1938년 말에는 김법린, 최범술, 장도환 등 핵심 당원들이 검거되는 것을 신호로 해체되고 말았다. 조선 천지가 다 그랬듯이 불교계에 대해서는 일제는 되살아나기 어려울 정도로 철저히 파괴하고 짓밟았다. 이미 파괴한 폐허의 모퉁이에서 간신히 잡초 같은 생명력으로 고개를 들던 민족불교의 싹을 도륙한 것이다.

이 해에 성철스님은 범어사의 내원암으로 옮겨 하안거를 하고 겨울에는 통도사의 백련암에서 동안거를 하였다. 통도사 백련암은 공민왕 때 월화대사가 창건한 암자로 조선시대부터 선원으로 이름을 휘날려 유명한 선객치고 이 백련암에서 한 철씩 수행하지 않은 사람이 없었다.

출가 때부터 말년에 이르기까지 끊을 수 없는 인연으로 발길을 붙들었던 해인사의 백련암 역시 가야산에 있는 암자들 중에서는 제일 높은 지대에 자리한 외진 암자로 일찍부터 선객들의 발길을 끌어 온 암자였다. 이처럼 흰 연꽃(백련)이 주는 상징적인 표상은 일제시대와 해방 후의 격변기를 살면서 큰 깨달음의 정도를 제시해 온 성철이라는 인물의 표상과 서로 겹치는 데가 많은 이름이었다.

통도사 백련암에서 겨울 안거를 마친 성철스님은 다음해인 1939년

여름 안거를 하기 위해 은해사(銀海寺)의 운부암(雲浮庵)으로 옮겼다. 팔공산을 영천 쪽에서 깊숙이 파고들어 앉은 은해사는 십 리 길이 훨씬 넘는 수려한 골짜기를 잣나무가 뒤덮고 있는 절경이었다.

은해사의 선원 운부암에서 성철스님은 평생 동안 서로 어깨를 기대며 걸어갈 도반 향곡(香谷) 스님을 만났다. 두 사람은 나이도 1912년생으로 같았다. 법랍은 향곡스님이 깊었으나 끊임없이 정진하며 큰 깨달음으로 가려는 행보는 다름이 없었다.

향곡이 며칠 먼저 운부암에 도착해 있었고 성철이 며칠 후에 도착하였다. 두 사람은 스무남은 명의 대중들 속에서 첫눈에 서로를 알아보았고 서로를 인정하였다. 오랜 선방생활을 해왔으면서도 도무지 눈빛이 통하는 도반 하나를 만나지 못하여 실망에 가까운 외로움을 느끼고 있던 두 사람은 만나자마자 십년지기처럼 가까워졌다. 두 사람은 만난 그 다음날로 이놈 저놈 하고 격의를 무너뜨려 버렸다.

"봐라. 향곡이 머꼬. 향냄새보다 쉰 중놈 냄새밖에 더 나나. 도대체 니는 뭘 얻어묵을까라고 중놈이 된 기고. 중놈이 됐으모 일본 유학이나 보내 달라 캐서 색시나 하나 데불고 와서 삼매경에 빠질 것이지 구차시럽게 안거는 무신 지랄이고."

"니눔이야말로 자슥새끼 내삐리고 산에 와서 처박혀 뭘 잡아 묵을라고 호랑이처럼 웅크리고 자빠졌노."

"그래도 아직 조선 땅에 호랑이 몇 마리는 살아 있겠제?"

"일본 포수들이 엽총을 들고 눈에 불을 켜고 다니지만 아직도 수십 마리는 살아 있을끼구마는."

"호랑이도 흘레를 붙어야만 새끼를 치겠제?"

"하모. 그럼 니가 지금 헐레를 하겠다는 말이가?"

성철스님은 그냥 씩 웃기만 하였다.

향곡스님은 경상북도 영일 사람이다. 불심이 깊은 부모 밑에서 태어난 그는 어려서부터 서당에서 글을 배우기 시작하여 열다섯쯤 되었을 때는 사서오경을 통독하였다. 풍채도 좋고 용모도 수려하여 마을사람들은 필시 큰 정치가가 될 것이라고 내다보았다.

열다섯 살 무렵의 어느 날, 서당공부를 끝내고 앞을 내다보니 갈 길이 막혀 있었다. 더 이상 세속에서 성취해야 할 목표가 없었다. 열여섯 살이 된 진탁(향곡의 아명)은 마침 양산군 천성산의 내원사에 출가하여 중이 된 두 살 손위의 형을 찾아 내원사로 갔다가 중이 되기 위해 그대로 주저앉아 버렸다. 그러나 곧 가족들이 와서 중형은 데리고 갔으나 진탁은 고집을 부려 내원사 행자로 출가사문이 되었다.

내원사에서 이년간의 행자생활을 하고 십팔 세 되던 해에 그는 범어사의 금강계단에서 조성월(趙性月) 스님을 은사로 수계하고 혜림(惠林)이라는 법명을 받았다. 그리고 다시 이 년 뒤인 이십 세 때 금강계단에서 구족계를 받았다.

내원사에는 운봉(雲峯) 스님이 조실로 주석하고 있었다. 그 문하에 시봉하며 정진하던 그는 이십팔 세 되던 해인 1939년 운부암 선방에서 대중참선을 하기 위해 은해사를 찾았다. 여기서 그는 어떤 위대한 스승 못지않게 서로에게 영향을 끼치고 받게 된 평생의 도반을 만나게 된 것이었다.

두 도반은 천진무구, 천의무봉의 장난질로 파안하는 일도 많았다. 어느 날 은해사에 내려갔다가 운부암으로 올라오는 길이었다. 잣나무가 하늘을 뒤덮은 오솔길을 걸어오다가 문득 성철스님이 엉뚱한 제의를 했다.

"우리 잣나무에 누가 먼저 올라가나 시합하자."

향곡스님이 잣나무를 쳐다보며 팔을 걷어붙였다.

"좋다. 올라가자."

"그냥 올라가모 무신 재미가 있겠노. 옷을 홀랑 벗고 올라갈 수 있겠나?"

"그까짓게 뭐가 어렵겠노. 내가 해보지."

향곡스님은 발가벗고 잣나무에 올라갔다.

"야, 그놈 원숭이 웬 다리가 다섯이냐."

성철스님은 밑에서 쳐다보고 허리를 꺾어지도록 웃었다. 한참 웃다가 보니 아래쪽에서 여신도 두 사람이 쌀을 이고 암자로 올라오고 있었다.

"이크, 향곡아, 보살님들 온다."

나무 위의 향곡스님도 보았다. 그는 벗은 몸을 완전히 감추기 위하여 무성한 가지 속으로 죽자살자 파고들었다. 그러자니 잣나무의 침 같은 이파리에 온몸이 찔려 마치 지옥에 떨어진 것 같았다. 보살들이 지나간 후에 잣나무에서 내려온 향곡스님의 온몸은 벌겋게 성이 나 있었다.

"잣나무 이파리로 목욕을 하는 맛이 어떻드노."

"부처님께서 잠시 다녀가셨어. 저 밑에 있는 대가리 큰 도반에게는 절대로 이 비밀을 말하지 말라카데."

두 사람은 파안대소하였다.

성철스님은 근엄하고 냉정하기만 한 수행승은 아니었다. 인정이 있었고 격외의 행동도 서슴지 않았다. 그러나 어떤 생각이나 행동도 공안을 그로부터 떼어 놓게 하지는 못하였고 계를 깨뜨리게 하지는 못하였다. 그는 정이 많았다. 그러나 그것을 억누르는 의지와 발심이 더욱 큰 사람이었다.

운부암에서 하안거를 끝낸 성철스님은 동안거를 하기 위해 금강산의 마하연으로 옮겼다. 마하연에는 만공(滿空) 선사가 머물고 있었다. 만공이 마하연에 머물자 전국의 납자들이 구름처럼 마하연으로 모여들고 있었다. 만공에게 배우리라.

음력 시월 중순의 금강산은 타오르던 단풍의 불꽃이 사그러들고 때이른 조락의 기운이 골짜기와 봉우리를 덮어 오고 있었다. 금강산 전기철도의 종점인 장안사역에 내리자 해는 서쪽으로 기울고 있었다. 내친걸음에 마하연까지 가고 싶었으나 그건 무리라는 장안사 원주스님의 만류로 장안사 객실에서 하루를 묵었다. 객실에는 연배가 비슷한 스님 한 사람이 먼저 와 있었다.

"성철이라고 부릅니다. 마하연으로 가는 길입니다."

"아, 철수좌."

"나를 아는교?"

"아다마다. 조선 땅에 수행승이 손은 꼽을 정도밖에 남아 있지 않은 판에 그 사람들 이름 모두 외우라면 외우겠소. 동산 문도 아니오. 듣던 대로 서슬이 시퍼렇네."

"아무것도 베지를 못했심더. 속으로 피만 흘리고 있는기라."

"나는 자운(慈雲)이라 합니다.

"아, 자운스님."

성철스님도 그의 이름을 들어 알고 있었다. 용성스님의 막내 상좌로 근기의 깨끗함이 가을하늘의 구름 같다고 소문이 나 있는 수행승이었다. 구름처럼 흐르다가 어느 하늘 허공에서 잠깐 만나게 되리라, 아니 만날 수 있었으면, 기대하던 이름이었다. 자운스님 역시 향곡스님처럼 연배는 성철스님과 비슷하였으나 소년 적에 출가하여 법랍은 깊었다. 그러나 자운은 첫눈에 보자마자 성철스님을 대하기를 속세에서 큰형을 대하듯 공손하였다. 두 사람은 곧 두어 철 같은 선방에서 뒹군 도반처럼 티끌같은 격의를 버렸다.

"금강산에는 말라고 왔노? 만공의 허명에 끌려왔나?"

저녁공양 후 동금강천의 계류를 따라 걷다가 성철스님이 물었다. 만월에 가까운 달이 가을 계곡수에 부숴지면서 현란한 은가루를 천지에 뿌리고 있었다.

"이 더런 놈의 산이 지가 무슨 양귀비 화신이라고 천지사방의 사내들을 불러 모으니 꿀통에 빠져 죽는 꿀벌처럼 한 번쯤 오지 않을 수가 있어야지. 그러는 철수좌는 왜 왔나?"

"나도 동감이다. 와서 보니 과시 기가 센 산이구마. 봉우리마다 비로봉이니 지장봉이니 법기봉이니 시왕봉이니 불보살 천계의 이름들을 붙여 놓은 것도 저놈의 드센 기를 꺾어 놓을라는 옛사람들의 지혜구마는. 그러니 이놈의 산세가 뿜고 있는 기와 맞서서 이기고 돌아가되 오래 머물 필요는 없는 기라."

두 사람은 모두 마하연의 옛일을 생각하고 있었다. 마하연사(摩訶衍寺)의 마하연은 마하야나의 음역이고 마하야나는 대승을 뜻하는 말이다. 생전에 불심이 돈독하여 금강산을 자주 찾았던 세조는 마하연사의 부속 암자인 원통암이나 불지암에서 자주 경찬회(慶讚會)를 열었다.

그러나 어떻게 된 셈인지 마하연에서 법회를 갖기를 원했던 그의 소망은 끝내 이루어지지 않았다. 이는 세조의 근기가 소승에 머물렀으므로 대승의 법기를 지닌 마하연의 도량에 들지 못했다고 전해 온다.

그만큼 마하연 선방은 전국 수행자들의 마음을 끄는 도량이었다. 그리고 대부분 사찰의 선방들이 유명무실하게 되었거나 푸대접을 받아 문을 닫았으나 마하연 선방만은 해인사, 송광사, 통도사 등 남녘의 강기 높은 거찰들과 마찬가지로 끈기 있게 그 명맥을 붙들어 오고 있었다.

그러나 산이란 무엇인가, 그리고 절이란 무엇이며 선방은 또 무엇인가. 산이니 절이니 하는 것에 매이다 보면 그것 또한 미망의 늪으로 빠지는 일 아니겠는가.

"나라의 꼴이 저렇고, 이 땅의 법맥이 끊어질 지경이라 남루조차 부끄러워 고개를 들고 부처님을 우러르지 못할 지경이야. 어찌 하면 좋겠나."

자운은 심장 한가운데서 종기처럼 자라고 있던 아픔을 조금 전에 만난 도반에게 털어놓았다. 시원한 대답을 기다리는 듯 목마른 얼굴이었다.

"불법대로 살아가는 거지."

"불법이 죽었으면?"

"불법은 불생불별 아이가. 그러나 산 부처들은 죽기도 하는 법이제. 산 부처 한 사람이 눈을 부릅뜨고 이 아수라장 같은 천지를 떠받들고 서 있으면 언젠가는 세상이 불국토로 변할 거 아이가. 온 세상에 불법이 홍포되어 중생이 모두 부처임을 알게 된 것도 따지고 보면 석가모니불 한 분의 공덕 아이드나."

말소리는 조용했다. 그러나 자운의 가슴에 울리는 파장은 천둥소리보다 더 컸다. 이 사람, 성철이라는 이름의 수좌, 지금까지 어떤 큰스님들도 가르쳐 주지 못했던 것을 이 젊은 수좌는 온 몸으로 터득하고 당당한 걸음으로 앞서가고 있는 듯이 보였다. 그것은 자신의 몸 하나로 신명을 다하여 사그러지고 있는 이 땅의 불법을 붙들어 다시 일으키겠다는 대원력이었다.

이튿날 아침 두 도반은 일찌감치 길을 떠나 동금강천을 따라 오르다가 표훈사에 이르렀다. 여기서도 그들은 세조의 때 묻은 발자취를 만났다. 절의 창건은 신라승 표훈이었으나 절답게 중수한 사람은 세조였다.

금강산내 최대의 거찰인 유점사 역시 세조가 중창했고 절 마당의 십삼층 석탑도 세조의 간절한 소원의 결정품이었다. 따지고 보면 금강산은 세조와 마의태자와 의상과 그 외 몇몇 걸출했던 스님들의 입김으로 만들어진 조형물에 지나지 않았다.

표훈사에서부터 한 폭의 그림 속에서 방금 빠져나와 물감이 채 마르지 않은 듯한 만폭동의 골짜기가 열렸다. 분설담, 흑룡담, 벽하담, 진주담, 구담, 선담, 화룡담이 차례로 이들 남루한 납자들을 맞으면서 속세에서 묻혀 온 풍진을 남김없이 씻어 주었다.

만폭팔담을 지나 사자바위를 스쳐 가니 이윽고 법기봉이 병풍처럼 뒤를 두른 앞에 마하연의 도량이 그 역시 법기봉의 한 일부인 것처럼 조용히 엎드려 있었다. 두 도반은 만폭동의 절경에 워낙 기가 질려 한 마디 말도 없이 여기까지 올라온 터였다.

"이만하면 한번 부처님하고 완력으로 다투어 볼 만하지 않겠나."

성철스님이 싱긋 웃으면서 말하였다. 자운스님은 고개를 끄덕이면서 따라 웃었다. 웃으면서 그는 생각하였다. 이 철수좌의 완력은 능히 금강산의 봉우리 하나쯤 도려 뺄 만하고 부처님의 팔뚝이라도 비틀어 넘길 만하다고.

다음날이 바로 결제였다. 성철스님은 그 특유의 정진에 들어갔다. 그는 참선하고 공양을 들고 잠은 자는 것이 다른 대중들과 조금도 다름이 없었다. 그런데도 다른 대중들과는 하늘과 땅의 차이로 다른 점이 있었다. 그것은 이미 해인사와 범어사의 선원에서부터 몸에 익힌 화두 잡는 법이었다.

화두를 객체로 하여 그것을 들여다보고 의문을 던지는 단계를 지나 화두 속에 나를 묻어 버리는 주객의 일치를 그는 실현하고 있었다. 그리고 그 화두는 동정일여의 경지를 지나 몽중일여의 경지에 와 있었고 마하연의 동안거를 통하여 비로소 숙면일여의 경지까지 이르렀다. 꿈을 꿀 때뿐만 아니고 잠 속에서도 화두는 떠나지 않았으니 사실상 성철수좌의 잠은 이미 잠이 아니었다.

꿈속에서도, 잠 속에서도 화두를 잃어버리지 않았으니 그의 정진이 다른 대중들의 그것과 같을 수는 없었다. 무릎이 시리도록 안거를 하고도 한 철 공부했다는 정도로 자족하는 무위의 스님들하고는 목적부터가 달랐고 발원부터가 달랐다. 그에게는 허투로 스쳐 가는 세월이 없었다. 정진을 할 때마다 드높은 계단을 향하여 오르고 있었고 구름 저편에서 비치는 햇살이 점점 가까워지고 있었다.

그는 옆에 있는 도반들을 안타깝게 바라보았다. 화두를 바리때처럼 놓았다 들었다 하고 잃어버리기도 하고 찾기도 하고, 잠이 들 때는 머리맡에 던져 두고 이윽고 해제가 되면 남루처럼 벗어 던지고 홀연히 하산하는 덧없는 반복을 측은하게 지켜보았다.

그러나 한 가지 위안이 있었으니 만공스님이라는 거인과의 만남이 그것이었다. 경허로부터 전법계를 받고 이 땅 선맥을 부촉받은 이래 꺼져가던 선풍을 활화산처럼 밑바닥에서부터 타오르게 한 만공의 모습에서 수행승들은 옛 조사의 진영을 보는 듯하였다.

선방에서는 얼마 전에 있었던 효봉스님과 만공스님과의 이런 선문답이 화두처럼 회자되고 있었다.

효봉스님이 마하연을 찾아와 만공스님에게 물었다.

"천하에 살인하기를 좋아하는 자가 있으니 그게 누구입니까?"

만공이 대답하였다.

"오늘 여기서 보았노라."

효봉이 다시 물었다.

"화상의 머리를 취하고 싶은데 허락하시겠습니까?"

만공은 목을 길게 빼어 내밀었다. 효봉이 문득 예를 갖추어 절을 하였다. 이번에는 만공이 물었다.

"'제석천왕이 풀 한 줄기를 땅에 꽂고 부처님께 여쭙기를, 범찰을 이미 지어 마쳤습니다 하매, 세존께서 미소를 지었다'고 하니 그 뜻이 무엇이겠는가?"

효봉이 대답하였다.

"스님은 참으로 절 짓기를 좋아하신다 하더니 과연 그 말씀이 옳습니다."

그러자 만공은 허공을 보며 한바탕 크게 웃었다.

바로 이 선문답이 화두보다 더 선방대중들의 화제로 떠올랐다. 그러나 성철은 어쩐지 허전했다. 효봉스님과의 이 문답 때문이 아니라 만공스님이 보통 때도 선객을 제접하고 그 그릇을 인가할 때 공부의 깊이를 헤아리지 않는 것이 아닌가, 그로 인하여 겉모습만 번지르르하고 말재주만 늘어난 선승들을 이 땅에 가득 차게 만드는 것이 아닌가 하는 불안이 앞섰다.

겨울이 아직 물러나지 않았는데 동안거가 끝이 났다. 자운은 떠났다. 그러나 성철스님은 마하연에 그냥 머물러 있었다. 그에게는 결제니 해제니 하여 굳이 세월을 조각내어 구분하는 것이 별로 의미가 없었다. 선방에서 대중들은 흩어져 갔으나 그는 요사에 머물면서 계속 정진하였다.

만폭동의 봄은 음력 삼월이 되어서야 완연했다. 그 삼월의 어귀에 봄기운인 듯 홀연히 남쪽으로부터 한 여인이 금강산을 찾아왔다. 성철의 어머니 강상봉이었다.

강상봉은 산청을 떠나 진주를 거쳐 부산으로 나와 기차로 서울에 온 후 다시 경원선 기차와 금강산 전기열차를 갈아탄 후 사흘에 걸친 여정 끝에 장안사에 닿았고, 장안사에서 다시 하루를 걸어서야 마하연에 이르렀다. 누구도 더불지 않은 혼자 몸이었다.

그러나 그녀는 지친 기색이 없었다. '금강산을 보지 않으면 죽어 염라대왕에게 할 말이 없다'는 말은 적어도 한국인들에게는 진실이었다. 염라대왕에게 면죄부를 받을 거리를 만든다는 핑계를 아들 보고 싶은 모정 위에 고물처럼 가볍게 발라 한사코 떠난 길이었다.

금강산까지 와서 전에 해인사나 범어사, 통도사에서 그랬던 것처럼 허전하게 발길을 그냥 돌릴 수는 없었다. 그래서 이번에는 아예 주지스님을 먼저 찾아갔다.

마하연 주지 성하스님은 나이 환갑이 넘은 비구였다. 화엄10찰의 하나인 마하연의 주지가 비구라는 것은 대부분 사암의 주지가 대처승으로 바뀐 세태에 어울리지 않는 일이었으나 어쨌든 그는 여자를 절간으로 끌어들이지 않았고 일본의 권력에 기댈 만치 질긴 목숨을 원하지 않았다. 그러나 정이 많은 사람이었다.

성하스님은 강상봉을 맞아 우선 채공간의 늙은 공양주보살이 거처하는 방에 여장을 풀고 쉬게 하였다. 그런 후에 후원선방으로 가서 성철수좌를 만났다.

"진주에서 모친께서 찾아오셨네."

성철스님은 합장을 하며 고개를 숙였을 뿐 대답이 없었다.

"그 정성이 지극하기가 참으로 놀라우이. 어서 가서 만나 보게. 마침 춘풍이니 금강산도 새롭게 옷을 입어 아름다울 거야. 구경이나 시켜 드리게. 일만 이천 봉이 모두 불보살의 형상이요, 봉마다 사암이 있어 가히 부처님의 세상이니 불자 된 도리로서 이보다 큰 효도가 어디 있겠나. 나도 어머님이 살아 계셨다면 업어 와서 함께 이 선경을 떠돌다 같은 날 극락으로 왕생하고 싶다네."

"아직 때가 이르지 않았십니다."

"때? 무슨 때 말인가?"

"아직 육친을 만나도 한 점 흔들림이 없을 만큼 마음을 다스리지 못하였고, 육친에게 부처님의 자비광명을 전할 만큼 깨달은 것도 없으니 지금 만나는 것이 오히려 불효가 될 뿐이 아이겠는교."

"그것을 모르는 바가 아닐세. 그러나 철수좌의 공부가 보통 대중들과는 다른 경지에 있어 육친을 만난다 하여 행여 흔들릴 이유가 없고, 또 찾아온 모친을 보아하니 아들을 찾아 환속시키겠다는 모진 마음 같은 것은 이미 털끝만큼도 찾아볼 수 없으니 조금도 걱정할 일이 없네. 게다가 경상도 진주가 도대체 여기서 어딘가."

"살펴 주시고 소승을 믿어 주시는 스님의 말씀 뼈에 사무칩니다. 그러나 갈 길이 멀고 날은 어두워지려는데 사사로이 속연에 젖을 수는 없심니다. 그냥 돌려보내 주이소."

"내 생각은 다르네만 철수좌의 생각이 그렇다면 그리하기로 하지."

주지는 강상봉에게 돌아와 말하였다.

"철수좌가 아직 공부가 덜된 모양입니다. 좀더 공부가 원숙해진 후에는 만나기가 어렵지 않을 것이고 제가 먼저 육친을 그리워하겠지요. 오신 김에 금강산 구경이나 하고 가시지요."

"시상에 이런 법이 어디 있슴메. 목련존자는 에미 찾아 지옥불에도 뛰어들었다는데 제 발로 찾아온 에미를 이 깊은 산속에서 그냥 내친다는 말임둥?"

공양주 보살이 입이 푸르르 떨면서 분개하였다. 그런 노인네를 강상봉이 가볍게 제지하였다.

"자식이라 캐도 하메 시님이 된 사람을 꼭 보고 가야 될 이유는 없심더. 덕택에 금강산을 보았으니 죽어 염라왕 볼 면목은 안생겼는교. 하루만 묵고 갈 거이니 허락해 주이소."

"그 모친이나 그 아들이나 가히 마하연에 인연 맺을 근기로구만. 나무관세음보살."

그런데 이번에는 성철수좌의 뜻대로만 되어 주지는 않았다. 그날 밤 마하연에서는 대중공사가 일어났다. 강상봉을 옆에서 지켜본 원주스님이 공사를 일으켰고 열대여섯 명의 대중들이 모두 참여한 가운데 공사가 벌어졌으니 안건은 성철수좌가 모친을 만나 주지 않는 것이 옳은 일인가 아닌가 하는 것이었다.

"무릇 사문이 발심하여 장부의 일대사를 도모함은 그 개인이나 집안의 영예를 위함이 아니고 널리 중생을 제도하려는 것이니 사사로운 육친의 정에 매이지 않으려는 철수좌의 태도는 백번 옳은 일이라고 생각한다. 하물며 자신을 낳아 기른 어머니가 미워서가 아니라, 애틋한 정이 있음에도 공부가 경지에 오를 때까지 만나지 않으려는 마음가짐은 일찍이 석가세존께서 걸어갔던 행보와 다름이 없다 할 것이다. 그 동안 우리는 방편에 기울고 이런저런 사정을 들먹이며 갈지자로 파행을 일삼아 온 결과 산에 앉아 공양이나 축낼 뿐 깨달음을 얻지도 못하고 육친마저 천도하지 못하니 효도가 다 무슨 소용인가. 철수좌의 입장을 이해하고 도와주도록 하자."

"그 말은 옳다. 그러나 세존께서도 일족이 누란의 위기에 처했을 때 가부좌를 풀고 명상의 자리에서 내려와 침략자를 물리쳤고, 육친이 찾아왔을 때는 흔쾌히 제접하여 보살의 길로 인도하였다. 철수좌가 중생을 제도하려는 웅지를 지닌 것이 사실이라면 그 육친부터 제접하는 것이 도리일 것이다. 그리고 아무리 스님이라 할지라도 인간이다. 인간에게는 인간의 도리라는 것이 있다. 경상도 진주인지 산청인지가 얼마나 먼 곳인지 나로서는 짐작도 가지 않는 먼 땅이다. 그런 곳에서 온 늙은 어미를 박절하게 내치는 것은 도리가 아니다. 어미를 만났다고 공부가 깨진다면 그런 공부를 해서 인간들에게 무슨 소용이 될 것인가. 철수좌는 마땅히 그의 모친을 영접해야 한다고 생각한다."

결론은 성철수좌에게 불리하게 내려졌다. 대중공사는 성철수좌에게 그 어머니를 공양하여 금강산 구경을 시켜 드린 후에 보내도록 권고한다는 쪽으로 의견을 모았다.

그날 밤으로 대중공사의 결론을 통고받은 성철은 더 이상 문제를 가지고 다투어 봐야 아무런 의미가 없다는 것을 깨닫고 그 권고를 받아들여 따르기로 하였다. 어머니가 왔다는 얘기를 들은 그 순간부터 이미 화두는 천 리나 달아나 버리고 마음속에는 온통 어머니에 대한 그리움만으로 가득 차 있었다. 그는 그 그리움들을 억지로 몰아내지 않고 가만 내버려 두었다. 그도 알고 있었다. 전에 남쪽의 절에서 그랬던 것처럼 어머니가 그냥 돌아가지는 않으리라는 것을.

다음날 아침공양 후에 성철스님은 어머니를 만났다. 큰절을 하고 합장하자 강상봉은 다가와 아들의 손을 잡았다. 그리고 아들의 얼굴을 자세히 들여다보았다. 강상봉은 그때 불현듯 깨달았다. 지난 다섯 해 사이에 아들은 자신이 지금까지 만나 보았던 어떤 스님들도 갈 수 없었던 드높은 경지에 가 있다는 사실을. 자신의 뱃속에서 났으나 제 자식이 아닌 모든 중생들의 스승으로 키가 자라 있다는 것을.

강상봉은 아들의 키가 아득하게 높이 자라 마주 보기 힘이 드는 것을 느꼈다. 평생을 지녀왔던 귀중한 그 무엇을 송두리째 잃어버린 것 같은 허전한 느낌과 함께 그 공백 속으로 향내와 같고 연기와 같은 엷은 기쁨이 채워지고 있는 것 같은 기묘한 느낌이었다.

"죄송합니다. 두 분께 상의도 못 드리고 출가를 해버리고, 특히 어무

이께서는 여러 차례나 깊은 산중에 있는 암자를 찾아오셔서 입을 것과 먹을 것을 챙겨 주셨는데도 인사조차 하지 못하였으니 자식 된 도리가 아니었습니다. 가내는 두루 평안하십니까?"

"모두 다 편타."

강상봉은 아들을 만나면 혹시 걱정을 참지 못하여 눈물이 나 쏟아 내지 않을까, 진주에서 여기까지 줄곧 그 걱정을 하고 왔었다. 그러나 눈물보다 웃음이 나왔고 마음이 이처럼 편안할 수가 없었다.

"니 아부지도 절에는 안 가지마는 시님들이 찾아오모 극진시리 대접하고 불법을 들을라고 애를 쓰니라. 우리도 사는 거가 전만 같지는 몬하다. 공출이 많고 핍박이 심하니 날로 살기가 어렵다. 그래도 부처님 공덕으로 다른 사람들보다야 편체. 니 동상 경주(炅柱)는 아들을 낳았다. 이름은 병회(炳會)라카는데 니 여식 수경(壽卿)이하고 동갑내기라 두 아이가 쌍디메쿠로 같이 잘 크니라. 두 아이 모두 똑똑하다. 경주가 니 대신에 장남노릇을 톡톡히 하고 있다. 가는 활발해서 무신 사업을 하고 싶은 모양이드라마는 왜놈들 시상에 제대로 할 만한 기 없다고 니 아부지가 말리고 있니라. 니 둘째 동상 은주(殷柱)가 또 문젠기라. 만형을 따라 출가하겠다고 고집을 부려쌓는데 아부지가 말려도 힘이 부친다. 집안에 중이 둘이 될란가 싶다."

강상봉은 집안의 일을 대충 꿰었다. 아직 어린 근주(謹柱)와 그 밑의 여동생들 얘기는 꺼내지 않았다. 별로 할 얘기가 없었던 탓이리라. 두 사람 다 말이 없었다. 이윽고 침묵을 깨고 강상봉이 입을 열었다.

"니 내자는 참말로 대견한 사람이드라. 말없이 참고 견디메 도리어 시에미를 위로할라카는 기라. 내 생각에노 먼 앞날의 일이지마는 수경이를 여의고 나모 필경 산으로 가지 않겠나 싶다. 우짜겠노. 부처님의 부인도 부처님 따라 출가하지 않았나. 그것이 팔자고 도리인 것을."

성철이 일어나며 어머니를 부축하였다.

"가입시더, 어무이. 금강산 구경을 하입시더."

"그래, 가자. 시님 아들 둔 덕을 좀 보자."

성철스님 모자의 금강산 구경은 절에서 절로 이어지는 길이었다. 하긴 금강산 어디를 가도 절이 없는 곳이 없으니 유명한 절만 찾아다녀도 금강산 구경은 대충 하게 되는 셈이었다.

먼저 찾아간 곳은 보덕굴이었다. 보기에도 아슬아슬한 절벽을 뚫어 그 구멍에다 널쪽을 걸쳐 놓고, 그 널쪽을 구리 기둥으로 받친 다음 그 위에다 암자를 세워 놓았다. 그것만으로는 집을 받칠 수가 없으니 지붕 위로 쇠사슬을 걸어 위쪽의 바위에 묶어 놓기는 하였으나 그래도 방금 나락으로 떨어질 듯 오금이 저리기는 마찬가지였다.

"을매나 무서불꼬."

그러면서도 강상봉은 그 허공에 뜬 암자에서 발길을 돌리지 못하였다.

"무섭지 않는교."

법당 앞에 서서 망연하게 서 있는 강상봉에게 떠날 것을 재촉하며 성철스님이 물었다.

"밑에서 볼 때는 무서불 줄 알았는데 올라와 보니 여기가 극락인가 싶네. 내사 무서분 거 암것도 없다. 부처님 의지하여 다 맡겼는데 더 이상 뭐가 무섭겠노. 살거나 죽거나 변할 것도 없고 원래 부처이기는 마찬가지라카이 더이상 소망도 구차시럽제."

"그렇다면 어무이는 무슨 소망이 있어 금강산까지 왔는교?"

"그거사 내 부처 만나러 왔제."

"아!"

성철스님은 몰래 탄식했다. 부모처자를 버리고 출가하여 이 산 저 산을 떠돌며 스승을 찾고 대중참선을 하며 불경을 뜯어 삼키는 수행이 다 뭐던가. 한 여인의 믿음이 이토록 경지에 가 있는 데에 비하면 터럭만큼의 가치도 없는 일이 아니던가.

"가자."

강상봉의 말에 성철스님은 긴 꿈에서 깨어났다. 올라갈 때는 괜찮았으나 내려오는 길이 가팔라서 강상봉의 무르팍이 자주 꺾였다. 성철스님은 등을 돌려 어머니를 업었다. 이 세상에 태어난 이후 어머니를 업어보기는 이것이 처음이었다. 비록 잠시였지만 등에 업힌 어머니의 체온를 통하여 수행승 성철스님은 다시 생명을 받는 듯한 느낌이었다.

그날 오후에는 내무재령(內務在嶺) 쪽으로 발길을 돌려 묘길상(妙吉祥)의 마애석불을 만났다. 하늘에 닿을 듯한 단애에 한 줄기 선으로 나타난 미륵불의 결가부좌는 우선 그 아래에 선 왜소한 중생을 압도하였다. 그러나 이번에도 강상봉의 감상은 엉뚱한 것이었다.

"저 돌 속에 미륵보살이 숨어 있는 줄 우째 알았을꼬."

'마음이다.'

성철은 또 한 번 감탄하였다. 마애불을 조성한 고려승 나옹선사의 깊고도 깊은 심안이 오백 년의 세월을 보내면서 더욱 밝게 빛나고 있었다.

저녁에 표훈사에 내려와 객사에서 피로한 몸을 뉘면서 강상봉은 말하였다.

"나 내일 갈란다."

말대로 그 다음날 강상봉은 장안사를 거쳐 다시 긴 여행길에 올랐다.

어머니를 보내고 돌아온 성철수좌의 정진은 전보다 더 무섭고 가열하였다. 그는 거의 잠을 자지 않았다. 잠을 자더라도 잠속에서조차 화두를 버리지 않는 철저한 수행이 계속되었다. 그러나 그의 수행은 참선만을 일삼은 다른 수행승들과는 다른 점이 있었다. 그는 밑도 끝도 없이 가부좌하여 명상만을 일삼는 것이 아니라 경전을 참구하고 참선하는 두 가지 일을 겸행하였다.

부처님은 오로지 명상만을 했을 뿐이지만, 그러한 부처님으로부터 수많은 가르침을 얻은 후세의 사람들은 그 가르침 속에서 캄캄한 밤길을 가는 등불을 얻어야 하는 것이다. 이것이 그의 생각이었다. 그리고 경전의 탐구와 참선은 헛갈리는 법이 없었다. 참선을 하든 경전을 탐구하든 화두는 떠나지 않았던 것이다.

이러한 성철수좌의 수행을 보고 사판승들은 물론이고 많은 도반들마저 그를 비웃었다. 참선하며 경전을 탐구하는 것은 갓을 쓰고 그 위에 납바위를 얹어 놓은 기괴한 꼴이니 선이 무엇인지도 모르는 엉터리짓이라는 것이 운수납자들의 수군대는 소리들이었다. 그는 대중참선을 할 때도 남들이 쉴 때나 잠을 잘 때 지대방에서 경전을 탐독하기 일쑤였다. 그럴 때는 노골적으로 손가락질을 받았다.

특히 구한말 이래 경허선사와 같은 큰 인물들이 활달무애한 선풍을 진작시킨 이래 그 같은 무애행의 겉모습을 흉내내는 폐단이 일어났다. 바로 이런 무애행의 어설픈 추종자들이 그를 비웃었다.

성철은 아직 경허, 만공으로부터 직접 배울 기회는 없었지만 그 위대한 선사들이 일으켜 놓은 바람은 자못 거세다는 것을 느끼고 있었다. 그들에게 있어 선은 파격이며 만행이었다. 계집을 품고 개고기를 입에 물어도 본유불성의 깨달음을 나타내는 것이며 반야탕에 취하여 갈지자로 내걸어도 시시비비가 끊어진 삼매의 경지였다.

경허, 만공의 드높은 오도의 경지는 이해하지 못하고 그저 만행의 껍데기만 부러워하여 두어철 화두를 잡았다 하면 곧 만행을 일삼으며 모두가 신선이었다. 그런 사람들의 눈에는 성철스님의 곧이곧대로 가는 수행방법이 마음에 차지 않았다. 선과 함께 경전을 탐구하는 것은 더더욱 우습게 보였다.

반대로 사판승들은 성철의 엄격한 계행이 부담스러웠다. 이미 십여 년 전에 사이토 총독이라는 사람이 사찰령 속의 승려 대처 금지조항을 삭제해 버린 때부터 사실상 계라는 것은 상투쪽처럼 쓸모없어진 넝마나 다름이 없었다. 수행승이라는 자들조차도 처첩은 거느리지 않으나 무슨 만행이랍시고 개고기 입에 물고 계집의 배를 타고 누르기를 보통으로 하니 대처승들에게는 그나마 한 가닥 위안이 되던 것이다.

그러나 성철이라는 수좌는 달랐다. 참선에 있어서나 경전의 탐구에 있어서나 지계의 도리에 있어서나 그 엄격함이 캄캄한 새벽에 종소리를 듣는 듯하였다. 그를 보고 있으면 마치 거울을 보고 있는 듯하여 대부분의 중들은 괴로움을 느꼈다.

성철수좌가 모든 스님들로부터 경원의 대상이 되었던 것만은 아니었다. 그가 출가한 지 몇 해 되지는 않았으나 어느덧 산중의 선방을 중심으로 '철수좌의 수행방식'은 사자후처럼 커다란 소리를 내며 울려 퍼지고 있었다. 이리하여 그를 비웃는 자들도 내심으로는 그를 두려워하였고 마음이 열린 자들은 그를 존경하고 사랑하였다. 향곡과 자운이 그런 도반들이었다. 그리고 이들은 예외 없이 장차 이 땅에 불법을 바로 세우게 될 기둥감들이었다.

그 해 여름안거도 마하연에서 보낸 성철은 가을에 운부암으로 돌아와 겨울을 보낸 다음 이듬해인 1941년의 여름결제에는 송광사(松廣寺) 삼일암(三日庵)에서 정진하였다.

삼일암(三日庵)에는 효봉(曉峯) 스님이 기거하고 있었다. 효봉은 송광사를 오늘의 승보사찰로 만든 장본인인 보조 지눌(普照知訥)을 배우고 그 법맥을 이어 드날린다는 뜻으로 스스로 법명을 학눌(學訥)이라 칭하고 보조의 정혜사(定慧社)에 필적하는 참선도량을 송광사에 열고자 하였다.

효봉의 이 같은 뜻에 따라 송광사 삼일암은 전국에서 모여드는 납자들의 운집처가 되었다. 길 따라, 물 따라, 그리고 법음의 향기를 따라 쉼없이 정진해 온 수좌 성철의 발걸음이 삼일암으로 돌려진 것은 당연한 일이었다.

성철스님의 공부하는 방법에는 다른 사람들이 따르기 어려운 독특한 데가 있었다. 대체 한 사람의 운수납자가 흐르는 발길따라 송광사 삼일암에 걸음을 멈추었다는 것은 무슨 의미를 갖는 것인가. 그저 풍광 좋은 산속에 선승을 위한 법연이 있어 한철 공부할 기회를 얻었다는 것인가. 다른 사람들은 그렇게 생각할지 몰라도 성철수좌에게는 그렇지가 않았다.

송광사라는 절은 오랜 세월 속에 이끼 낀 단청과 부도와 불상으로 이루어진 것이 아니라 이 도량에서 수행하고 오도했던 선각들의 위대한 정신의 향기였다. 그 향기를 마시는 것, 그 향기를 마셔 내 것으로 만든 후 다시 그 향기들을 훌훌 털어 버리고 자등명의 등불을 켜 들고 길을 떠나는 것, 그것이 도량을 찾는 소이였다.

성철수좌가 송광사에 발길을 멈춘 것은 이 거찰을 가득 채우고 있는 보조 지눌의 향기를 온몸으로 빨아들이기 위한 것이었다. 그 위에 살아 있는 선지식 효봉의 향기를 보태고 그에 힘입어 깨달음의 깊이를 더하려는 것이었다.

이러하므로 안거에 들어간 성철수좌의 공부는 참선 외에도 지눌이 남긴 여러 저서들, 예를 들면 『진심직설(眞心直說)』, 『수심결(修心訣)』, 『원돈성불론(圓頓成佛論)』, 『간화결의론(看話決疑論)』 등을 밤을 도와 독파하였다. 그리고 이 위대한 스승이 중국 조사선의 직접적인 연관 없이 홀로 지리멸렬한 고려불교를 일으켜 세우기 위해 정혜결사를 도모한 창조적이고 혁명적인 정신에 깊이 감복하였다.

그러나 성철스님은 지눌의 수행방법에 대한 가르침에는 단번에 미흡함을 느꼈다. 철저하지 못한 데가 있다는 느낌이었다. 이는 아마 지눌이 살았던 당시 스님들의 근기에 맞추기 위함이었는지도 모를 일이었다.

고려 명종 12년에 개성 보제사의 담선법회에 참여한 목우자(牧牛子, 지눌의 호)는 고려불교의 현실을 한탄하고 그 뜻을 같이하는 몇몇 스님에게 '이 모임을 끝내거든 우리는 명예와 이익을 버리고 산속에 들어가 결사를 만들어 항상 선정을 익히고 아울러 지혜를 닦기에 힘쓰며 예불하고 경 읽기와 나아가서는 노동으로 운력하는 데까지 각각 제가 맡은 일을 다하여 인연따라 심성을 수행하여 한평생을 구속 없이 지내고 조사와 진인의 높은 수행을 따르면 어찌 즐겁지 않겠는가.' 하였다. 결사의 정신을 표방하고 지표를 밝힌 것이었다.

이에 대해 당시 대중들 대부분은 말하기를 '지금은 말법의 시대라 바른 도가 가리워졌는데 어찌 선정과 지혜를 할 수 있겠는가. 부지런히 아미타불을 불러서 정토에 갈 업을 닦느니만 못하다'고 반론을 폈다.

그러자 목우자는 결연히 말했다.

"시대는 비록 변했으나 심성은 변하지 않는 것이다. 법의 흥쇠를 보는 사람은 삼승권학하는 사람들의 견해이니 지혜 있는 사람들은 그렇게 생각하여서는 안 된다. 염불과 경 읽기와 온갖 착한 계행을 닦는 것 등은 다 사문이 가질 떳떳한 법이며 무엇인들 해로움이 있겠는가. 그러나 그 근본을 찾지 않고 상에 집착하여 밖으로 찾으면 지혜 있는 사람의 비웃음을 살 것이다."

목우자 스스로 이 같은 대발원 위에서 선학에 대한 식견을 넓히면서 마침내 송광사에서 정혜결사를 일으키게 되었으니 오늘날의 한국불교 선종은 여기서부터 그 왕성한 불길이 일어난 것이었다.

그럼에도 불구하고 성철스님이 보기에는 보조 지눌의 가르침이나 수행방법에는 산을 오르다가 정상의 아래턱에서 머문 듯한 아쉬운 점이 너무 많았다. 선의 요체인 깨달음, 구경각의 실체에 대한 설명도 그러하였고 여기에 이르는 수행의 길을 가르침에 있어서도 죽비의 매서움이 부족하였다.

이는 아마도 지눌이 중국 조사선에 직접 부딪치지 않고 간접적으로 이를 받아들여 제 나름으로 하나의 체계를 세우다 보니 힘이 미치지 못한 구석이 있었을 것이고, 또 '말법의 시대이니 염불이나 하자'는 당시 불교계의 안이하고 나태한 무리들을 불러 모으기 위하여 너무 가혹하고 어려운 선정의 경지를 다소 누그러뜨리기 위해 작의적으로 그랬을 수도 있었을 것이다.

그러나 그 원인이 어디에 있었든 상관없이 지눌의 철저하지 못한 원융불교의 구도는 철저하기 그지없는 성철수좌의 그릇에는 용납되지 않았다. 보조 지눌을 철저하게 배우되 지눌의 한계를 정확하게 간파한 성철스님은 비슷한 느낌을 효봉스님에게서도 느끼고 있었다. 효봉스님 스스로의 경계가 어디에 이르렀는지는 누구도 알 길이 없는 일이로되 다만 효봉스님이 후학, 선승들을 제접하여 너무 쉽게 그들의 오도의 경지를 인가해 버리는 것이 성철스님의 마음에는 역시 부당한 것으로 여겨졌다.

불법을 널리 펴는 것도 좋고 많은 선지식을 길러 내는 것도 요긴하다. 그러나 제대로 깨닫지도 못했으면서도 그저 희한한 작화에 능하여 문답이나 그럭저럭 해내는 사람에게 그 경지를 인가해 버리면 장차 선의 진면목이 흐트러질 것이며 더하여 말재주 부리는 파계하는 무리들이 선문답을 재주처럼 부리고 다니는 시절이 오지 않으리라고 어찌 장담하겠는가. 실은 벌써 그런 유행이 이 땅의 선방을 병들게 하고 있는 것을…….

어쨌든 송광사에서의 한 철 안거는 그러나 저러나 성철수좌에게 많은 것을 주었다. 먼저 목우자 지눌의 정혜결사 정신을 자신의 정신 속에 녹여 담은 것이 그것이고, 다음으로는 지눌의 한계를 똑똑하게 인식하고 참선과 구경각의 올바른 견해를 세운 것이 그것이며, 마지막으로는 효봉스님과 같은 거승의 가르침과 일타(日陀) 스님과 같은 도반을 만나게 된 인연이었다.

간월도(看月島)에는 달이 없다

간월도(看月島)에는 달이 없다

　1941년 여름, 산청군의 삼장면 지서 주임 다니자키 겐이치로가 피살되었다. 전국에 걸쳐 지서가 피습당하여 순사가 목숨을 잃는 일은 가끔 있었으나 다니자키의 죽음은 지금까지 보아 온 저항세력에 의한 지서 습격과는 전혀 성질이 다른 사건이었다. 다니자키는 죽었다기보다는 증발되어 버렸다. 그는 지리산에 파묻혀 있는 암자 몇 개를 돌아보는 도중에 어디선가 사라져 버렸다. 다니자키의 순시 계획 속에 들어 있던 암자들은 비로암, 대원암, 문수암 그리고 성주암 등 네 개였다.

　그는 아침 일찍 출발하여 비로암에 들렀다가 대원암에서 늦은 점심을 얻어먹고 문수암으로 떠났으나 여기서부터 종적이 사라져 버린 것이었다.

　지서 주임 다니자키가 왜 혼자서 지리산의 깊은 골짜기에 묻힌 암자들을 순시하러 나섰는지는 의문이었다. 아마도 네 명뿐인 순사들이 일상의 업무에 모두 바빠 데리고 다닐 일손이 나지 않았는지도 모를 일이었다. 어쨌든 그는 혼자서 정복차림으로 큰 칼을 찬 어울리지 않는 모습으로 속세를 멀리 떠난 산중 암자의 순시에 나선 것이었는데, 대원암에 그의 모습이 나타난 시간은 점심공양이 끝난 지 오래인 오후 한 시경이었다.

해월은 주지 방으로 손님을 맞아들이고 점심상을 내오게 했다. 상 위에는 보리쌀에 콩깻묵을 섞은 시꺼먼 밥에다 시퍼런 열무김치가 전부였다.

"소찬이 워낙 변변치 못하여 입에 넣을 만한 것이 없을 것입니다."

"무슨 말씀을. 나는 원래 채식주의자요. 게다가 불도이기도 하지요. 이만하면 과분합니다."

헛말로 그러는 것이 아니라 정말 다니자키는 조악한 밥 한 그릇을 맛있게 비웠다. 밥을 먹은 후 차 대신 계곡에서 길어 온 맹물을 마시면서 다니자키가 말하였다.

"잘 아시겠지만 우리는 지금 전쟁 중이오. 아시아의 영원한 평화를 위한 성전을 수행하고 있는 중입니다. 황국군대의 무운을 빌기 위하여 각 사암들이 각별히 정성을 쏟아 줄 것을 누누이 지시해 왔는데 그게 제대로 안 되고 있는 사암들이 있다는 소식이오. 아, 물론 대원사를 지칭하여 하는 얘기는 아니외다. 아까 법당에 가보니 천황폐하의 만수무강과 황군의 전승을 축원하는 기원문이 다 제대로 걸려 있는 것을 보았어요. 기도와 축원도 제대로 하고 있다는 것을 들어서 알아요. 다만 한 가지."

다니자키는 무릎 옆에 끌러 놓은 일본도를 당겨 만지면서 목소리에 힘을 주었다.

"지리산 일대에 불손한 세력들이 은거하여 도적처럼 드나들며 치안을 어지럽히는 자들의 수효가 늘어나고 있고, 그들이 대개는 산중 깊숙이 자리잡은 사암을 근거로 은신하고 있다는 정보가 들어오고 있어요. 그중에는 발칙스럽게도 내지에 유학하여 고등교육까지 받아 황은을 크게 입은 자들까지 섞여 있다는 소문이오. 대원사에는 지금 객사에 어떤 사람들이 머물고 있소? 또 지난 수년간 스님 이외에 잠시 머물다가 떠난 사람들은 어떤 사람들이었소?"

"워낙 깊은 산골이라 속인으로 이 절을 찾는 사람은 거의 없었습니다. 간혹 병약하여 약탕관을 둘러메고 찾아와 몇 달간 휴양을 하고 떠난 사람들은 일 년에 몇 명씩 있어 왔습니다."

"그 사람들 이름을 말해 보시오. 그리고 주소와 나이, 직업, 성향까지도 알고 있는 것은 뭐든지 다 말해 보시오."

해월은 생각을 짜 내는 시늉을 하며 몹시 힘들게 몇 사람의 이름을 주워섬겼다. 대부분 산 아래 마을에 사는 농부나 그 자식들의 이름이었다.

"부산에서 왔던 청년이 있었지요?"

"아, 예. 한 사람 있었습니다. 학생이었어요. 젊은 사람이 위장병을 앓아 물 외에는 아무것도 먹지 못할 정도로 허약했지요. 여기 일 년 넘게 있었으나 별로 차도를 보지 못하고 하산하고 말았습니다. 그 학생에게 무슨 일이 있습니까?"

"위장병 환자였다고? 사실인가?"

다니자키의 말에는 어느새 반말이 섞여 나왔다.

"그럼요. 부처님의 가르침이 사실이듯이 그 학생이 위장병 환자라는 것도 사실입니다. 그것도 아주 심한 위장병 환자지요. 제가 보기에는 폐인이나 다름이 없었습니다."

"이름은?"

"서경문이라고 했습니다."

"주소는?"

"부산에서 사업을 하는 집 자제라고만 알고 있을 뿐입니다."

"어디서 기거했소?"

"법당 오른쪽의 요사채에 있었습니다. 공양주 보살방의 바로 옆방이었지요."

"가봅시다."

다니자키가 앞을 서고 해월이 뒤를 따랐다. 요사채의 다른 방들은 비어 있었다. 그러나 공양주 방 옆방에는 사람이 기거하고 있는 흔적이 있었다.

"지금 기거하고 있는 사람은 누구요?"

"아, 예. 중이 되려고 입산하였으나 막상 산에 오고 보니 마음을 정할 수 없어 망설이고 있는 청년이 한 사람 있습니다. 진주에서 온 사람입니다."

"지금 어디 있소?"

"아마 산에 올라갔을 겁니다. 날마다 산에 올라가서 저녁이 돼야 내려옵니다."

"이상한 인간이로군. 그 사람 내려오면 내일까지 주재소에 오도록 이르시오. 아니지. 내가 하룻밤 묵더라도 기다렸다가 만나 봐야겠구만."

"좋으실 대로 하십시오. 그러나 돌아가시더라도 그 사람을 필시 내일까지 주재소에 가도록 잘 전달하겠습니다."

"그럴까? 주지스님이 책임을 지는 겁니다?"

"그러지요."

"또 다른 사람은 없었소?"

"있었습니다. 이 영주라고, 역시 몸이 병약하여 휴양하러 와서 잠시 머물다가 아예 출가하여 해인사로 떠났습니다. 묵곡리 사람입니다."

"법명이 뭐요?"

"성철스님이라고 들었습니다."

"지금 어느 절에 있는데?"

"비구승입니다. 머무는 절이 따로 없고 한 철 참선할 도량을 찾아 구름처럼 흘러다니는 수행승이지요. 그들이야말로 진짜 중입니다."

다니자키는 해월의 얼굴을 한참이나 들여다보았다.

"당신은 그럼 가짜 중이란 말이오?" 그리고 일본의 스님들이 모두 가짜다, 이렇게 들리는데?"

"천만에요. 일본의 불교야 그 나름의 교리와 전통 위에 서 있으니 가짜니 진짜니 따질 것도 없지 않겠습니까. 그러나 조선에서는 그런 교리도 없이 황망중에 일본의 것을 배우다 보니 나 같은 가짜도 생기는 법이지요."

"스님의 그릇이 큽니다."

다니자키는 감동도 잘하는 인물이었다.

"그 성철이라는 수행승의 거처를 알거든 알려 주시오. 최근 수행승들 중에서 조선불교의 정통성을 회복한다는 당치도 않은 이유를 내걸고 작당모의하여 사실상 독립운동을 하는 인물들이 많다고 들었소. 도대체 비구라는 작자들은 이제 조선천지에 천 명도 되지 않아 한 줌밖에 남지 않았는데 이게 두고두고 속을 썩이고 있단 말씀이야. 그렇지 않소?"

"아, 예. 그렇습니다."

"좋소. 진주에서 왔다는 그 젊은 사람 내일 아침 일찍 주재소로 보내시오. 그렇지 않으면 스님을 달리 대접할 것이오."

다니자키는 문루 아래의 계단을 내려가면서도 뒤를 돌아보고 거듭 다짐하였다. 서경문은 법당 뒤편의 소나무 숲속에 숨어 다니자키의 움직임을 내려다보고 있었다. 긴 칼을 절거덕거리며 자신이 머물고 있는 방을 들여다보면서 주지에게 뭔가 지시하는 것을 보면서 그는 어쨌든 결단을 내리지 않을 수가 없었다.

서경문은 보름 전에 대원사로 다시 찾아왔다. 일본에서 독서회 사건으로 들키게 되자 더 이상 동경이나 경성이나 고향인 부산이나 그가 발붙이고 다리 뻗어 쉴 곳은 존재하지 않았다. 중국으로 가야겠다, 그것이 서경문의 목표였다. 그러나 중국으로 가기 전에 일본놈들에게 선물을 주고 가고 싶었고, 또 언젠가는 돌아와 저놈들과 싸울 거점을 확실하게 만들어 두고 가야겠다는 생각이 들었다.

지리산에 있는 대원사는 안성맞춤의 거점이었다. 주지 해월의 가장된 무관심은 일종의 방조라고 할밖에 없었다. 지리산에는 이미 나라를 잃은 직후부터 수많은 독립투사들이 은거하며 저항운동을 해왔고 일본이 중국침략의 전쟁을 도발한 이후부터 그 같은 게릴라 활동은 더욱 늘어났다. 그런 인물들을 찾아 하나의 새로운 세력으로 결집시킨다. 그리고 그 세력을 중국대륙의 공산주의 항일세력과 연계시킨다, 이것이 서경문의 목표였다.

또 하나의 목표는 사재(寺財)를 독립군의 군자금으로 연결하는 데 자신이 그 고리가 될 길을 찾겠다는 것이었다. 절집 재산은 그리 넉넉한 편들은 아니었다. 그러나 일부 사찰의 주지들이 깔고 앉아 주무르는 재산이나 그들이 진탕망탕 써제끼는 돈의 규모는 세속사람들이 상상조차 할 수 없는 거액이었다. 그런 거액을 주무르는 주지들 중에는 겉으로는 일제에 적극 협력하면서도 뒤로는 중국의 임시정부에 줄을 대어 은밀하게 군자금을 공급하고 있는 사람들이 있었다. 범어사의 김구하(金九河) 스님이 그랬는데, 스님은 이 은밀한 일이 들통나지 않게 하기 위하여 겉으로는 더욱 일제에 협력하는 척하지 않을 수 없었으니 난세에 처신하기가 그토록 어려웠던 것이다.

그러나 대부분의 친일승 주지들은 이런 정도의 양심을 지키는 일조차 생각 밖이었다. 그들 중에는 절집 재산을 동양척식회사에 담보로 잡히고 대출을 받아 이를 개인적으로 탕진하는 염치없는 사람들도 있었고, 사유림의 막대한 임목의 벌채권을 팔아 그 일부를 챙기는 도적들도 있었다. 어찌 됐든 그들의 주머니에는 늘 기름이 흐르고 있었다. 선승들이 비를 피하여 참선할 도량마저 점점 사라져 가는 형편과는 아주 대조적이었다. 서경문은 영남의 큰 사찰들을 찾아다니며 기름이 흐르는 주지들의 주머니를 털어 내겠다는 계획도 세웠다. 밤중에 칼을 들고 주지의 단잠을 깨운다. 그리고 부처님 가르침이나 조사의 화두 대신 나라와 민족의 현실적인 문제에 대해 얘기를 나눈다. 얘기가 잘 돌아가지 않으면 하는 수 없이 칼이 말을 하도록 한다. 그리하여 한 번 돈을 낸 주지는 순결을 뺏긴 처녀처럼 계속 이쪽의 요구를 잘 들어 주도록 끈을 만들어 두는 것이 요긴한 일이다.

이러한 목표가 당장에 가시적인 성과로 나타난 것은 아니었지만 그래도 지리산에 다시 온 이후 보름 남짓 동안 서경문은 많은 가능성을 발견하였다. 그랬는데 어느새 냄새를 맡았는지 지금 강력하고도 결정적인 방해물이 나타난 것이었다.

혜월스님이 어디까지 얘기를 했는지는 알 길이 없었다. 그러나 자신이 기거하고 있는 방문을 열어 살펴보았다면 사냥개 같은 지서주임과 순진한 산골 암자의 주지 사이에 오고 갔을 법한 대화를 짐작하기는 어렵지 않은 일이었다.

서경문은 지체없이 절의 오른쪽을 돌아 계곡을 끼고 내달았다. 한참을 달려 내려온 다음에야 오솔길을 더듬어 올라갔다. 길은 벼랑을 끼고 끊어질 듯 이어지며 산모퉁이를 굽이굽이 돌아 흐르고 있었다. 몇 굽이를 돌다가 서경문은 적당한 자리를 찾아냈다. 산굽이를 막 돌다가 키높이의 바위가 박혀 있었고 그 주위에 다복솔이 둘러싸고 있어 사람 하나 몸을 숨기기에 안성맞춤의 자리였다.

바위 뒤에 숨어 숨을 고르면서 서경문은 손에 쥔 지팡이를 살펴보았다. 절 뒤편에 있는 대나무숲에서 가장 굵은 왕대를 잘라 허리께까지 오도록 만든 지팡이였다. 손잡이 부근의 굵은 마디 밑에다 칼로 '파사현정(破邪顯正)'이라고 새겨 넣었다. 이 글씨를 새겨 넣을 때만 하더라도 그저 막연한 장난기에 지나지 않았는데 그 글귀의 위력을 이렇게 빨리 드러내게 될 줄은 미처 생각지 못한 일이었다.

시간이 길게 느껴졌다. 이 자가 축지법을 써서 앞질러 내려갔거나 무슨 낌새를 채고 계곡 아래쪽으로 내려간 것이나 아닐까 불안한 생각이 뭉클 솟는데 절거럭거리는 발자국 소리가 다가왔다. 그 소리는 순식간에 코앞으로 다가와 뒤통수를 보이며 모퉁이를 돌았다. 서경문은 파사현정의 몽둥이를 어깨높이로 들어올렸다가 비스듬하게 시야를 가린 뒤통수를 향하여 힘껏 후려쳤다. 손바닥에 와 닿는 무게는 뜻밖에도 가벼웠다. 일장기의 히노마루처럼 붉은 물감을 뿜으면서 다니자키 주임은 편안하게 무너졌다.

한밤중의 산계곡보다 더 깊은 적막이 감돌았다. 모든 힘을 다 쏟아 버린 듯 사지에 기운이라고는 남아 있지 않았다. 그러나 할 일이 있었다. 무아지경 속에서도 서경문은 머리를 굴리고 있었다. 다니자키를 계곡으로 끌고 내려가면 운반하기도 쉽고 파묻기도 쉬울 것이다. 그러나 장마통에 금방 드러날 것이고, 장마가 아니라도 추적하는 눈에 금방 발각될 가능성이 높았다.

서경문은 다니자키의 죽은 몸을 짊어지고 서경문은 산비탈을 더듬어 올라갔다. 올라가다가 힘이 들어 한 발자국도 더 떼지 못할 지경에 이르러서야 그는 파묻기 좋은 장소를 찾아냈다. 후미진 곳에 시체를 넣고 짐승들이나 빗물이 파헤치지 못하도록 큰 돌을 주워 위에다 자연스러운 모양으로 쌓고 다시 그 위를 흙으로 덮었다. 이 모든 일이 다 끝났을 때는 긴 여름 해가 서쪽으로 기울고 산자락에는 그늘이 깊어지고 있었다.

어디로 갈까, 갑자기 천지간에 갈 곳이 없어진 그는 어둠이 내려오는 지리산을 바라보다가 문득 까닭도 없이 한 사람의 얼굴을 떠올렸다. 오륙 년 전 처음 대원사에 와서 머물고 있을 때 만났던 사람, 영주라는 이름의 청년의 얼굴이 떠올랐다.

뭐라고 말로 할 수는 없지만 옆에 있기만 해도 마음이 놓이던 사람, 어느 길로 가든지 일단 길에 나서기만 하면 그 길의 끝을 알고야 말 것 같은, 결코 허술하지 않던 얼굴, 그가 보고 싶었다. 마침 며칠 전에 대원사의 해월스님이 법명을 성철이라고 부르는 그 수행자의 최근 거처를 알려 주었다.

삼일암을 떠나면서 성철스님은 발걸음이 무거웠다. 마치 바랑 속에 큰 바윗덩어리를 넣어 짊어진 것 같았다. 때는 분명히 말법의 시대이다. 나라가 망하여 백성들이 어미 없는 닭새끼들처럼 불안하게 생존하여도 어느 방향으로부터도 밝은 빛이 보이지 않는다. 부처님의 가르침조차 탐욕스러운 인간들의 배를 채우는 도구로 화하였고 조사들의 수행방법 역시 한갓 언어를 희롱하는 자들의 요술방망이로 전락하였다.

지눌이 정혜결사를 일으킨 까닭을 이제야 명백히 가슴 저리도록 깨달을 수 있었다. 빛이 있어야 이 백성들이 갈 길을 찾는다. 그러나 그 길이란 무엇인가. 불법이란 무엇인가. 인간의 일이 아니던가. 불법이 다시 빛을 발하려면 그것을 온전히 깨닫고 실행하는 위대한 인간이 이 땅에 두 발을 딛고 굳게 서야만 한다. 그래야만 뭇 중생들이 그 그늘 아래로 와서 피 묻은 손, 난도질당한 가슴을 씻을 수 있을 것이다. 불법을 바로 알고 바로 실천하는 단 한 사람의 인간이 필요한 것이다. 그 인간은 어디에 있는가.

암자 앞 산굽이를 도는데 앞에 청년이 한 사람 마주 오고 있었다. 청년은 성철스님의 앞에까지 오더니 비켜 지나가지 않고 멈추어 섰다. 다음 순간 청년의 고개가 저절로 숙여지며 두 손을 모아 합장하였다.

"형님, 아니 스님, 저를 알아보시겠습니까?"

모습은 많이 변해 있었으나 그 말투 때문에 성철스님은 청년을 알아보았다. 출가하기 전 대원사에서 함께 있었던 그 학생이었다. 그때는 설익은 중학생이었으나 지금은 십 년이나 겉늙어 버린 듯 고단한 삶의 찌꺼기가 얼굴을 덮고 있었다.

"여긴 웬일이고? 중도 아닌 사람이 방방곡곡의 절을 모두 순례할 참이가?"

"절이 어디 따로 있습니까? 마음이 절 아닙니까. 걸어다니는 절, 살아 숨쉬는 절을 찾아 여기까지 왔습니다."

"이 사람, 절집에 기웃거리며 다니더니 문자를 쓸 줄 아네. 난 도무지 자네 말이 무신 소린지 알아들을 수가 없구마는."

"스님 도가 아직 열리지 않은갑소. 스님 찾아 여기까지 오지 않았습니까."

"날 만나러? 왜?"

"길을 물으러 왔습니다."

"자네는 자네 길을 분명하게 가고 있던 사람이 아니드나. 왜 갑자기 산 속에서 길을 잃은 사람처럼 허둥대고 있나."

"산 속에서 길을 잃었습니다. 대원사가 있는 바로 그 지리산 골짜기에서 길을 잃었어요."

서경문의 말이 워낙 비장하게 울렸기 때문에 성철스님은 이 청년에게 무슨 큰일이 일어났다는 것을 느꼈다. 성철은 길섶의 풀밭에 청년을 앉혔다.

"말해 보그라. 젊은 사람이 왜 그렇게 지쳐 빠졌는지. 그리고 우리가 왜 여기서 이렇게 만나게 되었는지를."

"다니자키, 우리 피를 빨아먹는 독충 한 마리를 죽였습니다. 죽이지 않으면 안 되었습니다."

서경문은 대원사에서 일어났던 이야기를 대충 늘어놓았다. 이야기를 다 들은 후에 성철스님이 물었다.

"자네는 지금 사람을 죽였다는 그 사실 때문에 괴로워하고 있나?"

"아닙니다, 스님."

서경문은 분명하게 부정했다.

"그는 사람이 아니었으니까요. 독충 한 마리를 죽이고 괴로워하는 인간을 본 일이 있습니까?"

"그렇다면 무엇 때문에 괴로워하고 또 나를 찾아 여기까지왔나?"

"괴로움 때문이 아닙니다. 독충 한 마리를 죽이고 나니 마음의 괴로움은 손톱만큼도 없으나 갈 길이 없어졌어요. 이 세상 어디에도 발을 붙일 곳이 없어졌다는 겁니다. 중국으로 도망을 칠 생각입니다. 중이 될 생각도 조금은 있습니다."

"차라리 중국으로 가게. 중이 되면 더 많은 중생들을 악업에 빠뜨리게 될 거니까."

"뜻밖이군요."

서경문의 가라앉은 목소리에는 날이 서 있었다.

"제가 죽인 인간은 우리 백성들 수십 만의 목숨을 초개같이 앗아 가고 그들의 터전마져 뺏아 버린 마귀들 중의 하나였습니다. 내가 했던 일은 중생을 악업에 빠뜨리는 것 아니라 이 땅의 중생을 수렁에서 건져 내려는 살신행위나 다름이 없어요. 그런데 스님이 지금 하고 있는 일은 무엇입니까? 기껏해야 자신의 마음이 질병과 죽음의 공포로부터 벗어나기 위하여 밥을 축내며 수행이라는 것을 하고 있는 게 전부가 아닙니까. 그것마저도 제대로 해내는 스님을 본 적이 없습니다. 그뿐입니까. 중이라는 사람들은 부처님보다 일본 천황의 만수무강이나 빌어주는 대가로 절 재산을 주무르고 스님 같은 수행승들은 또 그들에게 빌붙어 살면서 수행이라는 것을 하고 있습니다. 하화중생이라는 말은 있지만 대체 중생들을 위해서 무슨 일을 하고 계십니까."

성철스님은 말없이 듣고만 있었다. 그의 얼굴은 고요했고 입가에는 엷은 미소가 피어 오르고 있었다.

"저도 이러고 싶지는 않았습니다. 그러나 어쩔 수 없이 살인을 하고 말았습니다. 앞으로는 더 많은 살인을 하게 될 것 같습니다. 왜냐하면 저는 싸워야 하고 싸움이란 상대를 죽이는 일이니까요. 그러나 불안합니다, 스님. 과연 우리는 나라를 되찾을 수 있을까요, 사람이 모두 똑같은 평등한 사회를 건설할 수 있을까요. 그리고 그런 사회가 유지될 수 있을까요?"

성철스님은 청년의 어깨 위에 손을 얹었다. 그 어깨가 가늘게 흔들리고 있었다.

"가라, 중국으로. 당초 마음먹은 대로 살아라. 그 길밖에는 길이 없거든 그 길을 가라. 그러나 인생에는 길이 얼마든지 있다. 자네가 보지 못하거나 보지 않으려 할 뿐이다. 나라를 되찾는 일은 몇 사람의 힘으로 할 일은 아니다. 저들과 싸우는 사람도 있을 것이나 혼을 지키고 되찾는 일이야말로 그보다 더 중요한 일이다. 혼을 되찾자면 우리가 저들보다 더 위대해지지 않으면 안 될 것이다. 정신이 빈약하고 문화적으로 뒤지는 편이라면 총칼로 나라를 되찾아 놓아도 정신적으로 종놈의 신세를

면하지 못할 것이다."

"스님, 스님의 뜻은 알고 있습니다. 지난날 이미 알았어요. 스님께서는 반드시 이 땅의 중생들에게 혼을 되찾아 불어넣어 줄 것입니다. 그러나 근기가 다 같지는 못하잖아요. 저 같은 사람은 이제 떠나야 합니다. 부디 부처님의 가피를 빌어 주십시오."

"부처님의 가피라는 것도 스스로의 마음이 짓는 거다. 그보다는 내 말을 명심해라. 나라를 되찾기 위해서는 총칼로는 안 되고 이 땅 사람들의 마음을 되찾아 주어야 비로소 가능하다는 것을 잊지 마라. 그리도 자네가 그리는 그 평등사회라는 것은 없다. 애당초 존재하지도 않는다는 말이다. 인간의 근기를 무시하고 만들어진 망상일 뿐이다. 그 동안 가난하고 핍박받던 중생들을 한데 뭉치게 하여 힘을 짜 내는 구호로는 그럴 듯하겠지만 멀지 않아 인간세상의 목을 죄는 사슬이 되고 말 것이다. 이 점도 명심해라."

"그 점이 늘 마음에 켕깁니다. 그러나, 달리 방법이 없습니다. 부처님의 가르침을 받들고 싸울 수는 없으니까요. 요즘 듣기로는 젊은 선승들이 은밀하게 작당하여 항일운동을 하는 경우도 있다고 들었습니다. 스님께서는 이런 일을 어떻게 생각하십니까."

"그런 일도 중요하다. 불의에 대항하여 싸우는 데 승속이 따로 있을 수가 없다. 그러나 중이 대체 무엇이냐. 보리구경각을 깨우쳐 그 빛을 중생에게 되돌려 주어야 할 빚을 지고 있는 사람들이 아니냐. 그러자면 먼저 미망에서 깨어나야 하고 부처님의 가르침을 바로 세워야 한다. 그것이 없으면 나머지는 그림자에 지나지 않는 것이어서 무엇을 성취해도 오래가는 법이 없을 것이다."

"마음이 놓입니다."

서경문이 고개를 숙이며 말하였다.

"형님이라서 어리광을 좀 부렸습니다만 스님의 부동심에는 그저 놀랄밖에 없습니다. 부디 이 땅 중생들의 밝은 빛이 되십시오. 그 대신 저는 싸우겠습니다."

"어디로 갈텐가?"

"만주로 가겠습니다. 김일성 장군의 이름을 들어 본 적이 있습니까?"

"만주에서 유격대를 이끌고 일본놈들을 혼내 주고 있다는 그 전설의 인물 말이가. 왜 중경으로 가서 임시정부에 들어가거나 독립군에 들지 않고."

"그쪽으로는 안 갑니다. 그러나 사실은 어디로 가야 할지 그것을 모르겠고 김일성이라는 장군이 과연 있는지도 알지 못하고 있습니다. 더 솔직하게 말씀 드리자면 제가 도대체 무엇이 되어야 할 것인지, 아니 제 자신이 무엇을 진정으로 하고자 하는 것인지 그것을 모르겠습니다. 스님을 찾아온 이유도 그 때문이었습니다."

"지금도 자신이 무엇을 해야 할 것인지 모르겠나."

"아니, 이제는 알 것 같습니다. 무엇을 하는 게 중요한 것이 아니고 중심이 중요하다는 것을 어렴풋이 깨달았습니다."

"백성을 위하고 동포를 위한다는 핑계로 자네 내면에 있는 불만을 충족시키는 가학적인 행동이나 합리화시켜서는 안 되네. 인간의 본래 바탕에 대한 성찰이 없이는 어떤 이념이나 주의도 정당성을 얻지 못하는 거야."

"명심하겠습니다. 부디 저의 길과 스님의 길이 보살도의 어느 길목에서 마주치기를 바라지만 어림없는 소망이겠지요?"

"그 길목을 어디서 찾나? 바로 지금 이 자리가 보살의 입지인 것을."

"아, 스님."

서경문은 머리 위에 하늘이 있다는 것을 오늘 처음 알았다는 듯이 멍한 눈으로 먼데 하늘을 바라보고 있었다. 두 사람은 함께 순천까지 걸었다. 순천에서 서경문은 기차편으로 경성으로 올라갔다. 경성에서 잠시 머물다가 만주로 가겠다고 했다.

서경문과 헤어진 성철스님은 걸어서 탁발을 하며 서산의 수덕사로 향했다. 만공스님의 정혜사에서 동안거를 하기 위해서였다. 금강산에서 돌아온 만공스님이 수덕사의 정혜사에 돌아가 있었으므로 당대의 선승 만공의 그늘에서 가르침을 청할 참이었다.

일찍이 만공스님이 정혜사라는 수행도량을 연 것은 필시 보조 지눌이 이미 수백 년 전에 그랬듯이 이 땅 백성들의 정신을 되살리려면 불법을 바로 세우는 길밖에 없다는 대자각에서 비롯된 자비행일 터였다. 도량의 이름마저 정혜사로 부르는 것도 지눌의 정혜결사를 고스란히 재현하려는 의지를 나타내 보이는 것임이 분명했다.

순천에서 수덕사까지의 탁발행은 보름이 넘게 걸렸다. 찌는 듯한 더위와 가뭄으로 목이 타는 들판을 가로질러, 가난과 희망 없는 삶을 붙들고 힘들게 지탱하는 사람들의 고통을 자신의 몸속으로 녹여 넣으며 단 한 순간도 화두를 놓지 않으면서 그는 걸었다.

고요한 강물에 비로소 달의 온전한 모습이 비치듯이, 이 고통스러운 중생의 삶이 한갓 그림자에 지나지 않는 다는 것을 알려면 그것을 비추는 마음의 그릇이 티 없이 깨끗하지 않으면 안 되는 것이었다. 그리고 다시 한 번 중생들의 고통스러운 삶을 있는 그대로 함께 앓으면서, 뜨거운 뙤약볕 아래 갈라 터진 논길을 걸었다.

그 해 겨울 결제법문에서 만공스님은 법좌에 올라앉아 형형한 눈빛으로 좌하를 굽어보더니 이윽고 주장자를 잡아 세 번 찍은 후에 입을 열었다.
"이것은 있는 마음으로도 알 수가 없고, 없는 마음으로도 알 수가 없는 것이니, 또한 어떻게 하겠느냐? 만약 이 도리를 투철히 알게 되면 참학(參學)하는 일을 마쳤다 하리라. 대중이 듣기가 지루할 것 같아 내가 대신하여 들어 보이리라. 자세히 보아라."
그리고는 다시 주장자로 법상을 세 번 친 후 법좌에서 내려왔다. 대중들 사이에서 무거운 정적이 흘렀다. 누군가는 가느다란 신음을 삼키는 사람도 있었다. 만공의 법어는 그의 육신이 지닌 무게 이상의 무게를 지니고 있었고, 여여(如如)하여 부동하는 대선사의 측량하기 힘든 깊이를 전해 주었다. 그러나 성철은 만공스님의 법어에서, 법문을 하는 대선사의 풍기는 분위기에서 그 어떤 것으로도 메우기 어려운 공동(空洞)을 느꼈다. 이런 느낌은 지난번 금강산에서 만공스님을 대했을 때 느꼈던 아쉬움과 마찬가지였다. 이 공동이 만공이라는 대선사가 지닌 본질적인 그릇 때문인가, 아니면 그의 그릇의 크기를 알지 못하는 나 자신의 가벼움 때문인가, 이런 상념이 잠시 스쳐 가는 것을 눌러 버리고 성철스님은 곧 좌선삼매에 젖어 갔다.
'부모 미생전의 나는 무엇이었는가' 하는 화두를 붙든 그는 아득한 우주 저편 적멸 속에 잠겨 있었다. 그 적멸은 다시 의식이 눈떠 있는 현재

내 존재의 원형질로 화하면서 성색이 없고 시공이 없는 화장찰해(華藏刹海)가 되었다.

대부분의 선방에서 이미 소문이 나 있었지만 성철수좌의 용맹정진은 독특하여 흉내를 내기가 힘들었다. 일부러 애를 쓰는 일 없이 좌선삼매경의 아득한 깊이를 따라 땅덩어리가 바다에 가라앉듯이 침잠해 버리는 그의 모습은 편안해 보였다. 그처럼 편안하고 자연스럽게 삼매경에 빠져드는 모습을 대중들은 일찍이 어떤 고승대덕들에게서도 본 일이 없었다. 차츰 대중들은 성철수좌의 몸 둘레에서 은은한 향기가 피어오르는 것을 눈으로 본 것 같은 느낌이 들었다.

그러나 성철수좌가 선방대중들로부터 따뜻한 영접을 받는 도반은 아니었다. 그보다는 거꾸로 질시와 폄하의 대상이 되기가 일쑤였다. 성철스님이 틈만 나면 지대방에 버티고 앉아 게걸스럽게 불경을 탐독하고, 불경 외에도 여러 가지 서적들을 참구하는 것을 보고 도반들은 "저 사람은 선승이 아니라 학승이다"하고 굳이 폄하하였다.

반대로 교종을 내세우는 측에서는 성철수좌를 두고 '지나치게 수행의 원칙을 고집하는 이상주의자다' 하고 경원하였다. 만공을 비롯하여 금오, 용성, 한암 등 당대의 고승대덕들 대부분이 성철수좌를 만나고 나면 마치 자신의 못난 뒷덜미를 들켜 버린 새색시들처럼 몰래 부끄러움을 느낄 정도였다. 성철은 이들 고승을 만나고 법음을 들어도 가슴속에 뚫린 커다란 공동을 메울 길이 없었다.

동안거를 끝내는 날 해제법문을 마친 만공은 한 철 공부를 마친 납자들을 향하여 말하였다.

"오늘은 해제날이니 여러 수좌들은 그 동안 얻은 바를 앞에 내놓아

보아라."

 한 수좌가 필묵을 들어 게송을 읊어 내놓았다. 만공은 그것을 이윽히 들여다보더니 얼굴에 어린아이 같은 웃음을 떠올렸다.

 "여러 수좌들은 이 사람의 살림살이를 들어 보라."

 만공은 수좌가 내놓은 게송을 소리 내어 읽었다.

 "황면노자(黃面老子)의 콧구멍을
 개미가 간지럽히네.
 누가 내게 부처가 무엇인지 묻는다면
 어둠이 해를 먹었다고 하리라."

 읽기를 마친 만공이 말하였다.

 "수좌의 살림살이가 넉넉하구나"

 수좌는 머리를 숙였다.

 "소승의 바랑 속에는 여전히 방귀냄새만 가득합니다."

 "내가 늙어 피곤하면 수좌의 방에서 공양 한 끼 얻어먹을 수는 있겠구나."

 수좌는 천하의 선승 만공으로부터 인가를 받은 셈이었다. 이 광경을 보면서 성철스님은 여전히 허전한 공복감을 느끼고 있었다. 인가를 하고 인가를 받는 풍습은 분명히 옛 조사들의 가풍을 따 온 것이다. 그러나 가볍다. 진실로 한 소식을 한 것이 아니라 한 소식의 흉내를 내고 있을 뿐이다. 이런 느낌을 지울 수가 없었다.

 이런 허전한 느낌에도 불구하고 만공으로부터 배울 것은 많았고 정혜사에서의 한 철은 성철스님의 수행의 열매를 금강석처럼 더 단단하게 만들어 주었다. 그 때문에 봄이 되었어도 성철스님은 만공의 곁을 떠나지 않고 오히려 간월도에 있는 만공의 토굴을 찾아가 여름과 겨울의 안거를 계속하였다.

서해의 차가운 바람이 누더기 속으로 헤집고 들어오는 어느 날 토굴 밖에서 성철스님은 만공스님에게 물었다.

"스님, 스님께서는 확철대오하셨습니까?"

만공스님이 대답하였다.

"나는 동화사에서 한 번, 수덕사에서 한 번…… 모두 세 번을 확철대오하였느니라."

"그렇다면 화두는 성성하십니까."

"성성하지."

"얼마나 성성하십니까."

"글쎄다. 배추를 뽑으면서 화두를 잡고 있으면 배추 대신에 잡풀을 뽑게 되고, 그런 실수를 안 하려고 노력하다 보면 화두가 없어지느니라."

만공스님의 대답은 솔직하였다. 그러나 그 솔직함이 만공의 법의 그릇을 크게 해주는 것은 아니었다.

'이 스님은 그릇이 크다. 근기도 좋다. 경허라는 큰 스승을 만날 수 있는 행운도 타고났다. 때마침 쓰러져 가던 조사선의 씨앗이 민족의 불운한 계절을 당하여 거꾸로 왕성하게 피어 오르려 하고 있다. 이런 기운 속에서 이 사람은 자신의 역할을 충분히 다하고 있다. 그러나 여기서 그쳐서는 이 땅의 조사선은 겨우 옛사람들의 흉내나 내다가 다시 사그러

들고 말 것이다.'

 문득 이런 생각이 만공의 앞에 선 성철스님의 가슴속에 잔잔한 물결처럼 퍼져 갔다. 만공의 확철대오를 말하기 전에 화두를 잡는 데 있어 동정일여의 경지에 가 있지도 못하다는 것을 느끼자 성철스님은 이 스승의 곁을 떠나 다시 길을 나섰다. 떠나면서 성철스님은 생각하였다.

 '만공에게는 만공의 그릇만한 역할이 있다. 그 이상을 기대해서는 안 된다.'

 그러나 이 땅 불교의 앞날을 위해 걱정스러운 점은 있었다. 만공뿐만 아니라 당대의 고승들 대부분이 납자들을 제접하여 너무 쉽게 인가를 해버린다는 점이 그것이었다. 그들로부터 인가를 받은 수좌들은 한소식을 하기는커녕 겨우 그때부터 비로소 수행을 시작해야 하는 그런 인물일 경우가 더 많았다.

 이렇게 하여 아무렇게나 양산된 '인가받은 인물'들이 공연히 나이만 먹고 절밥을 축낸 뒤에 큰스님 노릇들을 하게 될 뒷날의 이 땅 불교가 염려스럽지 않을 수 없었다.

장좌불와(長坐不臥)

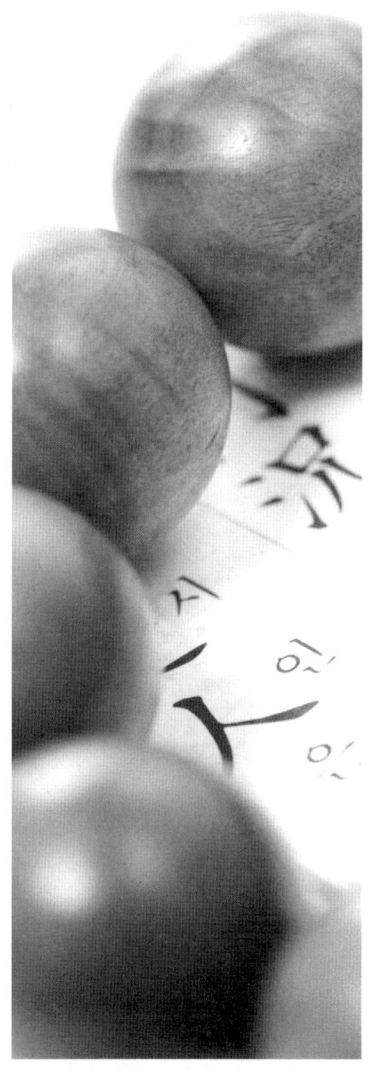

장좌불와(長坐不臥)

운수납자의 허술한 누더기 속으로 칼날을 세운 찬바람이 사정없이 파고드는 초봄 어느 날, 성철스님은 법주사의 복천암(福泉庵)에 닿았다.

"순호, 순호스님 여기 있소?"

그러자 대중방에서 순호(淳浩, 속명 찬호(讚浩), 뒤에 청담(靑潭)으로 개명) 수좌가 맨발로 뛰어나왔다.

"이기 누고. 철수좌 아이가. 무슨 바람이 이리 불어 가만히 앉아 있는데도 구름 한 조각 이쪽으로 흘려 보냈는고. 허어, 기이하다."

"간월도에서 달을 볼 수 없는기라. 발길이 먼저 뜨길래 길을 나섰다마는 행처를 잡지 못하였는데 바람이 등을 이리로 밀어주데."

"잘 왔다. 정말 자알 왔어."

순호스님의 반기는 모습은 오래 떨어졌던 친구를 다시 만나는 속인들의 인정보다 더 간절한 데가 있었다. 그들은 오랜 친구는 아니었다. 함께 선방에서 시절을 보낸 도반도 아니었다. 지난해 성철스님이 정혜사에 있을 때 순호스님이 잠시 스쳐가면서 처음 만났던 것인데 이 첫 만남을 통하여 두 사람은 서로의 그릇을 인가했던 것이고, 마치 자신의 부족한 일면을 고스란히 간직한 분신을 만난 것처럼 따뜻한 느낌을 받았던 것이다.

두 사람은 첫눈에 서로의 그릇이 지닌 형태가 아주 다르다는 사실을 알았다. 그러면서도 운명적으로 함께 걸어가지 않을 수 없는 도반임을 깨달았다. 두 사람 다 조만간에 앞에 가는 사람 아무도 없는 외로운 길을 가게 될 것임을 느끼고 있었고, 앞서 가는 사람들만이 지닌 외로움이 서로를 강하게 끌어당기는 것을 감지하고 있었다.

나이는 순호스님이 열 살 정도 많았고 법랍 또한 깊었으나 두 사람 사이에 그런 세월의 찌꺼기는 애당초 문제가 되지 않았다. 순호수좌 또한 인욕(忍辱)의 고행으로 선가에 뚜렷한 봉우리로 솟아 있었고 성철스님은 오매일여, 확철대오의 원칙에서 한 걸음도 후퇴하지 않는 참선, 그리고 깊은 교학으로 미움과 두려움의 존재가 되어 있었다.

순호스님은 선승의 수행목표를 견성성불에만 두지 않고 이를 정치적, 문화적 운동으로 이끌어야 한다는 의지를 품고 있었다. 그래서 그는 이미 1928년에 개운사에서 조선불교 학인대회를 열어 뜻 있는 불자들을 결집시켰고, 당연한 결과로 일경의 감시의 대상으로 자진하여 들어갔다. 이어 1937년에는 선학원에서 유교법회(遺敎法會)를 개최하는 주동인물이 되어 역시 일본불교에 동화될 수도 없고, 사라질 수도 없는 한국불교의 큰 산맥을 일으켜 세우는데 앞장을 섰다. 이 일로 인하여 그는 늘 쫓기는 몸이었다.

특히 대동아전쟁을 일으킨 이후부터 일제는 한국의 전사찰을 황국

군대의 승전을 기원하는 기도도량쯤으로 인식하기에 이르렀다. 사정이 이러하니 황은에 감읍하여 잡신에 제사 지내는 따위의 어리석은 행위를 비판하는 일부 수행승들은 정치적인 항일세력과 같은 취급을 받게 되었다.

1943년, 순호스님이 복천암에 와 있는 것도 잠시나마 일경의 감시권에서 벗어나고자 하는 뜻이 컸다. 이 마당에 성철스님이 자진하여 찾아왔으니 그 반가움이 작을 리가 없었다.

장차 한국불교를 떠받치게 될 두 기둥은 이렇게 하여 뗄래야 뗄 수 없는 법우로 늘 지근한 거리에서 나란히 걷게 되었다. 고승을 찾아 삼천리 방방곡곡은 말할 것도 없고 만주벌판까지 헤매던 운수행각은 여기서 멈추고 두 스님은 비로소 스스로 일가를 이루면서 일제 말기와 해방 초기의 황무지와 같은 불교계에서 어느덧 중심을 이루게 되는 것이었다.

이즈음 순호스님은 생식고행을 하고 있었다. 그날 밤 대중방에서 단둘이 앉았을 때 순호스님은 느닷없이 자신의 신상얘기를 꺼냈다. 산중에서 아무리 가까운 도반끼리라도 속세의 인연을 말하는 것은 일종의 금기였다. 그러나 두 사람 사이에는 이미 그런 사소한 금기 따위의 벽은 존재하지 않았다.

"철스님, 나는 부처님에게 죄를 지은 것이 너무 많아. 날더러 인욕에 강하다고들 하지만 어떤 고행도 그 죄를 다 속량하기 어려울 것 같네."

"효도를 하느라고 속가에 딸 둘을 두었다는 얘기는 들었구마는."

"이름을 인자(仁慈), 인순(仁順)이라 하고 벌써 과년했지. 애비라 불러보지도 못하고…… 내가 한 짓이 효도였을까."

순호스님은 다정다감한 사람이었다. 이런 사람이 어떻게 출가하였으며 또 어떻게 어려운 수행승의 길을 걷게 되었을까, 문득 불가사의한 생각이 들 정도였다. 그가 남보다 더 지독한 고행을 하는 것도 다정다감한 인간적인 천성과 무관하지 않는 듯하였다.

"철스님이 금강산에서 모친 강상봉을 거절하였다가 대중공사가 일어난 이야기는 들어서 알고 있네. 딸이 있다지?"

"이름을 수경이라 하고, 아직 나이가 대여섯 살 되었을까."

두 사람의 이야기는 여기서 그쳤다. 산속에서 소쩍새가 목이 쉴 정도로 울어 대고 있었다.

두 수행승은 좌선삼매에 젖어 들었다. 순호스님과 성철스님, 두 수좌의 복천암에서의 정진은 서로가 서로를 부추기는 힘이 되어 지금까지 어떤 선방에서도 경험할 수 없었던 경지에 쉽게 이를 수 있었던 공부를 하면서 두 사람은 상대가 자신의 스승이라는 것을 편안한 마음으로 인정하였다.

복천암에는 그들 말고도 서울에서 순호스님과 만나 여기까지 동행하여 내려온 법웅수좌가 함께 수행의 길에 동참하였다. 법웅은 순호스님과 마찬가지로 성철스님에게 역시 스승의 예로 깍듯이 시봉하였다.

복천암에 봄이 깊었고 속리산은 두견이 피를 토한 것 같은 철쭉을 뒤집어썼다. 초파일이었다. 초파일이래야 수행수좌 세 사람이 머물고 있는 작은 암자가 잔칫집일 리는 없었다. 그래도 뜻 있는 공양주가 있어 부처님의 공덕을 기리며 어린애 같은 즐거움에 젖어 있는데 칼을 절거덕거리는 순사들이 밀어닥쳤다.

"이순호라는 중이 어느 사람이야?"

"무슨 일이오?"

법웅스님이 반문하여 마루에 나섰으나 그를 뒤로 밀치고 순호스님이 앞에 섰다.

"내가 순호요. 초파일에 순사들이 부처님 공양을 드리러 오는 것은 당연하나 칼을 차고 서슬이 시퍼러니 웬일이오?"

"고노스케. 당신을 불령선인(不逞鮮人), 독립운동한 죄로 체포한다."

변명할 틈도 없이 순호스님은 체포되어 산 아래로 끌려갔다. 그를 끌어간 순사들은 경상도 상주경찰서 소속이었다. 그는 곧장 상주경찰서의 고등계에 이첩되어 지하 취조실에서 모진 고문을 당하였다. 또 선학원에서 유교법문을 주도한 혐의인가. 아니면 아득한 옛날에 조선불교 학인대회를 조직한 죄목인가. 그것도 아니면 진주농고 학생시절 3·1만세운동을 주도한 그 죄를 다시 묻자는 것인가. 그러나 이런 추측은 완전히 빗나갔다.

"네놈은 수년 전에 만주에 갔다 왔지?"

"그렇다."

그때 순호스님은 수월(水月) 노선사를 찾아 만주에 갔다 온 일이 있었다. 수행납자가 선지식을 찾아 천축인들 못 가겠는가, 그러나 이런 말은 왜경에게는 통하지 않았다.

"요즘 조선의 중놈들, 특히 수좌니 뭐니 하는 홀로 사는 거렁뱅이 중놈들이 죄다 독립운동을 뒤에서 돕는 첩자들이라는 정보가 있다. 특히 네놈은 만주에 가서 밀서와 자금을 전하고 또 모종의 지령을 가지고 돌아왔다는 정보가 있다. 바른 대로 다 불기 전에는 살아서 누런 부처님 얼굴을 다시 보지는 못할 것이다."

고문은 혹독했다. 두 다리 사이에 장작을 끼워 비틀기도 하고 거꾸로 매달아 놓고 고춧가루를 탄 물을 콧구멍으로 붓기도 했다. 이런 고문이 두 달이나 계속됐다. 아무리 고문을 하더라도 순호스님의 입에서는 허튼소리가 나오지 않았다. 그러나 그의 육신은 두 달 만에 갈갈이 찢어졌다. 마침내 상주경찰서는 다 죽어 가는 수좌 순호스님을 피병사(避病舍)에 밀쳐 놓고 보호자격인 복천암에 소재를 알려 왔다.

법웅스님은 한달음에 달려가 꺼져 가는 스님의 육신을 간신히 붙들어 놓았다. 순호스님이 간신히 의식을 회복하자 법웅은 이 소식을 진주에 있는 순호스님의 속세부인이었던 차씨 여인에게 알렸다. 차씨가 달려와 본격적으로 간병하고 진주에서 간호원으로 일하던 첫딸 인자도 달려와 아버지를 돌보고 내려갔다. 어떤 고행에도 허물어지지 않던 선승 순호스님이었으나 자신의 의지와 관계없이 육신이 파괴되자 그 간병을 속세의 가족에게 다시 내맡길 수밖에 없었다. 물론 이것도 순호스님 스스로 원한 것은 아니었으나 목숨이 희미한 그로서는 물리칠 기력도 없었고 그럴 필요도 없었다.

차씨 부인의 간병으로 피병사의 죄수 순호스님이 사람의 형용을 회복해 가고 있을 때 복천암의 성철스님은 법웅과 함께 피나는 정진을 계속하고 있었다. 복천암이 수행승의 참선도량이 되었다는 소식은 법주사에 드나드는 신도들의 입을 통하여 보은 일대에 퍼져 나갔다.

늦가을 어느 날이었다. 보은군수로부터 전갈이 왔다. 며칠 후 충청북도 도지사가 징집출정 학병들의 무운장구를 빌고 아울러 황군의 귀축미영을 상대로 한 성전의 승리를 빌기 위해 법주사에서 법회를 열되 점심공양은 복천암에서 하겠다, 이 영광스러운 은전에 보답하기 위하여 복천암 스님들은 모름지기 경내를 정케 하고 특별히 보내 주는 시주물을 가지고 신실하게 공양준비를 하라, 이런 내용의 전갈이었다.

전갈을 받은 법웅은 성철스님에게 의논하였다.

"스님, 어떻게 하면 좋겠습니까?"

"걱정할 것 없어. 절집에는 부처님의 도리가 있는 것이므로 도지사 아니라 저들의 할애비인 천황폐하가 온다 하더라도 불쌍한 중생이 부처님 앞에 찾아오는 그대로 응대하면 그만 아니겠나."

말이 쉽지 그게 어디 그렇게 될 일인가. 법웅은 난감하였다. 원주를 보는 젊은 중도 마찬가지였다. 신도는 왕이고 스님은 비천한 종이라는 조선조 이래의 풍습이 다소 바래지기는 하였으나 아직도 뼈대가 무슨 전통처럼 시퍼렇게 살아 있었다. 하물며 도백이라면 지방의 최고 권력자다. 그런 권력자가 찾아온다는데 절집 법도대로 한다니 정신나간 소리였다.

게다가 이 사람들은 지난 봄 여기서 독립군의 밀정이라는 혐의로 순호스님을 체포해 간 사실을 알고 있을 것이고, 이 땅 불교의 정백을 한 사코 천착하여 꺼지지 않는 불씨를 살려 내고야 말겠다는 성철스님의 기개를 풍문에 들었을 것이었다. 어쩌면 복천암을 빗자루로 쓸어 버리기 위한 흉계인지도 모를 일이었다. 법웅의 어지러운 마음을 들여다보았는지 성철스님이 물었다.

"시주물이 어떤 건가?"

"예. 과일과 곡식에다 약간의 돈까지 보내 왔습니다. 듣자니 공양주는 보은에서 정미소를 하는 조선사람이라고 그럽니다."

"자알 됐어."

"예?"

"우리가 그 동안 정진을 하느라고 얼마나 애를 썼는가. 부처님께서 원기를 찾아 당신의 가르침을 제대로 세우라고 가피하신 거야. 우리가 먹어치우면 되는 거야."

법웅은 성철스님의 뜻을 알아차렸다. 당장 그날 저녁부터 도지사 일행이 먹겠다고 보내 온 시주물로 밥도 하고 떡도 하여 스님들과 찾아온 신도들이 먹어치웠다.

며칠 후 법주사에서 법회를 가진 도지사와 군수 일행은 점심 무렵에 복천암으로 올라왔다. 성철스님과 법웅, 그리고 나이 젊은 원주는 덤덤하게, 그러나 예의를 차려 그들을 맞았다. 점심공양으로 시꺼먼 보리밥이 나오자 도지사는 애써 표정을 삼키고 있었으나 보은군수는 송충이를 씹은 얼굴이었다.

"이 공양이, 대체 어떻게 된 것이오?"

그는 조선사람이었다. 조선사람으로 군수가 되려면 능력도 있어야겠지만 일본놈들 발바닥에 붙어 간과 쓸개를 녹이면서 무던히도 애를 썼을 터였다.

성철스님이 말하였다.

"원래 우리 수행승이란 부처님 공덕으로 살아온지라 이런 조잡한 공양 외에는 알지를 못합니다."

일행은 도지사와 보은군수, 그 외에도 충청북도의 관내 몇 사람의 군수가 더 따라붙어 여남은 명이나 되는 일행은 목과 혓바닥이 껄끄러워 제대로 밥을 넘기지 못하고 쩔쩔매다가 도지사가 숟갈을 놓자 구원을 받은 표정으로 자리에서 일어났다. 그리고는 말없이 산을 내려가 버렸다.

군이나 도에서는 그 일로 별다른 앙갚음이 없었다. 그러나 엉뚱하게도 법주사에서 연기가 피어 오르기 시작했다. 법주사 종무소에서 사람이 올라와 말하기를 복천암을 관음기도 도량으로 사용할 터인즉 비구들은 다른 선방을 찾아가 동안거를 하는 것이 좋겠다. 이런 뜻이었다. 완곡한 표현이었으나 속에는 송곳 같은 뜻이 숨어 있었다. 성철스님은 이미 이런 사태를 짐작하고 행처를 점찍어 두고 있었다. 경상북도 선산의 도리사(桃李寺)가 그곳이었다.

"떠나자."

성철스님이 나서자 법웅도 새털처럼 가벼운 바랑 하나 짊어 지고 홀가분하게 따라 나섰다.

그들은 선산으로 가는 길에 상주에 들렀다. 상주 포교당에는 순호스님이 짓이겨진 몸을 추스르며 누워 있었다. 두 달 동안의 혹독한 고문 끝에 목숨이 위태롭게 되자 경찰은 그를 피병사로 내보냈으나 석방을 한 것은 아니었고, 여전히 경찰의 감시하에 가족들로 하여금 간병을 할 수 있도록 허락해 주었을 뿐이었다.

그런 생활이 다시 다섯 달, 처음 체포된 때로부터 일곱 달이 지난 뒤에야 부인 차씨의 친정 오빠가 찾아와 경찰간부들에게 돈을 갖다 바치고 손이 발이 되도록 빌고 나서야 마지못한 듯이 풀어 주었다. 그게 며칠 전의 일이었다. 풀려난 순호스님은 차씨의 보살핌을 받으며 상주포교당에 몸을 의탁하고 있었다.

"순호스님, 무슨 법거량이 이렇소?"

성철스님은 아직도 성치 못한 순호스님의 손을 잡았다. 순호스님은 자신이 병자라는 것을 잊고 억지로 몸을 일으켜 앉았다. 차씨가 그의 등을 받쳐 세워 주고는 발치로 물러나 앉았다. 순호스님의 몸은 피폐하였으나 눈빛의 광채는 전보다 더 하였다.

"철수좌. 내 지금까지의 고행은 사치였어. 뼈가 으스러지고 살이 뭉개져야만 마음은 더욱 청정하니 이 아니 별난 일인가."

"그럼 이 고행을 앞으로도 더 하겠다는 말이오?"

"기회가 오면 얼마든지 하겠네."

"무슨 소식을 얻었소?"

순호스님은 고개를 저었다.

"육신의 고통이 심하면 화두가 잡히지 않는 법이야. 아직 멀었네. 당장 선방으로 가고 싶구만. 그래, 철수좌는 그동안 어떻게 지냈소? 지금 어디로 가는 길이고?"

"산속에 사는 짐승도 소굴이 있지만 사문에게는 소굴조차 없는데 하물며 지향이 있겠소. 그러나 한 철 좌선할 자리를 찾아 도리사로 가는 길이오."

"어, 이 무정한 스님들, 어딜 혼자 내빼는가. 나를 버려두고."

성철스님은 차씨를 바라보며 웃음을 머금었다.

"스님은 좀더 몸을 추스른 뒤에 내년쯤 문경 대승사로 오소. 도리사에서 두어 철 안거한 후 대승사로 가서 스님 앉을 자리를 만들어 놓을 테니."

"고맙소. 내가 지금 이러고 있을 때가 아닌데."

순호스님은 안타까워하였다. 안타까운 마음은 성철스님도 순호스님에 못지 않았다. 세상은 폭발하기 직전의 풍선과 같았고 생존은 백척간두에 올라선 들짐승과 같았다. 일제는 전쟁이 기울자 마침내 지난봄에 조선 사람에게도 징집령을 내리더니 가을에는 학병제를 실시하여 젊은 이들을 모조리 끌어 가 대포밥으로 만들고 있었다. 그뿐 아니라 부녀자들을 정신대로 뽑아 가 더러운 욕망의 배설구로 사용하기에 이르렀으니 지옥이 따로 없었고 바로 지금 이 땅이 지옥이었다. 이런 때에는 살아 있다는 사실만으로도 욕된 일일 수 있었다. 온몸을 다 던져 부처님의 도리를 깨닫고 그 원력의 빛을 중생들의 고통 위에 덮어야 할 것이다. 두 도반의 말없는 눈길 속에서 이런 교감이 흐르고 있었다.

도리사에서 겨울과 이듬해(1944년) 여름을 보낸 후에 가을이 되자 약속했던 대로 성철스님은 대승사로 옮겼다. 대승사 쌍련선원에는 겨울안거를 위하여 자운, 종수, 청안, 홍경, 정영스님 등 사자 같은 젊은 선객들이 모여 있었다. 여기에 성철스님과 법웅이 가세하였다. 성철스님이 도반으로 선방에 좌정하자 대번에 쌍련선원은 질식하여 명맥이 다하고 있는 이 땅의 불도를 억센 힘으로 붙들어 세우려는 결사와 같은 분위기가 되어 버렸다. 미친 야수의 발 아래에 던져진 고깃덩어리 같은 이 땅 중생에게 혼을 불어넣어야겠으며, 그러기 위해서는 스스로 불법을 바로 일으키는 수밖에 없다는 사실을 누가 말하지 않아도 이심전심으로 깨닫고 있는 그런 수좌들이 모인 것이었다.

누가 불러 모은 것도 아니었다. 귀 밝은 자에게만 들리는 산중의 바람 소리에 끌려 하나 둘 모여든 것이 마침내 일제 말기 어두운 터널을 뚫고 나오면서, 해방의 혼란 속에서 불교재흥의 초석이 되는 모임으로 시대적 역할이 주어진 것이었다.

"자운, 자운당 아닌가."

"철수좌, 여기서 만나게 될 줄 알았네."

자운스님뿐만 아니었다. 다른 도반들도 성철스님의 가세를 마음 든든하게 여겼다. 흩어진 보석을 꿰어 놓은 것 같다고 할까. 갑자기 선원에는 활기가 넘쳤고 알지 못하는 먼 미래로부터 빛이 솟아오르는 것을 보는 듯한 느낌이었다.

여기에 한 달도 안 되어 순호스님이 합류하였다. 상주 포교원에서 지극한 정성으로 간병해 준 부인 차씨와 홀홀이 헤어져 수행납자의 제 모습으로 돌아온 순호스님의 발길 또한 젊은 사자들이 모인 쌍련선원을 향한 것은 너무나 당연한 일이었다. 성철수좌가 있는 곳에 순호수좌가 있었다. 두 도반의 동행은 한국불교가 다시 태어나기 위해 요구하는 역사의 필연이었고, 그들 두 사람의 입장에서 보자면 숙명이었다.

대승사에서의 동안거는 이후 문경 봉암사의 결사로 이어지는 기폭제로서 현대 불교사에서 중요한 의미를 지니고 있지만 성철스님 개인의 구법의 일생을 통해서도 작지 않은 의미를 지닌 것이었다.

이 때부터 그는 누워서 잠을 자지 않았다. 잠을 잘 때도 좌선을 풀지 않았으며 드러눕는 법이 없었다. 그의 장좌불와는 형식상의 고행의 방법이 아니라 숙면일여, 오매일여를 거쳐 확철대오에 이르는 선불교의 최고승을 자연스럽게 보여 주는 하나의 표현이었다.

이것은 또 지금까지 조선 말기 이후 불길이 되살아난 선맥이, 미처 중심을 잡지 못하고 잘못된 만행을 탐닉하고 문자와 할의 희롱으로 구두선에 빠져 버린 데 대한 말없는 질타의 목소리이기도 했다. 또 왜적의 침탈로 지옥이 되어 버린 이 땅 중생들의 고통을 한 몸에 빨아들이려는 자기희생의 몸짓이기도 했다.

원래 길 없는 곳에서 길을 발견하고 길이 막힌 곳에서 길을 뚫는 것은 지혜와 용기 있는 사람의 행위이다. 이런 실천궁행의 행위가 없다면 옛 조사와 부처님의 가르침은 목각판 위의 시든 문자에 지나지 않는다. 최상승선의 모습은 옛 조사들이 남긴 말에 있는 것이 아니라 지금 여기 살아 있는 수행자의 용맹정진에서 비로소 드러나는 것이다.

도반들은 철수좌의 장좌불와와 오매일여의 수행경지를 보고 선의 지평이 확대되고 수행승이 올라야 할 산의 키가 자라는 것을 보았다. 대승사에 머물고 있는 동안에 이미 '철수좌의 장좌불와'는 바람과 구름이 전해 주는 소문을 타고 나라 안의 수행승들에게 회자되었다.

성철스님이 잠시 서울에 들른 김에 도봉산의 망월사에서 하룻밤을 지낸 적이 있었다. 망월사 주지 춘성스님은 나이 쉰다섯으로 성철스님보다는 스물이나 위였다. 내일 모레 세속나이 환갑을 바라보는 춘성스님은 출가 이래 수행다운 수행을 못해 본 것이 나이 들수록 늘 속앓이처럼 가슴에 맺히더니 홀연히 소문으로만 듣던 바로 그 철수좌가 찾아온지라 내심으로 반가움이 이만저만이 아니었다. 그런 한편으로 과연 젊은 스님이 장좌불와를 제대로 하는 것일까, 아니면 공연한 헛소문이 산중으로 떠돌아다닌 것일까, 확인해 보고 싶은 욕망이 어린애처럼 솟아올랐다.

밤이 되자 춘성스님은 성철수좌가 들어 있는 방문의 창호지를 손가락에 침을 발라 조금 뚫고는 좁다란 마루에 엉덩이를 걸치고 앉아 그 구멍으로 안을 들여다보았다. 초저녁부터 성철수좌는 선방에서 안거를 하듯이 가부좌를 하고 참선에 들어가 있었다. 초저녁의 좌선이야 누군들 못하겠느냐, 조금만 기다려 보면 그도 좌선을 풀고 드러누워 자겠지. 춘성스님은 묘한 기대로 가슴을 설레며 문 앞에 버티고 앉아 가끔 구멍을 통해 안을 들여다보았다.

밤이 이슥했다. 산속의 찬바람 때문에 뼛속 깊이 한기가 스며 왔다. 늙은 춘성스님은 그대로 견디기가 힘들었다. 방안을 들여다보니 성철스님은 여전히 참선하는 자세 그대로였다. 잠을 자는 건지 아닌지는 모르겠으되 자세만으로는 잠을 자는 모습이 아니었다.

'오냐 젊은 수좌가 저리 모질게 정진을 하는데 나라고 못할 리가 있겠느냐.'

춘성스님은 볼모로 잡힌 것처럼 그 자리를 떠나지 못하였다. 방안에서는 성철스님이 잠 속에서도 화두를 잃지 않는 독특한 수행법으로 용맹정진을 하고 있었고 방 밖에서는 이를 감시하는 늙은 춘성스님이 원하지 않았던 용맹정진을 함께 하고 있었다.

마침내 날이 밝았다. 새벽예불 시간이 되자 성철스님은 가부좌를 풀고 잘 자고 난 사람처럼 밖으로 나왔다. 그러다가 문 밖에서 춘성스님을 보았다.

"스님, 여기서 무얼하고 계십니까?"

"으응, 나도 장좌불와하였네. 어, 춥다."

춘성스님은 성철스님이 떠나가자 당장 그날부터 장좌불와에 들어갔다. 오늘에야 제대로 수행을 하는 사람을 보았으니 나도 응당 그리하리라 하는 발원과, 젊은 것이 저러한데 내가 이럴 수 있느냐 하는 오기가 발동해서였다.

그러나 장좌불와로 정진을 시작한 지 며칠이 되지 않아 춘성스님은 이빨이 모두 흔들거리더니 하루아침에 다 빠져 버리고 사족이 흐늘거려 더 이상 지탱할 수가 없게 되었다. 보다 못한 상좌가 겁을 주었다.

"스님, 이러시다가 한 해를 못 채우고 열반에 드시겠습니다."

그는 하는 수 없이 장좌불와의 용맹정진을 포기하였다. 그러나 춘성스님에게 있어서 성철스님의 장좌불와하던 모습은 지울 수 없는 최고의 수행법으로 각인되어 있었다. 그것을 알고 있는 춘성스님의 상좌는 가끔 춘성스님에게 꾸지람을 들을 일이 있거나 꾀병을 내고자 할 때마다

"소승 지금 장좌불와하러 갑니다."

하고 말하면 분을 내다가도 참았고 꾀병도 용서하였다. 이처럼 철수좌의 수행법은 수행자들 사이로 소문이 무섭게 퍼져 갔으나 아무나 흉내를 내기는 어려웠다.

동안거가 끝나고 사불산에도 봄이 왔다. 몇몇 도반들은 구름이 되어 대승사를 떠났으나 성철스님과 순호스님은 선원에 남았다. 어느 날 저녁 두 도반은 계곡을 따라 걷고 있었다. 문득 순호스님이 적막을 깨고 입을 열었다.

"철수좌, 내가 전에 얘기하지 않던가. 종손으로 아들 하나 낳아 달라는 어머니의 간곡한 청에 끌려 지옥에 떨어질 죄를 지었다고. 그 결과 낳은 애가 또 딸이었다고 했지. 그 애 이름이 인순인데 올해 열다섯인가, 여섯일세. 지금 세간에서는 웬만한 여자애들은 정신대로 끌어간다니 애비로서 그걸 생각하면 지옥의 업화가 따로 없구만. 큰아이 인자는 시집갔으니 염려가 없네만 인순이는 영락없이 저들의 사냥감이 될 것이야. 그래서 고심 끝에 진주에 연락을 했어. 그 애를 보내라고 말이야."

"여기다 숨겨 둘 생각인가?"

"그래서 철수좌에게 의논인데 철수좌가 그 애를 출가시켜 주고 공부

를 이끌어 주게."

"그러지."

성철스님은 문득 아직 한 번도 보지 못한 자신의 딸 수경이를 생각하였다. 아직 열 살도 되지 않아 정신대 걱정은 하지 않아도 될 나이였다. 만약 그런 나이가 된다면 자신도 딸아이를 데려와 출가를 시켜야 할 것인가. 결국 순호스님의 결정은 도리 없는 것이고 최선의 방법이라는 생각이 들었다.

며칠 후 진주에서 인순이가 절에 도착하였다. 아버지 순호스님을 닮아 지혜롭고 당차게 생긴 처녀였다. 인순이는 자신이 무엇 때문에 아버지가 있는 절에 와야 했는지 그 이유를 모르고 있었다. 그저 아무리 스님이라도 아버지는 역시 아버지이니 인륜을 저버리지 않기 위하여 가서 친견하고 오너라, 하는 것이 어머니 차씨의 뜻인 줄로만 알고 있었다. 이런 아이를 설득, 감화시켜 출가를 결심하게 하는 아버지의 대역을 성철스님이 맡았다.

"인순아, 네가 하고 싶었던 일이 무엇이냐?"

인순이를 대승사 객사에 머물게 해놓고 가끔 성철스님은 아이의 마음 속을 들여다보았다.

"예, 학교에 더 가고 싶었어요. 그러나 형편이 어려워서……."

"그랬을 것이다. 어머니 혼자서 너희 자매를 길러 내기가 여간 어려운 일이 아니었을 것이다. 그럼 학교에 갔다면 대체 무엇을 배우려고 했느냐. 또 그것을 배워서는 어디에 쓰려고했느냐?"

"무엇을 배우게 될지 제가 미리 다 알 수는 없잖아요. 그러나 세상도 알고 사람이 산다는 게 무엇인지 그런 것을 배우게 되겠지요."

"그렇다. 그러나 그런 것은 학교에 가는 것보다 출가하여 스님이 되면 더 많은 것을 깊이 있게 배우고 또 배우지 않는 것까지 깊이 있게 깨닫게 된다."

인순은 놀란 눈으로 성철스님을 바라보았다.

"배우지 않은 것을 스스로 깨닫는다는 말은 무슨 뜻인지요?"

"너도 이만큼 나이를 먹어서 알 것이다. 내가 어떻게 태어나서 어떻게 살아야 하며 또 어떻게 죽을 것인가. 산다는 것은 무엇이고 죽는다는 것은 무엇인가. 이런 의문은 그 어떤 선생도 책도 가르쳐 주지 않는다. 스스로 깨닫기 전에는."

"출가해서 스님이 되면 그런 공부를 하나요?"

"그렇다. 마침내 깨달은 후에는 그것을 혼자 간직하고 있는 것이 아니라 깨닫지 못하여 고통 속에 있는 세상사람들에게 지혜를 나누어 주기 위하여 자신을 던져야 한다. 이것이 중이라는 것이다."

열여섯 살의 처녀는 말없이 고개를 숙이고 생각에 잠겨 있었다.

"당장 결정을 하지 말아라. 여기까지 왔으니 스님들의 공부하는 모습을 보고 곰곰이 생각한 후에 결정하거라."

한참 후에 인순이 다시 물었다.

"스님은 눕지 않고 주무신다던데 어디서 그런 힘이 나오나요?"

"그것은 쓸데없는 마음을 털어 버리고 생각의 그릇을 텅 비워 버리면 저절로 그렇게 된다. 신비한 힘이 필요한 것도 아니고 그 자체가 대단한 일도 아니다. 마음을 비워 버리면 사는 일, 죽는 일, 이 세상의 모든 일이 본래의 모습 그대로 눈앞에 나타난다."

인순은 다시 생각에 젖어 들었다. 그로부터 며칠 후에 인순은 아버지 순호스님에게 출가하겠다는 결심을 밝혔다.
　인순의 출가 득도식은 쌍련선원 아래쪽의 비구니 선원인 윤필암(潤筆庵)에서 행해졌다. 비구니 월혜스님을 은사로 하고 성철스님이 수계화상으로 법문을 한 후 삭도를 잡아 아직 피지도 않은 처녀 머리 위의 무명초(無明草)를 밀었다. 그리고 묘엄(妙嚴)이라는 법명도 성철스님이 내렸다.
　비구니 해월의 상좌로 시봉하는 묘엄의 행자시절은 여느 중들의 첫출발이나 다름없이 고단하고 고통스러운 것이었다. 그녀는 스스로 발원하여 출가한 것이 아니라 아버지 순호스님의 부름을 받고 절에 왔다가 성철스님의 가르침과 설득으로 머리를 깎은 것이었기 때문에 마음을 정하기가 그만큼 더 힘이 들었을 것이었다. 그러나 호랑이 몸에서 고양이 새끼가 나지 않듯이 당대의 선객 순호스님의 딸은 머리를 깎기까지는 많은 망설임을 보였으나, 일단 출가하자 아버지와 은사 성철스님의 걱정을 불식시키려는 듯 용기 있게 새로운 정신세계 속으로 스스로를 던져 넣었다.
　다만 화두를 잡기가 쉽지는 않은 듯 가끔 윤필암으로 내려가는 성철스님에게 하소연하였다. 성철스님은 묘엄에게 '이머꼬(이 무엇인고? 是甚麽)'라는 화두를 주어 참구케 하였다. 이 화두는 바로 묘엄의 아버지 순호스님이 출가하여 큰 깨달음을 얻기까지 내쳐 지니고 있던 커다란 의문, 바로 그것이었다. 이제 딸이 그 의문을 안고 마음의 두꺼운 벽을 허물기 위하여 머나먼 고행의 길을 떠나게 된 것이었다.
　"분별을 버려라. 네가 알고 있는 분별력으로는 살아 있는 것이 왜 죽으며 죽은 것이 또한 어찌 사느냐 하는 문제를 풀 수가 없다. 그런 사량

분별을 일체 마음에서 몰아내고 어린아이와 같은 티 없는 눈으로 삶의 본질을 바라보아라. 그리고 화두를 놓지 마라. 자나 깨나 앉으나 서나 화두가 온몸을 덮어 버리고 다른 생각이 끼어들지 못하도록 하여라."

"예, 스님."

묘엄은 훌륭한 제자였다.

이듬해 1945년에도 성철스님은 대승사에 머물고 있었다. 출가한 지 십 년이 되는 해였다. 장좌불와하여 오매일여의 경지속에서 '철수좌의 선'을 세운 지도 벌써 삼 년째에 접어들고 있었다. 이 사이에 성철스님은 선에 있어서의 오매일여, 확철대오의 푯대를 바로 세워 그동안 단절되었던 옛 조사선의 진수를 다시 일으킨 것과 동시에 불교이론에 있어서도 가히 '성철의 불교'라 불러도 좋을 만치 바다 같은 경, 장, 율의 세계를 집대성하고 꿰뚫어 하나의 진리를 관통시키는 작업을 마무리 하고 있었다. 그것은 한 마디로 중도사상, 중도법문이라는 것이었다.

부처님은 일찍이 보리수나무 아래서 큰 깨달음을 얻은 후로 칠십여 년의 장구한 세월 동안 수많은 사람들에게 가르침을 남겼다. 듣는 사람들의 근기와 지식의 수준에 따라 때로는 이런 방편, 때로는 저런 비유를 들어 우주와 삶의 본질을 드러내 보이고 인간이 마땅히 지향해야 할 진리의 바다를 가리켜 보였다. 그 많은 가르침의 요체는 한 마디로 불생불멸(不生不滅)에 있었다.

이 우주는 상주불멸(常住不滅)하는 법계이다. 겉으로는 무진연기(無盡緣起)의 한없는 변화가 일어나고 있지만 본래의 모습은 상주불변한다. 유형(有形)한 색(色)이 무형(無形)의 공(空)이 되는 것도 논리의 양변을 떠난 중도의 대자각에서만 이해가 가능하다. 화엄에서 말하는 무애법계란 중도의 세계인 것이다.

성철은 화엄이나 법화경의 세계에서뿐만 아니라 초전법륜의 부처님 말씀 속에서도 중도의 법문이야말로 가르침의 핵심이라는 사실을 밝혀 냈고, 이 같은 원리는 교외별전의 선종에서도 그대로 통용된다는 점을 간파하였다. 가고 옴이 없으며, 또한 있고 없음을 또한 지양하는 선의 세계야말로 유무의 상대법을 모두 내버린 중도의 세계가 아닐 수 없었다. 이처럼 성철은 부처님 말씀의 대해를 하나의 원리로 꿰는 것은 물론 논리적 기초를 상실하여 늘 뿌리를 내리기 어려웠던 선종에 독특한 체제를 부여하였다. 그러나 성철 자신은 이 같은 세계의 구축을 두고 스스로 독특하다고 생각한 적은 한 번도 없었다.

"모두 부처님이 말씀하신 것을 깊이 생각해 본 결과 발견해 낸 것으로 내가 처음 찾아낸 것도 아니다. 선의 수행방법이나 요체에 대해서도 모두 옛 조사들이 갔던 길을 그대로 답습하는 것일 뿐이다. 사람들이 분명하고도 확실한 길을 두고 옆길로 빠져 스스로 얻는 것도 없고 중생들에게 잘못 가르치는 어리석음을 범해 왔을 뿐이다."

그는 자신의 수행방법과 교학의 체계가 특이하다고 묻는 수행승들에게 이 같이 대답하였다.

그 해 여름, 안거는 이상하게 힘이 들고 불안하였다. 미국과 중국을 상대로 전쟁을 벌이고 있는 일본은 이제 궁지에 몰린 쥐가 발악을 하듯이 마지막 발악을 하고 있는 중이었고, 그 미친 발악의 발톱 밑에 놓인 조선 땅은 다시 일어설 수 있을지 의심스러울 정도로 파괴되고 찢겨져 있었다.

"일본이 망할 날이 코앞에 다가왔어."

성철스님이 핏빛으로 물든 노을을 바라보며 말하였다.

"철수좌도 그렇게 느끼나. 나는 요즘 어린애처럼 잠을 설칠 지경이네, 허허."

"나 역시 우째 이리 불안한지 모르겠구만."

"불안이라니?"

"일본이 지금 망해도 걱정인기라, 준비가 안 돼 있으니. 이 땅이 백성의 마음속에 중심이 없어. 그 일을 어찌 하나."

"일으켜 세우면 되지."

순호스님이 단호하게 말했다.

"어떻게?"

"썩은 것은 도려내고 참된 씨앗을 심어야지. 썩은 것을 그대로 두고는 결국 모두 함께 썩고 말 것인즉, 모든 절에서 중의 옷을 입은 엉터리 중들을 몰아내고 수행승의 도량으로 되돌려 주도록 개혁을 단행해야 할 것일세."

"그 엄청난 개혁을 무슨 법에 의존할텐가?"

"그야 물론 부처님의 법이고, 조사들의 행적을 거울로 삼는거지."

"그것만으로는 안 되네."

성철스님은 고개를 저었다.

"안 되다니?"

"부처님의 법이 책 속에만 있고 조사들의 언행이 말의 희롱속에만 있으면 거울이 되지 못하고 하물며 대중을 이끌 모범이 되지 못하지. 모름지기 진짜 스승들이 많이 나와 태산 같은 덕망으로 가르침을 베풀어야 거기서부터 참다운 기운이 중생들에게로 뻗어 가게 되어 있어. 석가족의 한 왕자가 깨달아 가르치기 시작하자 이천 수백 년 동안 그 가르침이 인류의 밝은 빛이 되고 있지 않나. 부처님은 칼을 들고 법을 바꾸면서 세상을 교화시키지 않았거든."

"알고 있네. 그건 부처님의 행적이지. 오늘날 우리가 당면한 현실이 아니잖나. 한편으로는 불법을 닦아 도를 바로 세우고 한편으로 세상의 어지러운 것을 정비하는 두 가지 길을 함께 가야 할 것일세."

"그 두 가지 일을 한꺼번에 해결하려면 역시 불법을 제대로 지키고 이를 가르치며 널리 홍포하는 구심점을 만드는 일부터 해야 하지 않을까. 총림을 만들자는 얘기지."

"맞는 말이야. 서울에서 총본산을 누가 차지하고 앉느냐 하는 것은 썩어 버린 이 땅 불교를 근본부터 회생시키는 데는 큰 도움이 되지 못할 거야. 산중 총림에서 새롭고도 신선한 바람이 불어야 할 것일세."

"아무래도 가야산 해인사가 그 바람의 진원지로 합당하지 않을까."

"물론이지."

"그 전에, 장차 해인사를 총림으로 만들기 위해서는 해인사를 개혁할 만한 인재가 필요하고 정화의 바람이 일어나도록 스스로를 정화하는 진원지가 있어야 할 것일세."

"그게 바로 여기 대승사가 아니겠는가."

"그렇고 말고. 바로 그 때문에 이리 가슴이 답답하고 어깨가 무거운 것 아닌가."

"내 어깨만 무거운 줄 알았더니 우린 같은 병을 앓고 있었군 그래."

"우리가 너무 앞선 생각을 하고 있는 것 아닌가. 일본이 망하지도 않았는데 마치 독립된 나라를 찾은 것처럼 걱정들을 하고 있으니 말이야."

"그렇구만. 그러나 저 노을을 좀 보라구. 저렇게 핏빛으로 붉은 노을을 일찍이 본 적이 없어. 이 땅의 원혼들이 지옥의 겁화를 불러내어 세상에 불을 지르고 있는 것 같지 않은가."

두 사람은 똑같이 지금까지 느껴 보지 못했던 불안과 초조감을 느끼고 있었다. 짐승의 발톱에 찢어지고 난도질당하여 거의 회생하기 어려운 거대한 혼령이 그들 앞에 누워 있는 것 같은 느낌이었다.

그로부터 며칠이 지난 어느 날 문경으로 나갔던 원주가 숨이 턱에 닿을 듯이 선방으로 뛰어들었다.

"스님, 스님, 이러고 있을 때가 아닙니다. 해방이 됐어요. 일본놈들이 항복을 했다구요. 제 귀로 들었어요. 천황이라는 자가 덜덜 떨리는 목소리로 무조건 항복을 하겠다고 라디오로 방송을 했어요. 해방, 해방이 됐어요."

처음에는 아무도 움직이지 않았다. 그러나 한 사람 두 사람 가부좌를 풀고 선방을 나왔다. 수행승들에게도 이 해방의 소식은 감당하기 힘든 감격이었다.

봉암사(鳳巖寺)로 가는 길

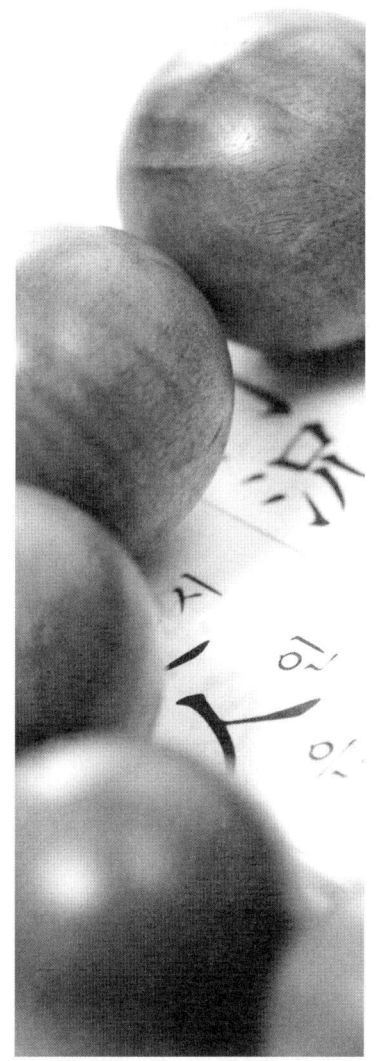

봉암사(鳳巖寺)로 가는 길

해는 지고 갈 길은 바쁜데 고승을 만나리라는 기약은 없었다. 김병용은 달빛이 간신히 열어 놓은 오솔길을 따라 가파른 산등성이를 힘겹게 타고 올랐다. 활개걸음의 스님네들 같았으면 반시간으로 족했을 거리였다. 그러나 늙고 기력이 쇠진한 그는 두어 시간이 걸려서야 겨우 상전암 경내에 피로한 발걸음을 내려놓을 수 있었다.

요사채 앞에는 검은 고무신 한 켤레가 나뒹굴어 있었다. 코를 고는 소리가 창호지 문 밖으로 새어 나왔다.

"스님 계십니까?"

대답이 없었다. 한참을 기다려도 일어나는 기척이 없었다. 김병용은 문을 가만히 열고 고개를 들이밀었다. 달빛 한 줄기가 방안으로 쏟아져 들어가자 길게 큰 대자로 뻗어 누운 젊은 중의 모습이 드러났다. 상좌임이 분명하였다. 방안에는 술 썩은 냄새가 가득히 고여 있었다.

방문을 닫고 물러나 암자를 휘둘러보았다. 당대 제일의 선승인 청허선사가 머물고 있는 토굴답게 선방과 요사체가 방금 허물어질 듯이 퇴락하였다. 청허선사는 선방에서 자고 있는 듯 선방 앞에도 검은 고무신 한 켤레가 놓여 있었는데 그것 또한 제멋대로 나뒹굴어 있었다. 마치 천의무봉한 청허의 선풍을 광고라도 하듯이 선사도 상좌도 술꾼들처럼 신발을 제멋대로 벗어 치우고 들어가 취몽에 빠져 있는 듯하였다.

김병용은 선방의 방문을 가만히 열고 고개를 밀어 넣었다. 분명히 청허라고 생각되는 늙은 중 하나가 깊이 삼매에 빠져 있었다. 코를 골지는 않았으나 숨이 거친 것을 보니 이 또한 반야탕을 대작하여 무아지경에 몰입한 것이 틀림없어 보였다.

김병용은 마당으로 내려와 어둠에 잠긴 산을 둘러보았다. 이대로 곧장 내려가 버릴까 하는 생각이 목구멍 속에서 솟아 나왔다. 그러나 그건 무리였다. 어쨌든 오늘밤은 술독에 빠져 버린 이 심산의 토굴에서 쉬어야만 내일 기동이 가능할 것이었다.

요사채 뒤쪽으로 돌아가 보니 채공간이 붙어 있었고 채공간에 이어 작은 토방 하나가 붙어 있었는데 거기서 불빛이 새어 나오고 있었다. 행자나 공양주 보살의 거처임이 분명하였다. 문 밖에서 기침을 두어 번 하자 방문이 열리고 스물대여섯돼 보이는 행자가 어둠 속으로 고개를 내밀었다. 방안을 흘낏보니 촛불 아래에 방금 보던 책이 펼쳐져 있었다.

밖에 나이 든 방문객이 서 있는 것을 보자 행자는 급히 토방 아래로 내려서면서 합장을 하였다.

"이 밤중에, 이렇게 깊은 산골 토굴에는 어인 일로 오셨습니까?"

"청허스님을 친견하고 불법을 들으러 온 신도올시다."

"그렇군요. 큰스님께서는 지금 주무십니다. 상좌스님께서도 아마 주무실 테고요. 천상 내일 아침에나 친견하실 수 있겠군오. 그때까지 참으실 수 있겠지요?"

"아 그럼요. 신세를 좀 져야겠는데…….."

"어서 들어오십시오. 누추하지만 제 방에서 주무시지요."

"감사합니다."

김병용은 행자의 방으로 들어가 앉았다.

"거사님께서는 어디서 오시는 길입니까?"

"청주에서 오는 길입니다."

"청주라면 충청도 청주 말입니까. 거기서 이 강원도 산골까지, 고생이 많으셨겠습니다."

김병용은 행자가 보고 있던 책에 눈길을 던졌다.

"스님께서는 무슨 책을 보고 계십니까?"

"『사미율의』를 보고 있는 중입니다."

"네에."

김병용은 고개를 끄덕였다.

"사실은 머리를 깎은 지 겨우 한 달밖에 되지 않았습니다. 아직 조석 예불하는 법도 모르는데 가르쳐 주는 사람도 없으니 참으로 난감합니다."

"가르쳐 주는 사람이 없다니요. 큰스님도 계시고 상좌스님도 계시다면서요."

"여기까지 오셨다면 좀 알고 오셨겠지요. 여긴 토굴입니다. 불경 배우는 곳이 아니고 참선수행하는 선방입니다."

"수행가풍이 어떠한 것인지는 모르겠으나 면벽하여 정진하는 스님네는 어디 있습니까?"

"아하, 그거요."

행자는 머리를 긁적였다.

"큰스님께서는 자주 반야탕으로 금강삼매지경에 이르시곤 합니다. 모르는 사람이 볼 때는 늙은 중이 웬 술이냐 하시겠지만 큰스님께서는 내방하는 도반이나 처사분들과 함께 반야탕을 대작하며 법거량을 하십니다. 대붕의 뜻을 연작이 어이 알겠습니까."

행자의 말투로 보아 큰스님을 존경하는 것인지 비웃는 것인지 알 수가 없었다.

"이런 말을 물어도 되겠습니까? 나는 이미 나이 들어 갈 길은 바쁘고 몸이 천 근이라 한 분이라도 더 선지식을 만나보고 마음의 위안을 삼으려 하는 것밖에 스스로 아무것도 할 수 없는 지경에 이르고 말았지요. 그런데 젊은 스님께서는 어찌 하여 이 깊은 산골에 들어와 『사미율의』를 뒤적이고 계십니까? 이제 곧 우리 손으로 정부를 세울 참이라 하니 젊은 사람들이 속세에서도 할 일 많을텐데요. 보아하니 속가에서 공부도 많이 하신 것 같은데."

"할 일이 많다마다요. 그 중에서도 이 땅에 바른 불법을 세우는 것이 가장 시급한 일인 것 같습니다. 저는 일본에서 학교를 다니다가 해방을 맞았습니다. 서양 철학을 전공했었지요. 공부하는 도중에도 늘 생각했지만 우리가 저놈들에게 나라를 뺏겼던 근본이유는 정신을 뺏겼던 데 있었고 정신을 빼앗긴 근본이유는 불교를 찬탈당하고 왜놈의 승복을 걸치게 된 데 있었습니다. 이제 해방이 되었으니 그걸 바로잡는 일이 급선무이고, 그걸 바로잡으려면 내가 먼저 바른 불법으로 일어서야 한다고 생각했습니다."

"어떻게 해야 바른 불법을 세우는 길입니까?"

"우선 전국의 사찰을 점령하고 있는 왜놈불교의 뿌리를 척결해야 할 것입니다."

"그 방법은?"

"몰아내야지요."

"청정비구들이 결사를 해야 합니다. 비록 수는 적지만 천하의 공의를 끌어 모아 울타리를 치면 가능할 것입니다."

"그래서 청허스님 아래로 들어왔습니까?"

"당대 최고의 선승이니까요. 그러나 여기 오래 있지는 못할 것 같습니다."

"그건 왜요?"

"뭐라고 할까요. 큰스님께서는 젊어서부터 사교입선(捨敎入禪)하셔서 사려분별을 싫어하시기 때문에 도대체 무엇을 배워야 할 것인지 그저 절벽 앞에 서 있는 듯합니다."

젊은 행자의 말은 조용했지만 그 말 속에는 세속의 살기 같은 것이 묻어 있었다. 행자는 낯선 신도 앞에서 필요 이상의 말을 해버렸다고 생각했는지 『사미율의』를 덮어 버리더니 목침을 베고 누웠다. 김병용도 한쪽 구석에 목침을 베고 누우면서 내일 새벽 일찍 산을 내려가야겠다고 마음을 먹었다. 그때 행자가 눈을 감은 채로 입을 열었다.

"거사님께서는 무엇을 물으려고 큰스님을 찾으셨습니까? 선문답으로 수행승들의 열매를 조금 훔쳐 가려고 오셨습니까?"

둘러댈까 하다가 김병용은 바른 말을 하는 게 좋겠다는 생각이 들었다.

"나는 이 나이 되도록 공양 한 번 제대로 한 것이 없지만 이 땅의 불법이 바로 서는 일을 위하여 한 가지 허드렛일을 한 것이 있어요. 불경을 모으는 일이 낙이고 업이었습니다. 자칫하면 일본놈들이 가지고 갈 뻔한 귀중한 서책들을 돈 아끼지 않고 수집하여 그 양이 수천 권에 이르렀지요. 마침 내가 운이 좋으려니 나라가 해방되는 것을 보게 되었어요. 이제 그 귀중한 서책들은 부처님께서 내게 잠시 동안 맡겨 놓으신 것이 분명한 즉 왜놈들이 물러간 지금 이 땅의 눈이 푸른 납자에게 전하여 황폐해진 불법을 바로 세우는 데 거름이 되도록 하는 것이 도리라고 생각했습니다. 벌써 한 달 전부터 나는 늙은 몸을 끌고 다니며 부처님께서 내게 잠깐 맡겨 놓으신 그 귀중한 불경들을 주인에게 돌려 주려고 위대한 한 분의 스님을 찾으러 다니는 길입니다. 청허스님을 뵈러 온 것도 그 때문이지요."

"아."

행자의 입에서 깊은 한숨이 흘러나왔다.

"거사님, 우리나라는 아직 희망이 있군요. 그 모진 세월 속에서 어른들의 정신이 모두 썩어 문드러지지 않았나 하여 자칫 절망할 뻔하였는데 거사님 같은 분들이 이런 세상을 예견하여 준비를 하고 계셨군요."

말소리가 흐느낌에 가까웠다. 이 젊은이는 혈기가 뻗는 것으로 보아 아무래도 평탄하게 중노릇을 하기는 어렵겠다는 생각이 들었다. 잠시 뒤에 행자는 다시 입을 열었다.

"내일 큰스님을 친견하실 예정이십니까?"

김병용은 행자의 말뜻을 알아차렸다.

"큰스님은 아까 선방에서 이미 뵈었습니다."

"주무시고 계셨을 텐데요."

"주무시는 큰스님도 분명히 큰스님이니까요."

다시 한숨이 흘러나왔다.

"듣자니까 서울에서는 우리 큰스님을 모셔다가 한국불교의 어른으로 모실 생각인 모양입니다. 일각에서 그런 추대의 움직임이 있고, 그 때문에 서울에서 자주 사람들이 오고 있어요. 큰스님께서는 그런 허망한 짓에 마음이 없다고 하시지만 굳이 거절할 생각은 아니신 것 같기도 하고……, 또 듣자니까 다른 대덕스님들과 경합이 붙었는데 싸움이 치열하다고 하기도 해요."

행자는 입산한 지 겨우 한 달이라고 했으나 조석예불도 모르는 주제치고는 서울에서 돌아가고 있는 바람의 소리에는 뜻밖에도 귀가 밝았다. 무식한 선승과 귀 밝은 그의 행자가 장차 무슨 일을 저지르게 될 것인가. 김병용은 이 땅 불교의 미래상을 생각하면서 아득한 느낌에 시달렸다.

다음날 새벽, 김병용은 행자가 깨기 전에 일어나 밖으로 나왔다. 산사에서 밤을 세운 일이 한두 번이 아니었지만 새벽예불을 하기 위하여 뜨락에 내려설 때마다 느끼는 것은 새벽숲의 그 깊은 숨소리였다. 오늘은 예불을 하기 위해서가 아니고 도망을 치기 위해서 나온 것이었지만 수해의 뒤척이는 숨소리에 가슴이 설레이기는 마찬가지였다. 석간수 한 모금 마시고 눈꼽이나 떼어 내려고 채공간 앞의 물대롱에 허리를 구부렸다.

"이놈, 이 도둑놈."

뒷덜미를 채는 목소리가 있었다. 일어나 돌아보니 청허선사가 수해처럼 깊은 눈으로 내려다보고 있었다.

"이 도둑놈, 야밤중에 몰래 늙은이의 토굴에 기어 들어와 뭘 훔쳤길래 새벽같이 도망을 치려느냐?"

김병용은 허리를 굽히고 두 손을 모아 합장을 하였다.

"토굴 속이 워낙 가난하여 아무것도 훔칠 것이 없었습니다."

"거짓말 마라. 늙은 도둑놈아. 너는 어젯밤에 내 잠든 시체를 훔치고 어리석은 행자놈의 마음을 훔치지 않았느냐. 그걸 들고 산 아래로 내빼도록 그냥 둘 줄 알았느냐."

"스님께서 어제 제가 기웃거리는 것을 아셨다면 왜 일어나 가르침을 주시지 않았습니까?"

"반야탕이 독하의 삼매에 들어 있었는데 너 같은 도둑놈이 오든지 가든지 무슨 아랑곳이냐. 그래, 훔쳐 가는 보따리를 내려놓지 않겠느냐."

도리가 없는 일이었다. 김병용은 자신이 평생을 모은 책을 고승에게 전해 주기 위해 헤매고 다니는 사정을 얘기하였다. "

"내 언젠가 건봉사에서 바람결에 그런 얘기를 들었지. 청주에 사는 청신사 한 사람이 두루 불경을 모으는데 온갖 희귀본을 다 갖추었고 신라 이래의 웬만한 불서는 다 모았다는 얘기를. 한데 그 이야기를 하는 사람들은 대개 그 청신사가 불경을 모으는 공덕으로 혹이나 극락의 뒷마당 서고지기나 한 자리 하겠다는 어리석은 욕망으로 그런 짓을 하는 거라고 하던데, 이제 와 듣자니까 더욱 어리석은 일을 도모하고 있구만."

"깨우쳐 주십시오. 무슨 말씀이신지."

"무엇 때문에 책을 모으고 그걸 후세에 전하여 세상을 시끄럽게 하고 부처님 앞마당을 어지럽게 하려는가. 대체 세상에는 책이 너무 많아. 불경도 아무리 많아야 딱 한 권이면 족할 걸세. 책이 책을 낳으니 진짜로 사람을 살리는 활법은 오히려 아득한게 아닌가. 그거 모두 불살라 버리게나."

"책이 필요 없는 분은 스님처럼 홀로 깨우친 분들일 테고 대부분의 중생들은 책에 기록된 부처님이나 조사님들의 어록에 기대어 무명의 바다로 저어 갑니다."

"미친 놈들이지. 미친 놈들이야."

"하룻밤 신세를 졌습니다."

김병용은 어둠의 이불자락이 무겁게 덮여 있는 산길을 걷기 시작하였다.

서울로 돌아온 그는 고서적 장사꾼인 이상노 노인을 찾아갔다. 이상노는 지금까지 그가 수집한 불경의 절반 가량을 공급한 사람이었다. 그는 처음에는 단순히 돈벌이로 아무 쓸모 없는 낡은 불경들을 모아 김병용에게 팔았으나 차츰 이 일의 중요성을 깨닫고부터는 전국에 걸친 거간꾼과 스님들을 통하여 거미줄처럼 다리를 놓아 적극적으로 불경수집에 나섰다.

어떤 때는 총독부의 관리나 경성제대의 일본인 교수들에게 들어간 옛 불경을 비싼 값을 주고 사 오는 경우도 있었다. 또 어떤 때는 먼 지방의 고찰을 찾아가 무식한 주지가 작은마누라의 살림방 초배용으로 불경을 뜯기 직전에 구해 내오는 수도 있었다. 이렇게 하여 구한 책들은 모두 김병용의 손으로 들어왔다. 이 책들이 마침내 해방된 나라에서 불법을 바로 세우는 데 밑거름이 되리라는 것을 두 사람 다 믿어 의심을 갖지 않았다. 그래서 그 책의 주인이 될 고승을 찾는 유람길에 거는 기대는 이상노 역시 김병용에 못지 않게 컸다.

"불경의 주인을 찾았습니까?"

김병용은 고개를 저었다. 시름이 깊은 얼굴이었다. 자칫하면 평생을 도와 수집해 온 책이 아무 쓸모 없이 어느 절간의 서고에 처박히거나 무식한 사람들의 손에 훼절될 가능성이 없지 않았다.

"어떤 스님들을 찾아보셨습니까?"

"큰 이름을 지닌 스님들은 다 찾아보았지요."

"그래서요?"

"인물이 이다지도 없다니요. 일본놈들이 겉으로 조선불교를 중흥시키는 척하면서 속으로 이렇게 철저하게 썩어 문드러지게 만들어 놓았을 줄은 미처 상상도 못했던 일이올시다. 교학에 능하다는 스님들은 많았어요. 입만 열었다 하면 경전과 조사의 어록이 봇물처럼 쏟아져 나오는 인물들도 있더이다. 한데 그 스님네들이 논하는 불법이라는 것은 지식쟁이의 암기술에 지나지 않는 것이었지, 그 지식들이 그 자신의 마음자리 하나 고요하게 하지도 못할 정도로 엉터리였다는 데는 정말 놀라지 않을 수가 없더이다. 또한 직지인심 견성성불(直指人心 見性成佛)을 높이 쳐들고 토굴 속에 들어앉았거나 만행이나 일삼는 무학선사님들에게 책이라는 것은 개의 똥만큼도 값어치가 없는 것들이었습니다. 이러다가 내 죽거든 이 책들을 이선생님께서 맡으셨다가 혹시 필요로 하는 분들이 찾아오거든 한두 권씩 나누어 주도록 하세요."

"아직 실망하기에는 이릅니다."

"아니오. 찾아볼 만큼은 찾아보았습니다."

"전국의 사찰을 다 찾아본 것도 아니고 이 땅의 스님네들을 다 만나본 것도 아니지 않습니까."

"혹시 서울에서 눈이 푸른 스님을 만나기라도 하셨습니까?"

이상노는 손을 저었다.

"서울은 난리가 났습니다. 친일승이 종권을 틀어쥐고 있는 가운데 과격한 비구승들이 일을 도모해 보려 하나 역부족이니 아예 공산주의와 결탁하여 급진 정치세력을 형성하기도 하고, 한 마디로 부글부글 끓고 있는 중입니다. 그 속에서 중다운 중을 찾는다는 것은 가당치 않은 얘깁니다."

"그럼 희망이 없다는 얘기 아닙니까."

"그렇지 않대두요. 내 바람결에 들은 얘깁니다만은 문경 봉암사에 사자 같은 인물 하나가 웅크리고 있다고 하더이다."

"봉암사? 거긴 신라시대 구산선문의 하나가 아닙니까? 그러나 근세에 와서 퇴락하였을 터인데요."

"사실입니다. 일제 때는 거의 버리다시피 한 절이었지요. 바로 그 절을 사자 같은 젊은 스님 한 사람이 차고 앉아 잃어버린 한국불교의 법맥을 되살리고자 불사를 일으키기 시작했다는 소식입니다. 듣자니까 그 스님 한 사람만이 아니고 뜻을 같이 하는 젊은 수행승들이 구름같이 몰려들어 부처님 말씀과 총림의 청규에 따라 수해의 도를 바르게 세우고 있다고 합니다. 잃어버린 한국불교를 되찾는 일은 서울의 속진 속에서 종권이나 차지하려고 피 흘리는 저 무리들에 지대해서는 백년하청일 터이고 봉암사와 같은 웅장한 전통을 지닌 도량에서 스님들 스스로 일어서는 운동을 통해서만 가능할 것이라는 얘기지요."

"그 스님의 이름이 무엇입니까? 사자 같다는 그 스님 말입니다."

"성철스님이라고 하더이다."

"성철? 듣지 못하던 이름인데?"

"나도 처음 듣는 이름이었습니다. 그러나 불가에서는 모르는 사람이 없더군요. 왜 절집들이 산속에 홀로 떨어져 있는 것 같아도 소식은 비상하게 빠르지 않습니까. 특히 법의 깊이를 헤아리고 그 소식이 퍼저 가는 데는 산사만큼 빠른 곳도 없는 법이거든요. 어쨌든 태고사를 내왕하는 돌중들에게 물어본즉 모두 하나같이 성철수좌의 드높은 법력에 대해서는 고개를 끄덕이는 것이 심상치 않다는 느낌을 주더이다. 그러니 아직은 실망할 때가 아니다 그 얘깁니다."

김병용은 믿을 수가 없었다. 대개 스님들에 대한 여항의 평가라는 것은 과장되기가 일쑤였다. 이는 사바 세계의 고통에서 헤어날 길을 스님들에게 의탁하여 대리충족하려는 심리 때문이기도 하였다.

이렇게 반신반의하면서도 김병용의 발걸음은 자신도 모르게 문경 쪽으로 향하고 있었다.

결사(結社)

결사(結社)

문경 봉암사는 신라 구산선문 중의 하나로 이 땅에 불교가 들어온 이래 연면하게 선풍을 이어 온 도량이다. 문경군 가은에서 다시 삼십 리를 더 들어가면 희양산의 느슨하게 드러누운 계곡이 끝나는 발치에 고찰이 앉아 있다. 다행스럽게도 교통이 불편하여 웬만한 산중 대찰을 모조리 유원지로 만들어 날라리 소리에 독경이 파묻히는 어려운 세상을 맞이하였으면서도 봉암사는 속세의 흙먼지를 피하였으니, 일찍부터 사자처럼 기상이 드높은 수좌들이 이곳을 근거로 하여 선종의 강건한 종풍을 다시 세웠기 때문이다.

해방 전 한국의 불교는 대다수 한국의 승려들이 일본의 의도적인 왜색화정책에 따름으로써 전국의 전통 깊은 사찰은 때아니게 대처육식하는 사이비 승려들의 밥벌이 일터이자 그들의 애 낳고 기르는 안방으로 변해 있었다.

일제는 전국의 사찰을 삼십 개의 본사를 중심으로 엮어 놓고 본사주지에게 강력한 권한을 줘서 사실상 사찰의 재산권마저 대처승인 본사주지들에게 위임함으로써 불법의 도량을 사유화하는 폐단을 잉태시켰다. 이른바 한국불교라는 거대한 정신적 자산을 삼십 개의 개체로 분할하여 통치하는 고전적 식민지배의 수단을 원용한 것이다.

사찰이 대처육식하며 일제에 협력하는 친일 세력들의 소굴이 되고 보니 불교 고유의 계율이니 도량에서의 청규니 하는 것도 발을 붙일 자리가 없어지고 말았다. 대처승들이 마치 지주처럼 행세하는 절간에서 비구승들은 식객처럼 얹혀 있었고 선방이라는 것도 선, 교 통합종단이라는 명분을 위해 간신히 명맥을 유지하고 있었을 뿐이었다.

이런 와중에서도 장부의 일대사로 발심을 크게 세운 소수의 수좌들은 고행정진하며 외로이 부처의 가르친 길을 걸어왔던 것인데, 이들은 조국이 일제의 더러운 사슬에서 풀려나자 당연하게도 일그러진 불법을 바로 세우기 위하여 팔을 걷고 일어섰다. 그러나 일어서기는 하였으나 대체 어디서부터 무슨 일을 풀어 나갈 것인가 하는 문제는 각자의 그릇과 근기에 따라 다를 수밖에 없었다.

어떤 스님들은 종권을 장악해야 한다고 나섰고 어떤 스님들은 속세의 정치판부터 바로 세우는 것이 불자의 도리라고 길거리로 나섰다. 극히 일부의 스님들만이 불교 그것 자체를 안에서부터 일으켜 세워야 하고 그러기 위해서는 주둥이를 놀리고 문자를 희롱할 것이 아니라 수행과 수범으로 법을 세워야 한다고 생각하게 되었다. 성철스님을 중심으로 봉암사에 모인 젊은 스님들의 결사가 그것이었다.

이들 소장승려들은 대개 해방 전 비구가 발을 붙이기 어려웠던 시절에 산중 선방을 이리저리 옮겨 다니며 함께 수행하던 도반들이었다. 성철스님을 비롯하여 불교정화를 온몸으로 실현시켰던 청담스님, 그리고 잃어버렸던 율장의 종지를 되찾아 계율을 확립시켰던 현대불교 최초의 전계사 자운스님, 또 월산, 혜암, 성수, 법전 스님 등 스무 명에 가까운 수좌들이 '부처님 법대로 살자'는 아주 단순하면서도 더 이상 명료할 수 없는 기치를 세우고 결사를 이루었다.

해방이 되었다고는 하나 전국의 사찰을 대처승이 석권하고 있어 청정비구들이 모여 한편으로 수행하고 한편으로 중생제도를 할 수 있는 도량이라고는 전국을 통틀어 단 한 군데도 없었다. 그런 판이었으므로 젊은 수좌들의 봉암사 결사는 청정비구에 의한 사찰운영의 첫걸음이기도 하였다.

성철스님이 자운스님을 비롯한 몇몇 도반들과 더불어 한국불교 중흥의 요람으로 봉암사를 택한 이유는 이 절이 그나마 일제시대에 왜색불교의 뿌리가 깊지 아니하였던 관계로 퇴락할 대로 퇴락하여 무주공산이나 다름이 없었던 때문이었다.

어디서부터 손을 대야 할 것인가. 따지고 보면 한국불교가 일그러지기 시작한 것은 일제시대에 비롯된 일은 아니었다. 조선조의 억불정책에 의하여 승려들이 수도 한양의 도성에 출입조차 하지 못하는 치욕적인 대접을 받아야 했고, 하물며 비구가 구족계를 받을 계단조차 스스로 만들지 못하는 형편이었다. 이러는 사이에 중들은 기녀, 백정 등과 함께 천민의 반열에 섰고, 민가에 스님이 탁발하여 가면 아이들이 돌을 던지며 내쫓고 동네 개들까지 짖으며 동구 밖까지 따라오는 눈물겨운 광경이 일반화되었다.

이런 위상을 바로 세우기도 전에 왜색불교가 들어와 취처육식이 허용

되고 보니 일반사람들이 스님 보기를 허접쓰레기 보듯하는 것도 무리가 아니었다. 그나마 다행한 것은 사람들의 마음속 깊이 뿌리 내리고 있는 부처님에 대한 신심이 가시지 않았다는 점이겠는데 이마저도 당대 스님들의 노력에 의하여 얻어진 것이 아니라 불법 자체의 수승한 진리 덕택이었다.

그렇다고 해서 선맥이 아주 끊어진 것은 아니었다. 구한 말 이지러지려는 불법의 불씨를 다시 일으킨 걸출한 선승이 나타났으니 바로 경허스님이었다. 경허스님이 일으킨 불씨는 만공스님에 의하여 계승되었고, 덕숭산 수덕사를 중심으로 한국 현대불교의 커다란 산맥을 이루게 될 종풍이 터잡아 가고 있었다.

경허와 만공은 모두 꺼져 가던 선종의 불씨를 다시 일으켜 그 종풍을 크게 떨친 것은 사실이었으나 계율이나 교리에 입각한 수행을 무시하고 무애자재, 사교입선에 집착함으로써 선교양종의 원융불교로서 한국불교가 지향해 온 흐름을 다시 반쪽으로 갈라놓고 말았다.

성철수좌는 1941년 그의 나이 서른 살, 법랍 6년이 되던 해에 경허의 선풍을 그리워하여 수덕사 선방인 정혜사에서 동안거를 하였고 이어 다음 해에는 서산군 간월도에 있는 만공스님의 토굴에서 하안거와 동안거를 하면서 만공의 큰 지혜를 얻고자 하였다. 그러나 성철수좌가 거기서 발견한 것은 정법을 잃어버린 무애자재의 위험이었다.

설사 경허와 만공이 무애자재를 통하여 견성성불의 자리에 이르렀다 할지라도 그것은 그들 두 위대한 사람들의 근기가 수승했기 때문이지 누구나 그런 식으로 수행하여 경지에 이를 수는 없는 일이었다. 하물며 청정비구의 계행을 무시하는 행위는 자칫하면 분별 없는 문도들로 하여

금 정법이 아니 사법(邪法)에 탐닉케 하는 위험을 간직하고 있었고 이미 그 폐단이 드러나고 있었다. 수행승들이 고기와 술을 먹고 계집을 탐하면서 언필칭 경허의 파격적 만행에 빗대어 자기합리와를 시키려는 경향이 생겨났기 때문이었다.

따라서 조선조 오백 년과 일제 통치기간을 거치는 동안 왜곡되고 함몰되고 또 유실되어 버린 정법을 되찾아 부처님의 가르침대로 조사들의 청규에 맞게 수행하는 도리를 세우는 것, 이것이 가장 시급하고도 긴요한 일이었다.

성철수좌와 그의 도반들은 이 일을 위하여 봉암사에서 결사를 이룬 것이었다. 말하자면 한국불교의 중흥불사가 시작되는 장면이었는데 이는 불교에 있어 문예부흥에 견줄 만한 역사적인 사건이기도 하였다. 1947년 가을, 스님의 나이 서른여섯, 법랍 12년의 일이었다.

성철수좌의 일차적인 목표는 명색이 선방이라 해놓고 중구난방으로 무애자재만을 내세우고 있어서는 선종 본래의 종풍과는 천 리나 먼 얘기가 될 뿐이므로 옛 총림의 법도를 이 땅에 다시 재현시켜야 한다는 데 있었다. 그는 봉암사에 모인 도반들에게 다음과 같이 설법하였다.

"여러 스님네들도 이미 잘 아는 일이지만 선문에서 총림이라고 하는 것은 백장(白丈) 스님으로부터 시작이 됩니다. 선종이 달마대사부터 시작하기는 하였지만 마조(馬祖) 스님 때까지도 선종을 표방하는 가람을 따로 특별히 정한 것이 아니라 대개 율종사찰에 더부살이로 지냈으며, 혹 따로 선가를 이루고 사는 사찰도 있었지만 선종에 특별한 규율은 갖지 못하고 지냈을 뿐입니다. 그래서 백장스님이 백장산에 가서 대중들을 많이 거느리고 살게 되니 무질서하게 살 수 없었으므로 대소승의 경, 율을 참작하여 백장청규(百丈淸規)를 만들었습니다. 이것은 선종 최초의 법규이며 그 이후 천하 총림에서 시행하는 거룩한 법이 되었습니다. 그뿐만 아니라 백장스님께서 평생 동안 행한 철저한 수행정신은 이루 형용하기 어렵거니와, 스님은 이 같은 청규의 수행 외에도 날마다 운력을 할 때 남보다 먼저 나서 모범을 보였습니다. 스님 밑에는 황벽이라든가 위산이라든가 하는 천하의 대종사들뿐만 아니라 수백 명이 넘는 우수한 제자들이 함께 수행하고 있었습니다. 그 당시 사찰은 깊은 산속에 있었으므로 농사를 짓고 살았는데 낮에는 매일 밭일을 하고 밤에만 앉아서 정진을 하는 형편이었습니다. 백장스님은 연세가 많아도 매일 대중들과 함께 밭에 나와서 일을 하였습니다. 하루는 함께 일을 하던 제자들이 노스님의 일하는 모습을 보기가 민망스러워 일하는 도구를 감추어 버렸습니다. 그러자 연장을 찾지 못한 노스님은 하루 종일 방안에서 문을 걸어 잠그고 나오지 않고 공양도 들지 않았습니다. 제자들이 찾아가서 공양 드시기를 권하니 '내가 아무런 덕도 없는데 어찌 남들만 수고롭게 하겠는가. 하루 일하지 않으면 하루 먹지 않는다(一日不作 一日不食)'고 하시니 여기서 하루 일하지 않으면 하루 먹지 않는다는 위대한 교훈을 남기게 된 것입니다.

우리가 선을 참구한다든지 도를 구한다든지 총림을 한다든지 할 때 하루 일하지 않으면 하루 먹지 않는다는 정신이 근본원칙이 되어야 합니다. 이러한 원칙이 기본적으로 이행되지 않으면 총림이란 설 수가 없습니다."

옛 중국의 백장산 총림이나 봉암사의 대중결사나 중들이 해야 할 일이란 먹고 사는 기본적인 것을 스스로 해결하는 농사 일뿐이었다. 다행하게도 사찰 주변에는 절 소유의 밭뙈기가 많아 부지런히 농사를 지으면 대중들의 공양에는 지장이 없는 듯하였고 절을 감싸고 있는 회향산은 숲이 울창하여 땔나무 또한 풍부한 편이었다. 다만 그 밭을 누가 경작하고 그 나무를 누가 해오느냐 하는 문제만 남았을 뿐이었다. 성철스님은 그 같은 일을 수행자인 스님들이 해야 한다고 선포하였다.

"대중은 누구를 막론하고 매일 땔나무 석 짐씩을 해야 한다."

"밭일은 어떤 일이든 간에 일꾼을 써서 시키지 말고 대중들의 힘으로 한다."

처음에는 이 원칙에 모두 찬동하고 잘 따랐다. 그러나 스님들도 사람인지라 육신이 곤고하면 꾀가 나는 것은 어쩔 수가 없는 일이었다. 그 중에서도 근기가 약한 스님들은 불평을 하기 시작하였고 드디어는 봉암사를 떠나는 경우도 생겨났다. 밭일이야 그럭저럭 해내겠는데 하루 석 짐의 나무를 하라는 것은 무슨 나무꾼들도 아니고 도저히 참을 수 없는 노역이라는 것이었다.

그러나 성철스님은 그 불평에 대해 눈썹도 꿈쩍하지 않았다. 사자 같은 얼굴과 화경처럼 커다란 눈에는 정법수호를 위한 요지부동의 결의가 자리잡고 있었다. 이탈자가 늘어나자 마침내 자운스님이 말하였다.

"이보게, 철수좌. 이러다가 수좌와 나 둘만이 남게 되겠는 걸. 그러지 말고 하루 두 짐으로 줄이는 것이 어떻겠나."

"우리 둘만 남으면 둘이서 정법을 지키면 될 것이 아이가. 무슨 걱정이고. 중이 절 싫으면 떠나는 건 정한 이친데 내버려도라. 설마 자네마저 도망을 치려는 것은 아니겠제?"

"사실은 나도 도망치고 싶었다네."

"자운이 도망을 치면 이 땅의 불법은 한동안 적막하겠지."

성철스님은 지게를 지고 앞장을 서서 산을 올랐다. 그 뒤로 자운스님이 따르고 여남은 명의 대중스님들이 줄을 이었다. 저만치 산에서 내려오던 나무꾼이 지게를 받쳐 놓고 스님들이 지나가도록 길을 내어 공손하게 서 있었다.

"시님네들, 우리 나무꾼들보다 일을 더 많이 하네요. 그래 일하고 불도는 언제 닦는기라요."

"나무를 하는 일이 바로 불도요."

"그거말고 공부 말인기라요."

"저녁에 해가 지면 할 일이 없으니 그때 공부를 합니다."

성철스님이 대답하자 나무꾼은 더욱 허리를 굽히면서 손을 앞으로 모았다.

"이런 시님네들 처음인기라요. 벌써 근동에 소문이 짜하더니 사실이네요."

뭐라고 소문이 났는지 알아야 할 필요는 없었다. 그러나 산림의 청규를 지키는 봉암사. 선승들에 대한 소문은 바람을 타고 전국의 산사에 퍼지고 있었다 그중에는 무슨 신통력을 지닌 도인들이 떼를 지어 나타났다거나 소림사의 결사처럼 왜곡되고 과장된 소문들도 있었던 모양이었다. 찾아오는 신도들이 그 소문들을 입증하였다.

그러나 그 같은 헛소문과는 달리 올바르게 수행정진을 해보고 싶어도 도량이 없어 유랑하던 비구들이 반가움에 바람같이 달려와 합류를 할 때는 땀이 가시는듯 가슴이 시원해지는 것이었다. 덕택에 스무 개의 지게는 도망을 쳐 버린 탈락자가 있음에도 불구하고 그 임자가 다시 나타나 주었다.

봉암사 대중결사를 시작한 다음 해의 초봄이었다. 성철스님이 아침에 출타하였다가 저녁에 돌아와 보니 기적이 일어나 있었다. 어제까지 잡초가 자라 모양이 사납던 보리밭이 하루새 누가 김을 매었는지 밭고랑에 떨어진 바늘 하나까지 찾아낼 수 있을 정도로 깨끗하게 빗질이 되어 있었다.

절에 들어가자마자 원주를 불렀다. 서른 안짝의 나이에 수행 경력도 짧은 원주스님이 불려와 고개를 푹 숙이고 섰다. 그 목덜미에 벼락이 떨어졌다.

"이 도둑놈아. 청신도들이 시주한 불전을 훔치고 대중이 흘린 땀을 도륙내는 도척이 같은 놈아."

"소승 아무것도 훔친 것이 없습니다."

"이 도둑이 무신 소리를 이리 하는기가. 저 앞에 보리밭은 어느 귀신이 와서 매 놨단 말이가."

그제서야 원주는 성철스님의 불 같은 진노가 왜 일어났는지 그 원인을 알게 되었다.

"대중이 모두 워낙 피곤해 하는 것 같아서 소승이 혼자 생각으로 마을사람들을 놉을 사서 김을 맸습니다. 놉은 사면 절의 시주돈이 다시 사하촌으로 내려가니 그것 또한 공덕이 아니겠습니까."

"이 도둑놈이 무신 궤변을 이리 늘어놓고 있노. 중이 할 일을 하지 않고 자빠져 누워서 청신도들의 아까운 시주돈으로 그들의 노역을 다시 사는 일이야말로 지옥불에 던져져도 갚지 못할 업장을 짓는 짓이다. 그걸 다 갚으려면 앞으로 니놈은 저 밭농사를 혼자 감당해야 할 것이다."

원주는 비로소 사태의 심각성을 깨달았다. 성철스님이 빈말을 하는 것을 본 적이 없는지라 장차 이 절에서 살아나갈 길이 실로 아득하게만 느껴지는 것이었다. 그날 밤 늦게까지 잠을 이루지 못하던 원주는 새벽에 대중들이 일어나기 전에 어둠을 타고 절을 떠나 버렸다.

"이 땅의 불교는 지금 뼈도 없고 살도 없는 그림자와 같다. 그것은 율법이 사라졌기 때문이다. 일부 미혹한 사람들이 계율을 바로 세울 생각은 하지 않고 파계를 곧 최상선으로 착각하여 이를 퍼뜨리고 있으니 이대로 가다가는 정말 무슨 꼴이 될지 두렵기 짝이 없는 노릇이다. 그러나 율장을 세워야겠는데 대체 누가 이 일을 맡아야 되겠노."

고성 문수암에서 만난 성철스님과 청담스님은 봉암사 결사의 추진을 위하여 지혜를 서로 보태었다.

청담스님은 성철스님과 함께 사실상 봉암사 결사의 창안자이기는 하였으나 그 추진은 일단 성철스님에게 맡겨 놓고 자신은 다른 일을 위하여 문수암에 머물고 있었다. 여기에 성철스님이 찾아온 것이다.

"자운이 좋겠는데, 어떤가?"

"어디 물어 보기로 하지."

봉암사로 돌아온 성철스님은 자운스님에게 대뜸 제의를 했다.

"여보게 자운. 지금 총림의 법도를 세우기 위하여 가장 시급하게 필요한 것은 무엇인가?"

"그야 율장을 세우는 일이지."

"그렇지. 그럼 그 일을 누가 해야 마땅하겠는가? 자장율사 이래 이 나라 불교의 기둥을 세우는 중차대한 역할일세. 대체 누가 이 어려운 일을 해낼 것 같은가?"

"글쎄, 쉬 생각이 미치지 않는걸."

"그래, 그렇지? 그 까닭은 등잔이 제 스스로를 비추지 못하는 탓이야. 어디 멀리서 찾으려 하노? 바로 자운당이 율장의 기둥감인데."

"어, 무슨 소리를."

"아니야. 자운당밖에는 사람이 없어. 청담하고도 일치를 본 일이야."

자운스님은 잠시 생각에 잠겼다. 그러나 그 생각은 오래 끌지 않았다.

"좋다. 내가 재주 없고 근기가 약한 것이 한탄스럽더니 성철수좌가 이 일을 내게 맡긴다면 무엇을 더 주저하겠나. 옆에서 도와주게."

두 도반은 묵묵히 서로의 눈을 바라보았다. 바다보다 깊은 신뢰가 교차하였다. 이미 알려진 대로 조선조 오백 년 동안 승려들은 구족계를 받을 계단조차 스스로 만들지 못할 정도로 피폐해져 있었기 때문에 종교집단의 생명이라 할 계율이 설 자리가 없고 스님들 중에서 이렇다 할 율사도 배출되지 않았다.

일제시대 이후에도 사방에 율사는 흔하여 수계식은 열렸으나 율사 스스로가 청정비구 아닌 대처육식의 사판승들이었으므로 굳이 율사라고 할 것도 없었다. 더구나 계율이 죽은 마당에 율사의 용도는 그 자체가 모순이고 희극이었다. 이에 성철스님은 자운스님을 자장율사 이래 이 땅의 불교를 중흥시킬 기둥으로서 세우고자 한 것이었다.

소임을 흔쾌히 받은 자운당은 율장에 관한 경전을 섭렵하고 기왕에 이땅에서 뿌리를 내렸던 계율의 실례를 수집하기 위하여 밤과 낮이 없이 공부에 몰두하였다. 계율이야말로 부처님 재세 시에 이미 사부대중을 향하여 마땅히 지킬 바를 가르친 이래 수행승의 존재 그 자체의 본질이라 할 정도로 중대한 일이었기 때문에 조금이라도 가볍게 여길 수 없는 일이었다.

자운스님의 공부는 삽시간에 하나의 산맥을 이루었다. 그는 율장을 샅샅이 뒤져 정리하고 이를 다시 한국불교의 전통 위에서 상고하여 오늘에 마땅히 재현할 수 있는 요점을 천착하였다. 이렇게 발굴하고 정리한 율장은 대중스님들과 신도들이 자리를 함께하는 법회를 열어 설법토록 하였다.

이러한 법회를 출발점으로 하여 이후 자운스님은 현대불교의 독보적인 율사로서 일만 명이 넘는 사미와 비구, 그리고 비구니와 사미니에게 수계하여 득도토록 하였으니 본래 희망했던 그대로 흐트러진 불가를 붙들어 매는 튼튼한 동아줄이 된 것이었다.

자운당의 율장연구가 상당한 성과를 거두고, 이를 대중공사에 부처 충분한 논의를 거친 후에 체계가 서자 성철스님은 곧 이 계율을 홍포하기 위하여 보살계 수계식을 갖기로 하였다. 원래 비구계라는 것은 사문이 되고자 하는 사람들에게 베푸는 계율로서 소승불교의 산물이지만 보살계야말로 대승의 종지에서 나온 보다 넓은 의미의 율법이었다. 그러나 어쨌든 비구계는 일정한 사미승의 수행을 거친 승려들에게 베푸는 구족계였고 보살계는 재가처사와 여신도들에게 베푸는 보다 낮은 계율로 인식되었고 지금도 그러하다.

일제시대 사찰들은 이 보살계를 수계의 본래 취지야 어찌됐든 아랑곳없이 사찰살림을 위한 중요한 수입원으로 삼았다. 희망자들에게 돈이든 곡식이든 상당한 액수의 수계시주를 받았으니 말하자면 계를 돈 받고 팔아먹는 행사였다. 돈을 받고 계를 파는 측이야 먹고 살기 위해 그런다 치더라도 돈으로 계를 사는 측은 또 그렇게 산 계를 어디에 쓰겠다는 것인지 참으로 세상은 요령부득의 진흙탕 속이었다.

수상한 도반들이 결사를 하여 주목을 받아 오던 봉암사에서 보살계 수계식을 한다고 선포하자 이 소식은 바람을 타고 산사와 여항에 두루 흘러 전국적으로 재가불자들의 관심을 모았다. 희한한 것은 수계 시주금의 액수였다.

수계비용은 처사와 보살 할 것 없이 오 원으로 하고 양식은 수계식이 열리는 닷새동안 본인이 먹을 만한 양만 들고 오면 된다는 것이었다. 지금까지 사찰에서 해왔던 보살계의 참여비용이 대개 이백 원이 보통이었고 양식마저도 제법 든든하게 짊어지고 가야 했던 전례와는 크게 어긋나는 얘기였다.

수계식이 열리는 날이 되자 전국에서 오백 명 가량의 대군중이 몰려들었다. 이 땅의 재가불자들이 수계식다운 수계식에 얼마나 굶주려 있었는지 짐작케 하는 일이었다. 그러나 봉암사의 대중들은 기쁘기는커녕 걱정이 앞섰다. 가뜩이나 절집살림이 한 푼의 비축도 없이 있는 대로 가난한 신도들에게 나누어 주고 늘 바닥이 나 있는 판인데 그 위에 결판지게 밑지는 장사를 벌였으니 원주를 맡은 스님의 얼굴에 깊은 골이 질 수밖에 없는 것도 당연한 일이었다.

시주금으로 받은 오 원 가지고는 수계증서를 만들고 자질구레한 물자들을 구비하는 데도 턱없이 모자랐다. 거기다가 신도들이 가지고 온 양식도 하루에 한 홉이 드는 것으로 정확하게 계량하여 덜어 내고는 나머지는 보관했다가 마친 후 돌아갈 때 돌려 줬으니 이 또한 절집의 남은 곡식을 완전히 거덜내는 일이었다.

그러나 성철스님을 위시한 대부분 도반들의 생각은 하찮은 절집 곳간에 머물러 있지는 않았다. 정법수호의 의지를 칼날같이 세운 젊은 스님들은 계를 받기 위해 운집한 재가불자들과 한 덩어리가 되어 고행정진의 모범을 보였고, 철저한 계행이 무엇인지를 가르치는 데 잠을 잊었고 먹는 것 또한 잊었다. 설법은 주로 자운당이 율장을 설하고 성철스님이 선과 교의 광대한 세계를 두루 꿰어 요체를 설하였다.

수계 이전의 고행이 시작된 지 이틀째가 되는 날 자운스님은 『범망경』을 설하는 가운데 무릇 승려는 국왕이든 귀신이든 세속의 제아무리 권세당당한 부자, 호족에게라도 결코 절을 해서는 안 된다는 구절을 강론하였다. 그 순간 성철스님이 번쩍 손을 들고 말하였다.

"스님 방금 그 구절을 다시 한 번 읽어 주시오."

자운스님이 같은 구절을 되풀이 읽어 내려갔다. 그러자 성철스님이 벌떡 일어나 앞으로 걸어 나왔다.

"여러 대중스님네들과 보살님들은 방금 『범망경』에서 똑똑히 적어 놓은 불자의 도리를 들었을 것입니다. 그런데 우리는 어떠합니까. 우리는 절에 신도가 찾아오면 스님들이 맨발로 달려나가 국궁배례를 하며 마치 종이 주인을 영접하듯이 맞아들이고 있습니다. 또 법당에서도 지금처럼 신도와 스님이 같은 자리에 섞여 앉아 누가 삼보 중의 하나인 스님이고 누가 계도의 대상인 신도인지 구분조차 되지 않습니다. 또 신도와 스님이 맞절을 하고 있으니 이 또한 스님을 삼보로 높이 받들라고 가르친 부처님의 법에 아득히 먼 짓거리들입니다. 상고해 보면 이 같은 일들은 대체로 조선시대 스님을 배척해 온 지배자들의 잘못된 정치 때문에 비틀어진 도리를 일제시대를 거쳐 내 나라를 찾은 지금까지 답습하고 있는 것이니 지금 당장 타파해야 할 것입니다. 무릇 옳고 그른 것은 가려지는 그 당장에 시정해야지 앞과 뒤를 재고 있다가는 얼마나 많은 세월을 사도가 지배할지 알 수 없는 일입니다."

스님들은 다소 면구스럽다는 듯이 고개를 숙이고 듣고 있었으나 신도들은 "과연 그렇다"고 맞장구를 쳤다.

성철스님은 스님들을 앞으로 나오게 하여 법좌 옆의 상석에서 신도들을 내려다보고 앉도록 하였다. 조선조 오백 동안 실종됐던 법도가 살아나기 시작하는 순간이었다. 스님 스스로가 자신의 위상을 세우고 자존을 확립하지 못했던 기나긴 역사의 질곡으로부터 벗어나는 작은 혁명의 시작이었다.

"옛 불가의 법도에 의하면 신도들이 스님들을 친견할 때는 그 사람의 세속지위가 높든지 낮든지 가리지 않고 스님에게 삼배를 하였으니 이 법도 또한 오늘부터 지켜 갈 것이니 당장 실천에 옮겨야겠소."

신도들은 성철스님이 시키는 대로 일어나 삼배를 했다. 신도들 중에서는 누구도 이 일이 잘못됐다고 불평을 하거나 얼굴을 찡그리는 사람은 없었다. 그러나 이번에는 정작 귀의삼보의 뜻으로 삼배를 받는 스님들이 당황하여 몸 둘 바를 모르는 사람들이 많았다. 뜻을 높이 세우고 결사에 참여한 수좌들이면서도 조선시대 오백 년 동안 천시받고 하대받아 온 위상이 갑자기 뒤바뀌니 스스로 얼떨떨한 것도 무리가 아니었다.

진짜 소동은 수계식이 끝난 다음에 일어났다. 신도들에게 삼배를 받아먹었다는 소식은 바람을 타고 온 나라의 사암에 퍼져 우스갯거리가 되었다.

세상의 존경을 받는 큰스님들도 이 이야기를 듣고는 "중이 신도들에게 절을 받아먹다니 희한한 일이로다." 하는 축도 있었고 또는 성철스님에게 맞대놓고 "신도들에게 삼배 받아먹은 놈"이라고 손가락질을 하는 축도 있었다. 스님들의 자기비하와 천시 받던 신분상의 의식이 얼마나 골수에 박혀 있었던가를 증명하는 일들이었다.

이들이 성철스님의 절 받아먹기가 스님들 스스로의 자존을 세우고 불가의 법도를 바로잡는 첩경이라는 사실을 깨닫기까지는 상당한 시간이 흘러야만 했다.

중이 신도들에게 절 받아먹는 일이 이처럼 스님들 스스로에 의해 강한 거부감을 불러일으키자 성철스님은 청담스님과 함께 불교집안의 큰 어른으로 우러름을 받고 있던 효봉스님을 그가 주석하고 있던 해인사로 찾아가 뵈었다.

효봉스님도 젊은 수좌들의 개혁의지는 가납할 일이나 신도들에게 절을, 그것도 삼배를 받는 것은 지나치다는 생각을 하고 있었다. 그러나 성철스님과 청담스님은 각종 경전의 기록과 옛 법도를 낱낱이 추려내어 노스님에게 제시하고 지금까지의 관습이 거꾸로 된 것임을 설명하였다.

스님이 현세에서 신도들의 상전으로 군림해서도 안 되겠지만 법을 가르치는 스승이라는 신분의 사람들이 어찌 종놈들처럼 굽실거릴 것인가. 스승에 걸맞는 위의를 갖추어야만 불법의 교화도 비로소 바른 길을 찾아 흐르게 될 것이라고 주장하였다.

"옳은 말이다. 그렇게 시행하자."

효봉스님은 승낙했다. 집안의 가장 큰 어른이 동의하자 그때까지 비웃던 무리들이 숨을 죽였다. 오히려 이런 무리들은 곧장 승려들 위상이 높아진 것을 무기로 삼아 거꾸로 신도들 위에 군림하여 거들먹거리는 기회로 삼았으니 오늘날에도 이런 덜된 스님들은 도처에 있기 마련이었다.

봉암사 보살계 수계식은 해방 후 최초의 수계식다운 수계식이었다. 보살계를 시주나 듬뿍하고 돈으로 살 수 있었던 예전의 불교는 중대한 도전에 직면한 셈이었다. 그와 함께 시주만 많이 하면 극락왕생한다고 부추겼던 종래의 '부처님 교법과 극락을 팔아먹는 장사꾼들'의 사업도 중대한 도전을 받게 되었다.

머지 않아 어떤 모습으로든 한국의 불교는 죽었다가 다시 태어나는 것과 마찬가지의 고통을 수반하는 격류에 휘말려들 것이라는 조짐이 보이기 시작하였다. 그 불씨를 일으킨 것이 바로 봉암사의 결사였다. 그러나 불교를 정화하는 방법에 있어서는 봉암사의 두 주역이었던 성철스님과 청담스님은 각각 다른 길을 걷게 된다.

수계식은 썩은 웅덩이에 한 줄기 맑은 샘물이 흘러 들어오듯 앓아누운 불교계에 신선한 자극을 주었으나 봉암사 절집의 살림은 엉망이었다.

"내일 당장 먹을 것이라고는 밭에 있는 상추와 채 자라지 않은 열무뿐입니다."

원주가 울상을 지으면서 말하였다.

"그놈 별 걱정을 다 하고 있네. 부처님께서 곳간에 먹을 것 쌓아 놓고 빼 먹으며 살았다는 말을 들어 본 적이 있느냐?"

성철스님이 물었다.

"그런 말은 듣지 못했습니다."

"그렇다면 하물며 우리가 뭐 잘난 것이 있다고 곳간에 곡식 쌓아 놓지 못한 것을 걱정한단 말인가."

"그렇지만 당장."

"그놈 걱정 말라니까. 중의 업이 무엇이냐. 중의 곳간이 어디냐. 탁발하면 되는 거다. 중생의 곳간이 모두 내 것인데 어째서 배곯을까 봐 걱정한단 말인가."

그 날로 대중들은 탁발을 나갔다. 이상한 일이 벌어졌다. 근동의 주민들이 신도이건 아니건 가리지 않고 봉암사 스님들을 다투어 모셔 들이고, 동냥자루를 가득 채워 주려고 경쟁을 하다시피 하는 것이었다.

이렇게 하여 가득 찬 동냥자루를 그냥 둘러메고 절로 돌아오는 법은 없었다. 다니면서 가난한 집을 미리 봐 두었다가 동냥한 것을 대부분 쏟아 주고 아주 조금만 남겨서 돌아오는 것이었다. 모든 대중들이 그렇게 하였다. 봉암사 스님들이 탁발을 나가면 마을아이들도 돌을 던지며 따라오기는커녕 공손하게 머리를 숙였다.

절집의 근본이 뽑히고 율장이 소멸된 지 오래이니 의발인들 온전할 리가 없었다. 일제시대 대처불교가 판을 치는 바람에 스님들의 몸에 걸친 승복이라는 것도 불교의 황폐해진 내부를 고스란히 반영하듯 우습기가 짝이 없었다.

봉암사에 모인 도반들의 의복이라는 것도 장삼조차 없이 그냥 두루마기를 걸쳐 입는 정도였으니 머리만 깎지 않았더라면 중이라고 할 것도 없는 지경이었다. 그 두루마기라는 것이 돈 많은 본사주지의 경우에는 최고급 비단으로 지어 입어 주지육림에 빠진 명문호족의 차림을 방불케 하였으니 이 또한 스님의 위상을 세속화시키고 천시받게 하는 중요한 원인이 된 것이다.

성철, 청담, 자운 등 수좌들은 다시 머리를 맞대었다. 중의 꼴이 이 지경으로 우습게 된 원인이야 어디에 있었건 당장에 옛 불가의 법도를 되찾아 이 황폐해진 꼬락서니를 일신시키는 작업이 화급하였다.

성철스님은 전에 수덕사 정혜암으로 가 동안거를 하기 바로 전에 송광사 삼일암에서 하안거를 한 일이 있었다. 그때 송광사 본사에 고려시대 보조스님의 가사 장삼이 보관되어 있었던 사실이 떠올랐다.

"송광사에 보조스님의 가사와 장삼이 보관되어 있었는데, 그걸 보면서 내 생각하기를 장차 왜놈들이 물러가고 우리의 불법을 다시 펼 수 있을 때가 되면 저 장삼을 본떠서 스님들이 입어야 할 것이라고 생각했어. 어떤가, 그렇게 하는 것이?"

청담스님과 자운스님, 그리고 대중들 모두가 찬성이었다. 당장 자운스님이 송광사로 가서 보조스님의 가사 장삼을 면밀하게 살펴보고 치수까지 재어서 돌아왔다. 그것을 조금 개량하여 새로운 가사 장삼을 지어 입었다.

봉암사에서 보조스님의 장삼을 재현하여 두루마기 대신에 입게 되자 이 소식은 삽시간에 전국의 비구승에게로 퍼져 나갔다. 그리하여 50년대 초에는 이미 모든 비구들이 이 장삼을 입게 되었다. 그러나 대처승은 이 장삼을 '철수좌 옷'이라고 비웃으면서 종래대로 비단으로 만든 두루마기를 입고 있었다. 마침내 1956년부터 불교정화의 기치가 오르고 피비린내 나는 분규로 치닫게 되자 이 장삼과 두루마기는 마치 적대하는 두 진영의 제복처럼 비구와 대처승을 편가름하는 표지가 되었다.

　오늘날 스님들이 입고 있는 가사와 장삼의 바탕이 된 송광사의 보조 스님 가사는 6·25전란 때 불에 타 없어졌다. 그나마 이때 재현하지 않았더라면 지금의 스님들이 어떤 모습을 하게 되었을지 모를 일이었다.

　가사 장삼을 옛 법도대로 지어 입는 한편으로 발우 역시 고치기로 하였다. 당시 발우는 목발우를 사용하고 있었는데 기록에 의하면 부처님 재세 시에는 발우의 소재가 와철이었다는 사실이 밝혀졌다.

　봉암사의 대중공사는 흙과 쇠를 가지고 발우를 만들어 보았다. 그러나 아무리 부처님 재세 시의 법도를 따른다고는 하지만 흙으로 만든 발우는 금방 깨어져서 다루기가 아주 불편하였고 철로 만든 발우는 무거워서 효용에 문제가 많았다. 따라서 이것만은 봉암사의 '옛 법도 찾기'가 실패한 경우였다.

　쓰기 편하고 운반하기 편한 목발우가 계속 사용되다가 요즘에 와서는 실용성에 치우친 나머지 플라스틱으로 만든 것들이 판을 치고 있으니 이를 바로잡을 방법이 없게 되었다.

　불교의 일그러진 겉모습을 뜯어고치고 스님의 위상을 스스로 높이는 것은 중들로 하여금 세속의 영화를 누리게 하자는 것이 아니라 올바르게 수행정진할 수 있는 풍토를 조성하고 중생제도를 제대로 하기 위한 위의를 스스로 갖추려는 데 목적이 있었다. 그리고 그러한 목적은 스님들 스스로가 깨달음을 얻어야만 비로소 가능한 일이었다. 따라서 올바른 수행정진이야말로 봉암사 결사를 이룬 목적의 처음이요, 마지막이었다.

봉암사의 도반들은 수행정진의 방법을 만들되 선이나 교학이나 율장의 어느 일면에 치중하지도 않았고 불교의 어떤 진리도 내버리지 않았다. 원효 이래 이 땅 불교의 최대 목표가 되어 온 원융무애의 도를 실천하기 위하여 모든 법과 모든 논장과 모든 율장을 끌어안았고, 특히 선풍의 바른 진작을 위하여 옛 산중 총림의 청규를 고스란히 되살려 냈다.

"자운당은 율장을 붙들어 기둥을 세워라. 나는 선방을 지키겠다"

이렇게 했던 말 그대로 성철스님의 목표는 한국불교의 종맥인 선종을 바로 세우고 중흥시키는 데 있었다. 그러나 그는 사교입선을 내세워 화두 하나만을 궁글리며 앉아 있는 무식한 선승은 아니었다. 오히려 어떤 강백이나 불교철학의 교수들보다도 더 깊이가 있고 체계적인 교학의 연구가 있었고, 그러한 연구를 토대로 '불교사상의 요체는 중도에 있다'는 독창적 체계를 구축, 가히 '성철불교'라고 할 만한 경지를 이루어 놓고 있었다.

계율에 있어서도 그는 어떤 청정율사보다 청정하였고 자신에게는 엄격하였으며 후학과 도반들에게는 까다로운 사람이었다. 세속에서 말하는 적당주의라든가 어중간한 타협 따위는 애당초 성철스님의 성향에 없는 먼 얘기들이었다. 그러므로 후학들은 물론이고 도반들이나 그 위의 대덕들까지도 철수좌를 무서워하게 되었고, 일부 사판승들은 그를 일부러 기피하는 현상까지 일어나는 원인이 되었다.

봉암사 결사를 주도하던 무렵의 성철스님은 삼십대의 혈기 방장한 나이였으나 이미 평생을 이어 나갈 정신의 세계를 구축하고 있었다. 그의 세계는 지금까지 어떤 승려들도 보여 주지 못했던 원융무애의 세계였다.

능히 옛 조사들과 팔씨름을 할 만한 선승이었는가 하면 일세의 해박한 교학을 지녔고, 엄격한 율사인가 하면 중관론과 유식론에 이르기까지 거침없는 논리로 무장한 논객이었다. 여기에다 서양철학과 역사, 그리고 현대과학에 대한 광범한 섭렵을 통하여 어느 방향으로부터의 화살에도 피 한 방울 흐르지 않는 견고한 법신을 지니고 있었다.

그렇지 않아도 봉암사에서 일어나고 있는 수상한 불사를 두렵게 지켜보고 있던 대처승들은 그를 일컬어 교학을 내버리고 참선에만 몰두하는 위험한 선객으로 매도하였고, 선풍으로 일가를 이룬 비구승의 종문에서는 거꾸로 성철더러 경학에 밝은 강백이라 폄하하였다. 마치 코끼리의 다리와 귀를 만져 보고 코끼리를 그려 놓은 장님들의 그림잔치 같은 얘기들이었다.

결사에 참여한 도반들에게 있어 봉암사는 평생을 통하여 마음의 고향이 되었다. 여기서 불법의 구현이라는 망망대해를 저어감에 있어 각자 어느 방향으로 지향할 것인지 나침반을 얻었기 때문이다. 특히 청담스님은 결사를 통하여 이 땅 불교의 면모를 일신하기 위하여는 사찰을 비구의 도량으로 재정립해야 한다는 결의를 더욱 견고하게 다지게 되었다.

이미 일제시대 때부터 학인대회를 열어 대처승 중심의 승단개혁을 꿈꾸었던 청담스님은 봉암사 결사를 통하여 불교정화의 필요성을 더욱 절실하게 느끼게 되었고, 정화불사의 현실적이고 구체적인 방법을 준비하게 되었다. 이 점에서 승려들 스스로의 내적인 갈고 닦음과 청규의 실천을 통하여 안으로부터 정화되어야 한다고 생각한 성철스님과는 그 노선을 달리하였다.

봉암사 결사는 불교정화의 토대를 마련했다는 측면뿐이 아니고 참여한 스님들 개개인의 깨침을 위해서도 아주 중요한 자리였다. 그중에서 향곡(香谷)스님의 경우가 특히 그러하다.

향곡스님은 1912년생으로 성철스님과 나이가 같았다. 만공스님의 정혜사에서 안거 중 도반으로 만난 두 사람은 평생을 통한 법우로서 그 우정을 이어 왔다.

봉암사에서 결사를 시작 할 무렵에 향곡스님은 월내의 관음사에 있었다. 여기에 도반이었던 성철수좌의 편지가 날아왔다. 봉암사로 와서 함께 불도를 완성하자는 내용이었다.

향곡스님은 도반의 부름에 서슴없이 봉암사로 달려갔다. 가서 옛 도반 성철수좌를 만나 보니 지금까지 자신이 법을 깨쳤다고 생각하고 자족했던 것이 얼마나 어리석은 일이었는가를 통절하게 느끼게 되었다.

성철스님이 봉암사로 찾아와 준 향곡스님에게 말하였다.

"다 죽은 사람을 다시 죽여야 산 사람을 볼 것이요. 다 죽은 사람을 다시 살려야 참으로 죽은 사람을 볼 것이다, 하는 말이 있는데 스님은 어떻게 하시겠습니까?"

한 마디에 자신의 선정(禪定)이 얼마나 얕은 물가에 있었던가를 깨닫고 크게 놀랐다. 이에 향곡스님은 봉암사의 도반들과 함께 스무하루 동안의 피나는 참선에 들어갔다. 그리고 나서야 홀연히 마음의 눈을 뜨고 다음과 같은 오도송을 읊었다.

문득 두 손을 보니 전체가 드러나네.
삼세 불조들은 눈 가운데 꽃이로다.

천경만론이 다 무슨 물건인가.
이로 하여 불조(佛祖)들이 목숨을 잃었구나.
봉암사에 한바탕 웃음 천고의 기쁨이요.
희양산 노랫소리 만겁에 한가롭다.
내년에도 둥근 달은 다시 떠오르겠지.
금풍이 부는 곳에 학의 울음 새롭구나.

향곡스님은 그 자신이 현대 한국불교의 거목이다. 성철스님과는 불법에 대한 이해와 참구의 방법에 대한 서로 다른 생각 때문에 끊임없이 논쟁을 지속하였으나 그것은 두 사람 모두의 성장을 돕고 동시에 이 땅 불교를 풍성하게 하는 영양이 되었다. 두 스님은 영원한 법우였고 도반이었다.

그 같은 향곡스님이 봉암사에서 커다란 충격을 받고 새로운 눈을 뜨게 된 사실은 성철스님의 선정의 깊이를 간접적으로 짐작케 하는 일이다.

| 중도(中道) |

중도(中道)

김병용이 봉암사에 도착한 것은 저녁공양이 막 끝난 시각이었다.

"어떻게 오셨습니까?"

원주스님이 늦은 시간에 찾아온 방문객을 맞이하며 물었다.

"성철스님을 뵈러 왔습니다. 성철스님이 분명 이 절에 계십니까?"

"계시긴 합니다만, 막 공양을 끝낸 시간이라 잠시 기다려 주시지요. 처사님께서는 공양 드셨습니까?"

"서울에서 내려오느라 바빠 서두는 바람에 아직 배를 채우지 못했습니다."

"저런, 이쪽으로 오십시오."

원주스님은 김병용을 채공간 옆의 대중방으로 안내한 후 밥상을 차려 내왔다. 식은 보리밥에 열무김치가 전부였으나 허기진 김병용은 단숨에 물에 말아 밥 한 그릇을 비워냈다.

"서울서 오셨다면, 우리 스님을 알고 계셨습니까?"

"아닙니다. 이름만 듣고 찾아왔습니다."

"이름만 듣고? 연세도 많으신 처사님께서 스님에게 간절한 볼일이라도 있으십니까?"

"스님의 도가 높다는 소문을 듣고 길을 물으러 왔습니다."

"우리 스님 아주 엄하신 분입니다."

"소문은 들었습니다만, 설마 만나 뵙지 못하는 건 아니겠지요."

"미리 겁내실 것은 없습니다."

원주스님은 웃으면서 앞장을 섰다. 성철스님은 저녁공양 후 대중선방 앞의 작은 방에서 혼자 쉬고 있었다. 방문 앞에서 원주스님이 걸음을 멈추고 김병용에게 일렀다.

"철스님 앞에 나가시면 삼배를 하셔야 합니다. 그것도 알고 계십니까?"

처음 듣는 얘기였다. 그러나 듣고 보니 그것은 당연히 그리해야 할 도리였다. 불, 법, 승은 삼보이다. 따지고 보면 삼보는 일체이다. 그러나 지금까지 스님들은 최상승의 도를 닦아 이를 중생들에게 가르치면서도 신분상으로는 천민 취급을 받아왔다. 가르침을 받는 신도들이 오히려 스님들을 부리는 입장에서 있었던 것이다.

"당연히 그리해야지요."

그제야 원주스님은 안심이 되는 듯 방문 앞에 다가서서 낮은 목소리로 기척을 했다.

"스님, 서울에서 신도 한 분이 오셨습니다."

"들어오시라고 해라."

원주스님이 방문을 열었다. 작은 방이었다. 방 한 쪽의 나무빗장에 잿빛 누더기 장삼 한 벌이 걸려 있을 뿐 방안에는 아무것도 놓이거나 걸려 있지 않았다. 성철스님은 그 작은 방의 안쪽 벽을 향해 앉아 좌선에 젖어 드는 중이었다. 그는 손님을 향하여 돌아앉았다.

김병용은 스님의 얼굴을 보자 그가 누군지 곧 알아보았다.

지난날 대원사에서 해인사로 갔던 그 청년, 그 사람이 분명했다. 세월이 흐르고 머리는 깎았으나 광대뼈가 불거지고 눈이 부리부리한 그 얼굴은 그대로였다. 그러나 얼굴은 그대로였으나 그 얼굴과 온몸이 담고 있는 무게는 옛날의 그 청년이 아니었다.

희양산의 암반처럼 천 근의 무게로 앉아 있는 스님의 모습을 한참 눈이 부신 듯이 바라보던 김병용은 엎드려 세 번 큰절을 올렸다. 성철스님이 가벼운 합장으로 인사를 받았다.

"스님에게는 지난 세월이 헛되지 않으셨군요."

"거사님께서는 아직도 무엇인가를 찾으로 다니십니까?"

"헛되고 헛되다는 생각뿐입니다. 한평생 불서를 모으고 읽고, 법이 높은 스님네를 찾아 산사를 기웃거리며 말품을 팔았지만 이제 도대체 무엇을 그리 찾아 헤맸는지 그것조차 모를 정도로 아둔해졌습니다. 여기서 스님을 만나 뵈니 마치 철퇴로 뒤통수를 크게 얻어맞은 듯합니다."

"헛된 발걸음과 귀동냥으로 아까운 인생을 탕진한 사람이 어찌 거사님 한 분뿐이겠습니까. 불법의 희미한 등불이 꺼진 이래로 이 땅의 사문들조차 삼아승지겁(三阿僧祇劫)을 닦아도 육도(六道)에서 헤어나지 못하는 그릇된 길로만 가고 있는 중입니다."

"스님, 용서하십시오."

김병용은 성철스님의 얼굴을 자세히 바라보면서 얼굴에 엷은 미소를 머금었다.

"지금 스님의 얼굴에서 그 옛날 대원사에서 약탕관을 끼고 육신의 병고를 달래려고 애를 쓰던 허약한 청년의 모습을 찾으려고 해봤습니다. 그때도 나는 산사를 찾아다니며 불경을 구하고, 불경을 읽어 얻은 지식을 밑천으로 큰스님이라 자처하는 사람들과 지식을 겨루고 논하기를 즐기면서 그게 곧 성불에 이르는 길인 줄로 착각하며 스스로 자위하며 살아왔을뿐입니다. 그러나 그때 병고로 시달리며 허약한 몸을 추스르고 있던 그 청년은 지금 어디로 갔는지 보이지가 않습니다. 그때의 모습을 어디다 감췄습니까?"

성철스님은 웃음을 머금었다. 구도의 길을 찾아 나섰을 때, 어느 길로 가야 할지 방향도 모르면서 막연히 걷는 길에 동무가 됐던 최초의 도반을 만난 것 같은 따뜻한 정이 두 사람 사이에 흐르고 있었다. 그로부터 많은 세월이 가고, 그 많은 세월 동안 끝없이 불법을 구하여 걸어온 두 사람이 이제 다시 만난 것이었다. 한 사람은 인생의 황혼에서, 그리고 또 한 사람은 깨달음의 정점에 서서.

성철스님이 입을 열었다.

"거사님께서 헛되고 헛되다 하여 한탄하시는 것은 마음 밖에서 부처를 찾기 때문일 것입니다. 우리가 마음을 깨치면 부처인데 마음 밖에서 아무리 구하고 평생을 돌아다녀 봤자 부처는 될 수 없는 것입니다. 불교는 성불이 목적이고 부처란 마음속에 있으니, 내 마음속 부처를 찾아야지 마음 밖에서 부처를 찾아 시방세계를 돌아다닌들 헛고생만 하고 마는 것입니다. 부처님께서 아난에게 이렇게 말씀하셨습니다. '네가 비록 시방여래의 십이부경의 청정하고 묘한 이치를 항하수 모래알같이 기억하여도 다만 희론만 더할 뿐이다. 네가 비록 결정코 명료하게 인연과 자연을 설명하므로 사람들이 너를 다문제일(多聞第一)이라고 칭찬할지라도, 여러 겁 동안 쌓아 온 다문의 훈습으로는 마등가(摩登伽)의 난을 면할 수는 없느니라. 이런 까닭에 아난아, 네가 억겁 동안 여래의 비밀스럽고 미묘한 법문을 기억하더라도 하루 동안 무루업을 닦아서 세간의 미워하고 사랑하는 두 가지 고통을 멀리 벗어남만 같지 못하느니라.' 또 일찍이 연수(延壽) 스님은 그의 보살계 서문에서 말하기를 '육도만행(六道萬行)을 닦아서 성불하려는 것은 송장을 타고 바다를 건너가는 것과 같다'고도 했습니다. 자기의 마음을 깨치지 않고 밖에서 무엇을 구하면 끝내 헛되고 헛되다는 한탄만 거둘 뿐이라는 뜻입니다."

김병용은 고개를 숙이고 한참 동안 말이 없었다. 이윽고 결심이 선 듯 그는 얼굴을 들어 스님을 바라보았다.

"그 옛날 지리산 자락의 한 객방에 머물고 있을 무렵에는 스님이나 나나 성불의 바른 길을 모르기는 마찬가지였습니다. 그런데 대체 스님은 그 동안 어느 길로 가서 부처님 숨은 곳에 다다른 것입니까?"

김병용의 목소리는 간절했다.

"석가는 서천(西天)에서 속이고 달마는 동토(東土)에서 속이니, 어리석은 사람이 눈 속에 서서 팔을 끊고 평지에 무수한 사람을 묻는다. 선재동자가 호떡을 사서 손을 펴니 도리어 한 덩어리 무쇠로다. 여기에 사람에게 속지 않을 큰 장부가 있는가? 가섭존자여, 가섭존자여, 비록 한 때의 영광을 얻었으나 도리어 두 발을 잘렸구나."

성철스님의 게송은 신비로운 울림으로 김병용의 가슴에 퍼져 흘렀다. 그러나 그것뿐 마음의 골짜기에는 무거운 빗장이 가로질러져 있었다.

"모르겠습니다."

성철스님은 다시 입을 열어 멀리 산 너머에서 들리는 천둥소리 같은 목소리로 게송을 읊었다.

"부처는 중생의 원수요, 조사는 보살의 원수라. 쌍림에 몸을 누이니 하늘에서 꽃이 쏟아지고, 웅이산(熊耳山)에 흙을 덮으니 땅에서 갖가지 풀이 솟아난다. 부처를 죽이고 조사를 죽임이여, 산은 높고 물은 깊으며, 부처를 살리고 조사를 살림이여, 해는 어둡고 달은 검다. 조주스님에게 어떤 중이 하직인사를 드리자 조주스님이 이렇게 말했습니다. '부처 있는 곳에도 머물지 말고, 부처 없는 곳에서는 빨리 지나가라. 삼천 리 밖에서 사람을 만나거든 잘못 말하지 말아라.' 그러자 떠나려던 중이 '그러면 가지 않겠습니다' 했지요. 조주스님 말하기를 '수양버들 꽃을 꺾는구나. 수양버들 꽃을 꺾는구나'라고 말했습니다."

성철스님은 묵묵히 김병용을 바라보았다. 김병용은 여전히 방망이로 두들겨 맞은 표정으로 앉아 있었다. 성철스님이 웃으면서 말했다.

"거사님의 달은 어디에 감춰 두었습니까? 이제 꺼내 보이소."

그제서야 김병용은 얼굴에 밝은 빛을 떠올렸다.

"그러면 내 근기에 따라 묻겠습니다. 석가세존께서는 대체 무엇을 하러 세간에 오신 겁니까. 그분이 가르친 팔만 사천의 법음을 꿰뚫는 진리는 도대체 무엇입니까?"

허허, 거사님께서는 대체 자신이 뭐하러 이 깊은 산중에 찾아왔는지 그 까닭을 모르겠다, 그 말씀이오? 부처님이 보리수 아래에서 처음으로 정각(正覺)을 이루시고 일체만유를 다 둘러보시며 감탄하여 말씀하기를 '기이하고 기이하구나. 일체중생이 여래와 같은 지혜덕상이 있건마는 분별망상으로 깨닫지 못하는구나' 했으니, 이것이야말로 불교의 시작이며 끝이고 부처님이 세간에 오신 이유이자 거사님과 내가 이 자리에 앉아 있는 근본까닭인 것입니다."

"아!"

김병용은 깊은 신음소리를 토해 냈다. 성철스님은 계속해서 말했다.

"이토록 진리는 간단하고도 쉬운 것인데 어찌하여 삼천 리 밖을 돌아 변죽을 울리며 한평생을 탕진하고도 마침내 성불의 길에 들어서지 못하게 되는 것인가. 이는 대개 언어문자에 끄달려 바르게 보지 못하기 때문에 그렇습니다. 언어문자란 심의식(心意識)의 표현입니다. 이 언어문자를 부처님은 달을 가리키는 손가락에 비유하셨습니다. 손가락으로 달을 가리키면 누구든지 그 손가락 끝을 따라 허공에 있는 달을 보아야 할 것인데 바보는 달을 쳐다보지 않고 손가락 끝만 쳐다보면서 달이 어디 있냐고 묻습니다. 그러면 천 년 만 년 가도 영원히 달을 보지 못하고 맙니다. 부처님께서 팔만대장경을 말씀하신 것은 바로 달 가리키는 손가락을 펴 보이신 것이니 그 손가락을 물고 빨고 해보았자 결국 달은 보지 못하고 맙니다. 언어문자에 집착해서 손가락 끝만 보지 말고 허공의 저편에 있는 달, 자성을 깨쳐야만 성불의 길에 오를 수가 있습니다."

"우리 인간이……."

하고 김병용은 목이 잠긴 듯 말을 끊었다.

"나같이 천박하고 욕심 않고 무능한 인간이 정말 부처가 될 수 있을까요? 유한하여 태어나자마자 곧 죽음으로 내달리는 이 하찮은 존재의 근본에 불성이 있다는 것이 과연 올바른 얘기일까요."

성철스님은 단호한 목소리로 대답했다.

"부처님이 만고의 태양처럼 찬란한 까닭인즉 인간 존재의 위대성을 발견한 그 대목 때문입니다. 불교는 처음과 끝이 인간을 중심으로 해서 인간을 완성시키는 데 목적이 있는데, 바로 그 인간이 절대적 존재라는 것이 부처님의 깨달음이고 가르침입니다. 자기 자신이 절대적 존재이며 무한한 능력을 가지고 있으니 그것을 계발해서 완전한 인격을 완성하자는 것이지요. 이것을 게송으로 읊어 보겠습니다."

기이하다 네 집의 큰 보배창고여
무한하고 신기로운 공력 측량하기 어렵네
의지를 문득 벗어나 마음 근원을 사무치면
신령한 빛이 영원토록
무너지지 않는 몸을 비추도다.

김병용은 또다시 땅이 꺼질 듯한 긴 한숨을 토해냈다.
"불교가 깨달음의 종교라는 것, 무엇을 깨닫느냐 하면 내 마음이 곧 부처임을 깨닫는 것이 요체임을 알았다 해서 그 깨달음을 얻는 것은 아닙니다. 어떻게 하면 이 껍질을 깨고 한 걸음 안으로 들어갈 수 있겠습니까."

"여러 가지 방법이 있지요. 크게는 부처님의 가르치신 법을 배우고 익히는 교(敎)가 있고, 부처님의 수행방법을 따라가는 선(禪)의 두 갈래 길이 있다는 것은 익히 아시겠지요. 교에 있어서도 중생의 근기에 따라 삼승십이분교(三乘十二分敎)가 벌어지고, 언어문자를 버린 선의 세계에서도 천만 가지 다른 길이 갈라집니다. 그러나 교(敎)든 선(禪)이든 어느 방법을 취하더라도 가장 경계해야 할 것은 망상과 집착입니다. 내가 지금 거사님에게 법문을 하고 있으나 이것이 오히려 거사님을 죽이는 독약과 같다는 것을 바로 알아야 합니다. 부처가 되려는 병, 조사가 되려는 병, 이 모든 병을 고치고 참된 자유를 찾아 자재한 경지에 이르려면 우리의 자성을 깨우쳐서 모든 집착에서 벗어나지 않으면 안 됩니다.

옛날 무착(無着) 스님이 오대산에 사서 문수보살을 친견하려고 그 절의 공양주를 하고 있었습니다. 하루는 큰 가마솥에 팥죽을 끓이고 있는데 그 팥죽 위에 문수보살이 현신했습니다. 보통사람 같으면 향을 피우고 대중을 운집시키려고 야단이 났을 터인데 무착스님은 팥죽을 젓던 주걱으로 그 문수보살의 뺨을 이리 치고 저리 치면서 '문수는 네 문수고 무착은 내 무착이로다' 하고 소리쳤습니다. 이제 거사님께서 '성철은 내 성철이고 나는 나로다. 긴 소리 짧은 소리 무슨 잠꼬대가 그리 많으냐'고 달려든다면 나는 이 자리에서 일어나 거사님께 크게 절을 하고 오히려 가르침을 청할 것입니다. 길을 밖에서 찾으면 안 됩니다. 삼계가 불타는 집(三界火宅)이요, 사생이 고해(四生苦海)라고 합니다만 화택과 고해가 다 마음속에 있다는 뜻입니다. 내 마음속의 고해를 두고 성철이에게 물어 무슨 소용이 있겠습니까. 스스로 저어 가지 않으면 한 걸음도 가지 못하는 것이 깨달음의 길입니다.

지리산 골짜기에서 만난 이후 거사님과 내가 걸어온 길이 달랐다면 여기서 갈라졌을 것입니다. 이제 자성의 불성을 깨닫는 방향으로 길을 제대로 잡은 후에 이론과 실천을 병행하고 교와 선을 겸전하며, 경전을 배우면서 참선하고 조사어록을 탐구해야 할 것입니다. 부처님께서도 경행(經行)과 좌선(坐禪)의 병행전진을 가르치셨습니다. 그중에서도 특히 화두(話頭)를 놓지 말고 자나깨나 참구하는 것이 성불의 지름길이라고 조사님들이 말씀하고 있으니 그 길을 충실히 따라야 할 것입니다. 이제 내가 화두 하나를 드릴 테니 밤낮으로 놓지 말고 성불의 지름길로 삼으십시오. 마음도 아니요 물건도 아니요 부처도 아니니 이것이 무엇인고 (不是心 不是物 不是佛 是甚麼)."

밤이 깊어 가고 있었다. 바위에 부딪쳐 흩어지고 다시 모여 흐르는 물소리가 더욱 도렷하게 들리고, 누더기처럼 덕지덕지 덧바른 창호지 문살 사이로 달빛이 기웃거렸다. 가벼운 숨소리에도 춤을 추듯 흔들거리던 등잔불이 가물거렸다. 원주스님이 기척을 하더니 문을 살며시 열고 들어와 누룽지가 담긴 함지박과 계곡수를 담은 물대접을 내려놓았다.

"절집살림이 워낙 곤궁하여 차 한 잔 대접하지 못하니 행여 허물하지 마십시오."

원주는 자신의 죄라도 되는 양 쩔쩔매는 시늉을 하며 진심으로 미안해 했다.

"과분합니다."

김병용은 계곡수를 한 모금 마시고 누룽지 조각을 하나 집어 입으로 가져 갔다. 원주는 소리 없이 물러가고 누더기 창호지에는 다시 달빛이 찾아와 귀를 갖다 댔다.

김병용은 계곡수 한 모금을 더 마시고 입을 열었다.

"나는 미천한 장사를 하면서도 젊을 때부터 경전이 있는 곳이라면 불원천리하고 찾아가 재물을 다 털어 넣더라도 손에 넣었습니다. 그런데도 지금까지 그 바다와 같은 경전의 세계가 어떻게 구성되어 있는지 알지 못하고 있습니다. 스님께서 기왕에 이 늙은 몸을 제접하셨으니 모쪼록 가르침을 주십시오."

성철스님은 계곡수 한 모금으로 목을 추긴 후에 기다렸다는 듯이 말문을 열었다.

"어떤 스님도 흉내내지 못할 정도로 많은 경전을 수집하고 또 읽어 자신의 것으로 만든 거사님에게 상식에 가까운 얘기를 하는 것이 뭣하기는 합니다마는, 어차피 오늘 밤은 밑도 끝도 없이 저 도도한 대양을 저어 가기로 작심한 터이니 처음부터 얘기를 풀어 나가기로 하지요.

다른 종교와는 달라 불교의 소의경전(所依經典)은 팔만대장경이라고 하는 바다와 같은 세계를 이루고 있습니다. 그 많은 경전들 중에는 어떤 때는 이런 방편, 또 어떤 때는 저런 방편을 말씀하는 까닭에 얼핏 보면 서로 모순되는 것도 없지 않아 갈피를 잡기가 매우 어렵습니다. 그래서 후세인들은 부처님께서 오십 년 간 설법하신 가르침 전체를 체계화하고 배열하여 자기 종파의 입장을 분명히 하는 작업을 해왔는데 교학적으로 이것을 교상판석(敎相判釋), 줄여서 교판, 또는 판석이라 하지요. 이 교판을 가장 잘 세운 이가 천태종의 지자대사(智者大師)와 화엄종의 현수대사입니다.

지자대사는 부처님의 가르침을 설법의 방식에 따라 여덟 가지로 구분하였는데 이를 오시팔교(五時八敎)라 합니다. 오시중 첫째는 화엄시(華嚴時)이니 부처님이 보리수 아래에서 성도하시고 불교 최고의 진리를 말씀하신 스무하루 동안의 설법기간을 말합니다. 둘째는 녹야원시(鹿野苑時)로 화엄시 이후 십이 년간 소승교를 설하셨는데 이때의 설법을 결집한 것이 아함경(阿含經)이라고 하여 이 시기를 또한 아함시라고도 합니다. 셋째는 방등시(方等時)이니 대소승법을 함께 설하여 지혜 있는 자나 지혜없는 자나 고르게 이익을 주는 설법의 시기를 말합니다.『유마경』,『사익경』,『능가경』,『능엄삼매경』,『금강명경』,『승만경』 등이 이때의 가르침을 결집한 경전들입니다. 넷째는 반야시(般若時)로서 방등시 이후 22년간 반야경을 설법하신 시기이며, 다섯째 법화열반시(法華涅槃時)로 법화경과 열반경을 설법하신 마지막 8년간의 시기입니다. 팔교는 중생의 근기에 따라 교화방법을 달리한 점에 착안하여 돈교(頓敎), 점교(漸敎), 비밀교(秘密敎), 부정교(不定敎)로 나누고, 설법의 내용에 따라 장교(藏敎), 통교(通敎), 별교(別敎), 원교(圓敎)의 네 가지로 나눈 것을 합하여 팔교라고 합니다. 그 중에서 장교란 경장, 율장, 논장의 삼장에 의하여 세운 교법으로서 소승자리교를 말하는데『아함경』,『오부율』,『바사론』,『구사론』 등의 교학이 여기에 해당합니다. 통교란 성문승, 연각승, 보살승의 삼승에 공통되는 가르침이며, 별교란 보살승의 수행자들만이 이해할 수 있는 특별한 가르침입니다. 원교란 사(事)와 이(理)가 원융한 중도실상을 설명하므로 대승 가운데 최고로 깊은 가르침을 말합니다. 화엄종의 현수대사는 부처님의 가르침을 오교로 분류하여 소승교(小乘敎), 대승시교(大乘始敎), 대승종교(大乘宗敎), 돈교(頓敎), 원교(圓敎)의 다섯 가지로 나누었습니다.

　거사님께서 기왕에 알고 계시는 일들을 이처럼 구차하게 늘어놓은 까닭은 지자대사나 현수대사가 교판을 통하여 한결같이 불교의 최고 위치를 원교에 두고 있다는 사실을 말씀 드리기 위해섭니다. 지자대사는『법화경』과『화엄경』을 원교라 하고, 현수대사는『법화경』을 돈교로 분류하고『화엄경』만을 원교라 주장하지만 어찌 됐든 교상판석 중에서 가장 잘된 것으로 평가되고 있는 두 스님의 판석이 모두 원교를 불교 최고의 원리로 보고 있는 사실은 일치합니다. 그럼 원교란 무엇이냐. 거사님께서 물었던 불교의 원리가 무엇이냐, 또는 팔만대장경의 바다를 저어 가는 나침반이 도대체 무엇이냐 하는 질문에 대한 대답을 지금부터 하려는 것입니다. 지자대사는 말하기를 '원교란 중도를 나타내니 양변을 막느니라'했습니다. 또 보충해서 말하기를 '마음이 이미 맑고 깨끗해지면 양변을 다 막고, 바르게 중도에 들어가면 두 법을 다 비추느니라'고도 했습니다.

"불교의 가장 높은 가르침은 원교이며, 원교를 꿰뚫는 최고의 진리는 중도이니 중도야말로 불교의 근본원리임을 알 수가 있습니다."

성철스님은 잠시 말을 멈추고 김병용을 건너다보았다. 김병용은 늙고 병든 몸답지 않게 꼿꼿한 자세로 앉아 온몸을 던져 스님의 말을 받아들이고 있었다. 이윽고 그가 입을 열었다.

"중도란 무엇입니까."

기다리고 있었다는 듯이 성철스님이 대답했다.

"부처님께서는 '너희들이 세상의 향락만 버릴 줄 알고 고행하는 이 괴로움도 병인 줄 모르고 버리지를 못하는구나. 참으로 해탈하려면 고와 낙을 다 버려야 한다. 이변을 버려야만 중도를 깨칠 수 있다'고 말씀하셨습니다. '이변을 버리고 정등각(正等覺)하였다'는 초전법륜은 의심할 수 없는 부처님의 근본법이며, 이것을 부처님의 중도대선언이라고도 합니다. 여기서 양변을 다 막는다 하는 것은 상대모순을 다 버리는 것을 말합니다. 현실세계란 상대모순으로 되어 있습니다. 물과 불, 선과 악, 옳음과 그름, 괴로움과 즐거움, 너와 나 등의 상대모순이 상극하고 대립하며 투쟁하는 세계입니다. 이런 대립모순의 세계에서는 진정한 자유와 해탈이 있을 수 없습니다. 그러므로 진정한 자유를 얻으려면 상대모순의 양변을 모두 버려야 합니다. 백장(百丈) 스님은 '있음과 없음에 떨어지지 아니하니 누가 감히 화답하리오' 했고, 마조(馬祖) 스님의 제자인 대주(大珠) 스님은 '마음에 이미 양변이 없으면 가운데도 또한 어찌 있을 것인가. 다만 이렇게 얻은 것을 중도라 이름하니 참으로 여래의 길이니라' 했습니다.

그러나 자꾸 중도다, 중도다 하니 중도라는 것이 어디 말뚝 박히듯이 박혀 있는 것으로 생각할지 모르나 세상사람들이 단순하게 생각하는 '가운데(中)'하고는 아득히 다른 얘깁니다. 억지로 이름을 붙이자니 가운데가 된 것일 뿐 '가운데'에 고정이 된다면 그것도 집착이며 편견이 되고 맙니다. 중도사상이야말로 부처님 전에도 없었고 후에도 없었던 독창적인 사상입니다. 유교에서는 희로애락이 나지 않는 것을 중(中)이라 하고, 희로애락이 나서 적당하게 사용되는 것을 화(和)라고 하며, 이를 통틀어 중용이라 부릅니다마는 양변을 여의면서 동시에 양변을 융합하는 대승적 진리로서의 중도와는 다릅니다. 이 중도의 진리는 불교의 독창적인 진리이면서 또한 이 세상 모든 종교에 두루 통할 수 있는 원통무애한 진리라는 점에서 수승한 힘을 지녔지요. 다른 종교가 그 자신 외에 다른 진리를 수용하지 못하는 배타적인 성격을 지니고들 있는 데 반하여 유독 불교만이 모든 종교의 진리를 두루 끌어안을 수 있는 이유가 바로 중도의 사상에 있습니다.『금강경』에서 '일체만법이 모두 불법이다' 한 것도 이 소식을 전하는 말입니다."

가물거리던 등잔이 비지직하고 마지막 한 방울의 기름을 태우고 꺼져 버렸다. 방안에는 희미한 달빛이 엷게 깔려 있었다. 두 사람 사이에 어둠 같은 것은 이미 아무런 장애도 되지 않았다.

"부처님께서는 중도의 진리를 어디서 가져 왔을까요."

성철스님이 대답했다.

"세상에는 여러 가지 견해들이 많지만 철학적으로 깊이 파헤쳐 들어가면 마침내는 영원성이 있다거나 영원성이 없다거나 하는 두 가지 견해밖에 없습니다. 즉 있다고 생각하지 않으면 없다고 보고, 없다고 생각하지 않으면 있다고 보는데, 이러한 생각들은 모두 양극단에 치우친 편견입니다. 개개의 사물에 내재하는 어떠한 영속적인 실체성을 자아라고 합니다. 부처님이 계시던 당시 인도의 여러 종교가와 철학가들은 삼라만상의 제법에 자아가 있다거나 없다는 두 견해에 빠져 있었습니다. 그러나 부처님은 자아가 있다는 것은 상견(常見, 常主論)과 같고, 없다는 것은 단견(斷見, 斷滅論)과 같은 것이라 하여 이 두 극단을 물리치고 중도를 선언하신 것이지요. 생문바라문이 세존에게 이렇게 여쭈었습니다.

'구담(瞿曇, 고타마)이시여, 일체는 있는 것입니까?'

'바라문이시여, 일체가 있다 함은 첫 번째 극단이니라.'

'구담이시여, 일체는 없는 것입니까?'

'바라문이여, 일체가 없다는 것은 두 번째 극단이니라. 바라문이여, 이 양변을 떠나서 여래는 가운데에 의하여 법을 설하느니라. 무명(無明)에 연하여 행(行)이 있고 행에 연하여 식(識)이 있으며 이와 같은 것이 이 모든 괴로움(苦)의 쌓임이며 모임(集)이니라. 무명의 남음이 없고, 탐욕을 떠나고 없애 버리면 행이 없어지고, 행이 없어짐에 의하여 식이 없어

지며 식이 없어지면 이 모든 괴로움의 쌓임이 없어지느니라.'

중도의 사상이야말로 단순한 논리가 아니라 깨달음에 이르는 길이라는 것을 사제(四諦) 팔정도(八正道)와 연기(緣起)의 법으로 설명하신 것입니다."

김병용은 고개를 갸웃하며 물었다.

"있다, 없다는 양변을 여의어야 한다는 것은 알겠습니다. 그러나 공(空)이라는 것은 또 하나의 극단이 아닙니까?"

성철스님은 미소를 머금었다.

"그렇지가 않습니다. 사람들이 여기서 헤매는 수가 많은데 이제 들어 보십시오. 불교를 말할 때 그 근본교리로서 삼법인(三法印)이니 사법인(四法印)이니 하는데 이는 일체개고(一切皆苦), 제행무상(諸行無常), 제법무아(諸法無我), 열반적정(涅槃寂靜)을 두고 하는 말입니다. 모든 현상계는 무상하기 때문에 괴로운 것이며, 이와 같이 상주불변하는 성품이 없기 때문에 제법무아인 것입니다. 그러나 모든 존재에 실체가 없는 사실을 깨달아 집착과 번뇌를 여의게 되면 이것이 곧 열반적정인 것이지요. 삼법인, 또는 사법인 중의 무아라는 것을 대승불교에서는 공(空)이라고 합니다. 아마도 불교만큼 공사상에 철저한 종교는 없을 것입니다. 그러니 이 공이야말로 불교의 비밀을 여는 열쇠일 수도 있지요. 긴말 할 것 없이 불교에 있어서의 공이란 흔히 사람들이 '아무것도 없다'고 말할 때의 단멸공이나 물질인 색이 없어졌다는 의미로 사용하는 색멸공과는 근본적으로 다른 얘깁니다. 불교에 있어서는 공이란 이런 단멸공이나 색멸공이 아니라 색의 자성이 공하다는 색성공(色性空)이며, 자성이 공하기 때문에 연기가 성립된다는 뜻에서 자성공(自性空)이라고도 합니다.

부처님은 공을 바람 같다고 비유를 했습니다. 모양을 볼 수도 없고 붙잡을 수도 없으나 아무것도 없는 것은 아니라는 뜻입니다. 옛 조사스님들은 색성공의 이치를 이렇게 읊었지요.

'비고 비어 고요하고 고요하여 딴 물건이 아니요
나무들은 푸르고 푸르며 철쭉꽃은 붉도다.'

대승의 『반야경』에서 오온(五蘊)이 공하다고 하는 것도 결국은 제법무아의 법을 말하는 것입니다."

이야기는 공사상에 이르러 마침내 불교의 울울창창한 진리의 바다 한가운데로 나가게 되었다. 김병용은 용수보살의 중론(中論)과 중국의 삼론종(三論宗)이 번잡하게 펼쳐 놓은 논리의 맥락을 물었고, 성철스님은 그 까다로운 지혜의 가닥을 쉽게 풀어 손아귀에 넣은 다음 늙고 병이 들었으나 지혜에 한없이 목마른 김병용의 손에 쥐어 주었다.

성철스님이 등불을 들고 앞장을 서고, 그 뒤에서 스님의 소맷자락을 붙들고 뒤엉긴 수해(樹海)를 헤쳐 나가는 긴 여행은 새벽까지 계속되었다. 유식(唯識)의 고개를 넘고 천태와 화엄의 골짜기를 지나 마침내 선(禪)의 봉우리에 닿으니 산사의 긴밤도 끝나 가려 하고 있었다.

"죄송스럽기 이를 데가 없는 일입니다마는, 밤이 새도록 스님의 가르침을 받았으나 여전히 새벽바람에 뼛골이 시릴 뿐입니다. 대개 불교의 근본목적이 견성성불(見性成佛)에 있거니 이 나이가 되도록 증득한 것이 성불에서는 아득히 멀다는 절망을 느낀 것이 그나마 소득이라면 소득이겠지요. 부디 스님께서는 깨달음으로 가는 길을 가르쳐 주십시오."

성철스님은 잠시 말이 없었다. 돌연히 고함소리가 천지를 진동하여 무명을 깨뜨릴 것인가. 아니면 번개 같은 방망이가 날아올 것인가. 그러나 그것도 저것도 아닌, 지금까지와 마찬가지의 고요한 음성이 다시 이어졌다.

"견성성불이란 자성을 보아 부처를 이룬다는 것이니 중생의 자성, 즉 불성을 바로 본다는 뜻입니다. 그런데 부처님께서는 중도가 곧 불성이라고 하셨으니 결국 중도를 바로 보는 것이 깨달음을 얻는 것이며 성불하는 것입니다."『육조단경(六祖壇經)』에 보면 '즉시에 확철대오하여 돌이켜 본래 마음을 얻는다'고 하였으니 부처님이나 중생이나 다같이 가지고 있는 본래 마음, 즉 본래 가지고 있는 불성을 얻는 것이지 깨쳤다고 해서 전혀 엉뚱한 그 무엇을 얻는 것은 아닙니다. 다만 나에게 있던 물건을 도로 찾았을 뿐입니다. 그러므로 견성이 곧 성불이고 성불이 곧 견성입니다. 어떤 사람들은 '견성하여 성불한다'고 하는데 이는 크게 잘못된 생각입니다. 견성이 곧 구경각(究境覺)이므로 더 나아갈 곳이 없습니다. 『마조어록(馬祖語綠)』에는 이런 구절이 있습니다.

'자기의 본성을 한 번 깨치면 영원히 다시는 미혹하지 않는다. 해가 나올 때에 어둠과 합하지 아니하는 것과 같이 지혜의 해가 뜨면 번뇌의 어두움과는 같이하지 아니하므로 마음과 경계를 함께 요달하여 망상이 나지 아니한다. 망상이 나지 아니하니 곧 무생법인이다. 본래 있는 것이 지금 있으니 수도와 좌선을 빌리지 않으며 닦지도 않고 좌선하지도 않는, 이것이 즉 여래의 청정선이다.'

옛 조사님들의 말한 바 그대로 견성성불이란 오랜 정진 끝에 확철대오하는 것이지 벽돌을 쌓듯이 한 장 한 장 쌓아 올리는 산술적인 작업은 아닙니다. 『능엄경』에도 '생각이 다한 사람은 평상시에 꿈이나 생각이 소멸하여 자나깨나 깨달음이 밝고 마음자리가 비고 고요하여 마치 푸른 하늘과 같아서 다시는 거칠고 무거운 육식망상의 그림자에 빠지는 일이 없느니라' 했습니다. 마음자리가 자나깨나 항상 같은 상태를 오매항일, 또는 오매일여라 하는데 무릇 공부하는 대장부라면 이 경지에 이른 후에야 비로소 구경각에 들어가는 관문 어귀에 선 것이라 하겠지요."

"스님."

김병용이 성철스님의 말허리를 자르고 끼어들었다.

"아무리 깨달음을 얻은 후라고 하여도 때로는 망상이 구름일듯할 터인데 보임공부를 계속하여 무위에 들어가야 비로소 성불하지 않겠습니까. 즉 나 같은 사람에게는 스님의 확철대오와 오매일여의 경지는 너무 아득하여 따라잡기 어려우므로 다른 스님들이 말하는 것 같이 돈오점수(頓悟漸修)의 방법을 따르는 것이 더 쉬울 듯하군요."

성철스님은 김병용을 나무라지 않았다. 그냥 한 번 웃음을 지었을 뿐이었다.

"보조스님께서 근기 약한 중생들을 가르친답시고 잘못 말한 폐단이 여기에 이르고 있으니 무서운 일이 아닐 수 없습니다. 보조스님께서 돈오, 해오했다는 사람을 어떻게 그렸느냐 하면 『절요(節要)』에 이런 구절이 보입니다. '처음은 말을 하지 못하나 점점 말을 하게 되고 점점 행동하여 바로 평소같이 된다'고 했습니다. 평소같이 된다고 하는 것은 성불한다는 뜻입니다. 보조스님의 말한 대로라면 돈오한 사람의 경지란 어떤 것인고 하면 중생이 본래 부처인줄은 알지만은 망상이 그대로 있기 때문에 법문도 옳게 못하고 문답도 못하지만 점점 닦아 가서 결국에는 부처를 이룬다 하는 경지입니다. 내가 생각하기에 그것은 돈오가 아니며 견성이 아닙니다. 애당초 견성이 아닌, 무명의 바다에 빠져 망상에 목덜미를 끌려다니는 그런 사람들을 두고 '깨달았다' 하는 데서부터 문제가 잘못된 것입니다. 그런 사람들은 제대로 깨달은 사람이 아닙니다.

이런 사람들은 '깨달았다' 하면서도 객진번뇌가 전과 다름이 없는 것은 물론이고 근본무명이 남아 있으니 바로 깨친 사람이 아니지요. 그런데도 우리나라에서는 어찌 된 셈인지 객진번뇌를 등에 진 사람들을 모조리 '깨쳤다'고 인가를 해주고 스스로 인가하는 웃지 못할 일이 풍미하고 있으니 참으로 큰 병통이 아닐 수 없습니다. 이런 사람들은 망상이 일어 스스로 완전히 깨치지 못했음을 알았을 때 다시 발심하여 깨쳐야 하는 데도 불구하고 오히려 보임한다, 점수한다 하여 시건방을 떨고 있으니 섶을 지고 불을 끄러 가는 격입니다. 오매일여하고 확철대오하여 견성성불하는 일이 어렵다고 하여 그 높은 경지 자체가 없다고 억지를 부리면 이 나라 불교는 앉은뱅이가 될 것이고 여러 세대 이후에는 아예 진흙탕에 던져질 것입니다. 산이 높아 오르기 어렵다 하여 그 산이 없다고 우기는 격이니까요."

김병용은 깊이 고개를 숙였다. 마치 잘못을 비는 어린아이와 같은 형용이었다.

오랜 침묵 끝에 그는 떨리는 목소리로 물었다.

"스님께서는 오매일여하시고 확철대오하여 견성성불하셨습니까?"

그 말이 끝나기가 무섭게 스님은 게송을 읊었다.

"밤에도 밝은 주렴 밖에 풍월이 낮과 같고

마른 나무 바위 앞에 화초가 항상 봄이로다.
무상정각은 눈 속의 가시요
대비보살은 지옥의 남은 찌꺼기로다.
흰 학은 높이 날고 붉은 토끼는 빨리 달아나며
누런 꾀꼬리 노래 부르고 범나비는 춤춘다.
허허허, 알겠느냐?
들놀이 북이 둥둥 울리며 태평을 축하하니
구구는 원래 팔십 일이로다."

게송을 읊기를 마치자 새벽예불을 알리는 종소리가 물결처럼 방안으로 밀려 들어왔다. 거의 동시에 도량을 도는 스님의 목탁소리, 염불소리가 천 년의 하루같이 세월의 시작을 알렸다.

김병용은 자리에서 일어나 스님에게 삼배를 올렸다. 더 이상의 말은 필요가 없었다. 밤새워 주고받았던 말들이 새벽안개처럼 흩어지고 있었다. 삼배를 마친 김병용은 그 자리에 엎드려 잠이 들었는지 숨이 멎었는지 꼼짝하지 않았다. 성철스님은 예불을 드리기 위하여 서둘러 밖으로 나왔다. 신선한 새벽바람이 옷깃 속으로 파고들며 살아 있는 기쁨을 일깨워 주었다.

김병용은 그날 아침 서울로 떠났다가 일주일 후에 트럭 가득히 평생 모았던 불서를 싣고 봉암사로 내려왔다. 그 불서들을 성철스님에게 바치면서 김병용은 말하였다.

"내가 그래도 복이 있어 생전에 산 부처를 친견하였으니 그 공덕으로 지옥의 업화는 비껴 가겠지요."

남해(南海)의 천제굴

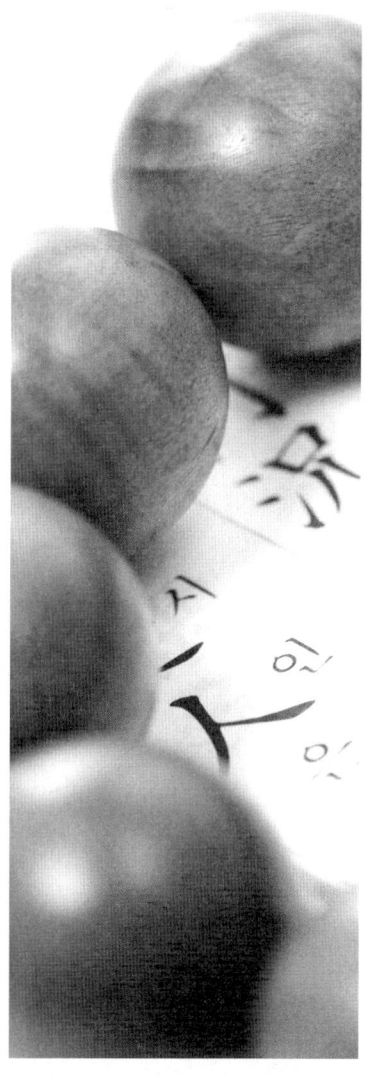

남해(南海)의 천제굴

대승사에서 고스란히 옮겨 온 대중들 위에 향곡과 같이 새로운 도반들이 참여한 봉암사의 결사는 그 내용이 한국불교의 자정(自淨)이라는 거대한 흐름의 원류를 이루는 것이었고, 여기서 제기된 문제들과 대중의 수행정신 및 방법, 그리고 각종 의범들은 그대로 장차 한국불교가 혼란을 뚫고 일어설 때 그대로 따라야 할 살아 있는 교과서요, 지침이었다.

성철스님과 순호스님이 미리 예측했던 대로 해방이 되자 불교계는 곧장 혼란의 와중으로 휩쓸려 들어갔다. 대처승과 비구승의 알력이 표면화하였고 일부 비구승들의 불교정화, 즉 왜색불교 이전 상태대로의 환원이라는 목표의 운동이 물리적인 힘을 얻어 가고 있었다. 여기에 대한 대처승 측의 기득권 보호를 위한 물리적인 방어가 맞부딪치면서 시끄러운 소리를 내기 시작하였다.

다른 한편에서는 해방정국의 혼란스러운 정치주의니 하는 생경한 언어들을 염불 대신에 중얼거리는 승려들도 늘어났다. 무엇보다 걱정스러운 것은 불교집안의 일들이 불교집안의 담장 밖으로 끊임없이 번져 나가 세속사 또는 세속정치와 뒤엉기고 있는 점이었다. 불교계에게도 분명히 어른들은 있었으나 그 어른들이 어른의 목소리를 내지 못하고 있었다.

"철수좌, 어때. 이대로 방관했다가는 불교집안이 콩가루가 되겠어. 일본이 물러나도 일본불교는 여전히 절간 대들보를 제놈 마누라처럼 깔고 앉아 내놓을 줄 모르고, 청정비구들은 힘이 없고 수도 부족하여 도량 하나 마련치 못하는 데다, 하물며 무엇을 목표로 정화를 해야 할 것인지 푯대를 세워 주는 자가 없으니 더 이상 우리가 봉암사에 머물러 모범을 보이고 있을 수만은 없지 않은가."

"저 총본산이라는 이름의 혼란 속으로 뛰어들자 말이오?"

"아니야. 해인사부터 접수하여 정화를 시작하세. 총림을 만들어 한국불교의 새로운 탄생을 알리는 봉화를 올리자는 말일세."

"아직 때가 이르지 않을까."

"아니지. 더 기다리면 기다릴수록 썩은 물은 주변을 오염시킬 뿐이야."

"좋아. 그렇다면."

성철스님도 마침내 결정을 내렸다.

봉암사의 대중공사는 밤이 늦도록 이 일을 두고 토론이 벌어졌다. 토론은 대체로 해인사 총림의 설립이 시급하며, 그 같은 구심점을 마련해야만 갈곳을 몰라 헤매고 있는 이 땅의 불교가 마침내 흐르는 방향을 얻게 되리라는 주장과, 무릇 종교에 있어서의 개혁과 정화는 종교 본래의 운동법칙에 따라 수행을 맑고 깊게 하면 대중과 신도들은 저절로 따라오는 것이거늘 봉암사의 결사를 좀더 심화시키고, 차제에 봉암사를 한국불교 부흥의 기점으로 삼는 것이 좋겠다는 주장으로 갈라졌다. 그러나 뒤의 주장은 성철스님의 평소 생각과 궤를 같이하는 것이어서 이미 성철스님이 해인총림의 설립 쪽으로 방향을 잡은 이상 힘을 잃고 있었다.

암울했던 일제 말기에 대승사에 모여 그래도 희망을 잃지 않고 정법안장의 바른 길을 수호하려고 애를 썼던 수좌들은 문경 봉암사에서 한국불교 부흥의 정지작업을 성공적으로 궤도에 올려놓은 후, 내친걸음에 해인총림을 설립하여 본격적인 불교정화의 기치를 올리기 위해 출발하였다.

성철스님은 이들 중진수좌들과 함께 마음속 고향과 같은 해인사로 돌아왔다. 해인사에 총림(강원과 선방을 두루 갖춘 불교의 최고 수행도량으로 일종의 종합대학과 같은 개념)을 설립하면 가장 중요한 선원은 성철스님이 맡아 주관하고 계율은 자운스님이 맡으며 강학은 순호스님이 맡는다는 등의 역할분담도 봉암사에서와 마찬가지로 이미 정해져 있었다.

이때 해인사에 총림이 설립되어 순호(청담), 성철, 자운, 향곡 등의 인물들이 맡은 역할을 수행하였더라면 한국불교는 타의에 의한 정화 회오리에 빠져들지 않고도 스스로의 자정을 이룰 수 있었을 것이고, 그랬더라면 해방 반세기가 지나도록 정화는커녕 혼란의 원점에서 분규의 악순환을 거듭하는 비극은 막을 수가 있었을 것이었다.

해인사에 발을 들여놓은 성철스님은 실망을 넘어 절망의 벽을 마주하였다. 옛날 그가 출가할 당시의 해인사는 아예 친일 대처승이 사찰의 살림살이를 휘어잡고 있었으나 그래도 선승들은 초라한 선방에서나마 수행에 힘쓸 수가 있었다.

그러나 해방이 되고 일제가 물러나자 절의 살림살이는 대처승이 여전히 휘어잡고 있는 위에 수행승들조차 참선의 가부좌를 풀고 저마다 뛰어들어 살림살이를 궁금해 하고 파당을 지어 뒷구멍으로 주지에 빌붙는 자. 절을 뺏으려는 음모에 가담하는 자들도 모두 제정신이 아니었다.

이때 봉암사에서 청정비구들이 도착하자 이들을 중심으로 한 또 하나의 세력이 형성되어 해인사는 해방공간의 종로 네거리와 조금도 다름이 없는 혼란과 난장판을 연출하게 되었다. 열흘쯤 지내 본 뒤에 성철스님은 말하였다.

"이기 머꼬. 이기 절이가. 도둑놈 협잡패들의 소굴이지. 이래 가지고는 총림이고 뭐고 다 틀린기라."

"그래도 기다려 보자. 여기서 물러나면 이 땅의 불교는 언제 일어날 것인가."

"이 협잡패들하고 백 년을 기다려서 설사 무슨 일을 도모한다 하더라도, 그런 일이 이 땅의 불법 진흥에 도움 되기는커녕 뱃속에 암을 길러 줄 뿐인기라. 순호스님이나 많이 기다려 보소."

성철스님의 성격은 칼과 같았다. 불의를 보고 머뭇거리는 법은 없었다. 그는 당장에 바랑을 짊어지고 산문을 나섰다. 법웅을 비롯한 다른 스님들도 성철스님을 따랐다. 그러나 순호스님은 해인사에 남았다. 순호스님은 현실에 뛰어들어 그것을 개조하는 데 관심이 많고 적극적이었다.

성철스님은 그 현실의 세계라는 것이 불법의 바른 구현과 동떨어질 때는 이를 용납하거나 그 속에 묻혀 밍기적거리지 않았다. 중은 중다워야 하며, 단 한시도 중답지 않은 짓을 해서는 안 된다. 중에게 독립운동가나 혁명투사의 흉내를 요구해서도 안 된다. 대중들의 그런 터무니없는 요구에 속아 이상한 흉내를 내는 이상한 중들이 가끔 있으나 이거야말로 소가 웃을 그림이다. 중은 중일뿐이다. 더 높게, 더 넓게, 더 깊게 불법을 닦고 중생을 사랑하라. 모든 혁신과 정화는 그 속에서 저절로 구현되는 것이다. 이것이 성철스님의 요지부동의 정신이었다.

봉암사는 다시 눈 푸른 납자들의 수행도량이 되었다. 그래도 희망을 가져 보자고 진구렁 같은 해인사에 남았던 순호스님 역시 몇 달을 참지 못하고 봉암사로 돌아왔다. 그리하여 봉암사는 혼란의 물굽이 속에서 정신을 잃어버린 해방 직후의 한국불교에 한 가닥 밝은 빛을 던지고 미래의 희망을 만들어 주는 촛불처럼 타고 있었다.

그러나 일제강점에서 풀려나 스스로 설 힘을 갖지 못했던 이 민족에게는 이 정도의 가난하고도 청정한 수행자의 도량을 갖는 것조차도 당장에는 사치스러운 것이었다. 대구 10·1폭동에서 비롯하여 제주 4·3사건, 여수·순천반란사건으로 연이어진 좌익의 폭동과 반란, 그로 인해 생성된 게릴라들이 태백산맥을 이동루트로 사용하면서 봉암사는 끊임없이 공비와 이를 소탕하려는 경찰 및 군인들의 전략거점으로 짓밟혔다.

공비들은 몰래 밤에 찾아와 절간의 뒤주를 낱낱이 털어 본 뒤에 일장연설을 하였다.

"일제 식민지 아래에서 아무 희망도 없을 때는 그래도 종교가 아편처럼 설움을 달래기도 했을 것이오. 그러나 지금은 해방된 조국에서 우리 손으로 지상낙원을 건설할 수 있는 기회를 맞았으니 당연히 아편의 환각에서 깨어나야 그게 사람이지. 그렇지 않소? 그리고 당신들은 대체 이 많은 식구들이 무엇을 먹고 살려고 양식비축이 이토록 엉망이오? 한심스럽구만. 자, 여기서 굶지 말고 우리와 함께 혁명의 대열에 설 용사는 없소?"

경찰과 남쪽 군인들의 행패도 공비의 그것에 못지않았다. 무조건 백여 명 병사의 밥을 지어 내라는 요구는 보통이고 지난밤에 왔던 공비들에게 어떤 도움을 주었는가 하는 문제로 조사를 하는데 완전히 죄인 취급이었다.

성철과 순호를 비롯한 스님들은 이들의 행패에 굴하지 않고 의연하게 처신하였으나 수행도량이 군화의 발길에 망가지고 그 때문에 수행 그자체마저 어렵게 되어 가고 있는 것을 막을 도리는 없었다.

"이제 여기도 떠나야겠어."

성철스님이 결심을 세우고 순호스님에게 말하였다.

"이 자들의 행패는 참는다 하더라도 미구에 닥쳐올 큰 재앙의 냄새는 막지 못할 거야. 남쪽으로 피난을 했다가 세상이 좋아지면 다시 봉암사로 와도 늦지 않을 걸세."

"남쪽이라고 평화로운 산은 없어. 지리산은 더 시끄럽다는 소식이야. 갈 테면 스님이나 가소."

순호스님의 고집도 꺾을 수가 없었다. 할 수 없이 성철스님은 순호스님을 남겨 두고 봉암사에서의 결사를 마무리 짓고 수행의 터를 남쪽 동래군 월내리(月內里) 바닷가의 묘관음사(妙觀音寺)로 옮겼다. 다른 스님들 중 일부는 성철스님과 함께 봉암사를 떠나 새로운 도량을 찾아 흩어지고 일부는 순호스님과 함께 봉암사에 남았다.

성철스님이 묘관음사로 옮길 때 이삿짐은 엄청났다. 김병용 거사가 시주한 귀한 책들이 바로 그것이었다. 성철스님이 서둘러 봉암사를 떠난 것도 자신의 안위 때문이 아니라 이 귀중한 서책들의 안위가 염려스러웠기 때문이었다. 이 귀중한 서책들은 한 사람이 평생을 다하여 지극한 불심으로 수집한 보배들이었다. 그것을 하찮은 공비토벌 작전이나 전란 속에서 불태운다면 그 죄를 어떻게 면할 것인가. 그런 생각 때문에 서둘러 월내로 옮긴 것이었다. 묘관음사는 옛 도반 향곡스님이 일찍부터 주석하던 도량이었다.

성철이 떠난 얼마 후에 순호스님 역시 봉암사를 떠났다. 그는 진주의 옛집을 다녀오는 길에 전쟁이 임박한 사실을 피부로 느꼈다. 그리하여 많은 대중들이 옮겨 갈 남쪽의 절을 물색하다가 고성군 상리면의 청량산에 있는 문수암(文殊庵)에서 피난처를 찾았다. 그로부터 얼마 뒤에 이 땅의 중생들은 형제끼리 찢고 할퀴고 죽이는 어리석은 전쟁이 시작되었다.

그날 수경은 늦은 아침을 지어 먹고 밀린 빨래를 하고 있었다. 빨랫감은 근주(謹柱) 삼촌, 사촌 병회(炳會)의 것까지 합하여 제법 많았다. 삼촌 근주는 토요일인 지난 밤 나간 후로 돌아오지 않았다. 친구들과 술을 마시며 밤새도록 얘기를 하는 것일까. 열다섯 짜리 중학생인 그녀로서는 어렴풋이 짐작만 할뿐으로 자세히 알 길은 없었다. 동갑짜리 사촌오빠인 병회는 언제나 그렇듯이 마음씨가 착하여 이날도 다름없이 수돗가에서 물을 길어 주고 있었다.

수경은 해방 다음해에 서울로 올라왔다. 큰삼촌이자 병회의 아버지인 경주(炅柱)가 무역업을 하겠다고 서울로 올라오는 바람에 단성초등학교에 다니던 수경과 병회는 서울살이를 시작하였다. 그들과 함께 막내삼촌인 근주도 진주고등학교를 졸업하고 동국대학교에 진학하여 어린 조카 둘과 함께 살고 있었다.

그러나 큰삼촌 경주의 무역업은 제대로 되지 않았다. 손위의 장손인 영주가 출가하여 스님이 되어 버린 후부터 차남인 경주는 도리 없이 장남의 역할을 하게 되었고, 천성이 어질고 바탕이 넓은 사람이어서 자신의 어깨에 짐지워진 장남의 역할을 잘해 내려고 애를 썼다.

무역업을 하겠다고 서울로 올라간 것도 장남의 역할을 더 잘해 보겠다는 의욕에서 결정한 일이었다.

형인 성철스님 슬하에는 출가 직전에 잉태시켜 출가 후에 세상을 보게 된 기이한 운명의 조카 수경이가 있다. 이 아이를 잘 키우고 공부를 시켜야 한다는 책임감이 있었고 손아래로 은주, 근주 두 동생과 도점, 도필, 옥선 등의 여동생들 또한 제대로 공부시켜 출가시켜야 한다는 책임감이 컸다. 농사만을 가지고도 그냥 먹고 살기에는 부럽지 않은 재산이었으나 농사만으로 많은 자식과 조카들, 그리고 동생들을 성장시키고 출가시키기에는 흡족하다고 할 수 없었다.

그리하여 서울로 올라와 농산물 무역을 하기로 하고 사업을 시작하였으나 뜻대로 되지 않았다.

사업을 시작한 지 삼 년이 지난 1949년에는 밑천을 다 까먹고 더 이상 사업을 하겠다는 의욕마저 상실하여 낙향하고 말았다. 이리하여 서울에는 대학 다니는 근주와 중학교 다니는 수경, 병회만 남게 된 것이었다. 병회는 2남 1녀 중 장남이었으나 성철스님 영주의 양자로 입적하였다. 정확히 말하자면 과부 아닌 과부로 홀로 살게 된 이덕명의 후사를 위해 집안어른들이 들여 준 양자였다.

한낮이 지나자 하늘에 난데없이 비행기소리가 나고 멀리 용산 쪽에서 총소리가 들려왔다. 밖의 거리가 이상하게 슬렁거렸다. 대문을 와당탕 밀어 재끼면서 근주가 들어왔다.

"병회야, 수경아. 빨리 짐을 싸라. 진주로 내려가라."

"왜요, 삼촌?"

"전쟁이 났다. 북쪽에서 쳐들어온 모양이다."

"늘 쳐들어왔잖아요. 그때마다 우리가 물리쳤는데 뭘."

수경이 대수롭지 않다는 투로 말했다. 아이들 머릿속에는 이 나라의 국방장관이라는 사람이 '전쟁만 나면 점심은 평양에서 먹고 저녁은 신의주에서 먹는다'고 시퍼렇게 장담하던 말이 뱅뱅 돌고 있어 정말 그렇게 될 줄로 알고 있었다.

"그건 헛소리다. 지금 밀리고 있다. 서울도 적의 수중에 떨어질지 모른다는 예측이다. 그러니 빨리 떠나라."

"누가 그래요?"

"그건 알 필요 없고."

"삼촌은 안 떠나요?"

병회가 물었다.

"나는 좀더 있어 봐야겠다. 전쟁이 났다고 젊은 놈들이 도망을 가 버리면 나라꼴이 어떻게 되겠노."

"우리도 젊었는데……."

수경이 말꼬리를 잡자 주먹이 머리 위로 날아왔다.

"너희들은 어린애다. 아직은 전쟁과 상관이 없는 애들이야."

서울역은 이미 아수라장이었다. 그러나 삼촌 근주의 빠른 판단 때문에 병회와 수경은 남보다 한 발 먼저 피난열차에 오를 수 있었다. 그러나 그토록 판단력이 있던 근주 자신은 조카들을 먼저 떠나보내고 서울에 홀로 남은 이후 행방을 알 수 없게 되어 버렸다. 적 치하의 그 짧은 기간에 근주라는 젊은 사람 하나가 지상에서 흔적도 없이 자취를 감추어 버린 것이다.

전쟁의 물결은 남쪽까지 단숨에 치고 들어왔다. 지리산에 가까운 산청군의 묵곡리도 예외는 아니었다. 경주는 늙은 부모와 대가족을 이끌고 고성 바닷가의 옥천사로 잠시 피난하였다. 피난을 절로 가게 된 것도 성철스님의 출가 이후 이래저래 집안이 모두 불가와 인연을 맺은 덕분이었다. 전쟁은 북쪽으로 물러갔다. 지리산에는 공비들 때문에 아직도 전투가 끝나지 않았으나 그래도 전선은 멀리 있었고 마을에는 평화가 찾아왔다.

옥천사 피난길에서 돌아온 그 가을에 강상봉은 손녀 수경을 데리고 길을 떠났다. 행선지는 월내의 묘관음사, 수경의 아버지 성철스님이 있는 곳이었다.

"할머니, 저는요. 스님을 만나기가 싫어요."

"스님이 아니다. 니 아버지다."

"아버지가 아니라 스님이에요. 아버지란 가족을 보살피면서 가정에 있는 남자를 부르는 이름이에요. 그 스님은 자신의 문제를 해결하기 위하여 우리를 모두 버리고 떠난 비겁한 사람이에요."

"모르는 소리 말그라. 부처님이 혼자 살자고 비겁하게 떠났다는 소리는 들어 본 적도 없다."

"그 스님이 부처님은 아니잖아요."

"부처님이 따로 있느냐? 이 세상 모든 것이 다 부처이니라."

"할머니는 참 웃기시네. 세상 모두가 부처라면 왜 중이 되려고 가정을 버리고 부처를 찾아 다녀요? 가만 앉아 있어도 자신이 부처이고 제 가족이 다 부처인데."

강상봉은 말을 잇지 못하고 가쁜 숨을 몰아 쉬었다. 손녀의 말도 안 되는 공격에 효과적으로 대답할 말을 갖지 못한 것이 분할 뿐이었다.

'니 아버지는 보통 중이 아니다. 한 아녀자의 지아비, 한 딸아이의 아비로 그칠 인물은 이미 아니다. 널리 중생을 제도 할 대덕이다. 그걸 알아야 한다.'

마음은 그랬으나 그 같은 마음을 밖으로 드러낼 만한 말을 갖지 못한 것이 강상봉의 아픔이었다.

수경은 할머니의 우격다짐 때문에 하는 수 없이 길을 따라 나서기는 하였으나 아버지 성철스님을 만나고 싶은 마음이 없었다. 아버지라고 불러 본 일도 없고 얼굴조차 본 일이 없었다. 어머니를 시퍼런 청춘에 홀로 되게 하고, 속량할 길이 없는 외로움과 슬픔의 구렁에 밀어넣어 두고 자기 한 사람의 마음속 고통을 해결하기 위하여 떠난 후에 단 한 번도 옛집을 돌아보지 않았고, 부인은 물론이고 자신을 낳아 준 어머니마저 냉정하게 절 문 밖에서 내쫓았다는 인물, 그런 사람이 어찌 아버지일 수가 있는가, 수경은 절대로 용납할 수 없었다.

아버지에 대한 이런 증오의 감정은 때때로 아버지에 대한 그리움과 뒤섞여 갈피를 잡을 수 없게 하는 바람에 수경은 더욱 아버지라는 이름을 기피하게 되었다. 수경의 성격도 불 같았고 칼 같았다. 인정이 많았으나 결단이 빨랐고, 일단 결단을 내리면 고집스럽게 밀고 나갔다. 큰삼촌 경주는 조카의 그런 성격을 볼 때마다 하는 짓, 생각하는 것까지 니 아버지를 빼닮았다며 측은한 눈으로 바라보았다.

이런 말을 들을 때마다 수경은 얼굴을 붉히면서 화를 내었고 혼자 골방에 들어가 눈이 붓도록 울었다. 그러나 그러면서도 한 번도 본 적이 없는 아버지라는 사람이 자신의 속에 들어와 있는 것 같은 이상한 느낌에 몸을 떨곤 하였다. 길을 가다가 스님을 만나면 미칠 것 같아 도망을 쳤다.

"난 교회에 가겠어. 예수를 믿겠어."

중학교 일 학년 때 선언했다. 큰삼촌 경주도, 막내삼촌 근주도, 사촌 오빠 병회도, 누구도 말리지 않았다. 오죽 고통을 참기 어려웠으면 어린 계집아이가 저러겠는가, 이런 측은한 마음으로 바라볼 뿐이었다.

교회에 몇 번 나갔다. 성경책도 열심히 읽었다. 그러나 가슴속에 젖어 들어오는 것은 아무것도 없었다. 한 폭의 상상 속의 그림처럼 생명 없는 무조건의 믿음만이 상처난 마음들을 끌어 잡고 있었을 뿐이었다. 결국 수경은 교회를 한 달 만에 그만두고 말았다. 이번에도 삼촌들과 병회는 말없이 지켜보기만 했다.

교회는 믿음을 통한 구원의 종교를 가르치고 있다. 여기서는 믿음이 모든 비밀의 문을 여는 열쇠다. 불교는 깨달음의 종교라고 학교에서 배웠다. 깨달음이란 무엇인가? 이 의문이 자연스럽게 소녀 수경의 마음 중심에 들어와 자리 잡고 있었다. 그러나 그녀 자신은 그것을 의식하지 못하고 있었다.

묘관음사에 도착했을 때는 초가을의 짧은 해가 서쪽 하늘에 비스듬히 걸려 있었다. 월내 바다의 비린 바람도 산사의 정적을 흐트려 놓지는 못하였다. 향곡스님이 강상봉 할머니와 수경이를 맞아 요사에서 다리를 쉬게 한 후 잠시 뒤에 법당에서 제법 떨어져 앉은 요사로 안내하였다.

"철스님, 진주에서 초연성 보살님이 오셨소."

성철스님이 방문을 열고 나왔다. 검은 수염이 얼굴을 뒤덮고 있었다. 광대뼈가 튀어나와 기름기라고는 보이지 않는 얼굴이었다. 그러나 눈빛은 마치 사람의 등을 꿰뚫을 듯이 맑게 빛나고 있었다. 수경은 숨이 막혔다. 이렇게 맑은 눈빛을 본 일이 없다, 하고 그녀는 속으로 생각했다. 사람의 눈이 어떻게 하면 이런 빛을 발하게 되는가, 나도 저처럼 아름다운 눈을 가지고 싶다는 강한 욕망이 수경을 사로잡았다.

성철스님은 뜰 아래로 내려서서 합장을 했다. 강상봉도 스님에게 하는 예를 다하여 합장으로 아들에게 인사를 했다. 할머니의 뒤에서 수경은 두근거리는 가슴으로 멍하게 서 있었다.

"들어가자."

할머니의 재촉을 듣고서야 정신을 차린 수경은 요사 안으로 들어갔다.

아버지가 사는 방은 작고도 볼품이 없었다. 누더기같은 승복 하나가 벽에 걸려 있고, 방 한옆에 많은 책이 쌓여 있을 뿐 사람이 살기 위해 필요한 자질구레한 물건들은 아무것도 없었다. 아버지 성철스님은 밤에도 눕지 않고 자지 않는다고 한다. 이 좁은 공간에서 눕지도 자지도 않으면서 그는 대체 무엇을 생각하고 무엇을 극복하는 것일까. 그는 정말 그 혼자만의 고통을 피하고, 괴롭고 감당하기 어려운 현실로부터 도망가기 위하여 저런 고행을 감내하고 있는 것일까.

"아버지에게 인사 올려라."

할머니의 말은 거역하기 어려운 무게를 지니고 있었다. 수경은 큰절을 했다. 아버지가 야윈 얼굴에 주름을 지으면서 미소를 띠고 있었다. 저 얼굴이 어릴 때부터 증오하고 한사코 잊으려고 했던 그 얼굴인가.

"몸은 튼튼하냐?"

성철스님의 첫마디 물음이었다.

"예."

"중학교에 다니다 내려왔으면 공부를 계속해야지 않느냐?"

"내년에 진주사범학교에 들어갈 생각이에요."

"사범학교라, 선생 되는 학교 말이구나. 잘 생각했다. 아이들 가르치는 일은 참으로 막중하니라. 아이들을 가르치려면 선생 자신이 인격으로 닦여져야 하느니라."

"명심하겠습니다, 아버지."

성철스님은 가볍게 미소를 지었다. 전에 순호스님의 딸 인순이가 아버지를 아버지라 부르지 않고 한사코 스님이라 부르던 생각이 나서였다.

"앞으로 나를 부를 때는 스님이라고 해라."

"알겠습니다, 스님."

"소임을 다해서 열심히 살아라. 대개 중생이 삼세를 통하여 인간의 몸으로 태어나기가 쉽지 않은 법이다. 생명을 아끼고 뜻을 바로 세워라."

"알겠습니다, 스님."

"됐다. 이제 나가거라. 나가서 산사를 구경하고 부처님을 바라보거라. 오늘은 늦었으니 요사에서 자고 내일 일찍 할머니와 발행하거라."

"예, 스님"

수경은 혼자서 밖으로 나왔다. 할머니와 함께 오면서 마음속으로 수없이 어르고 별렸던 온갖 말들이 다 어디로 가 버렸는지 아무것도 떠오르지 않아 스스로 답답하였다. 어머니를 위하여, 인고의 세월을 속절없이 살고 있는 이 땅 여인의 불행을 위하여, 그 같은 일을 만든 장본인에게 속이 후련해질 때까지 따지고 대들고 말하리라 그랬던 것이, 마음속으로 수없이 되뇌었던 그 많은 말들이 모두 구름처럼 사라져 버린 것이었다.

아버지 성철스님은 불교에 대해서, 부처님의 가르침에 대해서, 그리고 자신의 깨달음에 대해서 한 마디도 하지 않았다. 오직 한 번 인간으로 태어난 것이 얼마나 무섭고도 귀중한 일인가를 분명하게 느끼도록 해주었을 뿐이었다.

그 해 겨울, 성철스님은 묘관음사를 떠나 고성의 문수사로 갔다. 순호스님과 성철스님, 두 분은 문수사에서 다시 만나 학인과 수행승을 이끌었다. 성철스님은 벌써 수년간 지속해 온 장좌불와의 용맹정진과 생식(生食)으로 건강이 나빠져 있었고 헐렁한 누더기 속에 감추어진 육신은 뼈만 앙상하였다. 생식과 장좌불와를 잠시 멈추라는 시자들의 간청이 있었으나 그는 멈추지 않았다.

"나라가 전란에 휩쓸려 이 땅에 사는 중생의 삶이 가히 지옥을 방불케 하고 있다. 그 까닭은 외세에도 있지만 이 땅에 사는 사람들의 책임이 무엇보다 큰 것은 물론이다. 중들이 중답게 살지 못하고 불법이 길잡이 노릇을 하지 못한 것도 그중의 큰 원인일 것이다. 중들의 수행정진이 올바르고 진실로 견성오도의 경지에 이를 때 비로소 세상은 밝은 빛을 보게 되니, 한 수행자의 대자각이 그 개인의 안심입명을 지나 인류적인 구원의 빛이 되는 것은 그런 까닭이다."

성철스님의 뼈를 깎는 수행은 계속되었고, 조선조 오백 년과 일제치하를 통하여 지리멸렬, 갈피를 잃어버린 이 땅 불교의 이론적인 체계를 정립하기 위한 학문적인 탐구도 계속되었다.

"누군가 해야 할 시급한 일이라면 그것을 아는 내가 해야하지 않겠는가."

수행하기도 힘이 드는데 교학의 정리까지 손을 대는 것은 무리한 일이 아니냐는 질문에 그는 그렇게 대답했다. 나라는 전쟁의 격랑에 휩싸여 있는데 일부 스님들이 찾아와 전국의 도량을 대처승으로부터 접수해야 하지 않겠느냐는, 이른바 불교정화의 논리를 펴면 성철스님은

"대처승도 비구승도 중답지 않기는 마찬가지고 중의 규범도 법도도 없다. 하물며 깨달음이 무엇인지도 모르고 공허한 말장난과 만행만이 유행하고 있다. 이런 판에 싸움질부터 하겠다는 말인가. 정화란 것은 맑은 샘을 파서 그곳에서 맑은 물이 흘러나오면 밑으로 개천은 저절로 맑아지는 것이다. 먼저 중답게 살아라, 이것이 먼저이다"

이런 말로 일축하였다.

불교가 정화되어야 한다는 것을 가장 먼저 느끼고 또 먼저 결사를 하여 그것을 실천에 옮긴 장본인은 성철스님이었다. 정화는 방법론상으로는 자기정화, 자기혁신이고, 그 근본은 불법을 바로 세우고 사부대중이

불법에 맞게 살아가는 길을 제시하는 것이었지 정치하는 사람과 경찰에 찾아가 '저 나쁜 중을 쫓아내 달라'고 탄원하는 식의 어리석은 행위와는 길이 멀었다.

문수암에서 두 철을 안거한 성철은 이듬해인 1951년 통영의 안정사(安靜寺) 뒤편 바다가 내려다보이는 언덕 위에 초가 세 채의 토굴을 지었다. 이것이 성철스님이 출가한 이래 스스로 절을 지은 최초의 불사였다.

그는 늘 바다를 좋아했다. 특히 남해바다의 푸른 수평선을 더없이 좋아했다. 성난 사자처럼 파도가 치다가도 순한 아이의 숨결처럼 잔잔해지고, 그 위에 보름달이 떠오르면 먼 하늘 끝까지 은빛의 길이 열리는 그런 바다를 좋아하였다.

바로 남해의 통영 부근 안정사의 뒤편에 초가 세 채를 지은 성철스님은 토굴의 이름을 천제굴(闡堤窟)이라 이름 지었다. 천제란 살생을 많이 하여 성품이 포악한 중생을 이름이니 서로 죽이다 못하여 남의 나라 군대까지 불러들여 대량의 살상극을 벌이고 있는 이 땅 중생들의 업화를 스스로 지고 고통을 감내 하겠다는 결연한 의지에서 나온 이름이었다.

초가 세 채 중 한 채는 세 칸짜리 불당방으로, 찾아오는 신자들이 부처님에게 예배하는 자리였다. 다른 한 채는 두 칸짜리 식당채로 전국에서 찾아드는 고승대덕들이 성철스님과 법담을 나누는 자리였다. 그리고 마지막으로 두 칸짜리 스님방은 둘로 나누어 마루방에는 경전과 장서들을 비치하였고, 그러고도 남은 골방 같은 작은 공간은 성철스님이 눕지도 자지도 않는 고행, 정진의 자리였다. 세 채의 초가 토굴 주변에는 바닷가에 흔한 돌을 주워 담장을 둘렀으니 헛되고도 잡스러운 일체기운의 범접을 거부하는 소박하고도 완고한 성곽이었다.

성철스님이 토굴을 지어 주석하자 이 때를 기다리고 있었다는 듯이 전국의 고승들이 천제굴로 행처를 잡았다. 이는 마치 시냇물이 큰 강으로 흘러드는 것과 같은 형상이었다. 부산, 창원 등지의 목마른 신자들이 시원한 감로수를 바라는 마음으로 역시 천제굴을 찾았다. 그러나 성철스님은 영험 있는 도사를 기대하며 막연하게 천제굴을 찾은 신도들에게 가혹한 주문을 하였다. 법당의 부처님 앞에 삼천배의 절을 하게 한 것이 그것이었다.

"육체를 이겨야 정신이 산다."

이것은 성철스님이 오랜 수행을 통하여 깨달은 철칙이었다.

"절이란 무엇이냐. 부처님에게 절하러 오는 곳이기 때문에 절이라고 하는 것이다."

삼천 배를 하지 않으면 마주 앉아 친견할 기회를 주지 않았다. 더러 불평을 하며 돌아가는 신도들도 있었으나 오히려 삼천 배를 하고 친견하려는 무리들이 더욱 늘어났다. 신도가 밤을 세워 삼천 배를 하면 스님은 그 옆에서 기도를 독려하며 함께 밤을 세웠다. 삼천 배는커녕 일백배도 하지 못할 것 같던 허약한 병자라도 일단 시작을 하고 나면 삼천 배를 채우지 못하는 사람은 한 사람도 없었다. 그들 중 깊이 병이 들었던 사람들이 삼천 배 절을 하고 오히려 병이 깨끗이 치유되는 기적도 일어났다.

"기적이 아니다."

성철스님은 계속 말을 이었다.

"정신력이 스스로의 병마를 이겨 낸 것이다. 좀더 수행을 하면 생사의 경지도 넘을 수 있을 것이다."

성철스님의 살아가는 모습은 부처님 말씀의 살아 있는 교과서였다. 스님들은 중이 어떻게 살고 어떻게 수행해야 하며 신도들을 어떻게 가르쳐야 하는지 궁금하면 성철스님을 찾아와 지켜보면 그 대답을 얻을 수 있었고, 신도들은 참된 스님이란 어떤 사람인가 궁금하면 천제굴을 찾아 삼천 배를 하고 나면 그 실제의 모습을 볼 수가 있었다.

성철스님은 돈이나 공양물을 직접 손에 대지 않았다. 그는 시자들에게 "신도들의 시물을 받는 것을 화살을 받는 것처럼 어렵고 무섭게 생각하라(受施如箭)"고 일렀다. 때문에 그를 시봉하는 시자는 고달팠다. 어느 때 시봉하던 시자가 시물을 아끼지 않는다고 크게 꾸지람을 듣고는 "에라, 모르겠다. 중질 못하겠다"고 도망을 쳐 버렸다. 그 때문에 성철스님은 여러 날 동안 삶아 놓은 보리만 먹다가 병을 얻은 일도 있었다.

이 무렵 그는 시자들과 옛 도반스님들의 간청으로 팔 년 동안의 생식을 중단하고 건강 때문에 화식(火食)을 하고 있었으나 소금을 일절 넣지 않는 무염식으로 까다로운 절제를 계속하고 있었다.

봉암사에서 세운 법도대로 신도들에게는 스님에게 반드시 삼배를 하도록 하였다. 옛 습속은 신도가 찾아오면 스님이 나가 공손하게 영접하는 것이었으나 스님이 스승이기를 포기하고 천박한 종으로 비하하는 습속에 아직도 젖어 있는 스님들은 여전히 "철수좌는 절 받아먹기를 좋아한다"고 비아냥거렸다. 그러나 이미 스님의 위상을 높이는 삼배의 법도는 모든 불가에 자연스럽게 번져 가고 있었다.

성철스님이 말하는 '물 같은 정화'는 바로 이런 것이었다. 맑고 심오한 진리는 저절로 빛이 나는 것이니 세상을 맑게 하는 힘이 있다는 이치가 그것이었다. 중이 스스로 혼탁하면서 물리적인 힘으로 아무리 정화를 외치고 또 이루어 봤자 결국은 세상을 더욱 혼탁하게 할 뿐이라는 것이었다.

성철스님은 천제굴에 돈을 받는 불전함을 두지 않았다. 시물의 공양보다 법공양의 실천이 소중함을 가르쳤다. 아무리 날이 어두운 뒤에 왔다 하더라도 비구니나 여신도를 토굴 안에 재우지 않았다. 생신날이라고 신자들이 준비를 해오면 "중이 생일이 어딨느냐"고 단호하게 거절하였다. 잘못된 습속, 겉치레의 중 생활을 가차 없이 혁파해 나갔다.

그러자 마음이 부담스러워진 일부 스님들은 성철스님의 수행방법을 '형식적이고 위선적이다'라며 헐뜯고 비웃었다. 그러나 이처럼 그를 비웃는 사람들도 '한국의 불교도 이런 스님 한 사람 가지고 있으니 그나마 체통이 선다'고 말할 때는 그 증거로 예외 없이 성철스님의 존재를 꼽기를 주저하지 않았다.

비구든 비구니든 일단 발심하여 출가한 스님들의 목적은 뭐니 해도 큰 깨달음을 얻는 것이고 이어 중생을 제도하는 것이다. 그러나 그것도 인간의 일이라 집단생활도 일상사의 나른한 게으름에 젖기는 마찬가지여서 그럭저럭 절밥만 축내다 한평생을 허비하는 사람들이 더 많은 것은 어쩔 수 없는 것이었다. 그래서 무릇 스님들은 너나없이 좋은 스승, 좋은 가르침을 바라고 목말라 하기 마련이어서 어딘가에 그런 인물이 있다는 소문이 들리면 모여들기 마련이었다.

천제굴에서 멀지 않은 창원의 성주사(聖住寺)에는 성철스님에게 배우려고 끊임없이 찾아드는 비구니들이 모이다 보니 저절로 비구니의 암자로 되어 버린 그런 암자가 있었다. 그 비구니들 중에는 오대산에서 방한암(方漢岩) 스님에게 수계하여 정진하다 전쟁으로 남쪽에 내려와 있던 인홍(仁弘) 스님도 섞여 있었다. 인홍스님도 다른 비구니들처럼 성철스님의 법문을 한 번 들은 것만으로도 평생의 법제자로 스스로 길을 정하였다.

1952년 여름, 돌담 너머로 소금기를 머금은 남해의 해풍이 천제굴 작은 법당의 열어젖힌 문으로 밀려들고 있었다. 좁은 법당 안에는 성철스님의 법문을 들으려고 인홍스님을 비롯하여 멀리서 모여든 비구니들로 가득하였다. 그들 중에는 부산에서 온 몇 명의 여신도들과 하얀 교복을 입은 여학생 두 명도 끼여 있었다. 여학생은 성철스님의 딸 수경이와 그의 친구 서인숙이었다. 수경은 진주사범학교 이 학년이었고 같은 진주 출신인 인숙은 부산사범학교에 다니는 중이었다. 두 사람은 여름방학을 이용하여 수경의 아버지 성철스님의 법문을 들으러 온 것이었다.

성철스님의 법문은 자주 있는 일이 아니었다. 아직도 장좌불와를 풀지 않고 고행 중인 수행자로서 주장자를 들고 법상에 앉아 사자후를 토한 일은 한 번도 없었다. 신도들과 스님들이 몰려와 간청을 해도 막무가내였고, 큰 절에서 초빙을 하여도 귓결에조차 담지 않았다.

그는 천제굴 밖으로 움직이지 않았다. 그러나 이날처럼 법당에 드는 사람들과 마주 앉아 이야기하듯이 불법의 진리를 조용하게 설파하는 일은 드물지만 가끔 있는 일이었다. 이날 성철스님의 설법은 참선을 제대로 하는 법에 대한 것이었다.

"부처님의 가르침은 팔만대장경에 다 들어 있다. 그러나 팔만대장경을 다 봐야 깨달음을 얻는 것은 아니다. 부처님 말씀의 바다가 그토록 깊고도 넓지만 알고 보면 그 요체는 마음 심(心)자 한 자에 다 들어 있다. 이 마음의 문제만 해결하면 일체만법을 다 통찰할 수 있고 삼세제불을 한눈에 볼 수 있다. 일체유심(一切唯心)이며 즉심시불(卽心是佛)이란 마음이 곧 부처라는 뜻이다. 이 마음의 눈을 떠서 자기의 본성, 즉 자성(自性)을 보는 것을 견성(見性)이라고 한다. 우리 불교에 병폐가 있으니 견성은 하지도 않고 조금 앉아 참선 좀 했다 하면 스스로 견성했다 하거나 큰스님네가 또 이를 인가하여 깨달음의 경지를 낮추고 있는 것이다."
그렇다면 참된 깨달음의 경지란 무엇이냐. 화두를 잡고 정진하여 확철대오를 얻는 것이다. 확철대오, 구경각에 이르려면 몽중일여, 숙면일여, 오매일여의 지경에 이르러야 한다. 오매일여의 지경에 이르러도 구경각에 이르지 못할 수도 있거늘 하물며 번뇌망상이 죽 끓듯이 끓고 있는데 무슨 견성이냐, 그것은 견성이 아니라 착각일 뿐이다."

이렇게 조용하게 성철스님은 잘못된 수행을 질타했다.

"그렇다면 화두란 무엇이냐. 화두의 특징과 본질은 설명하지 않는 데에 있다. 장님에게 단청의 아름다움을 아무리 설명해도 모르는 것처럼 깨닫지 못한 사람에게 화두를 설명으로 이해시킬 방법은 없다. 설명을 하면 화두는 죽어 버린다. 신선이 나타났는데 빨간 부채를 들고 나타났다. 이때 부채를 보고 신선을 봤다고 하면 되겠느냐. 화두는 깨달음으로 돌아가는 암호에 지나지 않는다. 그것을 분석하여 속에 든 뜻을 파내려고 해봐야 남는 것은 빈 허공일 뿐이다. 이런 어리석은 짓을 하는 사람들이 스님들 가운데도 많으니 안타까운 일이다."

성철스님의 말은 한 마디 한 마디가 밭을 갈아 씨앗을 심듯이 듣는 사람들의 마음에 가서 박혔다. 참선의 올바른 방법과 큰 깨달음의 경지에 대한 설명이 끝나자 대중은 숨도 쉬지 않는 듯 법당 안에는 깊은 적막이 감돌았다.

설법이 끝나고 성철스님이 방으로 돌아와 있자 뒤따라 수경이와 인숙이가 들어왔다. 두 아이는 어디서 듣고 배웠는지 삼배로 예의를 갖추었다.

"많이 컸구나. 공부는 잘되느냐?"

"예."

"육체를 이기되 학대는 하지 말아라. 니 얼굴이 좋지 않다."

"소화가 잘되지 않아서 그래요."

"아니다. 마음의 병이다."

"스님, 저희들에게도 참선하는 법을 가르쳐 주세요. 화두를 내려 주시고요."

성철스님은 잠깐 말을 잊었다. 이상한 예감이 머리를 스쳤다.

"지금은 공부를 할 때다. 들어라. 깨달음은 화두를 잡고 참구하는 참선에만 있는 것도 아니요, 부처가 되는 길은 중에게만 열려 있는 것은 아니다. 장차 아이들을 가르치는 선생으로 최선을 다하는 것이 보살의 길이니라."

"지금 방편으로 말씀하시는 거예요."

"무슨 소리냐?"

"부처님께서 대중의 근기에 따라 이렇게도 말씀하시고 저렇게도 말씀하셨다고 하잖아요. 스님께서도 저희 둘의 근기에 맞게 말씀하시는 게 아닌가 해서 여쭈어 본 것입니다."

"바로 알았구나. 너는 너에게 준비된 길을 열심히 가도록 해라."

"스님께서는 당신의 하나뿐인 딸에게도 권할 수 없는 길을 어이하여 가고 계십니까. 그 길이 갈 만한 길이라면 미리 이렇게 막고 나설 필요가 없는 일 아닙니까?"

"미리 막는 것이 아니다. 누가 막아서 되는 일도 아니다. 발심이 문제인즉 어설픈 감상으로 나섰다가는 쓸모없는 쓰레기가 될 뿐이다. 이 점이 두려운 것이다. 못된 중은 도적이나 마찬가지라는 말이 있다. 좀더 배우고 좀더 생각해라. 아직도 시간은 많이 있다. 그런 후에 마음을 먹어도 늦지는 않을 것이다."

"알겠습니다."

수경은 순순히 대답하고 밖으로 나갔다. 그러나 밖으로 나온 수경과 인숙은 비구니 인홍스님을 잡고 출가하는 문제를 심각하게 의논하였다. 이 여학생이 성철스님의 딸이라는 것을 알고 있었으므로 인홍스님은 비구니들이 출가하려는 처녀들에게 흔히 하듯 뻔한 말로 말리는 흉내 같은 것은 내지 않았다.

"전쟁이 끝나면 태백산의 홍제암으로 들어가 비구니 선원을 만들 생각이다. 그때까지 마음이 변함이 없으면 다시 만나도록 하자."

인홍스님의 약속이었다. 두 처녀는 오랜 홍역에서 깨어난 듯 홀가분한 표정이 되었다.

역사(歷史)와 초인(超人)

역사(歷史)와 초인(超人)

1953년 여름 어느 날 새벽이었다. 거센 바닷바람이 굵은 장마비를 데불고 천제굴의 돌담을 타고 넘어 초가지붕의 법당문을 흔들었다. 비 때문에 성철스님은 법당 문을 닫은 채 새벽예불을 올리고 있었다. 법당 문이 열리면서 비 묻은 바람이 촛불을 불어 껐다.

누군가 들어와 등뒤에 서 있었다. 느낌으로 시자가 아님을 알 수 있었다. 어둠 속에서 예불을 다 드린 후 성철스님은 뒤를 돌아보았다. 그림자 같은 시커먼 사내가 어둠 속에 허리를 굽히고 예불하는 자세로 서 있었다.

"서경문입니다. 스님."

그림자가 먼저 입을 열었다.

"응, 자넨 줄 알았어. 이 새벽에 웬일인가?"

"석방됐습니다. 지난밤에 포로석방이 있었어요. 대통령이 반공포로들을 무조건 석방하여 밤중에 연고지를 찾아 흩어지게 했습니다. 저는 철조망을 벗어나자 제일 먼저 스님에게로 찾아온 것입니다."

"반공포라라고? 자넨 도대체 누굴 위해 싸우다가 누구에게 포로가 됐다가 시방 또 풀려났다는 얘긴가?"

"얘기를 드리자면 깁니다. 그때 중국으로 가서 동북의용군에 가입하여 일본과 전쟁을 했습니다. 해방 후에도 중국에 머물다가 전쟁 나기 얼마 전에 북조선으로 내려와 조선인민군에 편입됐지요. 전쟁 때 강릉 밑으로 상륙하여 남진하다가 영천전투에서 포로가 됐습니다."

"그렇다면 기다렸다가 북조선으로 넘어가야지. 그래야 전쟁 영웅이 될 것 아닌가. 내사 잘은 모르겠다만서도."

"안 됩니다. 공산당은 안 됩니다."

어둠 속에서 나지막하게 뱉아 놓는 서경문의 목소리는 빗소리에 섞여 음산하게 들렸다.

"뭐가 안 돼?"

"끝났습니다. 저들의 미치광이 짓은 이미 종말이 보입니다. 지구상에서 지금까지 출몰했던 그 어떤 사이비 종교보다 가장 악질적인 사이버 종교가 공산주의라는 종교입니다. 공산주의는…… 기독교 문명의 반작용으로 이를테면 튀기 같은 존재로 태어난 겁니다. 광신적으로 지상천국의 도래를 설파하는 종교집단입니다. 북에 있을 때는 몰랐는데 포로수용소에서 비로소 깨달았습니다. 공산주의든, 공산주의의 모태가 된 기독교든, 그 사람을 가장한 살벌한 종교에 인류의 미래를 맡겨 놓았다가는 두고 보십시오. 조만간 인류는 멸망하고 말 것입니다. 그 종교가 인류의 최종적인 멸망을 예언하고 있듯이 말입니다."

서경문은 그 자신이 예언자인 양 목소리가 떨리고 있었다.

"가세. 요사에 가서 쉬게나. 몹시 지쳐 보이는구만."

"저는 지치지 않았습니다."

그는 항변하듯이 목청을 돋구었다.

"스님께서 이런 일을 미리 다 알고 계셨습니까? 일본의 멸망과 공산주의 광신도의 덧없는 광대춤을 이미 내다보고 계셨습니까? 스님을 옛날에 처음 만났을 때부터 저는 늘 거울을 보는 것처럼 화가 나고 열등감이 생겼습니다. 스님을 보면 못나고 일그러진 제 모습이 고스란히 비쳐지거든요. 이제 스님에 대한 콤플렉스에서 벗어나겠습니다. 작별인사를 하려고 제일 먼저 찾아온 것입니다."

"자유로워지게나."

스님이 말하였다.

"부디 자유로워지게."

성철스님은 깊이 허리를 숙여 세 번 합장을 하였다. 서경문이 당황하여 어쩔 줄 모르고 쩔쩔매었다.

"스님, 어인 일이십니까?"

"자네가 부처님일세. 부처님에게 경배한 거야. 자네도 부디 자네 속의 부처님에게 경배하게. 부처님을 서푼어치 콤플렉스에 쫓겨 덜렁대는 불한당으로 만들지 말게. 부처님에게 방황하는 지식인의 옷을 입혀 놓지 말게. 부디 참다운 자유를 찾게나."

"아아, 스님."

서경문은 그 자리에 꿇어 엎드렸다. 성철스님은 밖으로 나왔다.

"스님, 법당에 누가 있습니까?"

시자가 비를 피해 추녀 밑으로 달려오며 물었다.

"그래, 부처님이 계신다."

서경문은 그날 아침에 부산으로 떠났다. 이후 그는 자신 속의 부처님을 놓지 않으려고 평생 애를 쓰며 살았고, 늘 근본을 생각하고 균형 잡힌 생각을 하려고 잠시도 화두를 놓지 않았다. 성철스님에게 법을 구하는 수많은 청신사들 중의 한 사람이 된 것이다.

1953년, 동족끼리 서로 죽이고 죽는 처참한 전쟁이 막을 내리려 하고 있을 그즈음에 이 땅의 불교계는 이판(理判)·사판(事判) 간에 죽느냐 사느냐, 뺏느냐 뺏기느냐의 싸움판이 준비되고 있었다.

일제로부터의 해방을 얻은 이후 한민족은 나라 뺏긴 수치의 진구렁 속에서 나와 스스로 걸어갈 수 있는 절대절명의 기회를 맞이하였다. 그러나 역사 이래 가장 귀중했던 이 기회를 이 땅에 사는 사람들은 분단으로 결단내고, 이어 동족끼리 서로를 밟아 죽이는 처참한 상쟁으로 비화시키면서 마침내 가는 데까지 가 버렸다. 그리고는 이 땅에 사는 사람들은, 마치 자신들은 의지도 생각할 능력도 없는 하등동물이라는 듯이 그 모든 비극의 원인을 외세에 돌리는 역사를 만들기에만 분주하였다.

한국전쟁에 이어 역사는 이 땅에 사는 사람들에게 또 하나의 시험대를 마련해 놓고 있었다. 불교의 원상회복이라는 쉽지 않은 과제가 그것이었다. 일제 36년 동안 이 땅의 정신이 왜곡되고 말살되기로는 유독 불교가 심하였다.

유교는 '왜색유교'가 없었고 기독교에도 '왜색기독교'가 있을 수 없었으나 유독 불교만은 '왜색불교'가 침투하여 이 땅 불교의 근본을 뒤흔들어 놓았고, 해방이 된 시점에서 그것을 바로잡기란 거의 불가능해 보일 정도였다. 이는 일제가 한국의 불교를 지배하기 위해 상상을 뛰어넘는 노력을 기울인 결과였다. 그리고 일제가 그러한 노력을 기울인 까닭은 일본문학의 근간이 불교에 있었기 때문이다.

중국과 한반도를 거쳐 불교를 받아들이고, 다른 한편으로 남방으로부터도 불교를 받아들인 일본은 폐쇄된 섬나라에서 저들 나름대로의 불교문화를 완성시켜 놓았으나 그 모습은 본래의 불교문화 원류와는 한참 동떨어진 것이었다. 이런 일그러진 자화상 때문에 일어난 열등감을 분노로 키우면서 살아온 일본사람들이 마침내 총칼로 한국을 지배하게 되자 한국지배를 정신적으로 완성시키는 도구로서 불교를 앞세운 것은 저들 입장에서 볼 때 아주 당연한 일이었다.

이렇듯 일제의 철저한 한국불교 말살정책에도 불구하고 이 땅의 불교는 가느다랗게나마 명맥을 이어 오고 있었으니, 참선의 도량마저 모조리 뺏긴 가운데도 부처님 갔던 길을 따라 가고 있다. 수행승들의 존재가 바로 그것이었다.

이들 수행승들은 비구의 도량을 만들고 한국불교의 전통을 고수하기 위하여 만든 선학원이 발족할 당시만 하더라도 칠백 명이나 되었다. 칠천 명에 이르는 대처승의 수에 비하면 십분의 일에 지나지 않았으나 그래도 큰 사찰의 주지 자리는 형식상이지만 비구 중에서 덕이 높은 인물이 앉혀지기도 했고, 큰 법회에서는 늘 선승이 법문을 하는 것을 관례로 삼기도 하였다. 이는 아무리 정신을 도둑질하는 강도들이라 할지라도 가르침은 역시 수행승으로부터 받아야 한다는 평범한 진리에서는 벗어날 수 없었던 탓이었다.

일제 말기에 전쟁에 광분한 그들은 한국불교의 뿌리를 뽑으려는 정책을 펴고, 이어 해방으로 남북이 분단되었으며, 전쟁으로 또한 폐허가 되고 보니 수행 비구승의 수는 더욱 줄어 들어 전국에 고작 이백 명이 될까 말까 할 정도였다.

이 이백 명의 비구승들이야말로 일제의 암울한 골짜기를 지나오면서 바른 불법을 놓지 않고 살아온 귀중한 씨앗들이었다. 그리고 그중에서는 이미 일그러진 한국불교를 바로 세우려는 뜻을 품고 먼저 부처님 법대로 사는 규범을 세우는 일부터 실천에 옮겨 가고 있는 인물들이 있었다.

해방이 되자 어디로 갈까, 방향을 몰라 두리번거리는 불교계의 사람들 눈에 이들의 존재가 등대처럼 환하게 떠오른 것은 너무나 당연한 일이었다. 그들이 바로 성철스님을 비롯하여 순호(청담), 자운 등 봉암사 결사에 참여한 도반들이었다.

봉암사 결사는 전쟁의 파도 때문에 일시 흩어졌으나 거기서 실행된 '중살이'의 규범과 수행정신은 고스란히 불교정화의 기본이 되었다. 그리고 그 결사를 주도했던 성철스님의 '부처님 법대로 살고, 중답게 수행하자'는 슬로건은 불교부흥의 이정표가 되었다. 이 결사를 주도했던 또 한 사람의 걸출한 선승 청담스님은 이로부터 시작된 불교정화 운동의 실질적인 기수가 되어 세속적인 싸움판의 진두에 나서 스스로의 몸을 불태웠다.

'정화를 현실적으로 끌어간 지도자는 청담이었고, 이념적이고 정신적인 중심은 성철스님이 제공했다'는 말은 이런 연유에서 나온 말이었다.

불교정화는 하나의 혁명이었다. 민족의 해방과 독립을 정신적으로 완성하는 거대한 작업이었다. 일제에 의해 비틀어진 불교를 제 모습으로 돌려놓는 작업이었다.

그런데 여기에 현실적인 벽이 놓여 있었다. 일제의 불교정책에 협력하고 동화되어 일본식으로 대처육식하며 수행과는 거리가 먼 중생활에 익숙해 있던 절대다수의 기득권자들, 즉 전국 사찰의 주지들을 절에서 몰아내야 했기 때문이었다. 결국 불교의 문제는 사회문제, 정치의 문제로 비화되지 않을 수 없는 숙명을 안고 있었다.

이백 명의 비구승들은 수적으로는 도무지 얘기가 되지 않을 정도로 열세였다. 그러나 그들에게는 부처님 법대로 살아가고 있다는 명분이 있었고, 그 뒤에는 '역시 중다워야 한다'는 신도들의 무언의 지지가 있었다.

그러나 대처승의 현실적인 권세는 하찮은 명분만 가지고 깨뜨리기에는 너무나 막강하였다. 그들은 일제시대를 거쳐 오면서 사회의 모든 부문에서 실질적인 세력을 형성해 놓고 있었고 그 힘은 정치에까지 뻗쳐 있었다. 게다가 사찰재산과 수입의 전부를 손아귀에 쥐고 있었다.

여기에 도전하는 이백 명 비구승의 결의도 만만치 않았다. 결국 처음에는 명분과 교리의 대결로 공방이 시작되었으나 차츰 그 양상은 '절 뺏기'와 '밥그릇 싸움'으로 세상에 비쳐졌다. '부처님의 법'을 기치로 출발한 불교정화가 '밥그릇 싸움'의 늪에 빠지지 않을 수 없었던 이유가 여기에 있었다.

남해 바닷가의 천제굴에는 많은 비구, 비구니가 불교정화의 혁명적인 불사를 앞에 놓고 성철스님의 의견을 듣기 위해 찾아왔다. 그들 중에는 선학원이나 전국의 선원에서 수행하던 젊은 수좌들도 있었고, 이미 불교계의 지도자로 이름이 널리 알려진 당대의 고승들도 있었다.

종정을 네 차례나 역임하였던 방한암(方漢岩) 스님이 입적한 후 1948년부터 종정에 올라 있던 송만암(宋曼庵) 스님은 비구, 대처의 팽팽한 주장을 중재하여 절충안을 내놓았다.

1952년 통도사 회의에서 만암스님이 제시했던 이 절충안은 원칙적으로 사암은 청정비구의 도량이어야 한다. 그러나 현실적인 사정을 감안하여 현재의 주지직을 그대로 인정하되 세습이 아닌 당대에 한한다는 것, 그리고 필요하다면 이판승의 종정과 사판승의 종정을 각각 따로 두든지, 그것도 아니면 종정 밑에 이판·사판의 직제를 따로 두어 수행과 교리연구 및 교화사업을 병행 추진하자는 것이었다.

애당초 비구승들의 소망은 수행납자들이 제대로 참선할 수 있는 도량 몇 개를 할애받는 것이었다. 그러나 이 소박한 요구가 대처승 주지들에 의해 묵살되자 마침내 전체 사찰을 대처승으로부터 접수하지 않으면 안 되겠다는 무리한 혁명의 회오리를 일으키게 된 것이었다.

만암스님의 절충안에 기대를 걸었던 비구승의 꿈은 여지없이 짓밟혔다. 1953년 5월 태고사(현 조계사)에서 있었던 주지회의에서도 '수행도량 약간을 할애하라'는 비구승의 요구는 받아들여지지 않았다. 오히려 해방 직후 일부 비구승들이 월북하거나 전쟁의 와중에 인민군에 부역한 사실을 들어 비구승 전체를 빨갱이로 싸잡아 비난하는 대처 측의 정치적인 역공이 심화될 뿐이었다.

마침내 1953년 가을 선학원에서는 전국 수좌대회, 전국 비구승대회가 열렸다. 이 대회를 기점으로 불교정화 운동은 현실적인 방향을 잡아 돌이킬 수 없는 흐름을 형성하게 되었다. 이런 와중에서 비구승 사이에서도 정화의 당위성은 인정하되 그 방법에 대해서는 두 갈래로 의견이 갈리고 있었다.

강경론은 물리적인 힘을 써서라도 대처승들을 전국의 모든 사암에서 몰아내어 그들의 승적을 박탈하고 '중 아닌 중들'에게 점유당했던 수행의 도량을 비구승들이 모조리 접수해야 한다는 것이었다. 다른 하나는 송만암 종정의 중재안을 받아들여 현재 살아 있는 대처승의 세력이 없어질 때까지 한시적으로 비구와 대처가 공존하면서 내부적으로 정화를 해나가자는 주장이 그것이었다.

두 번째의 해결방안이 설득력을 갖기는 하였으나 우선 절을 차지하고 있는 대처 측이 그 절을 내놓을 생각이 조금도 없는 것이 문제였고, 비구 측에서도 차츰 운동의 관성에 의하여 집단적인 여론의 강경화 추세가 휩쓸면서 사태는 극한대결의 마당으로 내몰리고 있었다.

이 무렵 성철스님은 천제굴에서 수행정진하고 있었고 청담스님도 멀지 않은 고성의 문수암에서 삼 년을 기한하고 용맹정진 중이었다. 봉암사 결사의 지도자로 사실상 정화의 핵심이어야 할 두 스님이 무르익고 있는 싸움판을 강 건너 불 보듯하면서 오로지 자신을 갈고 닦는 데만 전념하고 있는 모습은 혈기 넘치는 젊은 수좌들을 갑갑하게 하였다.

한 떼의 젊은 비구들이 천제굴로 내려왔다. 그들 중 한 사람이 성철스님에게 말하였다.

"스님께서는 이미 오래 전부터 우리 불교가 개혁되어야 한다고 역설하시고 또 몸소 새로운 모습을 보이시려고 스스로 모범을 보이시고 실천해 오셨습니다. 이 땅 불교의 정화시기를 언제로 잡아야 옳다고 생각하십니까?"

"정화란 깨끗하게 한다는 뜻이니 그 시기는 빠르면 빠를수록 좋을 것이네. 이미 정화는 우리 불교를 깨끗하게 하려는 노력을 시작한 그때부터 사실상 시작된 거야."

"그렇다면 지금처럼 토굴에서 수행에 전념하실 것이 아니라 좀더 대승적인 차원에서 이 땅 불교의 정화불사를 위해 자리를 차고 일어나시어 우리를 이끌어 주셔야 수좌의 참된 도리가 아니겠습니까?"

"요즘 바람결에 들려오는 소문에는 일부 수행승들이 정화를 곧 싸움질로 생각하는 무리가 있다고 하여 걱정을 했더니만 자네들 하는 말이 바로 그런 얘기가 아닌가. 정화는 자신을 닦는데서부터 출발해야 하고 최종적으로도 견성오도에 그 목적을 두어야 하는 것이네. 이건 무슨 정치싸움도 아니고 부처님 가르침을 따르자는 불자들의 얘기 아닌가. 한편으로 대처승들을 깨우쳐 물러나게 하고 다른 한편으로 수행승들 스스로 수행의 도리를 바로 익혀 부처님 가르침 위해 굳게 선다면 정화는 저절로 이루어질 것이야."

"그래 가지고는 척결이 되지 않습니다. 몸 속에 있는 종양은 도려내야지 그냥 두고 서서히 사라지기를 기다려서는 목숨이 끊어지고 말 것입니다."

"누가 종양을 그냥 두고 없어질 때를 기다리자고 했나. 종양을 이길 만치 체력을 기르면 종양이 저절로 사라진다고 했지. 외과적 수술이 단숨에 해치우는 속도감은 있겠지만 칼을 대다가 환자가 죽는 수도 있고 잘못 대면 칼독이 올라 새로운 종양이 끊임없이 솟아날 것일세. 그건 불자들의 할 짓이 아니야."

"스님의 말씀은 원칙적으로 옳습니다. 그러나 현실은 그렇게 안이한 원칙론에 머물도록 한가하지가 못합니다."

"내가 한가해서 이런 말을 하는 줄로 아는가. 지금 우리가 하는 일, 우리의 선택은 오십 년, 백 년, 아니 천 년 뒤의 이 땅 불교의 흐름을 좌우할 중대한 일이야. 그런데 당장의 현실이 어떻고 하여 함부로 경거망동하겠는가. 자네들 젊은 스님들은 과연 누구를 척결하고 정화할 만치 깨끗한가? 부처님 도리에 합당하게 살아왔는가? 사판승이라고 욕하는 저들에 비하여 얼마나 깊은 수행을 하였고 또 견성오도하였는가? 내 말은 정화를 지금 하지 말자는 것이 아니라 정화의 대상을 남에게만 돌리지 말라는 것, 그 방법을 시정잡배들의 밥그릇 싸움처럼 만들지 말라는 것이네. 자칫하면 자네들은 대처승들에게 절을 뺏아는 대신 부처님을 영영 잃어버릴 수도 있다는 사실을 왜 알지 못하는가."

"겨우 이백 명밖에 되지 않는 비구승들이 어떻게 하여 칠천 명의 대처승을 감당하여 정화불사를 성공시킬 수가 있겠습니까?"

"이백 명도 너무 많은 숫자야. 이백 명 모두가 견성오도하여 중생들에게 빛을 던져 보게. 이 땅은 불국토가 된단 말이야. 부처님 한 분이 견성오도하여 항하수보다 많은 중생들을 제도하며 이천 수백 년 불법을 전해 오고 있지 않은가. 이백 명이 견성오도하면 정화만 성공시키겠는가. 이 당연한 일에는 생각도 미치지 않고 어찌 하여 싸움에만 정신을 파는가. 분명히 말하네만 싸움으로 얻을 수 있는 것은 잿밥이지 불법은 아닐세."

해방 후 한국불교의 청정비구들을 끌어가고 있던 두 기둥은 해인사의 효봉스님과 범어사의 동산스님이었다. 그 중에서 효봉스님은 비교적 점진적인 정화를 주장하는 편이었고 동산스님은 쇠뿔을 빼듯이 단번에 개혁을 하지 않으면 썩은 상처를 치유할 기회를 잃는다고 생각하는 편이었다. 종정이던 만암스님과 금오스님 역시 효봉스님과 비슷한 생각이었다.

동산스님은 정화불사의 실질적인 지도자가 누구여야 한다는 것을 이미 염두에 두고 있었다. 정화를 위해 결사를 일으켰던 장본인들 외에 누가 이 막중한 짐을 지고 가겠는가. 그리하여 문수암과 천제굴에서 정진하고 있는 청담스님과 성철스님에게 각각 사람을 보내어 서울로 올라오록 권유하였다. 천제굴에 찾아 온 일단의 젊은 수좌들은 바로 그런 사명을 띠고 내려온 선학원의 비구승들이었다.

성철스님은 그들의 권유를 일언지하에 거절했다. 불교정화는 더 이상 지체할 수 없을 정도로 시급한 과제이다. 그러나 정화란 것은 싸움이 아니다. 우리 자신을 깨끗하게 하여 교단을 깨끗하게 하고 이어 중생을 바르게 제도하자는 것이다. 이 원칙에서 벗어난 일을 그는 허용하지 않았고, 그런 세속적인 투쟁의 결과가 어떻게 돌 것이라는 사실을 훤히 꿰뚫어보고 경계해마지 않았다.

그러나 선학원에서 내려온 대월스님 등 일행은 문수암에서 청담스님의 마음을 돌리는 데 성공을 거두었다. 작정한 삼 년간의 용맹정진이 끝나기까지는 수행도량을 벗어나지 않겠다는 청담스님을, 젊은 수좌들은 한국불교의 배척간두에 선 위기와 역사적인 사명을 강조하며 몇 날을 두고 간청을 한 결과 마침내 스님으로 하여금 좌선의 자리를 털고 일어나게 만든 것이었다. 서울에서는 태고사에서 주지회의가 아무런 성과 없이 끝나버린 1953년 가을의 일이었다.

청담스님은 오랜 생각 끝에 지금의 한국불교가 자신을 필요로 하고 있는 이상 그 거대한 흐름에 몸을 던지는 것이 불자 도리라는 결론을 얻게 되었다. 정화불사를 위해 서울로 올라가기 전에 그는 이 불사가 성공하려면 힘을 빌려야 할 사람이 있다는 사실을 생각하고 천제굴을 찾았다.

오랜만에 만난 두 도반의 반가운 정은 속세에 사는 어떤 친구들의 그것보다 진하였다.

"어허, 순호스님. 문수암의 물맛이 그리 좋던가. 얼굴에 부처님의 광채가 도는구만."

"철스님이야말로 밤마다 남해의 관음보살을 은밀히 만난다는 소문이 돌던데 그래, 관음보설의 속살이 어떻던가."

"관음보살뿐이라면 심심해서 무슨 재미로 이런 토굴에서 살겠는가. 삼세제불과 일체보살이 모두 모여 춤판을 벌이지."

"과연."

청담스님은 단도직입적으로 말을 꺼냈다.

"철스님. 우리가 지난날 일제 말기 그 어려운 때에 대승사에서 이 땅 불교를 붙들어 일으키기 위하여 여러 도반이 함께 힘을 다하여 뜻을 세운 이래, 문경 봉암사에서 결사를 일으켜 기치를 세우니 그것이 정화불사의 씨앗이 되었어. 지금 여러 가지 어려움은 산처럼 쌓여 있고 앞길을 가로막는 장애물은 바다보다 깊으나 이미 불사의 움직임은 시위를 떠난 것이 분명해. 그렇다면 이 일을 스님이나 내가 도와야 할 것이 아닌가."

성철스님은 가만히 웃었다. 그리고 단호하게 말하였다.

"순호스님. 우리가 지난날에 여럿이 모여 뜻을 일으킨 것은 부처님 법대로 사는 것을 실천에 옮겨 이 땅의 불자들이 따라오도록 길잡이 노롯을 하자는 것이었고, 어둠이 짙으면 등불을 들고 앞장에 서겠다는 뜻이었어. 지금 일부 수행승들이 계획하고 있는 정화불사는 한바탕의 싸움판이니 이런 싸움판에서 승리를 한다 한들 도대체 이백 명밖에 안 되는 비구들이 어떻게 그 많은 사찰들을 접수하여 수행도량으로 만들 것인가. 그 부작용을 생각하면 눈앞이 아찔하네. 지금 필요한 것은 부처님 법대로 살고, 중답게 정진하는 스님들을 길러 내는 일이야."

"그 생각에는 나도 찬동하네. 그러나 현실은 현실이야. 이미 역사는 멈출 수 없는 힘으로 구르기 시작했네. 그것을 외면하고 산속에 앉아 있을 수는 없잖은가."

"얼마 전에 젊은 수좌들이 와서 비슷한 소리를 하데. 사람들에게 내 그랬지. 오늘 코앞의 현실만 현실이 아니고 십 년, 백 년, 또 천 년 뒤의 현실도 역시 현실이라도. 세월을 뛰어넘는 현실 속에서 주역은 불법뿐이라고."

"나 혼자 이 일을 하란 말인가?"

청담스님은 탄식하였다.

"길이 다를 뿐이지. 정화불사를 하기는 마찬가지 아닌가."

"철스님의 불사가 옳고, 그 생명력이 영원하며, 또 역사의 진행을 바로 꿰뚫어보고 있다는 것을 나는 아네. 그러나 이 일을 누구나 해야 한다면 내가 할 수밖에 없지 않은가."

청담스님이 선학원으로 올라가자 비구승 측은 비로소 정화불사의 구심점을 갖게 되었고 운동의 실질적인 지도자를 갖게 되었다. 아쉬운 점은 청정비구의 상징적인 존재였던 성철스님이 끝내 이 운동의 전면에 나서지 않는 것이었다.

그러나 비구승을 지원하고 정화운동의 추진력에 회오리바람을 일으켜 뒤를 밀어 준 엉뚱한 입김이 현실정치의 최고 권력자인 이승만 대통령에게서 불쑥 뛰어나왔다.

1945년 5월, 이승만은 불교에 관한 유시를 내렸다. 뒷날 '제1차 유시'로 명명된 것이 바로 그것이었다. 유시에 이승만은 불교재산은 민족의 유산으로 소중히 가꾸어야 할 것인즉 중도 아닌 대처승(왜색승)이 사찰을 점유하고 있는 것은 불합리하고 절에 아기의 기저귀와 여인의 속곳이 걸려 있는 것은 어불성설이다. 그러므로 대처승은 절에서 물러가야 한다는 것이 요지였다.

이 유시는 폭탄을 터뜨려 놓은 이상의 위력이 있었다. 명분은 강력하나 현실적으로 숫자도 적고 경제력이나 권력에서 비교가 되지 않아 운동의 실마리를 풀어 나가지 못하고 있던 비구승 정화운동의 핵심세력에게는 대통령의 이 유시야말로 수천 명의 원군을 얻은 것보다 더 강력한 지원이 되었다.

대통령의 유시에 이어 문교부에서는 사찰내에서의 음주가무를 금지하는 법령을 공포하여 중인지 장사꾼의 집단인지 구분이 되지 않았던 일제시대 절 풍속에 결정적인 쐐기를 박았다.

정부와 대통령의 지원에 힘입어 용기를 얻은 비구승 측은 그해 팔월과 구월에 전국 비구승대표자대회와 전국 비구승대회를 연이어 개최하고 불교정화 운동을 정식으로 출범시켰다. 이 대회는 정화운동의 지도자로 종정 송만암, 부종정 하동산, 도총섭 이청담, 총무원장 박성하 스님으로 진용을 갖추었다. 이 청담스님은 총무원장보다 더 강력한 권한을 지닌 도총섭으로 군대로 말하자면 일선의 전투사령관과 같은 위상이었다. 비구승들은 이처럼 대처승으로부터 한국불교, 특히 사찰을 되찾는 운동을 일종의 전투행위로 간주하고 비장한 각오를 가지고 임했다.

전국에서 많지 않은 비구승들이 모두 모였으나 천제굴의 성철스님은 아무런 변화도 없이 좌선삼매에 빠져 있었고, 찾아오는 신도와 수행자들에에 부처님의 바른 법을 가르치고 있었다. 여기에 정화의 주역이자 성철스님의 은사이기도 한 하동산스님이 먼 길을 마다 않고 찾아왔다.

"순호한테 얘기를 들었네만 이제 고집을 꺾고 철수좌가 나와 주시게."

"스님께서 이 일에 물러나 고요히 화두를 잡으십시오."

"대통령의 뜻이 저러하니 정화불사의 성공은 반이나 된 셈이야. 그러나 허전하네. 철수좌가 빠진 정화라니 염불 없이 재를 지내는 짝이야."

"대통령이 도운다고 하니 그것이 더 위험한 함정입니다."

"무슨 소린가?"

"세속권력이 끼어들어 정화를 끌어가면 이 땅 불교는 장차 정치권력의 시녀가 되어 버릴 것인즉 이것이 첫째 이유입니다. 자력으로 정화를 이루지 못하면 스님들 스스로가 장차 세속권력에 기대어 불가의 크고 작은 일들을 해결하려는 의타적인 속성이 생길 것인즉 이것이 두 번째 이유입니다. 무릇 권력이 종교의 일에 간섭을 하게 되면 종교 내부에 세속권력과 똑같은 권력이 생길 것이니 이것이 세 번째 이유입니다. 그리고 마지막으로 지금 물리적인 정화를 성공시킨다 하더라도 비구승들이 수적으로나 자격으로 보나 불교를 끌어 나갈 능력이 되지 않아 필시 외부로부터 급조된 인력이 불교 내부로 쏟아져 들어올 것이니 그 우환이 두고두고 이 땅 불교를 썩게 만들 것입니다. 이런 폐단이 있으니 지금의 정화방향을 바로잡으시기 바랍니다."

"허어 그 말에도 일리는 있구만."

이미 '절 뺏기 싸움'은 시작되어 있었다. 성철스님이 우려하던 일은 너무 일찍 현실로 나타났다. 전국의 사찰에서는 봄날에 산불이 나듯 도처에서 처참한 싸움이 벌어지기 시작했다. 비구승들이 곤봉과 쇠망치로 무장하고 쳐들어가 절을 뺏아 놓으면 점령 며칠 후에 대처승이 쳐들어가 같은 방법으로 탈환하였다. 그 대결의 장면은 전쟁터를 방불케 하였고, 당시 사회에 기생충처럼 득시글거리던 깡패들의 집단 패싸움을 고스란히 산속으로 옮겨 놓은 꼴이었다. 대통령의 유시를 기억하고 있는 지방의 경찰과 관공서는 이 싸움을 팔짱을 끼고 방관하였다.

이백 명밖에 되지 않는다던 비구승의 수가 급격히 늘어났다. 주로 절을 뺏는 싸움의 선봉에 선 돌격대는 거의가 깡패들이었다. 깡패들을 머리 깎여 중의 옷을 입힌 후 싸움판에 앞잡이로 내세운 것이었다.

불교정화 운동과 깡패와의 인연은 보다 깊었다. 비구와 대처의 대치 상황이 팽팽하여 일촉즉발의 전운이 감돌던 그 무렵에 정화의 지도자들이던 고승 몇 사람이 깡패 출신 국회의원 김두한의 집을 찾았다. 김두한은 이 무렵 명색이 국회의원이 되기는 했으나 지난날 자신을 추종하던 길거리 주먹들의 생계를 보살필 묘책이 없어 마음이 무겁던 시절이었다. 이런 김두한을 찾아온 당대 최고의 선승들은 그의 항일 이력을 들추어 잔뜩 추겨세운 후에 불교계의 사정을 설명하였다.

"김 의원께서도 눈으로 보셨을 것입니다. 절에 가 보면 여인들의 속곳이 걸려 있고 신선한 도량은 저들의 주지육림하는 유흥장으로 화하였소이다. 일제가 이 땅에 백성들의 혼을 뽑아 버리려고 불교를 그 모양으로 만들어 놓은 것인데 해방 후에 모든 것이 변했으되 유독 저 중 아닌 중들만은 절을 차지하고 앉아 나갈 생각을 않으니 이게 과연 해방된 자주국가의 모습이라 할 수 있겠소이까. 부디 힘을 보태 주시오."

김두한은 크게 감명을 받았다. 무식하고 우직했던 그는 불교계의 최고 지도자들이 하고많은 정치인들을 두고 자신을 찾아와 준 것이 눈물이 나도록 고마운 일이었고, 해방된 조국에서 아직도 왜색승들이 절간을 자기네 살림집으로 쓰고 있다는 사실을 일깨워 준 것도 고마웠다. 게다가 절을 물리적으로 도로 뺏는 과정에서 자신의 옛 부하들을 부릴 수 있다는 사실에 더욱 신바람이 났다.

김두한은 기대 이상의 활약을 해주었다. 국회에서의 그의 연설은 구구절절이 대처승의 폐해를 공박하는 명연설이었다. 야당의 대부분은 불교정화가 당연하기는 하나 정치권력이 강제로 개입해서는 안 된다는 민주주의의 원론에 충실하려고 하였으나 김두한과 같은 목소리 큰 주장에 묻혀 자리를 찾기가 어려웠다.

그리하여 전국 사찰의 수라장이 벌어지는 곳에 예외 없이 깡패들이 동원되었다. 이렇게 되자 수적으로 중과부적일 줄 알았던 물리적 대결의 결과는 예상외로 비구승의 성공적인 공격으로 결과가 기울어지기 시작하였다.

이후 한국불교의 상징적인 중심이던 서울의 태고사가 비구승 측에 접수되었다. 비구승 측은 이를 조계사로 고쳤다. 이어 1955년 초에 정화의 주역들은 중요한 결정을 내놓았다. 지금까지 한국불교의 중흥조를 고려시대의 태고 보우 국사로 받들어 왔던 종조문제를 뒤집어엎어 하루아침에 조계종의 종조를 보조지눌로 한다고 뒤집은 것이었다.

이 같은 중대한 결정이 있을 때 성철스님은 서울로 올라왔다 다른 것은 몰라도 종조문제를 임의로 뒤바뀌는 것은 아무리 정화의 명분을 위한다고는 하나 있을 수 없는 일이라는 생각 때문이었다. 정화 측이 종조마저도 바꾸어 버린 것은 나름대로의 이론적인 근거가 전혀 없는 것은 아니었으나 그 어떤 이유보다도 대처승 종단파의 차별성을 가지려는 임의의 수단으로 사용된 것만은 사실이었다. 즉 종교에서 가장 중요한 근본의 문제인 종조의 문제를 정화 측은 하찮은 수단으로 사용해버린 것이었다. 사태가 이렇게 결말이 나 버리자 그래도 일말의 기대를 걸고 서울에 왔던 성철스님은 깊은 한숨을 쉬면서 남쪽으로 발길을 돌렸다.

"우리 불교는 백 년이 지나도 풀리지 않는 멍에를 스스로 뒤집어쓰고 말았다. 부처님 법대로 사는 중이 하나라도 있어야 할 것 아닌가."

스님은 자신이 그 마지막 청정비구로 남기를 결심하였다. 종정이던 송만암 스님도 성철스님과 같은 생각이었다.

그런데 만암스님은 정화 측이 종조를 보조 지눌로 바꾸어 버리자 처음에는 그 부당성을 얘기하며 만류하였으나, 그들이 듣지 않자 비구 측을 일컬어 '환부역조(換父易祖: 아비와 할아비를 바꾸는 짓)하는 패거리들'이라고 크게 꾸짖으며 오히려 대처 측에 가담하고 말았다. 아무리 목적이 그럴듯하다고 할지라도 그 방법이 도무지 산에서 인생의 질곡을 타파하려고 절차탁마하던 수행승들의 짓이라고 보기에는 너무나 실망이 컸던 탓이었다.

해인사에서도 비구와 대처 사이에 뺏고 뺏기는 피비린내 나는 싸움이 계속되고 있었다. 팔만대장경을 간직한 국내 최대의 사찰로 모든 수행승들의 마음의 고향이던 해인사를 서로 차지하려는 양측의 싸움은 처절하였다. 그런 와중에서 비구 측이 성철스님을 정화 이후 최초의 해인사 주지로 모신다는 결정을 내리고 사람을 보내어 알려 왔다. 천제굴의 성철스님은 웃음으로 일축하였다.

"스님께서 오래 품어 오시던 정화의 바른 길을 이제 펴 보이심이 어떻겠습니까?"

주지 위촉을 알리러 온 수좌에게 성철스님은 고개를 저었다.

"주지 할 사람들은 차고 넘칠 거야. 이대로 납자로 남겠네."

"스님, 부디 이제는 밖으로 나와 저희들에게 힘이 되어 주십시오."

"무슨 힘이 필요한가?"

젊은 수좌는 스님을 바로 보지 못하였다.

"그건, 저……."

젊은 수좌는 할 말을 잃고 물러갔다. 며칠 후에는 해인사의 대처 측에서 스님을 찾아왔다.

"지금의 싸움은 옳지 않습니다. 우리도 절을 개인적 명리를 위하여 차지하려는 생각은 추호도 없습니다. 다만 불교는 선승만으로 중생제도가 되는 것이 아니므로 선, 교 양종이 화합하여 원융종단을 구성해야 할 것으로 봅니다. 부디 스님께서 나오셔서 주지의 대임을 맡아 마음속에 품은 중생제도의 큰 뜻을 펴 주십시오."

성철스님은 대꾸를 하지 않았다. 그래도 간청하자 스님은 홀연히 자리를 차고 일어났다.

"허어, 이제는 이 토굴에도 앉아 있지를 못하겠구먼."

성철스님은 옮길 자리를 물색하였다. 마침 팔공산 파계사의 조실 한

송스님이 파계사의 성전암(聖殿庵)에 스님을 모시고 싶다는 전갈이 왔다. 성전암은 수년 전에 한 철 안거를 한 일이 있는 암자였다. 파계사에서 제일 높은 암자로 산등성이를 깎아 앉혀 놓은 조그만 집이었다.

1955년 늦가을 어느 날, 성철스님은 따르는 시자 둘을 데리고 파계사로 향하였다. 많은 장서들도 며칠이 걸려 성전암에 옮겨졌다. 창원에 사는 신도의 도움으로 퇴락한 암자를 조금 수리한 후 스님은 암자의 둘레에 철조망을 둘러쳤다.

수경은 사범학교를 졸업하고 묵곡리로 돌아왔다. 집안에는 할아버지 이상언이 세상 돌아가는 꼴에 심화를 터뜨리다가 세상을 뜨고 할머니 강상봉이 제일 어른이었다. 어머니 이덕명은 그 시어머니 밑에서 남편도 없이 하나뿐이 딸 수경이 자라나는 모습을 보면서 살아가는 이유를 찾아내고 있었다.

"할머니, 어머니, 삼촌, 저 졸업했어요."

"그래, 선상님 되는 기제? 어느 학교로 발령이 났노."

"선생질 안 하겠어요."

이덕명이 놀란 눈으로 딸을 바라보았다.

"와? 무신 소리고?"

할머니가 물었다.

"하여튼 선생질 안 하겠어요. 성질에 맞지 않아요."

"그라모?"

할머니가 눈치 빠르게 넘겨짚었다.

"시집갈라카나? 총각을 구해 놨나?"

"그기 아니고요. 출가할랍니다."

"데끼. 출가나 시집가는 거나 그 말이 그 말이제."
"니 혹시."
어머니 이덕명이 불안한 얼굴로 더듬거렸다.
"그래요, 엄마. 저는 중이 될래요. 아버지처럼."
"시상에, 이런 일이……."
이덕명이 기가 막혀 말을 잇지 못하고 얼굴이 파래졌다.
"가만, 가만, 시방 야가 중이 될라칸다, 그 말이제? 언제는 애비 얼굴도 보기 싫다, 예수나 믿을란다 그라디마는 무슨 마음이 그래 돌았뿟노."
"사실은 몇 해 전에 아버지 뵌 후로 몇 번 법문을 들으러 갔었어요. 아버지, 아니 성철스님은 훌륭한 스님이예요. 저는 친구와 둘이 출가하기로 했습니다."
"뭐 훌륭한 스님? 이제 딸까지 뺏아 가는 그런 양반이 훌륭한 스님이라?"
"엄마, 제가 제 발로 제 마음먹은 대로 중이 되는 거예요. 아버지는 말렸어요."
"듣기 싫다. 내 죽거든 중이 되든지 소가 되든지 해라."
"아니다. 아니구만."
할머니가 정신을 차리고 사이에 끼어들었다.
"그래 결정을 보았다 그 말이가?"
"예, 할머니."
"흠, 친구는 누고?"
"몇 번 집에 놀러 왔던 인숙이."

"아, 그 부산에서 학교 다닌다던 그 처자 말이구나. 그 집에서는 허락을 했다 카디?"

"예."

"그건 거짓말이었다. 인숙이는 집에서 말없이 빠져 나와 진주에 머물고 있었다."

"인연이구나. 그럼, 인연이지."

강상봉은 염주를 굴리며 『천수경』을 외웠다. 이덕명은 숨이 막혀 할 말을 찾지 못하고 있었다.

그날 수경은 집을 떠났다. 물론 진주에 나갔다가 돌아와 중이 되는 것은 한참 후에 떠날 거라고 안심을 시켰다. 그러나 그것이 속가와의 작별이었다. 진주에서 인숙이와 만난 수경은 부산으로 나가 기차를 타고 일단 서울로 갔다가 다음날 저녁 무렵 태백산 깊은 골짜기의 홍제암에 닿았다.

홍제암의 비구니 인홍스님은 예상은 하고 있었으나 막상 선생질로 나가야 할 두 처녀가 들이닥치니 걱정이 되었다. 이 일을 성철스님에게 알리고 가르침을 받아야 할 것 같았다. 그러나 한편으로 생각하니 젊은 사람이 발원하여 출가코자 하는데 굳이 누구의 허락을 받아야 할 필요가 없었다. 다만 너무 빨리 머리를 깎았다가는 뒤에 후회하여 마음이 변하면 감당하기가 어려울 것이므로 일단 머리를 기른 채로 절집 생활에 음화시켜 보기로 하였다.

머리를 기른 채로 잿빛의 승복만 걸친 두 처녀의 출가 생활이 시작되었다. 다른 행자들과 마찬가지로 공양주 밑에서 채공간일을 보고, 겸하여 인홍스님의 시봉도 하도록 하였다. 낮에는 잠시의 쉴 틈도 없이 고단

한 행자생활이었으나 두 처녀는 이를 악물고 절집생활에 젖어 들었다. 피곤한 몸이었으나 밤에는 자지 않고 참선에 들어갔다.

"무슨 일에나 순서가 있는 법이다. 참선을 하는 것도 좋으나 서둘거나 욕심을 내면 그건 참선이 아니다."

수경은 그 말을 옳게 여겨 『초발심심경』과 『사미율의』와 같은 기본이 되는 책을 읽으며 사미니 생활의 법도를 익히려고 애를 썼다. 그러나 인숙은 욕심을 내었다. 단번에 화두를 깨우치고 인생의 어두운 장벽 저 너머에 있는 밝은 지혜의 세상에 이르기를 갈망하였다. 언젠가는 부모들이 쫓아와 끌려갈지도 모른다는 생각이 그녀로 하여금 더욱 빨리 진짜 중이 되고싶다는 강박관념에 젖게 하였다.

얼마 지나지 않아 인숙은 상기병에 걸리고 말았다. 너무 급한 마음으로 참선을 하면 걸리는 일종의 정신질환이었다. 거문고의 현처럼 너무 팽팽하게 잡아당기면 터지거나 상하는 것이 인간의 마음이었다. 인숙은 그런 병에 걸려 한동안 열이 나고 바보처럼 되었다. 그러나 인홍스님의 보살핌과 수경의 간병으로 몇 달 후에는 본래의 모습을 되찾을 수 있었다.

인숙이 회복되어 갈 무렵 부산에서 인숙의 부모가 찾아왔다. 이유 불문하고 데리고 가겠다는 결연한 의지가 두 사람의 얼굴에 떠올라 있었다. 그러나 인숙의 결심은 부모들의 그것보다 더욱 굳었다.

"아버지, 어머니, 늙도록 사셨으니 아시겠지요. 두 분 살아오신 것이 스님네의 살아온 것과 비교해서 대단히 가치 있는 삶이었습니까?"

부모들은 대답하지 못하였다.

"보세요. 그러니 제가 중이 되는 것을 말리지 마세요."

두 사람은 딸자식의 목을 잡아끌고 돌아가는 대신 우리도 이제부터 불법에 귀의해야겠구나 하는 생각을 가슴속에 접어 돌아가는 수밖에 없었다.

수경이를 데리고 가겠다고 오는 사람은 없었다. 인홍스님을 통하여 수경의 출가소식은 성철스님과 묵곡리의 속가에 모두 알려져 있었다. 애를 태우고 간장을 녹이는 사람은 오직 어머니 이덕명이었으나 그녀 또한 이 일을 운명으로 받아들일 수밖에 없었다. 너마저 가다니, 그렇다면, 이덕명은 언젠가는 자신 또한 불가에 몸담을 수밖에 없다는 생각으로 차츰 기울고 있었다.

수경과 인숙이 삭발하고 정식으로 출가하겠다고 조르자 인홍스님은 이렇게 말미를 두었다.

"내년에 남쪽으로 내려가 비구니의 선원을 크게 개창할 계획이다. 언양에 있는 석남사 비구니 선원을 쓰게 되었다. 거기 가서 큰스님을 모시고 제대로 득도식을 해도 늦지 않을 것이다. 조급하게 생각하지 마라."

과연 다음해 홍제암의 비구니들은 언양의 석남사로 옮겼다. 석남사로 옮기자마자 두 행자의 득도식이 있었다. 계사 자운스님이 계를 내리고 수경에게는 불필(不必), 인숙에게는 백졸(百拙)이라는 법명을 내렸다. 불필과 백졸은 석남사의 엄격한 규율 속에서 마음속의 고통과 번뇌를 삭이면서 제 2세대의 비구니로 성장해 가기 시작하였다.

몇 해 후 남편에다 딸마저 불가에 빼앗기고 그 외로움을 이기지 못하던 이덕명은 '도대체 불법이 무엇이길래 너희들이 나를 버리고 가느냐' 하는 오기와 궁금증으로 석남사를 찾았다. 석남사에서 딸을 만난 이덕명은 마음이 그렇게 편할 수가 없었다. 며칠 지나지 않아 그는 인홍스님에게 출가하겠다는 뜻을 말했다.

이 문제가 성전암에서 장좌불와, 생식을 하면서 일찍이 누구도 해내기 어려웠던 정진을 하고 있는 성철스님의 귀에 전해왔다.

"석남사에서 출가한다면 불필에게 방해가 될 것이다. 에미와 딸이 한데 모여 어쩌자는 것이냐."

성철스님은 반대했다. 이덕명이 출가하더라도 다른 선원에 가서 출가하라는 것이다. 그러나 성철스님의 이 같은 생각은 묵살되었다. 너무 가혹한 주문이었기 때문에 불필도 인홍도 큰스님의 뜻을 거역하였다. 다시 자운스님이 계를 내리고 법명을 주었으니 이름이 일휴(一休)였다. 그녀는 긴 고통의 생애 마지막에 와서야 마침내 휴식의 자리를 가지게 된 것이었다.

성전암에 철조망을 둘러치고 시자 두 명과 함께 두문불출의 수행에 들어간 성철스님의 용맹정진은 이후 십 년이라는 긴 세월 동안 지속되었다. 달마스님의 구 년 면벽좌선도 스님의 정진에 따를 수가 없었다. 스님의 고행과 정진이 이때 비로소 시작된 것이 아니고 대승사로부터 시작된 장좌불와의 좌선은 봉암사 시절을 거쳐 지금까지 이어져 오고 있었으니 그 용기와 의지력은 전에도 후에도 흉내내기 어려운 것이었다.

이십 년 동안 이 땅의 불교는 만신창이가 되고 있었다. 정화라는 이름의 분규는 끝도 없이 지속되어 비구와 대처간의 절 뺏기 싸움은 이제 항다반사로 일어나는 사회현상의 하나로 굳어졌고, 세상 사람들에게는 중이라는 인간들이 싸움하는 인간들과 같은 부류로 머릿속에 각인되었다. 대부분의 전통사찰을 힘으로 빼앗고, 법정투쟁으로 뺏은 비구 측은 정화불사의 승리자였다. 그러나 이 승자들은 패배자와 마찬가지로 초라하였다. 해방 직후 겨우 이백 명에 지나지 않던 비구승의 숫자가 정화불사를 거치면서 수천 명으로 늘어났다. 빼앗은 절마다 비구승으로 넘쳐났다.

그들 중에는 도둑질이나 싸움질을 업으로 삼던 깡패들이 머리 깎고 몽둥이를 숨겨들고 절 뺏는 싸움질에 앞장을 섰다가 창졸간에 중이 되어 버린 사람들이 많았다. 이들은 가뜩이나 발붙일 곳 없던 주먹세계의 황혼기에 염불 몇 마디 하면 돈도 생기고 존경도 받는 중 생활에 환호작약하여 대부분이 절간에 주질러 앉았다.

돈만 생길 뿐 아니라 여자까지도 생겼다. 일부 비구들은 욕하면서 배운다고 대처를 몰아낸 그 자리를 차지하고 앉아 지난날 대처승이 했던 그 세속적 영화를 답습하여 누렸다. 다만 이번에는 떳떳하게 마누라를 거느리는 대처가 아니라 몰래 숨겨두고 은밀하게 거느리며 자식 낳고 욕망 채우는 은처가 대유행하기 시작했다는 점이 다르다면 다른 풍속이었다.

사태가 비구승의 일방적인 승리로 기울자 처첩을 거느리고 있던 대처승들이 한꺼번에 이혼을 하는 대소동이 발생했다. 어느 절에서는 한꺼번에 일백육십 명의 스님들이 집단 이혼소송을 낸 일도 있었다. 이들이 중이라는 직업을 유지하기 위해 처자식을 내버리는 그 비인간적인 처사에도 신물이 나왔지만 일단 이혼하여 형식상으로 비구가 된 이후에 다시 은밀하게 그들 처첩을 부양하고 함께 생활하였으니 그 가증스러움이 세상사람들을 놀라게 하였다.

이것이 이승만이 불을 질러 번갯불에 콩을 구워 먹듯이 진행된 이른

바 정화불사의 결과였다. 당연히 그 후유증은 두고두고 계속되어 삼십 년, 사십 년이 지나도록 불교계가 저질스러운 내분과 자격시비 그리고 속으로 치유하기 어려운 각종 병을 앓고 있는 원인이 되었다.

이처럼 진구렁에 빠져 있는 한국불교로서는 성전암에서 오로지 정진하고 있는 성철스님의 존재가 몹시 성가시고 껄끄럽게 느껴졌다. 그리하여 정화에 함께 참여하고자 권하러 오는 스님들의 발길이 끊이지 않았다. 깨달음의 문제와 수행의 문제, 그리고 종조에 대한 문제를 들고 가리러 오는 논객들도 있었다. 정화불사의 참여를 권하러 오는 스님들에게는 단호한 목소리로 거절하여 돌려보냈고, 시비를 가리러 오는 논객들에게는 풍부한 지식과 올곧은 논지로 설득을 시켰다.

성철스님이 성전암에 철조망을 치고 돌아앉아 있었으나 불교계의 아픈 고통에 대해 눈을 감고 돌아앉아 있었던 것은 아니다. 그는 누구보다 정화의 필요성을 일찍 자각하고 시급한 추진을 주창해 온 사람이었다. 따라서 폭력으로 번진 불교정화 사태와는 상관없이 성철스님은 나름대로 정화불사를 하고 있었다.

성철스님이 홀로 행한 정화불사란 첫째, 수행정진을 부처님 가르침과 불제자 된 도리에 한 치도 어긋남이 없게 행하여 불교의 근본을 바로 세우는 것이고, 둘째는 정화라는 이름의 대혼란 와중에서 왜곡되거나 버려진 불교의 진리를 제 자리에 갖다 놓는 것이었다.

두 번째 사명을 다하기 위하여 스님은 뒷날 『한국불교의 법맥』과 『선문정로(禪門正路)』라는 두 권의 저서를 내놓았는데 그 내용은 대부분 파계사 성전암에서 구상되고 체계화 된 것이었다. 스님은 세상이 비구, 대처승의 종권 다툼으로 시끄러울 때 홀로 성전에 은둔하며 정화의 기본이 될 두 개의 기둥을 세우고 있었다.

이들 두 권의 저서에 담은 내용은 성전암에 앉아 갑자기 생각해 낸 것은 아니었다. 스님이 출가하여 수행자의 길을 걸은 이래 그 어지럽고 일그러진 불교의 풍토 속에서 '장차 한국불교는 이런 모습이어야 하고 이런 방향으로 가야 한다'고 생각했던 것들 중에서 요체가 되는 부분만 두 가지로 가려서 정돈한 것이었다.

무릇 종교란 종조(宗祖)와 종지(宗旨)가 확립되어야만 종교로서의 부동의 위치에서 대중을 포용하며 연면한 종승을 세우게 된다. 『한국불교의 법맥』은 종조의 문제를, 그리고 『선문정로』는 종지의 문제를 다른 것으로 이 두 권의 역작을 통하여 비로소 현대 한국불교는 족보를 얻은 얼굴을 가지게 되었으며 수행의 지침을 얻게 된 것이다.

그러나 현실은 그렇지 못하였다. 따지고 보면 성철스님이 성전암에 면벽하고 앉아서도 이 문제를 고통스럽게 생각하지 않을 수 없었던 것도 한국불교가 종교로서의 가장 중요한 이 두 문제를 왜곡시키고 있는 현실 때문이었다.

종조의 문제이건 종지의 문제이건 성철스님의 논지는 해를 해라 하고 달을 달이라 하듯이 명확하였고 주장은 추상과 같아서 한 점의 허술함도 없었다.

한국불교의 법맥, 즉 종조의 문제는 이미 이론의 여지가 없는 정설이 확립되어 있었다. 한국불교가 임제종의 법통을 이어온 선종이며, 종조는 고려 말 중국의 석옥 청공으로부터 계맥을 이어받은 태고(太古) 보우(普愚) 국사라는 데에도 중론이 일치해 왔다. 그리하여 한국불교에 조계종의 종명을 내세우고 종헌을 만들 때 이미 종조를 태고 보우국사로 한다는 사실을 명시해 두었고, 해방 이후 승단이 비구와 대처로 쪼개져서 싸움질을 하는 와중에서도 두 승단 모두 태고 종조설을 부인하는 측은 없었다.

그러다가 비구 측이 불교정화의 기치를 내세우고 대처 측과의 차별을 강화하기 위하여 종조의 문제를 거론하기 시작하더니 마침내 비구 측이 대처 측과 완전히 결별하고 종단을 건설하면서 느닷없이 종조를 기왕의 태고 보우에서 보조(普照) 지눌(知訥)로 대체해 버리고 만 것이다.

이에 너무나 분개한 송만암 종정이 '애비를 바꾸는 무리'라 하여 종정 자리를 내던지고 비구 측에 결별을 선언한 까닭도 여기에 있었다. 성철 스님도 이 문제만은 가만히 좌시할 수가 없어 짐짓 서울까지 올라가 정화의 주역들과 대토론을 벌이면서 '애비 바꾸는 일'을 반대했으나 들어 먹지 않자 크게 실망하여 산사로 되돌아온 일이 있었다.

"종단을 새로 만들기 위해 종조를 바꾸다니, 이는 마치 집안의 맏이가 손아래 형제들과 분가하기 위해 아버지의 성을 가는 행위와 같다. 아무리 정화를 위해서라고 하지만 앞을 내다보지 못하는 어리석음이 이토록 심하다는 말인가. 이는 정화를 핑계로 불교를 더욱 어지럽히는 것이다."

성철스님은 개탄했다. 그러나 그가 개탄만 하고 선방에 돌아앉아 혼자만의 소승적인 수행에만 빠졌더라면 그 역시 흔해 빠진 은둔선승의 하나에 지나지 않았을 것이었다. 그는 철조망을 둘러치고 벽을 마주하고 앉아 있었으나 마음은 늘 중생의 고통을 향하여 열려 있었고, 수백 년 동안 왜곡된 이 땅 불교의 흐름을 바로잡기 위하여 작은 몸 하나로 혼신을 다하여 버티고 있었다. 그는 지금 자신이 왜곡된 불교의 모습을 휘어잡아 놓지 않으면 후일 이 땅 불교의 모습이 기괴한 형상이 되리라는 사실을 알고 있었다. 이런 우려에서 조계종의 종통을 명확하게 바로 세워 놓은 하나의 기둥이 바로 『한국불교의 법맥』이었다.

『선문정로』는 불교 최고의 경지가 무엇이며, 거기에 이르는 바른 길은 어떤 것인가를 분명하게 밝혀 준 등불이다. 도대체 사람들은 무엇을 위하여 가정을 버리고 현실적인 욕구와 안일한 삶을 모두 떠나 수행자의 길에 나서는 것일까. 그들이 이르고자 하는 궁극적인 목적지는 어디인가. 그것은 한마디로 견성성불이다. 깨달음을 얻어 부처가 되는 것이다. 그렇지 않고 그저 편하게 밥이나 빌어먹고 빈둥거리며 살기에 좋아서 중이 되는 사람도 있을 터이지만, 이런 사람들과 부처님이 세상에 온 도리를 논할 필요는 없는 것이다.

견성성불이 궁극의 목적이라는 어떻게 해야만 그 경지로 가는 것일까. 염불을 해야 한다. 지극한 기도를 드려야 한다, 부처님 가르침을 열심히 참구해야 한다, 선행을 해야 한다······. 종파, 종지에 따라 여러 가지 길을 제시하고 있으나 선종(禪宗)의 전통을 이어받은 한국불교 조계종이 선택한 깨달음의 길은 바로 참선이다. 마하가섭에게 보여 준 염화시중의 미소를 통하여 교외별전으로 이어져 온 불교 최고의 수행방법인 참선은 중국으로 건너와 조사선(祖師禪)으로 발전, 심화되고 이어 한국에 건너와 선, 교 양종을 통합하는 원융불교로서 극치에 이르렀다.

선의 알맹이는 깨달음이다. 그러나 무엇이 깨달음인가, 어떻게 깨달음에 이르는가 하는 문제에 이르면 다른 의견이 분분할 수 있다. 이것을 명확히 정돈하고 깊은 경지를 제시하여 참선의 방법이나 목표에 흔들림이 없도록 지침을 제시한 것이 바로 『선문정로』이다.

『선문정로』 역시 성전암에서 문득 하루아침에 구상된 것은 아니었다. 스스로 실천을 통해 오매일여, 확철대오의 높은 경지에 오른 스님은, 일반적으로 수행자들이 뭔가 깨달은 듯하면서도 곧 번뇌망상에 빠져들어 업장의 세계를 벗어나지 못하다가 다시 수행정진하는 식으로 악순환을 반복하는 형편을 측은하게 바라보았다.

그리고 깨달은 후에도 번뇌망상이 일어나는 상태라면 그것은 애당초 깨달은 상태가 아니라는 점을 강조하였다. 즉 깨닫고 나서도 보임(保任) 공부를 계속해야 한다고 지금까지 잘못 가르쳐 온 것을 깨뜨리고 궁극적인 깨달음 뒤에는 번뇌망상이 일어나지 않는다는 사실을 역설하였다.

아직 『선문정로』라는 책으로 자신의 주장을 구체적으로 체계화하기 이전에도 성철스님의 최고선에 대한 생각은 선방을 통하여 너무나 알려져 있었기 때문에 진작부터 선승들 사이에서는 이 문제가 시비의 대상이 되었다. 성철스님이 제시한 두 가지의 문제, 즉 종조의 문제와 깨달음의 문제는 현대 한국불교의 최대의 논쟁으로 떠오르게 된 것이었다.

절친한 도반인 향곡스님은 깨달음의 문제에 대해서는 성철스님과 생각을 달리 하였다. 성전암에는 철조망이 둘러쳐져 있음에도 불구하고 스님과 법문을 나누려는 선객들의 발길이 끊이지 않았는데 어느 날 향곡스님이 힘든 산비탈을 타고 성전암에 올라왔다.

두 도반은 밤을 세워 선문답을 나누었다. 향곡스님은 세상 돌아가는 이야기도 했고 그중에서도 불교정화에 대해 걱정스러운 이야기들을 많이 들려주었다. 많은 걱정 끝에 향곡스님은 결론을 말하였다.

"이제 성철스님이 나서야 할 때가 되지 않았는가?"

"나서기는 어딜 나서라는 말인가, 중이 절말고 어디를 가라는 말인가."

"성전암만 절은 아니잖나, 서울에도 절이 있고 부산에도 절이 있어."

"나마저 떠나고 나면 누가 절을 지키나. 다시 대처육식하는 자들에게 대중방을 내놓아야 하겠는가."

향곡스님은 할 말을 잊었다. 따지고 보면 불교의 정화도 좋고 대처승으로부터 절을 뺏는 것도 급한 일이지만 그보다는 세상 어디에 중답게 살고 부처님 가르침대로 사는 스님 한 사람쯤은 있어야 할 것이 아닌가. 향곡스님은 옛 도반의 강철 같은 성품으로 보아 산을 버리고 싸움판으로 뛰어들지는 않으리라는 것을 확신하였다.

"철스님이 성전암에 면벽하고 앉아 장좌불와하며 하루 두 끼 무염식으로 수행하고 있는 것 자체만으로도 세상에는 큰 빛을 비추는 것 같은 공덕일세. 그러나 오매일여를 고집하여 근기 약한 중생들로 하여금 깨달음에 대해 겁을 먹게 하는 것은 지나치지 않을까."

"부처님께서 교외별전의 비밀한 법을 거량하실 때 근기 약한 세상의 장삼이사(張三李四)들을 상대로 하신 것은 아니야. 제자들 중에서도 그 가르침의 비밀을 알아차린 사람은 마하가섭뿐이었어. 열반적정에 드는 길이 굳이 참선에만 있다는 것이 아닌데 근기 약한 세상사람들이 오매일여의 경지가 있다 없다고 시비를 하거나 항차 두려움을 느낄 까닭이 무엇인가. 이것은 처음부터 선의 수행을 통하여 견성성불에 이르겠다고 대발원을 하고 나선 수행자들을 두고 하는 소리가 아닌가."

"그건 그렇지. 하지만 수행자의 입장에서도 오매일여는 한갓 마음이 만들어 낸 이상적인 경지일 뿐 실제로 그런 상태란 있을 수가 없네. 어떤가, 나에게 솔직하게 말해 보시게. 오매일여는 그저 언어가 지어 낸 그림자일 뿐이라고. 그건 양고기를 걸어놓고 개고기를 파는(懸羊賣狗) 짓이야."

"에라, 이 빌어묵을 놈의 화상. 니는 썩은 개고기나 처묵어라."

대답이 필요하지 않았다. 성철스님 자신의 존재가 곧 대답이었고 법문이었다. 그가 평생을 통하여 가르치고자 한 수승한 법문도 바로 이것이었다. 한 스님의 수행과 삶이 곧 최고의 법문이라는 것을.

성철스님이 성전암에 은거한 지 몇 년이 지나자 팔공산의 작은 암자 성전암의 이름은 세상 그 어느 대찰보다 더 큰 절로 소문이 돌게 되었다. 가뜩이나 중들의 절 뺏기 싸움판에 멀미를 느끼고 있던 스님과 신도들은 성전암에 찾아와 성철스님을 친견하는 것이 필생의 소원이 될 정도였다. 신도들을 함부로 만나지 않는다는 것을 알면서도 기를 쓰고 찾아와 마침내 스님의 좌선에 뛰어드는 사람도 없지 않았다. 이런 사람들에게 스님은 예외없이 부처님에게 삼천배를 하도록 시켰다.

"애써 나를 만나려 하지 말아. 저 법당에 복과 지혜가 구족한 삼계도사이신 부처님이 계시지 않는가. 먼저 부처님께 경배하고 깊은 불연을 맺는 것이 훌륭한 일일 것이다."

성철스님이 '너무 심하다'는 소리를 귓결에 흘리면서 찾아오는 스님이나 신도들에게 삼천배를 강요하는 것은 무엇보다도 그들에게 부처님과의 인연을 맺어 주기 위함이었다.

대체 불교란 무엇인가, 부처님의 가르침을 따르자는 종교이다. 그런데도 부처님에게 경배할 줄도 모르고 마음속에 부처님의 자리조차 마련해 두지 못한 채 건방지게 한소식 하겠다고 덤비는 것이 산사의 선방을 찾는 사람들의 조급한 인심이었다. 성철스님은 잘못된 그 생각들을 삼천배로 교정하려는 것이었다.

추운 겨울 어느 날이었다. 나라 안에서 몇 째 가는 부자라는 재벌부부가 스님의 이름을 좇아 어렵게 성전암으로 올라왔다. 이들 부부는 누더기를 걸치고 눈만 형형하게 빛나는 스님을 이윽히 바라보다가 말문을 열었다.

"스님, 이런 옷으로 이 깊은 산중에서 어떻게 지내십니까. 스님의 몸은 이미 중생들의 빛입니다. 그러니 보중하셔야 합니다. 우리가 내복을 한 벌 시주하고 싶습니다만 받아 주시겠습니까."

성철스님은 아무 말이 없었다.

"필요한 것이 있으면 무엇이든지 말씀하십시오. 저희가 아낌없이 보시하겠습니다. 이 암자를 중수하면 어떨까요."

성철스님은 여전히 대답이 없었다. 재벌 부부는 당황하여 얼굴을 붉혔다. 그제서야 스님이 웃음을 머금고 말하였다.

"나는 아무것도 필요 없는 사람입니다. 하루 두 끼 무염식으로 좌선하면서 정진만 하고 사는 내가 대체 무엇이 필요하겠습니까. 그러나 굳이 말씀하시니 내 한 가지 부탁이 있습니다."

"무엇이든지 말씀만 하십시오."

"다름이 아니라 두 분이 경영하는 회사의 종업원들, 그 불쌍한 사람들에게 환희심을 가지고 늘 도움을 베풀어 주십시오. 그 길이 보살의 길이요, 참불공입니다. 자신의 욕망으로 죄업이 운무같이 쌓인 사람이 부처님 앞에 나와 불공 몇 번 하고 스님들 공양을 한다 해서 지옥고를 어찌 면하겠습니까. 중생을 위해 대자대비심을 일으켜 실천하는 사람이 곧 불자요, 먼 미래에 부처가 되는 기초를 이루는 것입니다. 아시겠습니까? 내 부탁은 그것입니다."

이들 부부는 그날 밤 법당에서 부처님에게 삼천배의 예불을 드리고 다음날 기쁘고도 가뿐한 표정으로 산을 내려갔다.

스님이 성전암에서 장좌불와로 정진하고 있는 동안 세상은 변하였다. 4·19로 이승만 정권이 무너지더니 한 해 뒤에는 5·16으로 군인들이 정권을 잡았다. 군인들은 의욕에 넘쳐 있었다. 구석구석에 썩은 먼지를 털고 바른 정치를 하겠다고 발을 벗고 나섰다. 그러나 조만간에 바로 그들이 썩어 가고 있었다.

군인들은 불교계가 정화의 진구렁에 빠져 헤어나오지 못하는 것이 이 나라의 안정을 해치는 큰 원인 중의 하나라는 사실을 인식하였다. 그리고 불교계가 난마처럼 얽혀 스스로 매듭을 풀지 못하는 이유가 훌륭한 지도자가 없는 탓이라고 판단하였다.

세상에 훌륭한 스님이 이토록 없는 것일까. 수소문한 끝에 마침내 성철스님의 이름을 듣게 되었다. 처음에는 권부의 비서일을 한다는 사람이 성전암을 찾아왔다. 불교계의 지도자로 자처하는 스님 세 사람이 그 관리와 동행하였다.

"이제 스님께서 나와 주셔야겠습니다."

관리가 말하였다. 군대 물을 먹다가 나라일을 맡은 지 얼마 되지 않아서인지 관리의 말씨는 어린 학생이 교과서를 읽는 어투였다. 스님은 대답 없이 관리를 고즈넉하게 바라보았다. 관리가 당황하여 부언했다.

"지금 나라는 국력을 다하여 민족의 중흥운동을 벌이고 있습니다. 스님도 아시겠지만 수천 만 명의 마음을 한 곳으로 모으려면 지도 이념이 있어야 합니다. 물론 정치의 지도이념이 없는 것은 아닙니다. 그러나 그것만으로는 부족합니다. 공산주의 이데올로기를 신앙화하여 국민들을 뭉치고 있는 세계 역사상 유례없는 신정국가(神政國家)를 적으로 하고 있는 우리의 처지에서 국민의 마음을 끌어 모으는 참된 힘은 격조 높은 종교 외에 달리 있을 수가 없습니다. 그렇다고 서양 종교인 기독교에 그 역할 기대해야 되겠습니까? 그렇게는 안 됩니다. 이제 불교가 나서야 합니다. 그러나 지금의 불교는 그럴 힘이 없습니다. 그 원인은 간단합니다. 지도자, 즉 구심력이 없기 때문입니다. 스님께서 나오셔서 종단을 끌어 주시고 불교의 정화를 완성해 주십시오."

스님은 고개를 저었다.

"기왕에 높은 산속까지 오셨으니 맑은 공기도 마시고 부처님과 얘기도 나누면서 하루쯤 쉬어 가도록 하시오."

그러자 함께 온 원로스님 한 사람이 나섰다.

"이것 보시오, 성철스님. 우리가 사홍서원(四弘誓願)을 세울 때 가장 큰 발원이 바로 널리 중생을 제도하겠다는 서원이 아니었나. 그것은 곧 중생이 필요로 할 때는 언제든지 몸을 던져 희생할 각오가 되어 있다는 발원이 아니던가. 이제 나라가 스님의 하산을 요구하는데 언제까지 고집을 부린다면 불자된 도리가 아닐 것일세."

성철스님이 문득 게송을 읊어 답하였다.

"흰머리 태공이 위수 낚시터에서 일어남이여
어찌 수양산에서 깨끗이 굶은 사람만하리요.
다만 한 티끌에서 변태가 나누어지니
높은 이름과 큰 위업은 둘 다 없애기 어렵네."

한참 후에 스님이 일행을 돌아보면서 다시 말했다.

"어찌 남의 물건을 가지고 자기 소용으로 쓰는가?"

"스님."

하고 관리가 불만 섞인 소리로 말을 이었다.

"지금 이 땅의 불교를 저 모양으로 내버려 두실 작정이십니까? 나라가 다시 일어설 수 있는 하늘이 준 기회를 내버릴 작정이십니까?"

성철스님이 대답했다.

"풍혈스님이 이런 법문을 했으니 들어 보시오. '만약 한 티끌을 세우면 집안과 나라는 흥성하나 촌 늙은이는 찡그리고, 한 티끌도 세우지 아니하면 집안과 나라는 망하나 촌 늙은이는 편하다' 이 제비집 같은 성전암을 불태우면 무엇이 남겠는가."

관리와 스님들은 그날로 돌아갔다. 그러나 아주 가 버린 것은 아니었다. 며칠 후에는 대통령을 직접 보필하는 권력의 실세라는 사람이 또 찾아왔다.

"각하의 부탁이십니다."

"산에서 수행하는 중에게 각하가 무슨 부탁을 할 것이 있겠소. 내가 그 양반이라면 '부디 열심히 수행이나 잘하시오' 그런 당부를 하겠소이다마는."

"지금 하신 말씀 그대로 전해 올려도 되겠습니까?"

"몇 마디 더 보태시오. 당신은 지금 삼천 만의 부처님을 공양하고 있노라고. 부처님 공양 잘 해야 합니다."

"그것뿐입니까?"

"자기 부처부터 공양을 하는 것이 순서라고 말하시오."

"스님도 자기 부처를 잘 공양하시기 바랍니다."

이 말은 협박인지 그저 해보는 인사말인지 알 수가 없었다. 다만 그 권부의 실세가 몹시 언짢은 기분으로 돌아간 것은 사실이었다. 그가 제일 높은 사람에게 어떤 보고를 올렸는지는 알 길이 없었으나 그로부터 스님을 귀찮게 하는 관리는 없었다.

『선문정로』와 『한국불교의 법맥』을 체계화하는 외에도 성철스님은 이 무렵 불교 경전의 드넓은 세계를 두루 섭렵하고 보석을 찾아 하나의 줄에 꿰는 거대한 작업을 계속하고 있었다. 이미 봉암사에서 김병용 처사에게 하룻밤 법문을 통해 요체를 설명했던 중도의 법문이 바로 그것이었다. 봉암사 대중은 물론이고 그 이전부터도 법문의 기회가 있을 때마다 조금씩 선을 보인 '성철불교'의 진수가 성전암에서 완전히 무르익고 있었다. 부처님은 평생을 통하여 설법을 하되 시기와 대상에 따라 각각 다른 내용으로 하여 거대한 불법의 세계를 구축하였듯이 성철스님도 오랜 정진과 경전연구를 통하여 마침내 이룩한 불법의 세계를 사부대중에게 되돌려주기 위하여 생각을 갈고 닦으며 십 년이라는 긴 세월을 보내고 있었다.

이때 완성된 성철불교의 진수는 뒷날 해인사 방장으로 옮긴 이후 가졌던 '백일법문'을 통하여 아낌없이 대중에게 가르침으로 베풀어졌다. 십 년 장좌불와의 은둔은 중생의 고통을 피하여 소승적인 수행에 빠졌던 것이 아니라 오히려 중생들에게 보다 큰 불법을 돌려 주기 위한 크나큰 발원이었고, 준비를 위한 기간이었다.

마침내 성철스님이 성전암을 떠나 해인사 백련암으로, 일찍이 동산스님으로부터 수계득도했던 그 자리로 귀향하자 한국불교는 비로소 한 사람의 큰 스승을 가지게 된 반가움으로 조용히 설레기 시작했다.

회향(回向)

회향(回向)

    1993년 11월 10일, 남쪽 땅의 가을은 산천에 불을 질러놓은 듯 이제 막 타오르고 있었다.

    이 날 대구에서 광주로 이어지는 88올림픽고속도로는 아침부터 명절날처럼 동서 두 방향 모두 차량 행렬로 북새통을 이루었다. 그 많은 차량들은 해인사 인터체인지에서 내려 지방도로를 따라 해인사까지 약 삼십 리 길에 길게 장사진을 치며 늘어섰다. 성철스님의 다비식을 보기 위해 서울, 부산, 광주, 더 멀리는 강원도 강릉에서까지 새벽길을 떠나 달려온 차량들이었다.

    부산에서 새벽길을 나선 서경문은 해인사가 묻혀 있는 홍류동 계곡을 시오리나 남겨둔 야천에서 자동차를 버리고 걸었다. 산 계곡을 따라 꼬불꼬불 이어지는 고갯길에는 차량과 사람들이 한데 얽혀 느릿느릿 움직이고 있었다. 그 중에는 늙고 병든 사람들도 많았다.

    서경문 자신도 일흔일곱이던 작년부터 갑자기 가슴이 찢어지는 듯한 고통을 자주 느끼고 조금만 비탈길을 걸어도 숨이 턱에 차 올랐으나 오늘은 이상하게도 걷는 것이 힘이 들지 않았다. 모두들 힘들고 고생스럽게 길을 가면서도 누구 한 사람 짜증을 내거나 고통스러워하는 사람은 없었다. 그 어떤 알 수 없는 기대로 인하여 사람들의 얼굴에는 밝은 광채가 어려 있었다.

일찍이 이런 행렬은 본 적이 없었다. 일찍이 사람들의 이런 표정을 본 적도 없었다. 서경문은 심한 혼란에 빠져 있었다. 성철스님의 열반 소식을 들었을 때 그는 마침내 한 도인이 세상을 뜨는구나 하는 정도의 감회에 젖어 있었다. 성철스님도 가는구나, 가고 나면 무엇이 남는가, 향을 사르고 염불을 한들 천지 간 어디에 그의 숨결이 남아 있는가. 허무하다. 허무하고 또 허무하다는 생각만이 하루 종일 그의 마음을 사로잡고 있었다.

그런데 이상한 일들이 벌어지고 있었다. 신문과 텔레비전에서는 구국영웅의 죽음을 애도하는 것 이상으로 한 노인의 죽음을 아까워하고 있었다.

그러나 실상은 노인의 죽음을 슬퍼하는 것이 아니라 기뻐서 죽겠다는 표정들인 것이다. 마치 이 때를 기다렸다는 듯이 나라 안의 온갖 사람들이 노인의 죽음에 의미를 부여하였다. 이런 스승, 이런 도인을 이웃에 두고 살아온 것이 그나마 난마 같은 세상에서 얼마나 다행스러운 일이었느냐는 듯한 안도감이 흐르고 있었다.

부산 보수동 뒷골목에 있는 서경문의 표구점 동산화방은 때마다 백련암을 찾는 성철스님의 신도들 몇 사람이 자주 모이는 장소였다. 서경문 또래의 늙은 그림쟁이, 글쟁이들이었다. 평생 화조만을 그려온 소산 김형묵도 그 중의 한 사람이었다.

　성철스님이 열반한 그 다음날, 온 세상이 스님의 죽음이 남긴 거대한 화두에 짓눌려 있을 때였다. 서경문이 표구점의 문을 열자마자 기다렸다는 듯이 김형묵이 찾아왔다.

　"여보게, 여수(如水). 성철스님이 그렇게 위대한 분이셨던가?"

　"그렇다고 하는구만."

　"세상사람들이 한 노인의 죽음을 두고 저렇게 흥분하는 데는 이유가 있다고 보네. 해방 후 우리나라에 스승이 될 만한 인간이 없었거든. 국부라 떠받들던 이승만은 우남공원 동상의 모가지가 부러지는 수모를 당했고, 종교 지도자들 중 자기 몸과 정신을 제대로 닦은 인물이 한 사람도 없었거든. 그러니 쳐다보고 따를 만한 지도자를 한 사람도 갖지 못했던 스승 결핍증이 저런 소동을 낳은 것이라고 보네. 내가 알고 싶은 것은 진짜로 스님이 어떤 분이었는가 하는 점일세. 오랜 세월 인연을 지니고 살아온 여수야말로 잘 알 것 아닌가."

　"나도 모르겠어."

　서경문은 솔직한 심정으로 고개를 저었다.

　"허어 참, 자네가 모른다면 정말 알 수 없는 일이겠구만."

　모르겠어. 홍류동 계곡으로 올라가는 수많은 차량과 사람들을 보면서 서경문은 속으로 중얼거렸다. 내가 알던 노인, 평생을 가까운 거리에서 맴돌며 때로는 미워하고 때로는 부정하고 또 때로는 존경했던 그 노인이 바로 성인이었던가? 부처님의 현신이었던가?

　쉽게 납득하기 어려운 일이었다. 다만 한 가지 확실한 것은 일생을 통하여 자신이 그 노인에게 많은 빚을 지면서 살아왔다는 것이었다. 그 빚을 한 가지도 갚지 못했는데 벌써 유명을 달리해 버리다니, 그것이 야속했고, 허전했다.

1980년이던가, 박정희가 죽고 나자 박정희 밑에서 권력에 맛을 들인 군인들이 무력으로 다시 정권을 잡았다. 부정한 방법으로 권력을 잡은 패거리들은 그 권력을 정당화하기 위해 몇가지 혁명적인 일을 꾸미는 것이 보통이다. 그래서 나온 것이 삼청교육대, 언론 통폐합 그리고 불교 법난이었다.

그 해 10월 27일에 일어난 일이었다. 그 전날 서경문은 부산의 신도들 몇 사람과 함께 해인사에 가서 기도를 하고 밤에는 퇴설당 뒤편의 요사채에서 단잠에 빠져 있었다.

새벽녘이 되자 총을 든 군인들이 들이닥쳐 스님과 신도들을 모두 끌어내어 법당 앞마당에 불러 세웠다. 주변에는 총을 겨눈 군인들이 마치 적군 포로를 에워싼 것처럼 살벌한 눈으로 감시하고 있었다.

절 주위에도 군인들이 물샐 틈 없이 포위하고 있었다. 그리고는 일일이 신분증과 얼굴을 대조해 보고 의심스러운 경우에는 따로 분리하여 신원을 조회하고 검증하는 절차를 밟았다. 그 일이 끝날 무렵에야 동쪽 산마루에 해가 솟아올랐다.

이 날의 군사 작전은 전국의 모든 사찰에서 같은 시각에 일제히 전개되었다. 불교라는 종교는 총과 몽둥이로 정화해야 할 사회악의 소굴이 된 것이다. 수많은 스님들이 축첩과 부패의 죄목으로 감옥으로 끌려갔고, 종단의 집행부는 쑥대밭이 되었다. 부수적으로 절간에 숨어 지내던 운동권 학생들도 상당수 검거되었다.

이런 법난을 일으킨 명분은 한마디로 불교의 정화였다. 해방후 자율적인 정화를 마무리하지 못하고 날마다 해마다 종단 내분으로 세상을 시끄럽게 하던 불교를 정권이 손을 보겠다고 나선 것이었다. 종정과 총무원장이 책임을 지고 물러난 것은 말할 것도 없었으며, 종헌을 고치고 제도를 일신했다. 새로운 제도에 따라 종정을 추대해야만 했다. 여기서 추대된 조계종 제7대 종정이 성철스님이었다.

성철스님은 처음에는 종정 자리에 오르기를 거부했다.

"중 벼슬 닭벼슬보다 못한 것을. 나보고 그깐 놈의 벼슬을 하라 카나."

"벼슬이라면 권하지 않소. 이제 정화를 마무리할 때가 되었지 않소. 옛날 순호스님이 정화를 위해 나섰을 때 스님은 스님 나름대로 정화하겠다고 성전암에 파묻혀 정진만 하지 않았소. 순호스님 같은 이들은 손에 진흙을 묻히며 속된 정화에 나섰다가 곤고한 세월을 보내지 않았소. 이제 스님밖에 이 일을 마무리할 사람이 없소."

서암, 석주스님을 비롯한 원로스님들이 간곡하게 권하였다.

"나는 내 방식으로 정화를 해왔고 앞으로도 산골 늙은이답게 살아갈 뿐인 기라. 더 권하지 마소."

"그렇게 하시오."

서암스님이 말했다.

"스님의 방식으로 정화를 계속하시오. 산 아래로 내려올 필요도 없어요. 그저 상징적인 존재로서 태산 같은 무게로 앉아 있으면 나머지 일들은 젊은 사람들이 알아서 할 일이오. 그러니 사양하지 마시오."

한동안 생각 끝에 마침내 스님은 종정 취임을 승낙했다. 이렇게 하여 한국불교의 새 출발을 염원하는 중생의 기대를 한 몸에 안고 종정에 오른 성철스님은 그러나 종단의 본부가 있는 서울에는 세상을 뜰 때까지 단 한 번도 얼굴을 비치지 않았다. 그저 신년과 초파일 등 중요한 날이 되면 게송이나 한 수 내려 사부대중에 대한 나름대로의 지독한 사랑을 나타낼 뿐이었다. 종정 취임 이후 처음 나온 그 게송이 문제였다.

산은 산이요, 물은 물이로다.

게송의 앞과 뒤를 모두 잘라 먹고 사람들은 오직 이 한 구절에 매료되었다. 산중 스님의 선게(禪偈) 한 마디가 온 세상 사람들의 입에 회자되기도 이것이 처음이었다. 오랜 방황과 갈등 끝에 한국불교는 선 중심의 불교로 확고한 자리매김을 하게 되었다. 육조(六祖) 혜능(慧能)이 오랜 세월의 단절을 뛰어넘어 한국 땅에 환생한 듯한 모습이었다.

신문에서 종정스님의 법어를 읽은 서경문은 표구점의 문을 닫고 곧장 해인사로 달려갔다. 만나는 것 자체가 무척 까다롭기로 소문난 성철스님이었으나 서경문만은 예외였다.

"한 가지 안타까운 생각이 있어 달려왔습니다."

삼배의 예를 갖추자마자 서경문이 입을 열었다.

"속인의 마음속에 안타까운 일이 어찌 한 가지뿐이겠는가. 말해 보라."

"그 법어에 나오는 게송 말입니다. 산은 산이요, 물은 물이로다. 그건 중국 조사님의 게송인데 어떻게 아무 차용증도 없이 함부로 사용하십니까. 대학원생의 석사학위 논문에도 인용을 할 때는 원저자의 출전을 분명하게 밝히는 것이 그 바닥의 예절입니다. 하물며 스님께서는 부처님의 말씀은 그렇다치고라도 주장자 높이 세우고 법좌에 오르기만 하면 역대 조사 스님들의 재산을 승낙없이 훔쳐서 사용하는 것을 능사로 삼는데, 그러고도 이처럼 아득한 존경을 받으니 어지럽지도 않으십니까?"

불벼락을 기다렸으나 뜻밖에도 잔잔한 웃음이 어깨 위에 흩날렸다.

"흠, 겨우 그 일로 생업을 파하고 허겁지겁 산으로 달려왔는가. 나는 이미 차용증을 써주었어."

"차용증을 본 일이 없습니다."

"이런 늙은이 보았나. 옛 조사스님들에게 가서 보여달라고 하게."

"조사스님들은 열반에 든 이래 아무도 돌아오지 않았습니다."

"여기 있지 않은가."

"예?"

"밥이나 묵고 가게."

스님은 입을 다물어 버렸다. 서경문은 마음속에 많은 의문을 담은 채 산을 내려올 수밖에 없었다. 깨달음의 기회를 주어도 그는 깨닫지 못했다. 이렇게 하여 서경문은 성철스님에게 첫 번째 큰 빚을 지게 되었다.

두 번째 빚을 진 것은 80년대 중반의 일이었다. 돈오돈수를 주장하는 스님의 선풍이 도마 위에 올랐다. 보조지눌의 점오점수 사상을 계승한 문중에서 세미나를 열어 학문적인 접근 방법으로 성철스님에게 도전을 해온 것이었다. 발표자들 중에는 극단적으로 '성철 스님 당신은 돈오했느냐?'는 공격적인 질문을 던진 학자도 있었다.

이 세미나 소식을 들은 서경문은 다시 백련암을 찾았다. 성철스님은 몹시 기분이 좋아 보였다. 절 아랫동네에 사는 처사가 손자를 데리고 왔는데 다섯 살짜리 사내아이가 노스님의 기분을 어린아이처럼 만들어 놓은 것이었다.

"이것 봐. 또 뭐가 불만이라서 얼굴이 부어 가지고 왔는가?"

"큰 스님의 돈오돈수 선풍에 대한 반론이 거셉니다. 심지어 스님은 돈오했습니까 하고 묻고 있을 정돕니다."

"에라, 이 바보 같은 늙은이. 이 어린애만큼도 못한 대가리 가지고 돈오니 점수니 하고 떠들고 다니기는. 내가 언제 돈오를 주장했는가?"

"스님께서 『선문정로』에서 분명히 밝히셨지 않습니까?"

"그건 거짓말이야."

"거짓말이라고요? 그게 참말입니까?"

"거짓말이야."

스님은 같은 말을 두 번 반복했다. 그 다음은 없었다.

"밥이나 묵고 가소."

서경문은 어두운 산길을 내려오면서 전에 그랬던 것과 똑같은 불만을 느끼고 있었다. 그 불만은 사실은 자신에 대한 불만이었다. 스님은 금강석보다 단단한 보석을 주었으나 자신은 그것을 알아보지도 못했다는 자책이었다. 이로써 또 한 번 빚을 진 것이었다.

세 번째는 80년대 후반 민주화 요구로 세상이 시끄러울 때였다. 몇몇 영향력 있는 종교 지도자들이 권위주의 정부의 들러리 역할을 거부하고 민중의 편에 섰다. 그러자 사람들은 일제히 백련암 쪽으로 시선을 모았다. 이럴 때 성철스님이 한 마디 해준다면 세상은 그 말이 가리키는 방향에 따라 거대한 물결이 되어 흐를 것 같은 기운이었다. 사바세계의 어떤 권위와 힘도 틈입할 수 없는 백련암의 몸짓과 말 한마디를 목마르게 기다리고 있었다.

성질 급한 젊은 스님들 몇이 백련암으로 찾아가 담판을 지으려고 시도했다.

"서산스님과 사명스님은 국가가 누란의 위기에 처했을 때 산속에 앉아 있지 않았습니다."

스님이 물었다.

"지금이 자네들이 말하는 그 누란의 위기인가?"

"오히려 임진왜란 때보다 더 큰 위기가 중생들 머리 위에 다가와 있습니다."

"내가 보기에 정말 큰 위기는 자네들 돌중들 때문이야. 자기 한 몸뚱이도 해방시키지 못한 얼치기들이 누구를 해방시키겠다고 해방이니 자유를 말하는가."

"종정스님, 이러시면 불교 전체가 민중들로부터 버림을 받습니다. 아예 종정 자리를 내놓으십시오."

"가져가게."

성철스님이 벼락같이 소리를 지르자 젊은 스님들은 뒷걸음을 쳤다.

"마당에 있는 돌멩이 하나 주워들고 가게. 그걸 가지고 가서 종정 시키게."

젊은 스님들은 부어터진 얼굴을 하고 서울로 돌아갈 수밖에 없었다. 그 후 학생들과 운동권들, 그리고 일부 과격한 행동파스님들 사이에서는 '성철스님은 위정자 편이다. 성철스님은 약하다. 불교 종단을 더 이상 성철스님에게 맡겨둘 수 없다'는 얘기가 돌았다. 그런 얘기가 서경문의 귀에까지 흘러왔다. 서경문은 다시 백련암을 찾아 올라갔다.

"표구점이 한가한 모양이구만 그래. 아니면 먹을 것이 없어 왔는가?"

스님이 먼저 농담을 걸었다. 서경문은 얼굴을 찡그렸다.

"큰스님, 관세음보살께서는 중생들이 아파하는 곳 어디든지 찾아가 고통을 함께 하고 치료해 준다고 들었습니다."

스님은 말없이 서경문을 바라보고 있었다. 서경문은 내친김에 말을 이었다.

"단 한 번만이라도 이 곳 백련암을 떠나 민중들 속으로 들어가십시오. 불쌍한 중생들이 스님을 기다리고 있습니다."

역시 말이 없었다.

"스님은 귀도 없습니까? 눈도 없습니까?"

서경문은 어깨 위에 떨어질 벼락을 기다리고 있었다. 스님이 고함을 지르면 함께 고함을 지르고 몽둥이를 내려치면 함께 주먹을 휘두를 생각이었다. 이번에는 물러서지 않으리라. 이번에는 결단코 마음의 빚을 지지 않으리라. 그러나 뜻밖에도 조용한 웃음소리가 들렸다.

"촌 늙은이한테 너무 큰 것을 기대하진 마시게. 촌 늙은이는 촌에서 살다가 내버려두게. 이 산촌에서 보면 위정자도 운동권도 모두 불쌍한 중생들일 뿐이야."

"큰스님."

"다만 인생이 오래 살지 못하는 것만 한탄일세."

그런 다음 스님은 한 마디 덧붙였다.

"밥이나 묵고 가소."

서경문은 이번에도 밥도 얻어먹지 못하고 백련암을 내려와야 했다. 오면서 그는 생각했다. 언젠가는 한꺼번에 이 빚을 갚아주리라.

그랬는데 이제 그 기회가 온 것이었다. 인생이 오래 살지 못하는 것만 한탄이라던 그 촌 노인은 갔고, 더 이상 말이 없다. 말을 할 수 없는 물체와 말을 할 수 있는 살아 있는 인간이 다툰다면 누가 이기겠는가. 이번에야말로 이 늙은이를 발 아래 때려눕히고야 말리라.

해인사 입구의 주차장에서 해인사까지 가는 산길에도 많은 사람들이 어깨를 부딪치며 올라가고 있었다. 바보 같은 중생들 같으니라고. 서경문은 속으로 웃었다. 대체 무엇을 기대하는가. 생전에 별로 준 것도 없는 화상이었는데 이제 식은 몸으로 누워 대체 무엇을 줄 것이라 기대하는가.

서경문이 해인사 본사에 도착했을 때는 이미 한낮이 지나 해가 서쪽으로 기울어 있었다. 법요식은 오래 전에 끝났고, 다비장에도 타다 남은 장작더미에서 하얀 연기가 가을 하늘로 흩어져 올라가고 있을 뿐이었다. 그 주위 많은 스님들이 둘러서서 독경하는 소리가 산중에 바람소리처럼 울려 퍼졌다. 서경문은 멀찍이 떨어진 소나무 등걸에 기대어 그 모습을 지켜보고 있었다.

문득 가슴속에서 끓어오르는 것이 있었다.

"스님, 어디 계십니까?"

그는 사방을 둘러보았다. 방금 어디선가 성철스님의 알아듣기 힘든 사투리가 쏟아져 나올 것만 같았다. 그러나 아무것도 보이지 않았고, 아무 소리도 들리지 않았다.

어느덧 하얗게 피어오르던 연기마저 잦아들고 검은 재만 남게 되자 스님들은 긴 부젓가락을 들고 재 속을 헤집어 사리를 찾아내기 시작했다. 먼발치에서 보기에 보물을 찾는 듯한 모습이었다. 사람들의 탄성이 들렸다. 다리를 쉬기 위해 소나무 숲으로 들어온 늙은 거사 한 사람이 흥분된 목소리로 말했다.

"사리가 백여 과가 넘게 나오는 것 같습니다. 대단해요. 역시 큰스님은 부처님이셨습니다."

말도 안 되는 소리. 사리가 무엇인데 그것이 나왔다고 부처라 하는가. 성철스님 생전에 '사리 같은 것은 흙 속에 던져 버려라'고 했던 바로 그 뜻 없는 물질들이 아니던가. 어찌하여 스님 자신은 그런 물질을 남겨 몽매한 중생들을 다시 한 번 헤매게 하는가.

어둠이 내리자 다비장도 완전히 정돈되었고, 모두들 본사로 내려갔다. 서경문은 아직도 그 자리에 있었다. 숙제를 다하지 못한 학생처럼, 누군가 약속했던 사람을 만나기 위해 헛되이 기다리는 사람처럼 그렇게 숲 속의 검은 어둠에 파묻혀 있었다. 그렇게 앉아서 그는 속으로 부르짖었다.

"스님, 어디 계십니까. 정말 어디로 가신 겁니까?"

그 때였다.

'쓸데없이 사람 부르지 말고 내려가 밥이나 묵으소.'

귀에 익은 목소리였다. 문득 눈을 뜨니 사방을 에워쌌던 어둠이 가시고 마치 수십 개의 촛불을 한꺼번에 밝혀 놓은 것 같은 빛이 밀물처럼 숲 속에 밀려들어와 있었다. 가슴속을 뜨거운 이두로 지지는 것 같은 통증이 오더니 갑자기 비 개인 하늘처럼 맑고 상쾌한 바람이 불었다. 숲 속에 밀려왔던 붉은 빛이 멀리 하늘 끝으로 퍼져 오르더니 가야산 봉우리를 에워싼 채 타오르고 있었다.

몸을 태운 연기의 마지막 한 가닥마저 중생들에게 돌려주고 원래 그 자리로 돌아간 스님이 자신의 옆에 살아 있다는 것, 아니 자신의 속에 살고 있다는 것을 깨닫는 순간 서경문은 벅찬 감동에 떨다가 그 자리에 쓰러졌다. 그리고 다시는 깨어나지 않았다.

● 성철스님 연보

1912년(壬子年, 1세) : 경남 산청군 단성면 묵곡리에서 아버지 이상언님, 어머니 강상봉님의 장남으로 출생.

1936년(丙子年, 25세, 법랍 1세) : 삼월에 해인사(海印寺)에서 하동산(河東山) 스님을 은사(恩師)로 수계득도(受戒得度). 범어사(梵魚寺) 금어선원(金魚禪院)에서 하안거(夏安居), 범어사 원효암(元曉庵)에서 동안거(冬安居).

1937년(丁丑年, 26세, 법랍 2세) : 범어사 원효암에서 하안거, 통도사(通度寺), 백련암(白蓮庵)에서 동안거.

1938년(戊寅年, 27세, 법랍 3세) : 범어사 내원암(內院庵)에서 하안거, 통도사 백련암에서 동안거.

1939년(己卯年, 29세, 법랍 4세) : 경북 은해사(銀海寺) 운부암(雲浮庵)에서 하안거, 금강산(金剛山) 마하연(摩訶衍)에서 동안거.

1940년(庚辰年, 29세, 법랍 5세) : 금강산 마하연에서 하안거, 은해사 운부암에서 동안거.

1941년(辛巳年, 30세, 법랍 6세) : 전남 송광사(松廣寺) 삼일암(三日庵)에서 하안거, 충남 수덕사(修德寺) 정혜사(定慧寺)에서 동안거.

1942년(壬午年, 31세, 법랍 7세) : 충남 서산군 간월도(看月島)의 만공(滿空) 스님 토굴에서 하안거, 동안거.

1943년(癸未年, 32세, 법랍 8세) : 충북 법주사(法住寺) 복천암(福泉庵)에서 하안거, 경북 선산 도리사(桃李寺)에서 동안거.

1944년(甲申年, 33세, 법랍 9세) : 선산 도리사에서 하안거를 마치고 경북 문경 대승사(大乘寺)에서 동안거.

1945년(乙酉年, 34세, 법랍 10세) : 대승사에서 하안거, 대승사 암자인 묘적암(妙寂庵)에서 동안거.

1946년(丙戌年, 35세, 법랍 11세) : 경북 파계사(把溪寺) 성전암(聖殿庵)에서 하안거, 동안거.

1947년(丁亥年, 36세, 법랍 12세) : 통도사 내원암(內院庵)에서 하안거, 경북 문경 봉암사(鳳巖寺)에서 동안거.

　　※ 봉암사에서 "부처님 법답게 살자"고 결사(結社)하여 청담, 자운, 월산, 혜암, 성주, 법전스님 등과 주석함.

1948년(戊子年, 37세, 법랍 13세) : 봉암사에서 하안거, 동안거.

1949년(己丑年, 38세, 법랍 14세) : 봉암사에서 하안거, 경남 월내리의 묘관음사(妙觀音寺)에서 동안거.

1950년(庚寅年, 39세, 법랍 15세) : 경북 고성의 문수암(文殊庵)에서 하안거, 동안거.

　　※ 6·25사변 발생.

1951년(辛卯年, 40세, 법랍 16세) : 경남 고성의 은봉암(隱鳳庵)에서 하안거, 경남 안정(安靜)의 천제굴(闡提窟)에서 동안거.

　　※ 안정사(安靜寺) 윗 산자락에 조가삼간의 토굴을 지어 천제굴(闡提窟)이라 이름함.

1952년(壬辰年, 41세, 법랍 17세) : 천제굴에서 하안거, 경남 창원의 성주사(聖住寺)에서 동안거.

1953년(癸巳年, 42세, 법랍 18세) : 천제굴에서 하안거, 동안거.

1954년(甲午年, 43세, 법랍 19세) : 천제굴에서 하안거, 동안거.

　　※ 비구종단 정화 개시

1955년(乙未年, 44세, 법랍 20세) : 경남 남해의 용문사(龍門寺) 백련암(白蓮庵)에서 하안거, 파계사 성전암에서 동안거.

　　※ 비구정화 후 해인사 초대주지 임명, 불취임.

1956년(丙申年, 45세, 법랍 21세) : 성전암에서 토굴생활을 하며 하안거, 동안거.

1957년(丁酉年, 46세, 법랍 22세) : 성전암에서 토굴생활을 하며 하안거, 동안거.

1958년(戊戌年, 47세, 법랍 23세) : 성전암에서 토굴생활을 하며 하안거, 동안거.

1959년(己亥年, 48세, 법랍 24세) : 성전암에서 토굴생활을 하며 하안거, 동안거.

1960년(庚子年, 49세, 법랍 25세) : 성전암에서 토굴생활을 하며 하안거, 동안거.

1961년(辛丑年, 50세, 법랍 26세) : 성전암에서 토굴생활을 하며 하안거, 동안거.

1962년(壬寅年, 51세, 법랍 27세) : 성전암에서 토굴생활을 하며 하안거, 동안거.

1963년(癸卯年, 52세, 법랍 28세) : 성전암에서 토굴생활을 하며 하안거, 동안거.

1964년(甲辰年, 53세, 법랍 29세) : 부산의 다대포(多大浦)에서 하안거, 서울의 도선사(道詵寺)에서 동안거.

1965년(乙巳年, 54세, 법랍 30세) : 경북 문경의 김용사(金龍寺)에서 하안거, 동안거.

1966년(丙午年, 55세, 법랍 31세) : 김용사에서 하안거, 해인사(海印寺) 백련암(白蓮庵)에서 동안거.

　　※ 육조단경, 금강경, 증도가 및 중도이론 등을 대중들에게 최초로 설법하다.

1967년(丁未年, 56세, 법랍 32세) : 백련암에서 하안거, 해인사의 해인총림(海印叢林)에서 동안거.

　　※ 해인총림의 방장(方丈)에 취임. 동안거에 백일법문(百日法門)을 하다.

1968년(戊申年, 57세, 법랍 33세) : 해인총림 방장으로 하안거, 동안거.

1969년(己酉年, 58세, 법랍 34세) : 해인총림 방장으로 하안거, 동안거.

1970년(庚戌年, 59세, 법랍 35세) : 해인총림 방장으로 하안거, 동안거.

1971년(辛亥年, 60세, 법랍 36세) : 해인총림 방장으로 하안거, 동안거.

1972년(壬子年, 61세, 법랍 37세) : 해인총림 방장으로 하안거, 동안거.

1973년(癸丑年, 62세, 법랍 38세) : 해인총림 방장으로 하안거, 동안거.

1974년(甲寅年, 63세, 법랍 39세) : 해인총림 방장으로 하안거, 동안거.

1975년(乙卯年, 64세, 법랍 40세) : 해인총림 방장으로 하안거, 동안거.

1976년(丙辰年, 65세, 법랍 41세) : 해인총림 방장으로 하안거, 동안거.

　　※『한국불교의 법맥』출간.

1977년(丁巳年, 66세, 법랍 42세) : 해인총림 방장으로 하안거, 동안거.

1978년(乙未年, 67세, 법랍 43세) : 해인총림 방장으로 하안거, 동안거.

1979년(癸未年, 68세, 법랍 44세) : 해인총림 방장으로 하안거, 동안거.

1980년(庚申年, 69세, 법랍 45세) : 해인총림 방장으로 하안거, 동안거.

1981년(辛酉年, 70세, 법랍 46세) : 해인총림 방장으로 하안거, 동안거.

※ 1월 조계종(曹溪宗) 제7대 종정에 추대.

※ 12월 『선문정로(禪門正路)』 출간.

1982년(壬戌年, 71세, 법랍 47세) : 해인총림 방장으로 하안거, 동안거.

※ 11월 『본지풍광(本地風光)』 출간.

1983년(癸亥年, 72세, 법랍 48세) : 해인총림 방장으로 하안거, 동안거.

1984년(甲子年, 73세, 법랍 49세) : 해인총림 방장으로 하안거, 동안거.

1985년(乙丑年, 74세, 법랍 50세) : 해인총림 방장으로 하안거, 동안거.

1986년(丙寅年, 75세, 법랍 51세) : 해인총림 방장으로 하안거, 동안거.

※ 6월 『돈오입도요문론강설(頓悟入道要門論講說)』,

『신심명(信心銘)』·『증도가 강설(證道歌講說)』 출간.

1987년(丁卯年, 76세, 법랍 52세) :

※ 6월 『자기를 바로 봅시다』 출간.

7월 백련불교문화재단 설립

1991년(辛未年, 80세, 법랍 56세) :

※ 대한불교 조계종 제 8대 종정으로 재추대

1993년(癸酉年, 82세, 법랍 58세) : 해인사 '퇴설당'에서 열반.

※ 11월 10일 해인사에서 다비식 거행.

우리 옆에 왔던 부처

발행일 | 초판 1쇄 2012년 7월 1일

지은이 | 이 청
펴낸이 | 고진숙
펴낸곳 | 도서출판 문화문고
책임편집 | 김종만
표지디자인 | 송우진
본문디자인 | 배경태
CTP출력 | 상지사피앤비
인쇄·제본 | 상지사피앤비
물류 | 문화유통북스
출판등록 | 제 300-2004-89호(2005년 5월 17일)
주소 | 110-816 서울시 종로구 부암동 129-8 울트라타임730 오피스텔 612호
전화 | 02-379-8883 팩스 02-379-8874
이메일 | mbook2004@naver.com
ISBN 978-89-7744-033-3(03810)

* 책값은 뒤표지에 표시되어 있습니다.
* 저자와의 협의에 따라 인지는 붙이지 않습니다.
* 잘못된 책은 바꿔드립니다.
* 이 책의 내용의 전부 또는 일부를 재사용하려면 반드시 저자와
  도서출판 문화문고의 동의를 모두 받아야 합니다.